RAUMSCHIFF DER AHNEN: BAND 1

GESTRANDET

A K DUBOFF

GESTRANDET

Copyright © 2026 A.K. DuBoff

Alle Rechte vorbehalten. Dieser Band ist durch die Urheberrechtsgesetze der Vereinigten Staaten von Amerika geschützt. Kein Teil dieses Bandes darf ohne schriftliche Genehmigung der Autorin in irgendeiner Form verwendet oder vervielfältigt werden, ausgenommen in Form von kurzen Zitaten in kritischen Artikeln, Rezensionen oder zu Werbezwecken.

Dies ist ein fiktionales Werk, das liebevoll von einem Menschen erschaffen wurde. Namen, Figuren, Organisationen, Orte, Ereignisse und Begebenheiten sind entweder Produkte der Fantasie der Autorin oder werden fiktiv verwendet.

www.akduboff.com

Herausgegeben von Epic Realms Press
Cover-Copyright © 2024 Robert Rajszczak

ISBN-10: 1965614159
ISBN-13: 978-1965614150
US Copyright-Registrierung: TXu002466398

0 9 8 7 6 5 4 3 2

INHALTSVERZEICHNIS

PROLOG

JEDE KOMMUNIKATION WAR ein Risiko, aber das war nun einmal die Realität des Krieges, wenn man sensible Daten über interstellare Relais schickte.

Die Stimme am anderen Ende war sich der Gefahr bei jedem Wort bewusst. „Und?"

„Das Schiff ist startbereit. Alle sind an Bord."

„Und die Probe?"

„Gesichert und verpackt, zusammen mit der Ausrüstung für die Synthese." Jahrelange Vorbereitungen standen kurz davor, Früchte zu tragen. Bald würde alles bereit sein, um sich zurückzuholen, was verloren gegangen war. Kolonieschiffe waren immer das Versprechen eines Neuanfangs, doch dieses hier markierte einen entscheidenden Wendepunkt für die Menschheit. Ein Erfolg wäre ein Leuchtfeuer der Hoffnung.

„Das sind gute Neuigkeiten. Warum klingen Sie dann so besorgt?"

„Es gab eine Entwicklung – eine kurzfristige Ergänzung der Passagierliste. Die Anweisung kam von ganz oben."

„Ein feindlicher Agent?"

„Vielleicht. Sein Profil ist … kompliziert. Ich will ihn eigentlich nicht an Bord haben, aber wir können nichts unternehmen, ohne uns zu verraten."

„Eines der Risiken, wenn man im Verborgenen arbeitet. Sollte dieser Neuzugang zum Problem werden, passen wir uns eben an. Wie immer."

„Ich leite alles weiter, was wir über ihn haben.“ Dateien zu zerlegen und stückweise zu senden, kostete Zeit, aber es war der einzige sichere Weg. Die Passagierliste stand schon seit Monaten fest; eine Änderung so kurz vor dem Start war höchst verdächtig. Es hing zu viel von dieser Mission ab. Die Expedition nach Aethos hatte sich bereits um über ein Jahr verzögert - weitere Rückschläge beim Transport von Personal und Vorräten konnten sie sich nicht leisten.

„Ich weiß zu schätzen, was Sie für unsere Sache getan haben.“

„Ich würde es wieder tun. Selbst wenn ich gewusst hätte, wie schwierig es wird.“

„Wäre es einfach, bräuchten wir diesen Aufwand nicht.“

„Sobald Sie den Schlüssel haben, wird es alles wert sein.“

1

DIE ATMOSPHÄRE ZOG in Streifen am Sichtfenster vorbei, während Evans Landekapsel der Oberfläche von Aethos entgegenschleuderte. Rote Warnmeldungen flackerten über den Frontmonitor und tauchten den engen Raum in ein unheimliches Licht.

Was zur Hölle ist schiefgelaufen? Hektisch suchte er die Anzeigen nach einem Hinweis ab.

Der Bildschirm zeigte weitere Kapseln in der Nähe, die sich ebenfalls im unkontrollierten Sinkflug befanden. Die Verbindung zum Mutterschiff musste abgerissen sein.

Er stemmte sich gegen die Gurte und griff nach der Konsole, um einen Notruf abzusetzen. Doch noch bevor er die Tasten erreichte, ging ein heftiger Ruck durch die Kapsel und schleuderte seinen Arm beiseite. Der dumpfe Schlag gegen die Hülle verriet ihm, dass er mit etwas kollidiert war - doch es gab keine Anzeichen dafür, was das gewesen sein könnte.

Ein weiteres Beben erschütterte das Gefährt, dann zischte ein brennendes Trümmerteil am Fenster vorbei.

Was zum ...? Evan starrte entsetzt auf die Navigationskarte. Die orbitale Position, an der das Kolonieschiff noch vor Minuten gekreist hatte, war nur noch eine Leere auf dem Schirm. Mit einem flauen Gefühl im Magen begriff er: Die Trümmer, die gegen seine Kapsel einschlugen, waren die Überreste des einst stolzen Schiffes.

Statt einer neuen Heimat würde dieser Planet ihr Grab werden.

Als ihm die Ausweglosigkeit seiner Lage klar wurde, begann er leise zu lachen. Aethos hätte seine Flucht sein sollen, die Chance auf einen Neuanfang. Auch wenn er nicht ganz freiwillig an der Expedition teilgenommen hatte, bot sie ihm doch die Aussicht auf ein selbstbestimmtes Leben. Dass nun alles in einer verpfuschten Landung in Flammen aufging, besaß eine poetische Ironie, die ihn fast amüsierte.

Die Annäherungswarnungen leuchteten in aggressivem Rot auf. Alarme schrillten.

Wenigstens geht es schnell, sagte sich Evan. Verglichen mit dem qualvollen Ende, dem er auf Constella entkommen war, wirkte das hier wie eine Gnade. Er schloss die Augen, atmete langsam aus und ergab sich seinem Schicksal.

Plötzlich bockte die Kapsel. Die Rotation verlangsamte sich ruckartig.

„Notfallstabilisatoren aktiviert“, verkündete die freundliche Computerstimme. „Warnung: Leitsystem offline.“

Der Höhen-Countdown raste gegen null. Evan presste sich in den Sitz.

Die Kapsel schlug auf dem Boden auf und warf ihn mit voller Wucht in die Gurte. Das Polster fing den Großteil des Stoßes ab, dennoch schnitt das Gurtzeug tief in seine Schultern und Hüften ein. Eine Kaskade aus Dreck klatschte gegen das Sichtfenster. Es versperrte ihm zwar die Sicht, aber Erde bedeutete immerhin, dass er in einem Stück unten angekommen war.

Nach dem ohrenbetäubenden Lärm der letzten Minuten war es nun totenstill. Die Warnungen auf dem Schirm erloschen und machten einer Analyse der Außenatmosphäre Platz. Daneben flackerten Fehlermeldungen, wo eigentlich die Karte sein sollte, und die Energieanzeige stand bei zweiunddreißig Prozent. *Machen wir einunddreißig daraus – Tendenz rapide fallend.*

Vielleicht wird es doch kein schneller Tod. Er machte sich keine Illusionen: Den Absturz unbeschadet überstanden zu haben, hieß noch lange nicht, dass er in Sicherheit war. Wenn das Kolonieschiff zerstört worden war, hatte der Kampf ums Überleben gerade erst begonnen.

Er löste die Gurte, woraufhin neue Bedienelemente auf der Konsole aufleuchteten. *Also gut. Mal sehen, womit wir es hier zu tun haben.*

Evan überflog die Scans der Außenumgebung. Die Luft war ein atembares Sauerstoff-Stickstoff-Gemisch, frei von Krankheitserregern. Auch die Temperaturen lagen im gemäßigten Bereich. Alles in allem war dieser Ort tatsächlich so bewohnbar, wie die Expeditionsleiter versprochen hatten.

Als Nächstes prüfte er das Kommunikationssystem. Nur Fehlermeldungen - die Antenne hatte den Aufprall wohl nicht überstanden.

Da die restliche Steuerung nutzlos war, fuhr Evan die Systeme herunter, um die verbleibende Energie zu sparen. Getrieben von der Hoffnung, andere Überlebende zu finden, entriegelte er die Luke. Sie schwang mit einem Zischen auf.

Evan packte einen Haltegriff und zog sich ins Freie. Im gleißenden Licht kniff er die Augen zusammen und schützte sie mit der Hand.

Eine warme Brise trug den Geruch von verbranntem Metall herbei, vermischt mit dem Aroma von feuchter Erde und Gras. Es weckte Kindheitserinnerungen - seltsame Gerüche für jemanden, der fast sein ganzes Leben im All verbracht hatte. Überall auf dem Feld lagen Kapseln verstreut. In der Nähe einiger Landestellen schwelten Brände und legten einen rauchigen Schleier über die Landschaft. Zwischen den Wracks lagen Trümmer; auf den ersten Blick war kaum auszumachen, ob sie von den Kapseln oder vom Mutterschiff stammten. Mehrere Kapseln waren zerschmettert - sie hatten das Pech gehabt, auf Felsen statt auf dem weichen Boden aufzuschlagen. Evan dankte den Sternen für seinen sicheren Landeplatz auf dem weichen Gras.

Überall krochen nun Menschen aus ihren Wracks. Ihre Gesichter waren von Angst gezeichnet, die Augen unstet, die Stirn in Falten, während sie das Trümmerfeld fassungslos anstarrten. Viele waren rußverschmiert, als sie begannen, sich durch den brennenden Schrott zu graben, um nach Überlebenden zu suchen.

Irgendwo hinter Evan schrie eine Frau, gefolgt von den undeutlichen Rufen anderer.

Er hechtete zurück in die Kapsel, riss seinen Rucksack aus dem Staufach und schwang ihn sich über die Schulter, bevor er in Richtung der Schreie rannte.

Hinter seiner Kapsel entdeckte er einen Mann, der unter einem Trümmerstück eingeklemmt war. Dem unnatürlichen Winkel seines Beins und der Blutlache nach zu urteilen, würde er die Nacht ohne medizinische Hilfe nicht überleben. Drei Leute versuchten gerade, einen Metallträger von ihm hochzustemmen – unter viel Fluchen und Stöhnen, aber ohne echten Erfolg.

„Stopp!“, rief Evan im Laufen. „Der Druck verhindert gerade noch, dass er verblutet!“

Der Verletzte war kaum bei Bewusstsein, doch bei diesen Worten weiteten sich seine Augen vor Panik, bevor er das Gesicht schmerzerfüllt verzog.

Evan wollte es nicht aussprechen, aber der Mann war vermutlich dem Tode geweiht, egal was sie unternahmen. In einer Klinik hätte er eine Chance gehabt. Aber hier draußen, ohne Chirurgen und ohne Vorräte, würde er entweder verbluten oder an einer Infektion zugrunde gehen.

„Er hat recht, wir müssen die Blutung stoppen!“, rief eine junge Frau und bahnte sich mit den Ellbogen einen Weg zu dem Verletzten. Ihr dunkles Haar war zu einem unordentlichen Pferdeschwanz zusammengebunden, zerzauste Strähnen hingen ihr ins Gesicht. Ihre Bewegungen strahlten die Souveränität von jemandem aus, der Erfahrung mit Traumata hatte – auch wenn sie durch ihre zierliche Statur auf den ersten Blick fast noch wie ein Kind wirkte. „Ich brauche etwas zum Abbinden!“

Einer der Männer nestelte seinen Gürtel auf und reichte ihn ihr. Geschickt schlang sie ihn um den Oberschenkel des Mannes und verzurrte ihn. Der Eingeklemmte schrie vor Schmerz auf, als sich das Leder in sein Fleisch schnitt.

„Ich hol dich da raus“, sagte sie bestimmt zu ihm.

Evan bemerkte, dass sie auf Floskeln wie „Alles wird gut“ verzichtete. Sie hatte ihm nur versprochen, dass er nicht hier unter dem Schrott sterben würde. Diese Ehrlichkeit imponierte Evan sofort.

„Hey, wie heißt du?", fragte sie und sah kurz zu ihm auf, während sie neben dem Patienten hockte.

„Evan."

„Okay, Evan. Ich bin Anya." Sie wischte sich mit dem Handrücken über die Stirn und verschmierte dabei den Ruß in ihrem Schweiß. „Ich könnte hier Hilfe gebrauchen."

„Bin dabei." Er kniete sich neben sie. Er war an Blut gewöhnt, aber er mochte es nicht – Anya hingegen schien völlig in ihrem Element zu sein. „Bist du Ärztin?", fragte er.

Sie schüttelte den Kopf. „Nur Sanitäterin. Aber da sonst niemand Anstalten macht …"

Er nickte. „Ich habe auch ein wenig Erfahrung."

„Gut. Dann weißt du ja, was zu tun ist." Ihr Blick traf seinen und bestätigte stumm, was sie beide bereits wussten: Viel mehr, als es ihm so erträglich wie möglich zu machen, konnten sie nicht tun.

„Ja, ich weiß."

„Ihr anderen, helft mit!", wies Anya die Umstehenden an. „Sucht ein Brecheisen!"

Der Mann, der seinen Gürtel geopfert hatte, fand eine Metallstange, die wohl einmal ein Geländer gewesen war. „Geht das hier?"

„Muss reichen. Klemm es unter den Träger und heb ihn auf mein Zeichen an", befahl Anya.

Der Mann brachte den Hebel in Position, während die anderen sich bereit machten, mit anzupacken.

Evan hockte sich an die Schultern des Mannes, bereit, ihn hervorzuziehen, sobald die Last angehoben wurde.

Anya blieb am verletzten Bein. „Alles bereit? Drei, zwei, eins … jetzt!"

Die Helfer wuchteten das Trümmerteil hoch. Mit einem kräftigen Ruck zog Evan den Verletzten ins Freie. Anya wich keinen Zentimeter von seiner Seite und presste sofort ein zusammengeknülltes Hemd auf das zerfetzte Bein. Sobald sie weit genug weg waren, ließen die anderen das Metall krachend zu Boden fallen.

„So, wir haben dich." Anya drückte mit beiden Händen gegen die Wunde, während das Blut bereits durch den Stoff sickerte.

Glücklicherweise verlor der Mann das Bewusstsein, auch wenn sein Körper noch immer vor Schock zitterte.

„Ich wünschte, wir hätten eine Krankenstation", murmelte Anya.

Evan stand auf. „Es gäbe gerade einiges, was wir gut gebrauchen könnten." Da er nichts weiter tun konnte, trat er vom Verletzten weg und wischte sich die Hände im Gras ab. „Hast du jemanden von der Expeditionsleitung gesehen?"

„Nein. Ich erkenne hier niemanden."

Ein unsichtbarer Countdown lief bereits; sie hatten keine Sekunde zu verlieren. Sie mussten die Vorräte sichten und einen Plan aufstellen. Die Kolonisten sollten hier eigentlich nie allein mit dem überleben, was in den Kapseln steckte. Das Mutterschiff hatte die gesamte Ausrüstung geladen, und das war jetzt Schrott. Im Grunde ging es nur noch darum, wie sie alle sterben würden – und wie schnell.

Um nicht in eine Abwärtsspirale aus düsteren Gedanken zu geraten, sah Evan sich zum ersten Mal genauer um. Die Absturzstelle lag auf halber Höhe eines Hangs, der in ein riesiges Becken abfiel. In der Ferne gingen sanfte Hügel in schroffe Berge über. Am Talboden erstreckte sich kilometerweit ein dichter Dschungel. Zwischen ihnen und dem Wald wechselten sich Baumgruppen und offene Felder ab. Das Gelände um die Absturzstelle war weitläufig genug, um potenzielle Gefahren von drei Seiten frühzeitig zu erkennen. Nur der Wald im Westen war ein toter Winkel. Die Bäume boten allerdings Schutz und Baumaterial – ein notwendiger Kompromiss.

„Du bleibst verdammt ruhig in so einer Krise", sagte Anya hinter ihm.

Er drehte sich zu ihr um. „Du auch."

„Da bin ich mir nicht so sicher." Da der Verletzte noch immer bewusstlos war, stand sie auf und rückte ihren Pferdeschwanz zurecht. „Ich tue nur, was getan werden muss."

„Mehr braucht es auch nicht."

Sie musterte ihn aus neugierigen, kupferfarbenen Augen. „Warst du beim Militär?"

Er nickte nur kurz; er hatte keine Lust auf lange Erklärungen. „Und du?"

Sie lachte trocken. „Nicht mal ansatzweise. Ich bin eigentlich Biologin."

„Eine Biologin, die als Sanitäterin jobbt?"

„Eine Xenobiologin, die genug Expeditionen in unwegsamem Gelände hinter sich hat, um zu wissen, wie man Wunden im Feld versorgt."

„Ah."

Anya stemmte die Hände in die Hüften und blickte in den Himmel. „Was glaubst du, ist passiert?"

„Keine Ahnung. Es gab eine Explosion, aber erst nach dem Evakuierungsbefehl. Und dann hat irgendetwas das Leitsystem der Kapseln gestört." Dass es wohl kaum alle rechtzeitig in die Kapseln geschafft hatten, behielt Evan lieber für sich.

Anya sah sich kurz um, um sicherzugehen, dass niemand sie belauschte. „Kann ich ehrlich zu dir sein?"

„Klar, warum nicht?"

Sie trat einen Schritt näher und senkte die Stimme. „Ich habe bei der Auswahl des Standorts für die Kolonie geholfen, und", sie warf einen vielsagenden Blick in die Runde, „das hier ist nicht die Landezone."

„Wie tief stecken wir in der Scheiße?"

Sie musterte ihn noch einmal von Kopf bis Fuß. „Mit deinem Hintergrund weißt du wohl, wie man … auf sich aufpasst. Stimmt das?"

„Ich bin schon ein bisschen rumgekommen, ja."

Anya nickte ernst. „Tja, sobald die Nacht hereinbricht, wird es hier verdammt ungemütlich. Wir brauchen einen Plan. Sofort."

„Mit was für einem Dreck müssen wir rechnen?"

„Mit der Sorte, die dich frisst, noch bevor du merkst, dass du gejagt wirst."

Er starrte sie an. „Das stand so nicht in der Kolonie-Broschüre."

„Weil es für unser eigentliches Zielgebiet kein Thema war. Bei der Voruntersuchung haben wir einige ... Kreaturen gesichtet. Sie halten sich nur unten im Tiefland auf, und wir sollten eigentlich oben auf dem Plateau sein." Sie deutete den Berg hinauf. Zwischen ihrem Standort und dem rettenden Plateau ragte jedoch eine steile Klippe auf.

„Also gibt es oben nur glückliche Häschen, während wir hier unten bei den Monstern festsitzen?"

„So ungefähr. Wir sind zwar nur ein paar Kilometer vom Kurs abgekommen, aber der Höhenunterschied ist gewaltig. Ich kann dir nicht genau sagen, was das für Raubtiere sind, aber sie sind groß und verdammt aggressiv. Einer hat einen Ranger-R zerlegt, als wäre er ein Spielzeug."

Evan zog zischend die Luft durch die Zähne. Soweit er gehört hatte, waren Ranger-Rs eine Version der vom Militär eingesetzten automatisierten Aufklärungseinheiten, die mit zusätzlichen Sensoren ausgestattet waren. Schnell, gepanzert und ideal für schwieriges Gelände. Allem Anschein nach sollten sie nahezu unzerstörbar sein.

„Und wir hocken mitten in ihrem Revier?", fragte er.

„Wenn wir Glück haben, sind wir weit genug oben gelandet. Der Ranger-R ist in einem Tal hier in der Nähe verschwunden. Aber ich habe keine Karte ihres Jagdreviers, und der Absturz hat definitiv genug Lärm gemacht, um Aufmerksamkeit zu erregen."

„Klingt, als müssten wir schleunigst auf höheres Gelände."

Anya sah zu den Kolonisten hinüber, von denen viele verletzt waren. „Viele von ihnen werden den Aufstieg nicht schaffen."

„Dann müssen wir eine harte Entscheidung treffen. Wenn das Plateau sicher ist, sollte jeder, der laufen kann, so schnell wie möglich rauf – um die Überlebenschancen zu maximieren. Der Rest verschanzt sich vorerst hier."

„Nein, wir müssen zusammenbleiben, wenn wir eine Chance haben wollen."

Evan musterte die Leute, die in den Trümmern wühlten. Sie hatten zwar den Absturz überlebt, doch die meisten machten nicht den Eindruck, als würden sie hier draußen auch nur eine Woche durchhalten. Er hatte schon vor langer Zeit gelernt, dass es eine verdammt schlechte Idee war, mit einem sinkenden Schiff unterzugehen - daran war nichts Edles. Doch sosehr die Logik ihm auch riet, allein abzuhauen, wusste er: Auf einem fremden Planeten als einsamer Wolf zu überleben, ging meistens schief. Zusätzliche Hände waren eine Ressource, egal wie unerfahren sie waren. Vielleicht stiegen ihre Chancen tatsächlich, wenn sie zusammenarbeiteten.

Widerstrebend seufzte er und nickte. „Na gut."

„Ich bin froh, dass wir uns einig sind."

„Du kennst die Grundregeln: Unterschlupf, Wasser, Nahrung."

„Und Funkkontakt herstellen, um Hilfe zu rufen", fügte sie hinzu.

„Die physische Sicherheit geht vor. Das heißt, wir errichten zuerst ein Basislager."

„Wir können Trümmer nutzen, um die Lücken zwischen den Kapseln und den Felsen zu schließen - ein provisorischer Wall. Das verschafft uns Zeit für die Triage der Verletzten. Aber wir müssen das Gebiet auskundschaften."

Evan schätzte die Route zum Plateau ab. Die Klippe war fast senkrecht, aber der Fels sah griffig aus. „Wir müssen da hoch. Vielleicht sind andere Kapseln oben gelandet. Außerdem haben wir von dort einen besseren Überblick über die Gegend."

„Einverstanden. Ich hoffe nur, unsere militärische Eskorte ist schon unterwegs."

Evan brachte es nicht übers Herz, ihr zu sagen, was er beim Auswurf der Kapsel gesehen hatte. Es war nur ein flüchtiger Blick gewesen, aber es sah aus, als wäre der Kreuzer unter schwerem Beschuss gewesen. Wenn das stimmte, war der Absturz erst der Anfang ihrer Probleme. „Gehen wir am besten davon aus, dass wir auf uns allein gestellt sind."

Sie nickte grimmig. „Wir gegen den Rest der Welt, was?"

„Genau. Los, sagen wir den anderen, was wir vorhaben."

2

EVAN HATTE OHNEHIN schon geringe Erwartungen an die Kolonisten, aber sie schafften es trotzdem, ihn zu enttäuschen.

„Aber werden sie keine Hilfe schicken, wenn wir uns nicht melden?", rief jemand, nachdem Anya erklärt hatte, wie sie die Trümmer in einen Schutzwall verwandeln wollte.

„Jede Hilfe ist potenziell Monate entfernt", erklärte Anya und beantwortete diese Frage damit bereits zum dritten Mal. „Denkt daran, wie lange die Reise hierher gedauert hat - für ein Rettungsschiff geht es auch nicht schneller. Wir hatten geplant, diesen Ort zu unserem Zuhause zu machen. Daran hat sich nichts geändert."

„Wer hat dir eigentlich das Kommando übertragen?", rief ein Mann aus der Menge.

Anya blieb standhaft. „Die offiziellen Missionsleiter sind entweder tot oder woanders gelandet. Ich war Teil des Teams, das das Kolonisationsprofil für diesen Planeten erstellt hat. Das bedeutet, dass ich von allen hier Anwesenden am meisten über diese Welt weiß. Wenn ihr lieber jemanden an der Spitze haben wollt, der euch nicht sagen kann, welche Pflanzen euch umbringen, dann bitte - nur zu."

Der Protestierende verstummte, und auch sonst erhob niemand Einspruch.

„Gut", fuhr Anya fort. „Es ist jetzt Vormittag. Die gute Nachricht ist also, dass wir fast den ganzen Tag Zeit haben, uns zu organisieren. Wir müssen alle Kapseln durchsuchen, um

Notrationen, Medkits und alles andere Brauchbare herauszuholen. Lasst uns für jede Aufgabe Teamleiter benennen."

Nach einer unnötig hitzigen Diskussion wurden aus der Gruppe der siebenundvierzig Überlebenden vier Delegierte ausgewählt. Einer übernahm die Aufsicht über die Vorräte und das Inventar der Lebensmittel. Ein anderer wurde eingeteilt, um medizinische Ausrüstung und persönliche Gegenstände aus den Trümmern zu bergen und zu katalogisieren. Der dritte wurde mit der Sicherung des Perimeters beauftragt. Der letzte Delegierte sollte sich schließlich um die Verletzten kümmern und die Unterkünfte koordinieren.

Während die Delegierten ihre Teams zusammenstellten, zog Anya Evan beiseite.

„Lust auf eine kleine Wanderung?", fragte sie.

„Ich dachte schon, du fragst nie."

„Peter dort drüben", sie nickte in Richtung eines dunkelhäutigen Mannes mittleren Alters, „scheint Führungserfahrung zu haben. Er kann die Dinge hier im Auge behalten. Ich denke, wir beide sind am besten dafür gerüstet, das höhere Gelände zu erkunden und zu sehen, womit wir es zu tun haben."

„Bin dabei."

Evan durchsuchte die ersten gesammelten Vorräte und schnappte sich eine leere Tasche. Er füllte sie mit ein paar Wasserflaschen, zwei Packungen MealPaks, einem Medkit und einigen Kabelresten, die zur Not als Seil dienen konnten. So gut vorbereitet, wie es unter diesen Umständen eben ging, machten sich die beiden an den Aufstieg.

Die Wanderung begann recht einfach mit einer flachen Steigung und kniehohem Gras. Es war Jahre her, dass Evan nennenswerte Zeit auf einem Planeten verbracht hatte. Obwohl die künstliche Schwerkraft auf den Schiffen dieser Welt nahekam, erinnerte ihn alles an seine wahre Herkunft: Die fremden Gerüche in der Luft und das Brennen der Sonne auf seinem Rücken machten ihm klar, dass er ein Raumfahrer war, kein Kolonist. Er hätte nie hier sein sollen – und nun war dies vielleicht der letzte

Ort, den er jemals sehen würde.

„Wir hatten Glück", sagte Anya und brach das Schweigen.

„Inwiefern?"

„Wir wurden nicht aufgespießt, weil wir mitten in einem Wald gelandet sind. Und wir hätten noch viel mehr Kapseln an die Felsen verlieren können."

„Stimmt."

„Warst du während deiner Zeit beim Militär schon mal auf so unerschlossenen Planeten wie diesem?"

„Nicht wirklich."

„Wo hast du gedient?"

„An vielen verschiedenen Orten."

Sie warf ihm einen Seitenblick zu. „Weißt du, es ist kein Verbrechen, über sich selbst zu sprechen."

„In meiner Welt könnte es genau das sein."

Anya zog eine Augenbraue hoch. „Und was für eine Welt war das?"

Er lachte leise. „Ich merke schon, was du da versuchst."

„Wir Wissenschaftler stellen nun mal viele Fragen. Ich kann nicht anders."

Evan hatte so viele Jahre damit verbracht, seine Identität zu verbergen, dass Ausweichen zu seiner Standardreaktion geworden war. Es würde Zeit brauchen, sich umzugewöhnen. „Ich hatte eine Zeit lang einen Job, in dem Fragen zu stellen der schnellste Weg war, um sich umbringen zu lassen."

„Was hast du genau gemacht?"

„Wahrscheinlich ist es besser, wenn wir nicht darüber sprechen."

Sie nickte langsam. „Also erst Militär und dann … hattest du vor, dich auf einer Koloniewelt neu zu erfinden?"

Evan atmete tief durch. „Hierherzukommen war nie Teil meines Plans. Was damals passiert ist, ist eine Geschichte für ein andermal."

„Wir haben jetzt jede Menge Zeit."

„Ich fürchte, ich brauche erst ein oder zwei Drinks, bevor ich in dieses Chaos eintauche."

„In Ordnung. Wie du meinst."

„Und was ist mit dir?", fragte er. „Wie bist du dazu gekommen, Gutachten für neue Siedlungen zu erstellen?"

Sie lachte trocken. „Lustig, dass du fragst - ich sollte eigentlich auch nicht hier sein."

„Ohne Witz?"

„Wie stehen die Chancen, was?" Sie breitete die Arme weit aus. „Ich war wohl einfach zu gut in meinem Job. Sie haben entschieden, dass sie eine Spezialistin vor Ort brauchen. Das habe ich nun davon, dass ich tatsächlich gereist bin, anstatt wie meine Kollegen nur am Schreibtisch zu hocken."

„Aber hey, sonst hättest du nie diese Erfahrung als Feldsanitäterin gesammelt."

Sie wurde schlagartig ernst. „Der Mann wird die Nacht nicht überstehen."

„Besser als zu leiden. Ich mache mir mehr Sorgen um die beiden mit den gebrochenen Beinen. Nicht tödlich, aber sie können sich nicht bewegen."

„Vor allem nicht auf dieser Route." Anya blickte nach vorne.

Das Gelände wurde steiler. Die weiten Grasflächen wichen felsigen Abschnitten, je näher sie der Klippe kamen.

Das Gespräch verstummte, als der Aufstieg anstrengender wurde. Die Kombination aus steilem Winkel und lockerem Untergrund zwang Evan dazu, sich jeden Meter hart zu erarbeiten. Ein Sturz hier würde bedeuten, den halben Hang hinunterzurollen, also setzte er seine Tritte mit Bedacht.

Je höher sie stiegen, desto tückischer wurde das Geröll. Bald war die Steigung so extrem, dass er die Hände zu Hilfe nehmen musste, um sich hochzuziehen. Nur wenige Meter vor ihnen ragte nun die eigentliche Felswand auf.

Anya starrte finster an der Klippe empor. „Das ist viel gewaltiger, als es aus der Ferne aussah."

Evan blickte über die Schulter zurück zur Absturzstelle. Sie könnten umkehren, aber die Moral der Gruppe würde in dem Moment kollabieren, in dem die Leute begriffen, dass sie in der Falle saßen. Sie mussten es auf das Plateau schaffen. Wenn sie hier scheiterten, konnten sie die Hoffnung auf eine Zukunft gleich begraben.

Wortlos traf sein Blick den von Anya. Sie nickte verstehend. Sie würden klettern müssen, Risiko hin oder her.

„Ich gehe zuerst", entschied Anya.

„Bist du sicher? Ich kann den Weg erkunden", bot Evan an.

„Ich bin leichter. Es ist besser, wenn ich zuerst oben bin."

Dem konnte er nicht widersprechen. Erstens hätte er vielleicht eine Chance, sie abzufangen, falls sie stürzte – umgekehrt wäre das unmöglich. Und zweitens wäre die Gefahr geringer, dass sie ihn beim Fallen mit in die Tiefe riss.

Mit diesem Gedanken im Hinterkopf ließ er ihr zwei Körperlängen Vorsprung, bevor er selbst mit dem Aufstieg begann. Trotz ihrer Ausmaße war die Wand von Rissen und Vorsprüngen durchzogen, die gute Griffe und Tritte boten. Die ersten sieben Meter waren vergleichsweise leicht, doch dann erreichte Anya eine fast senkrechte Passage.

Als sie weiter emporstieg, brachen mehrere Gesteinsbrocken heraus, die sie als Griffe genutzt hatte. Evan presste sich flach gegen den Fels, um nicht von den herabstürzenden Steinen getroffen zu werden.

„Tut mir leid!", rief sie hinunter. „Der Fels ist hier extrem brüchig." Sie kletterte noch zwei Meter weiter. „Es wird besser. Hier oben ist ein breiter Absatz." Mit ein paar gezielten Bewegungen zog sie sich über die Kante.

„Alles klar bei dir?", fragte er.

„Ja, hier ist genug Platz für uns beide zum Ausruhen."

Nun musste er nur noch nachkommen. Die frisch ausgebrochenen Stellen machten seinen Aufstieg deutlich komplizierter.

„Ich komme", sagte Evan, halb zu sich selbst, um sich Mut zu machen. Er war mittlerweile so hoch, dass ihm beim Blick nach unten schwindelig wurde; ein sicherer Rastplatz klang also verlockend.

Vorsichtig suchte er sich Griffe, um zum Vorsprung vorzustoßen. Kurz vor dem Ziel streckte er sich nach oben, doch seine Fingerspitzen berührten das Sims nur knapp. Er musste springen, um festen Halt zu bekommen. Er setzte zum Satz an. Doch als er sich mit aller Kraft abstieß, gab der Fels unter seinen Füßen nach.

Der Schwung des Sprungs reichte gerade so aus, um ihn nach oben zu treiben, und er bekam die Kante des Vorsprungs zu fassen. Verzweifelt klammerte er sich fest und schaffte es, auch den anderen Arm hochzuwuchten, um einen sichereren Halt zu finden. Mühsam zog er sich nach oben, während seine Füße an der Wand nach jedem bisschen Grip suchten.

Sobald er über die Kante gerollt war, gönnte er sich einen Moment zum Verschnaufen. *Ich muss definitiv wieder mehr für meine Fitness tun*, dachte er keuchend.

Anya stand im hinteren Teil der Plattform und sah mit in die Hüften gestemmten Händen auf ihn hinab. „Was hat denn da so lange gedauert?", fragte sie frotzelnd.

„Du hast mir ja auch alle guten Griffe weggebrochen, vielen Dank auch."

Ihr triumphierendes Lächeln erlosch sofort. „Oh. Tut mir leid."

Er atmete noch einmal tief durch und rappelte sich auf. „Schon gut. Aber wir müssen definitiv einen anderen Weg nach unten finden."

„Ich glaube, durch den Wald könnte es tatsächlich gehen." Sie deutete auf die Bäume, die an der gegenüberliegenden Seite der Absturzstelle verliefen.

Vom Tal aus hatte es so ausgesehen, als würde der Wald an derselben Felswand enden, die sie gerade erklommen hatten. Von ihrer erhöhten Position aus war nun jedoch klar, dass sich ein Streifen von Bäumen bis ganz nach oben zum Plateau zog. Dort stieg das Gelände weitaus sanfter an.

„Gutes Auge", sagte Evan. „Das schauen wir uns auf dem Rückweg an."

Anya lächelte. „Komm schon, wir sind fast oben." Sie griff nach dem Fels hinter sich und setzte den Aufstieg fort.

Im Gegensatz zum ersten Abschnitt war die Wand hier

deutlich flacher, sodass es eher einem Krabbeln als echtem Klettern glich. In kurzer Zeit hatten sie die letzten fünfzig Meter überwunden und erreichten ebenes Gelände.

Das Plateau war bei weitem nicht so flach, wie Evan erwartet hatte. Es gab zwar eine weite, ebene Fläche, doch sie war von weiteren Hügeln durchsetzt. Ein Gebirgskamm verlief senkrecht zu dem Tal, in dem sie abgestürzt waren; sein Fuß lag etwa einen Kilometer von ihrem Standort entfernt.

„Wir sollten da hoch", sagte Evan. „Wenn wir über die andere Seite blicken können, wissen wir eher, womit wir es zu tun haben."

Sie schlugen ein zügiges Tempo ein, getrieben von der Neugier, was sich hinter dem Kamm verbarg.

Kurz vor dem Gipfel bot sich Evan der erste freie Blick auf das Umland. Tief unter ihnen lagen die Landekapseln über den Hang verstreut. Sie beschränkten sich jedoch nicht nur auf die Wiese, auf der Evan gelandet war; einige waren weiter den Hügel hinabgestürzt, andere jenseits der Baumgrenze verschwunden. Die weißen Hüllen hoben sich als helle Punkte vom Grün der Landschaft ab, doch aus dieser Entfernung konnte er keine Menschen ausmachen. Vielleicht gab es doch mehr Überlebende, als sie gehofft hatten.

Sie legten die letzten Meter bis zur Kuppe des Kamms zurück. Als Evan den ersten Blick auf die andere Seite warf, rutschte ihm das Herz in die Hose. In der Ferne stieg eine gewaltige Rauchsäule auf – viel zu groß, um von einer kleinen Landekapsel zu stammen. Das konnte nur eines bedeuten.

Auch Anya entdeckte den Rauch. „Was ist das?"

„Unsere militärische Eskorte."

3

ANYA MUSSTE SICH beherrschen, um nicht in eine Schimpftirade auszubrechen oder kopflos den Hang hinunterzustürmen. Sie hatte nie an dieser Expedition teilnehmen wollen, geschweige denn, sich plötzlich in einer Führungsposition wiederzufinden. In dieser hoffnungslosen Lage war ihre einzige Zuversicht die Aussicht gewesen, die Verantwortung nach der Landung an die militärische Eskorte übergeben zu können. Doch nun sah es so aus, als wären die Soldaten womöglich noch schlimmer dran als die Kolonisten selbst.

„Das ist verdammt viel Rauch“, sagte sie, nachdem sie sich mühsam gesammelt hatte. „Glaubst du, das Schiff ist noch am Stück?“

„Ich weiß es nicht.“ Evan wirkte, als würde er etwas zurückhalten. Seine ausweichende Art war frustrierend und sorgte dafür, dass Anya ihm nur zögerlich vertraute. Sie hielt sich zwar für fähiger darin, Pflanzen zu lesen als Menschen, aber Evans ausdrucksstarke grüne Augen verrieten eine weitaus tiefere Geschichte als seine knappen Worte.

„Was verheimlichst du mir?“, bohrte sie nach.

Er seufzte schwer. „Ich war mir nicht sicher, aber ich meinte, Schäden am Schiff gesehen zu haben, als meine Kapsel ausgeworfen wurde.“

„Schäden am Kreuzer?“ Anyas Stirn legte sich in Falten. „Aber wie soll das gehen?“

„Das gehört wohl zu dem Rätsel, warum wir überhaupt

evakuiert wurden."

Sie verschränkte die Arme. Der Befehl, das Schiff zu verlassen, war völlig unvorbereitet aus dem Nichts gekommen. Eigentlich sah der Plan vor, einen Monat im Orbit zu bleiben, während Landetrupps auf die Oberfläche von Aethos hinabsteigen sollten, um die Siedlungsstandorte zu prüfen. Sie hatten zwar alles vorab mit Sonden und automatisierten Vermessungseinheiten erkundet, aber eine Bestätigung vor Ort war unerlässlich, bevor man Hunderte Siedler hinunterschickte. Doch sie waren erst zwei Tage in diesem Prozess gewesen, als der Notfall-Evakuierungsbefehl erging. Keine fünfzehn Minuten später saßen sie bereits in den Kapseln auf dem Weg nach unten.

Keine dieser Rettungskapseln gehörte zur eigentlichen Kolonisationsausrüstung. Vorgefertigte Wohnschutzräume, Nahrungslager, Saatgut – all diese Vorräte waren nach Anyas Wissen verloren gegangen, als das Hauptschiff zerstört wurde. Wenn der Begleitkreuzer nun ebenfalls abgestürzt war, standen sie entweder vor einem bizarren Unfall oder vor purer Absicht.

„Ich bekomme allmählich das Gefühl, dass jemand nicht wollte, dass wir diese Welt besiedeln", murmelte Anya.

Evan nickte langsam. „Ich wollte nicht derjenige sein, der es ausspricht."

„Aber warum? Eine Kolonie-Expedition auszusenden, kostet ein Vermögen. Wenn uns hier jemand nicht haben wollte, warum hat man das Ganze dann nicht einfach vorher abgeblasen?"

„Es ergibt keinen Sinn. Vielleicht zerbrechen wir uns auch zu sehr den Kopf. Beide Schiffe könnten durch ein Naturereignis ausgeschaltet worden sein – eine ungewöhnliche Sonnenaktivität oder so etwas in der Art."

„Vielleicht." Anya zuckte mit den Schultern. „Spielt jetzt auch keine Rolle. Wir müssen uns aufs Überleben konzentrieren."

„Ich würde mir zu gern die Absturzstelle dieses Kreuzers ansehen", sagte Evan. „Dort haben wir eine viel bessere Chance, etwas Nützliches zu bergen, als in diesen Kapseln."

„Du willst den ganzen Weg dorthin marschieren?", fragte Anya ungläubig. Sie schätzte Tatendrang, aber ohne die richtige

Ausrüstung in diese Wildnis aufzubrechen, grenzte in ihren Augen an ein Todesurteil.

„Ich werde nicht einfach herumsitzen und aufs Sterben warten."

„Das ist ein weiter Weg für eine potenzielle Sackgasse - in jeder Hinsicht."

„Unsere einzige Hoffnung ist ein Notruf. Die Kapseln haben keine interstellare Funkanlage, aber das Eskortschiff garantiert."

„Ja, aber ..."

„Nichts aber. Ohne Hilfe von außen schaffen wir es hier nicht. Das hast du vorhin selbst gesagt."

„Da hat zum Teil der Schock aus mir gesprochen. Es gibt Menschen, die jahrelang nur von dem gelebt haben, was das Land hergibt."

„Kannst du mir eine einzige Kolonie der letzten Zeit nennen, die fast ohne Ausrüstung abgesetzt wurde und überlebt hat?"

„Nein. Aber das liegt daran, dass so etwas normalerweise nie passiert."

„Anscheinend eben doch."

Sie atmete langsam aus. „Ich gebe ja zu: Ein Kommunikationsrelais wäre ein verdammt guter Anfang."

„Bleibt nur das Problem mit deinen mysteriösen Monstern ..."

„Genau. Die hocken im Tiefland, direkt zwischen uns und der Absturzstelle."

Evan schwieg eine Minute lang und schien nachzudenken. „Lass uns erst mal zum Lager zurück. Wir finden einen Weg."

„Einverstanden. Versuchen wir, eine Route durch den Wald zu finden."

Ein konkretes Problem lösen zu müssen, gab Anya den nötigen Halt. Sie hatte zwar keine Ahnung, wie sie die kilometerweite Strecke über unwegsames Gelände voller lauernder Raubtiere bewältigen sollten, aber die Herausforderung bot ihr ein greifbares Ziel. Normalerweise blühte sie bei solchen Aufgaben auf - bei der Standortsuche für Kolonien ging es um nichts anderes als kreative Lösungen. Doch dieses Mal war es persönlich. *Habe ich bei der Begutachtung etwas übersehen? Ist es meine Schuld, dass wir in diesem Schlamassel stecken?*

Evan blickte über die Schulter zurück in Richtung der Rauchsäule, die bereits hinter dem Hügel verschwand. „Wie viel sagen wir den anderen? Wenn die ganze Gruppe erfährt, was wir gesehen haben, will die Hälfte sofort mit zum Schiff. Der Rest wird entweder resignieren oder anfangen, sich wegen der Vorräte gegenseitig an die Gurgel zu gehen."

„Der Fokus sollte erst mal auf dem Basislager liegen. Es muss ja nicht jeder von unserer Aufklärungsmission wissen."

„Also nur wir beide?"

„Ja. Wir haben deutlich mehr Überlebenstraining hinter uns als die meisten anderen." Sie atmete tief durch. „Danke, dass du dich freiwillig gemeldet hast."

„Das ist purer Eigennutz, aber gern geschehen."

Sie musterte ihn skeptisch. „Ich glaube, du bist nicht annähernd so egoistisch, wie du mich glauben lassen willst."

— — —

Evan wollte es nicht zugeben, aber Anya erwies sich als scharfsinniger, als ihm lieb war. Eigentlich hatte er vorgehabt, sein neues Leben in der Kolonie ganz auf sich und seine eigenen Bedürfnisse auszurichten. Zum ersten Mal wollte er den Druck und die Erwartung, anderen dienen zu müssen, hinter sich lassen. Solange er denken konnte, hatte er andere an die erste Stelle gesetzt – oft zu seinem eigenen Nachteil. Jahrelang war das für ihn in Ordnung gewesen, doch nach seinem letzten Auftrag war er nicht mehr bereit, so weiterzumachen.

Nun sah er sich jedoch mit Menschen konfrontiert, die Hilfe in einem Ausmaß benötigten, das er sich nie hätte vorstellen können. Auch wenn er sich selbst nicht als Überlebensexperten bezeichnet hätte, ließ sich nicht leugnen, dass er fähiger war als die meisten hier. Angesichts des strengen Auswahlverfahrens für die Kolonisten war es unwahrscheinlich, dass sich noch andere mit militärischer Ausbildung unter den Überlebenden befanden.

Er war also in einer einzigartigen Position, um genau das Wissen einzubringen, das sie jetzt brauchten.

„Ich will nicht das Kommando übernehmen, Anya“, sagte Evan nach einer Weile.

Sie zog eine Augenbraue hoch. „Wer hat denn davon gesprochen?“

„Wir treffen bereits unsere eigenen Entscheidungen. Aber ich versuche nicht, die Führung an mich zu reißen. Ich will nur das Rätsel lösen, was hier eigentlich passiert ist.“

„Wow, du gehst ja direkt aufs Ganze.“

„Wir müssen begreifen, was geschehen ist, damit wir wissen, womit wir es zu tun haben. Ist es eine Gefahr durch die Umwelt? Sabotage? Oder nur ein bizarrer Unfall?“

Sie nickte. „Du hast recht. Selbst wenn wir einen Notruf absetzen können, ist die Sache vielleicht nicht so unkompliziert.“

„Kolonieschiffe mögen anfällig sein, aber Militärschiffe sind auf Robustheit getrimmt. Die Wahrscheinlichkeit eines Unfalls ist …“

„Verschwindend gering, ich weiß.“ Anya seufzte. „Wenn wir zusammenarbeiten, finden wir es vielleicht heraus.“

Sie gingen weiter nach Westen, dorthin, wo der Wald am Hang in das Plateau überging. Das Grasland machte das Vorankommen einfach, auch wenn viele lose Steine eine ständige Stolpergefahr darstellten. Als sie den Waldrand aus der Nähe betrachtete, stellte Anya erfreut fest, dass das Gelände exakt ihren Voruntersuchungen entsprach. Wären sie hier nur planmäßig gelandet, statt abzustürzen—

„Heilige Scheiße, Evan! Wir haben doch nicht ‚nichts‘!“, rief sie plötzlich aus.

„Warte, was meinst du?“

„Wir hatten zwar noch keine Siedler vom Kolonieschiff hinuntergeschickt, aber kurz nach unserer Ankunft im Orbit gab es einen automatisierten Versorgungsabwurf. Grundlegende Vermessungsausrüstung. Zumindest sollte sie dort unten sein.“

Er bremste seine aufkommende Hoffnung sofort. „Und das fällt dir erst jetzt ein?“

Sie fuchtelte wild mit den Armen. „Entschuldige mal, ich hatte zwischendurch ein paar andere Dinge im Kopf!"

„Okay, Punkt für dich." Er sah sich um. „Wo wäre dieser Abwurf erfolgt – vorausgesetzt, er hat stattgefunden?"

Anya stemmte die Hände in die Hüften. Von ihrer aktuellen Position aus gab es kaum Orientierungspunkte. „Grob geschätzt: etwa zwei Kilometer in diese Richtung." Sie deutete tiefer ins Plateau hinein.

„Ich habe von der Kuppe aus nichts gesehen."

„Wir haben auch nicht in diese Richtung geschaut. Außerdem sind die Versorgungscontainer nicht strahlend weiß wie die Kapseln. Sie sind so lackiert, dass sie mit der Landschaft verschmelzen."

„Dafür gedacht, per Peilsender gefunden zu werden, nicht auf Sicht."

„Ganz genau. Wenn das Ding da ist …"

Er nickte. „Dann wäre das der erste Schritt zur Rettung. Wir müssen nachsehen."

4

SIE WANDERTEN ÜBER die Ebene und hielten angestrengt nach jedem Anzeichen des Versorgungscontainers Ausschau. Trotz des Horrors des Absturzes und der Ungewissheit fühlte Anya sich seltsam energiegeladen. Aethos war eine Welt von seltener Schönheit, mit dem klarsten Himmel und der frischesten Luft, die sie je geatmet hatte. Sie hatte einen Großteil ihrer Karriere damit verbracht, Planeten aus der Ferne zu bewundern, und es war jedes Mal ein Privileg, eine neue Welt physisch zu erkunden. Viele der Orte, die sie besucht hatte, fielen in die Kategorie „gerade so bewohnbar" – doch diese Welt hier war ein wahres Paradies.

„Lächelst du etwa?", fragte Evan und warf ihr im Gehen einen Seitenblick zu.

„Du musst zugeben: Wenn man den ‚Wir-sind-geliefert'-Teil dieser Katastrophe mal kurz ausblendet, ist die Landschaft wirklich spektakulär."

Er lachte leise. „Du hast dir wirklich ein schönes Fleckchen ausgesucht."

„Tut mir leid, dass wir die Landung so vermasselt haben."

„Ich schätze, das war nicht deine Schuld. Aber ich würde trotzdem gern ein ernstes Wörtchen mit deinem Chef reden und mein Geld zurückverlangen."

„Sorry, keine Rückerstattung. Hast wohl das Kleingedruckte nicht gelesen, was?"

„Glatt übersprungen. Verdammt."

„Tja, so kriegen sie einen. Jedes Mal."

Plötzlich zog Evan die Augenbrauen hoch. „Hey, ich glaube, da vorne ist was!"

Da Anya etwas kleiner war, lag das Ziel noch außerhalb ihres Blickfelds. Sie entdeckte einen kniehohen Felsen, hüpfte darauf und folgte der Linie von Evans ausgestrecktem Arm. Tatsächlich: Dort stand ein Objekt, das nicht mit der Umgebung verschmolz. Sie konnte nicht sicher sagen, ob es der Versorgungscontainer oder ein Trümmerteil des Schiffes war, aber es war definitiv eine Untersuchung wert.

Mit neuer Energie hielten sie auf das Objekt zu. Je näher sie kamen, desto deutlicher zeichnete sich die Form eines Containers ab. Er war teilweise von einem schwarzen Fallschirm verdeckt, was die Identifizierung aus der Ferne so schwierig gemacht hatte.

„Ich habe zwar immer noch ein Problem mit dem Service hier, aber die Strategie der frühen Versorgungsabwürfe sollten sie beibehalten", grinste Evan. „Das hier könnte uns glatt den Arsch retten."

„Freu dich nicht zu früh. Vielleicht ist der Inhalt völlig nutzlos für uns."

„Das finden wir nur auf eine Weise heraus."

Gemeinsam zerrten sie den Fallschirm vom Container und legten ihn beiseite, um den Stoff später zu verwerten. Das Material würde eine hervorragende Abdeckung für einen Unterschlupf abgeben, und die Leinen ließen sich für etliche Projekte nutzen. Der Container selbst war etwa neun Meter lang sowie drei Meter breit und hoch.

Anya packte den Entriegelungshebel der Luke und stemmte sich dagegen. Er bewegte sich keinen Millimeter. „Hey, hilf mir mal kurz!"

Evan packte den Hebel direkt neben ihren Händen, und sie stemmten sich gemeinsam mit ihrem ganzen Gewicht dagegen. Mit einem wütenden Ächzen des Metalls gab der Mechanismus schließlich nach. Ein scharfes Zischen entweichender Luft begleitete das Aufbrechen der Druckversiegelung.

„Ein gutes Zeichen“, kommentierte Evan trocken. „Zumindest war das Ding noch dicht.“

Anya schwang die schwere Stahltür auf. Eine Wand aus Kisten versperrte die Sicht in das schummrige Innere des Containers. Jede einzelne war mit dem markanten NovaTech-Emblem versehen – das Standard-Equipment des Planungsteams. Von außen gab es keinerlei Hinweise darauf, was sich in den jeweiligen Boxen befand.

„Die machen es einem wirklich leicht, das zu finden, was man braucht“, murmelte Evan mit schwerem Sarkasmus.

„Jede Kiste sollte ein elektronisches Inventar haben.“ Anya griff nach der obersten Box und versuchte, sie herunterzuziehen. Sie war deutlich schwerer als erwartet und entglitt ihrem Griff.

Evan machte einen Satz nach vorn, um die Kiste abzufangen, bevor sie auf ihre Füße krachen konnte.

„Danke“, keuchte Anya, während sie das schwere Teil gemeinsam das letzte Stück zu Boden gleiten ließen.

Nun, da die Oberseite der Kiste frei lag, kam tatsächlich eine Touch-Oberfläche zum Vorschein. Anya tippte darauf und weckte den Bildschirm zum Leben. Die ersten Worte, die aufleuchteten, lauteten „Vermessungsausrüstung“, gefolgt von einer endlosen, detaillierten Liste. So wertvoll die Geräte für ihren eigentlichen Zweck auch waren – für ihr unmittelbares Überleben halfen ihnen Theodolite und Bodenproben-Sets herzlich wenig.

Enttäuscht arbeiteten sie sich weiter vor und hievten eine Kiste nach der anderen aus dem Container. Die ersten vier waren ähnlich ernüchternd, doch die fünfte weckte endlich Hoffnung: „Wasseraufbereiter“.

Anya lächelte zum ersten Mal seit Stunden erleichtert. „Jetzt kommen wir der Sache schon näher.“

„Glaubst du, in diesem Container steckt alles für ein komplettes Basislager?“, fragte Evan, während sie die nächste Reihe in Angriff nahmen.

„Nein, die Wohnschutzräume gehören zu einem separaten Abwurf. Der sollte eigentlich erst später erfolgen – nicht meine Abteilung.“

Die nächste Kiste, die ihr Interesse weckte, trug die Aufschrift „Aufklärungsausrüstung". Evan scrollte durch die Inventarliste auf dem Display. „Hey, hier gibt es Ferngläser, Magnetkompasse und Markierungshilfen. Das ist genau das, was wir für unsere Wanderung brauchen."

„Absolut", stimmte Anya zu. „Die Kiste nehmen wir uns als Nächstes vor."

Sie stellten die Kiste vorerst beiseite. Sie wollten erst den gesamten Stapel sichten, bevor sie entschieden, welche Gegenstände Vorrang hatten. Je tiefer sie jedoch in den Container vordrangen, desto mehr verflog Anyas Enthusiasmus. Es wurde schmerzlich klar, dass dieses Inventar rein für wissenschaftliche Studien konzipiert worden war – und nicht dafür, Schiffbrüchige ohne jegliche Basisressourcen am Leben zu erhalten. Diese Materialien zu besitzen, war zweifellos besser als nichts, aber von einem „Freifahrtschein" für ein leichtes Überleben waren sie weit entfernt.

„Ich hatte mir mehr erhofft", gab Evan zu. Er schien ihre Enttäuschung bemerkt zu haben; sein Tonfall war längst nicht mehr so optimistisch wie zu Beginn.

„Hey, ich bin verdammt froh über den Wasseraufbereiter", hielt Anya dagegen.

„Schon klar, das ist eine große Sache – vorausgesetzt, wir finden überhaupt eine Quelle. Ich nehme nicht an, dass hier irgendwo ein Brunnenbohrer verpackt ist?"

„Eher zweifelhaft. Aber ich erinnere mich, in den Vermessungsdaten für dieses Gebiet einen Bach gesehen zu haben. Und", sie deutete auf das Display der Kiste, die sie gerade freigelegt hatten, „hier sind Schläuche. Zwar nicht als Wasserleitung gedacht, aber Schlauch ist Schlauch. Wir haben hier insgesamt fünfhundert Meter. Damit könnten wir eine Leitung bis zum Lager legen, falls wir weiter oben am Hang Wasser finden."

Evan nickte langsam. „Wir können auf dem Rückweg danach Ausschau halten."

Sie wuchteten die nächste Schicht Kisten beiseite, wodurch

ein großer Hohlraum im hinteren Teil des Containers frei wurde. Als sich Anyas Augen an die Dunkelheit gewöhnt hatten, erkannte sie die Umrisse von etwas Massivem. „Oh, das ist großartig!“, rief sie aus.

— — —

Während Evan das Fahrzeug in Augenschein nahm, konnte er Anyas Begeisterung nicht teilen. Vor ihm stand ein spartanischer Rover, der aussah, als würde er beim ersten Kontakt mit einem Ast im falschen Winkel in seine Einzelteile zerfallen. Auf dem flachen Plateau mochte das Gefährt taugen, doch in schwierigerem Gelände würde seine Nützlichkeit rapide abnehmen.

„Ich weiß, was du denkst“, sagte Evan kopfschüttelnd. „Aber nein.“

„Warum denn nicht?“, fragte sie. „Mit dem Teil könnten wir es an einem einzigen Tag bis zur Absturzstelle schaffen.“

„Das ist eine glorifizierte Aluminiumdose auf Rädern, Anya.“

„Ich glaube, du unterschätzt, was das Ding kann.“

„Hast du jemals in so einem Teil gesessen?“

„Nein“, gab sie zu.

„Nun, ich schon. Oder zumindest in etwas Ähnlichem. In unwegsamem Gelände sind die Dinger instabil wie Kartenhäuser. Und die Batteriekapazität beträgt in der Realität meist nur die Hälfte von dem, was im Handbuch steht. Für ein bisschen Stop-and-Go beim Vermessen ist das okay, aber es ist völlig ausgeschlossen, dass er uns den ganzen Weg zur Absturzstelle und wieder zurück bringt.“

„Immer noch besser, als die ganze Strecke zu laufen, oder?“

„Mag sein. Aber stell dich darauf ein, dass wir ihn dort zurücklassen müssen, wo ihm der Saft ausgeht oder er verreckt.“

Anya nickte gefasst. „In Ordnung.“ Sie betrachtete die restliche Ausrüstung. „Wir müssen den anderen von diesem Depot erzählen.“

„Vielleicht wollen sie nicht, dass wir den Rover nehmen,

wenn sie wissen, dass es eine Fahrt ohne Wiederkehr ist."

„Da hast du recht. Ich will eigentlich keine Geheimnisse vor der Gruppe haben, aber die volle Wahrheit wird wahrscheinlich nur noch mehr Probleme verursachen."

„Wir könnten ihn von hier wegschaffen und irgendwo im Wald verstecken", schlug Evan vor.

„Guter Plan."

Sie siebten die potenziell nützlichen Kisten aus, die sie beiseite gestellt hatten, und packten die wichtigsten Dinge für den Moment zusammen. Alles andere, was für ihre eigentliche Reise nützlich sein würde, verstauten sie direkt im Rover. Sobald alles verladen war, steuerte Evan das Fahrzeug ins Freie, und sie versiegelten den Container wieder.

„Wir hinterlassen den anderen eine Nachricht, wo sie das Depot finden", sagte Anya. „Wir können mit dem Rover längst über alle Berge sein, bevor sie hier eintreffen."

„Zumindest können sie uns ohne Funkgerät nicht dafür anbrüllen, dass wir den Wagen vor ihnen versteckt haben."

Plötzlich horchte sie auf. „Warte mal … ein Funkgerät ist nicht die einzige Form der Kommunikation!"

„Wie meinst du das?"

„Wir haben uns so darauf versteift, eine Nachricht von diesem Planeten abzusetzen, dass wir gar nicht darüber nachgedacht haben, wie wir anderen Überlebenden signalisieren können, wo wir sind. Wenn jemand in der Nähe ist, sollten wir ein Zeichen setzen. Ganz klassisch. Ein Signalfeuer."

„Rauchzeichen?", fragte er skeptisch.

Sie nickte. „Warum nicht? Von der Bergkuppe aus wäre es effektiver gewesen, aber ich laufe jetzt nicht noch einmal zurück. Dieses Plateau liegt im Vergleich zum Tal immer noch sehr hoch."

„Eine Leuchtpistole wäre viel einfacher. Wir haben welche in den Kapseln."

„Und die brennt wie lange? Dreißig Sekunden? Der Rauch eines Feuers ist ein dauerhaftes Signal."

„Stimmt schon, aber uns geht allmählich das Tageslicht aus. Ich möchte nachts nicht im Wald festsitzen."

„Na gut, es kann bis morgen warten“, stimmte sie zu. „Wir können dem Team, das den Container birgt, den Befehl geben, eines zu entzünden.“

„Das ist klug. Es dient uns auch als Orientierungspunkt, wenn wir unterwegs sind.“

„Eine Win-Win-Situation.“ Sie warf ihm ein strahlendes Lächeln zu, während sie in den Rover kletterte. „Lass uns losfahren.“

5

EVAN STEUERTE DEN Rover zurück in Richtung des Tals, in dem sie abgestürzt waren. Mit dem Fahrzeug legten sie die Strecke in einem Bruchteil der Zeit zurück.

„Ich hoffe wirklich, das Ding hat genug Saft, um uns den Großteil des Weges zu bringen", bemerkte Anya vom Beifahrersitz aus.

„Ich mache mir keine großen Hoffnungen, aber ich bin ganz deiner Meinung."

Zu seiner Überraschung lag er mit Anya bei den meisten wichtigen Entscheidungen auf einer Wellenlänge. Da er den Großteil seiner jüngeren Karriere als Einzelgänger gearbeitet hatte, genoss er es normalerweise, Pläne ohne die Zustimmung anderer auszuführen. Dennoch war es ein gutes Gefühl, jemanden zu haben, der ihm den Rücken freihielt, während sie sich in dieses Ungewisse wagten. Solange sie so sachlich blieb wie bisher, würden sie gut miteinander auskommen. Und es schadete sicher nicht, dass sie hübsch anzusehen war. Alles in allem hätte er es mit seinen Reisegefährten weitaus schlimmer treffen können.

Als der Rand des Plateaus in Sicht kam, bog Evan nach Norden ab. Er hielt Kurs parallel zu den Klippen und suchte den Horizont nach Bäumen ab. Nach fast zwei Kilometern entdeckte er schließlich eine Stelle, an der die schroffe Kante in einen abfallenden Hang überging, der dicht mit jungen Bäumen und Sträuchern bewachsen war.

„Ich glaube, das ist die Stelle", sagte er, nahm Gas weg und fuhr näher heran, um das Gelände zu sondieren.

Im Gegensatz zu den felsigen Klippen weiter südlich gab es hier einen fließenden Übergang zwischen dem Hang und der Hochebene. Dieser Abschnitt war von ihrem Standpunkt unten im Tal komplett hinter dem Wald verborgen gewesen. Von hier oben aus gesehen schien es jedoch so, als hätten sie Zugriff auf ein Waldstück, das sich über mindestens einen Kilometer erstreckte. Das bot ihnen genug Raum, um einen Pfad für die anderen Überlebenden zu markieren und ein sicheres Versteck für den Rover zu finden.

Evan folgte dem Waldrand noch ein Stück weiter. Etwa einen halben Kilometer entfernt entdeckte er ein dichtes Gestrüpp, das hoch genug war, um das Fahrzeug zu verbergen, und steuerte es hinein.

„Ich kann mir nicht vorstellen, dass sich irgendeiner der Kolonisten so weit hierher verirrt, bevor wir zurück sind", meinte Anya.

Evan schaltete den Motor ab. „Ich werde die Steuerung für alle Fälle sperren." Er nahm die nötigen Sicherheitseingaben vor. „Weißt du, dieser flache Hang bedeutet auch, dass dein mysteriöses Monster einen Weg hier herauf hat."

„Daran habe ich auch schon gedacht. Aber sein Revier scheint eher an die Höhe als an das Terrain gebunden zu sein – es bleibt normalerweise im Tiefland." Anya zuckte mit den Schultern. „Ich weiß natürlich nicht, wie weit es wandert, aber jenseits des Dschungeltals gab es keine Anzeichen für seine Anwesenheit. Und sollte es sich doch nach oben wagen, haben wir auf dem offenen Gelände wenigstens den Vorteil, dass wir es frühzeitig kommen sehen."

„Ein Grund mehr, alle Leute so schnell wie möglich hier heraufzubringen."

Sie schulterten ihre Rucksäcke, vollgepackt mit der Ausrüstung, die sie für den ersten Trupp im Lager als am wichtigsten erachtet hatten. Auch wenn sie nun schwer zu tragen hatten, würde der Rückweg immerhin größtenteils bergab führen.

Während sie sich nach Süden wandten, suchten sie nach dem

besten Einstieg für den Abstieg. Dichtes Gestrüpp markierte die Grenze des Waldes, bevor es hangabwärts in mächtige Baumkronen überging.

„Wie wäre es, wenn wir hier hineingehen?“, schlug Evan vor. Er deutete auf eine natürliche Lücke im dichten Laub, die von einem markanten Felsbrocken flankiert wurde - ein idealer Orientierungspunkt.

„Perfekt“, stimmte Anya zu.

Aus der Nähe wirkten die Bäume weitaus gewaltiger, als Evan aus der Ferne vermutet hatte. Einige Stämme waren so massiv, dass er und Anya sich anstrengen müssten, ihre Arme gemeinsam darum zu schließen. Das gesprenkelte Licht, das auf die glatte, hellgraue Rinde und die breiten Blätter fiel, erinnerte Evan an Hochglanzfotos aus einer Tourismusbroschüre für Naturschutzgebiete. Hoch oben in den Zweigen sangen unsichtbare Vögel, und sie passierten kleine, eichhörnchenartige Tiere, die völlig unbeeindruckt von der menschlichen Präsenz im Boden wühlten. Es war ein pulsierendes, unberührtes Ökosystem.

„Es ist wunderschön“, murmelte Anya, während sie die Umgebung in sich aufnahm. Ihre Augen leuchteten vor Staunen.

„Der Traum eines jeden Xenobiologen, was?“

„Absolut. Es geht nichts darüber, als Erste einen Fuß auf eine neue Welt zu setzen.“

„Solange man dabei nicht von irgendeinem Waldmonster gefressen wird.“

Anya lachte kurz auf. „Was soll jetzt noch schiefgehen? Viel schlimmer kann es ja kaum noch kommen.“

„Beschrei es nicht“, entgegnete Evan trocken.

Auf dem Waldboden gab es überraschend wenig Unterholz, was das Gehen angenehm machte. Allerdings schränkten die dicken Stämme die Sicht stark ein und machten es schwer, die Orientierung zu behalten.

Nach etwa hundert Metern fiel der Boden plötzlich steil ab. Der weiche Untergrund verwandelte das erste Stück des Abstiegs eher in eine Rutschpartie als in eine Wanderung. Trotz ihres schweren Rucksacks bewältigte Anya den Hang souverän; sie zögerte keine Sekunde, sich den Hosenboden schmutzig zu machen, um den Abstieg rutschend zu kontrollieren. Auch Evan landete mehr als einmal auf dem Gesäß, wenn der lockere Boden unter seinen Stiefeln nachgab.

Dreckig, aber unversehrt, erreichten sie schließlich einen flacheren Abschnitt, in dem die Bäume lichter standen. Sie genossen den Marsch durch das gefilterte Licht noch einen halben Kilometer lang, bis plötzlich ein weißer Umriss zwischen den Stämmen auftauchte – ein Fremdkörper in dieser Natur.

„Hey, ist das eine Kapsel?" Anya deutete auf das weiße Objekt, das halb hinter Bäumen verborgen lag.

Evan trat einen Schritt zur Seite, um einen besseren Winkel zu bekommen. „Ich glaube, du hast recht!" Er hielt direkt darauf zu.

Als sie sich der abgestürzten Kapsel auf wenige Dutzend Meter genähert hatten, war klar, dass es keinerlei Anzeichen von Bewegung gab. Da seit dem Absturz Stunden vergangen waren, verhieß die Stille nichts Gutes. Evan verlangsamte seine Schritte und sicherte die Umgebung.

Die Kapsel war noch immer versiegelt. Obwohl sie im freien Fall durch die Baumkronen gekracht war, schien die Außenhülle bis auf tiefe Kratzer und Schlammspuren intakt zu sein. Die Landung hatte mehrere Bäume wie Streichhölzer geknickt und eine zwanzig Meter lange Schneise der Zerstörung bis zum endgültigen Ruhepunkt gepflügt.

Evan umrundete das Wrack bis zur seitlichen Luke. Das Außendisplay blinkte in einem warnenden Rot und signalisierte einen kritischen Systemfehler; die Energiereserven waren fast erschöpft.

„Wir müssen das Ding aufkriegen", sagte er. Er sprang auf einen umgestürzten Stamm, um die Luke zu erreichen, und aktivierte manuell die Druckausgleichssequenz. Mit einem gequälten Zischen schwang die Tür auf.

Sie spähten ins Innere. Der Passagier hing reglos in den Sicherheitsgurten.

„Hey! Wir sind hier, um zu helfen!", rief Anya mit brüchiger Stimme.

Es war zwecklos. Die Kabine war mit Blut bespritzt; die dunkelroten, fast schwarzen Flecken auf der Kleidung der Person ließen keinen Zweifel daran, dass sie schon vor langer Zeit gestorben war.

Anya schlug sich entsetzt die Hand vor den Mund. „Gott … das ist so viel Blut."

„Zu viel." Evan kletterte halb in die enge Kabine, um sich ein Bild zu machen. Die Spritzmuster an den Wänden stammten vermutlich von dem unkontrollierten Trudeln während des Falls, ähnlich wie bei seiner eigenen Landung. Doch das erklärte noch nicht die Ursache für einen derart massiven Blutverlust.

Er unterdrückte das flaue Gefühl in seinem Magen und kroch das restliche Stück hinein. Im schummrigen Licht entdeckte er blutige Handabdrücke und Schleifspuren, die von der Luke zurück zum Sitz führten. Auch das Gurtzeug war verschmiert. Die Puzzleteile fügten sich zu einem grausamen Bild zusammen, als Evan die Schusswunde im Unterleib des Passagiers entdeckte.

„Anya? Weißt du noch, wie wir gewitzelt haben, dass es kaum noch schlimmer kommen könnte?"

Sie nickte zögerlich, unfähig, den Blick abzuwenden. „Ja …"

„Tja", sagte Evan und deutete auf die Wunde. „Jetzt ist es so weit."

— — —

„Wie meinst du das?", fragte Anya mit brüchiger Stimme. Sie kämpfte sichtlich darum, die Fassung zu wahren, doch die Grausamkeit der Szene trieb sie an ihre Grenzen.

„Dieser Mann wurde angeschossen, noch bevor er die Kapsel betrat", erklärte Evan und deutete auf den zerfetzten, blutigen Stoff auf der Brust des Toten.

Von der Luke aus konnte Anya die Details der Wunde nicht genau erkennen. „Könnte ein Trümmerteil beim Eintritt die Hülle durchschlagen haben?"

„Die Kapsel stand unter Druck, als wir sie geöffnet haben. Es gab kein Leck."

„Stimmt. Guter Punkt." Anya wusste, dass ihr Einwand reines Wunschdenken gewesen war. Sie atmete tief durch, um sich zu beruhigen, und schmeckte das metallische Aroma von Eisen in der Luft. „Mit anderen Worten: Er wurde während des Chaos ermordet, das die Evakuierung des Schiffs erzwang."

„Das ist meine Vermutung."

„Was uns zur nächsten Frage bringt ... Warum?"

Evan starrte finster auf den Leichnam hinab. „Falscher Ort, falsche Zeit? Oder ist er selbst der Schlüssel zu dem, was passiert ist?"

Anya trat zaghaft auf den blutverschmierten Boden der Kabine. „Lass uns nach einem Ausweis suchen." Sie zwang sich, ihren wissenschaftlichen Verstand einzuschalten, und begann den Körper abzutasten, so wie sie es bei Tiersektionen gelernt hatte. Sie hielt den Atem an, als sie unter den leblosen Körper griff. Ihre Fingerspitzen stießen auf die glatte Kante einer Karte.

„Ich hab was." Anya zog das Plastik hervor und wischte das Blut grob ab. Der Ausweis zeigte das Porträt des Mannes und das Logo seines Arbeitgebers: NovaTech. „Oh ... oh nein." Sie schüttelte den Kopf, die Augen weit vor Entsetzen.

„Was ist?"

„Er ..." Ihre Stimme versagte kurz, dann entwich ihr ein nervöses Lachen, um den Druck in ihrer Brust zu lösen. „Er war eine Art Verbindungs-Offizier des Konzerns. Sein Job war es, die gesamte Expedition zu überwachen und zwischen NovaTech, der Regierung und dem Militär zu koordinieren."

„Also genau der Mann, der am anderen Ende der Leitung gesessen hätte, wenn jemand nach uns gesucht hätte?", kombinierte Evan.

„Jep."

„Und der Erste, dem aufgefallen wäre, wenn hier etwas faul läuft?"

„Exakt."

„Das bedeutet, er wurde gezielt ausgeschaltet, damit der Plan – was auch immer unser Schiff zerstört hat – ungestört ablaufen konnte."

Sie nickte langsam. „Das gefällt mir ganz und gar nicht."

„Das ist jetzt unsere Realität, Anya. Wir müssen den Tatsachen ins Auge sehen."

„Was mich am meisten fertig macht, ist der Gedanke, dass uns jemand alle tot sehen wollte."

„Oder zumindest gestrandet und ohne jede Möglichkeit, Hilfe zu rufen."

Anya verschränkte die Arme vor der Brust. „Aber warum? Mir fällt beim besten Willen kein Motiv für so einen Aufwand ein."

„Weil uns noch entscheidende Puzzleteile fehlen." Evans Stirn lag in tiefen Falten. Sein Blick wanderte zwischen dem Toten und dem Terminal der Kapsel hin und her, als suchte er nach einem weiteren versteckten Hinweis.

„Ich glaube nicht, dass wir die Antworten hier drin finden", sagte sie schließlich. „Wir müssen zum Eskortschiff. Dessen Flugschreiber ist unsere einzige Chance zu erfahren, was in den Minuten vor dem Absturz wirklich geschah."

„Einverstanden."

„Lass uns die Notfallausrüstung aus der Kapsel bergen und verschwinden. Morgen liegt ein verdammt harter Tag vor uns."

6

EVAN HATTE IN seinem bewegten Leben genug gesehen, um eine Verschwörung sofort zu wittern, wenn er über eine stolperte. Doch nichts, womit er es bisher zu tun gehabt hatte, kam auch nur annähernd an das Ausmaß dieser Katastrophe heran: die gezielte Sabotage der Kolonisierung einer neuen Welt.

Drogenschmuggel, Waffenhandel – er verstand es, sich in der kriminellen Unterwelt zu bewegen. Aber Wirtschaftsspionage und interstellare Politik spielten in einer völlig anderen Liga. Und er vermutete, dass dieses Parkett genauso düster und gefährlich war wie die Schwarzmärkte, die er kannte – wenn nicht sogar noch tödlicher.

Auf dem restlichen Rückweg sprachen er und Anya kaum ein Wort. Eine Leiche zu sehen, noch dazu ein Mordopfer, hatte die Eigenschaft, jede Stimmung im Keim zu ersticken. Doch die Erkenntnis, dass ihre Lage weitaus komplizierter war als gedacht, entfachte in Evan eine neue Dringlichkeit. So sehr er auch versucht hatte, sein altes Leben hinter sich zu lassen: Er war darauf trainiert worden, wie ein Ermittler zu denken. Nun, da ein Fall vor ihm lag, verlangte sein Verstand nach Antworten.

Sie markierten den Weg mit Sprühfarbe, die sie aus dem Versorgungscontainer mitgenommen hatten. Diese Route war deutlich einfacher als die Kletterpartie an den Klippen und würde einen passablen Pfad abgeben, über den die anderen Überlebenden später das Plateau erreichen konnten.

Den richtigen Punkt für den Austritt aus dem Wald zu

finden, erwies sich als knifflig. Sie schätzten die Entfernung zum Hang ab, um die felsigen Steilwände zu umgehen, und arbeiteten sich langsam vor. Als sie schließlich die Baumgrenze erreichten, lag das provisorische Lager etwa einen halben Kilometer unter ihnen im Abendlicht.

Anya lächelte erschöpft. „Das hätten wir kaum besser planen können."

„Wenigstens eine Sache, die heute mal nach Plan funktioniert hat", erwiderte Evan mit einem flüchtigen Lächeln.

In Wahrheit hatten sie bisher unverschämtes Glück gehabt. Beide hätten beim Absturz sterben können, und die Ausbeute an Vorräten war weitaus besser, als er gehofft hatte. Alles in allem standen sie ziemlich gut da – für zwei Menschen, die im Zentrum einer interstellaren Katastrophe gestrandet waren.

Als sie den grasbewachsenen Hang hinunterstiegen, empfing sie aufgeregtes Stimmengewirr vom Lagerplatz. Peter sah sie kommen und rannte ihnen mit einem breiten Grinsen entgegen. „Gut, dass ihr zurück seid! Was habt ihr gesehen?"

„Keine weiteren Überlebenden oben auf dem Plateau, aber wir haben weitere Kapseln entdeckt, die über den Hang verstreut sind", antwortete Evan wahrheitsgemäß, ließ aber die düsteren Details vorerst weg. „Morgen ein paar Späher auszusenden, wäre eine gute Idee."

Peter nickte. Seine Brauen zogen sich kurz zusammen, doch er wirkte immer noch optimistisch. Da man ihn in einer Führungsposition zurückgelassen hatte, schienen die Dinge im Lager zumindest halbwegs unter Kontrolle zu sein.

„Die Suche nach Brauchbarem muss gut gelaufen sein, wenn du so übers ganze Gesicht strahlst", sagte Anya und sprach damit Evans Gedanken aus.

„Und ob!", rief Peter begeistert. „Eine Notfall-Versorgungskapsel!"

Evans Stimmung hellte sich augenblicklich auf. „Ist sie intakt?"

„Sie hat beim Aufprall einiges abbekommen, aber der Inhalt ist Gold wert. Wir sichten gerade noch die Bestände."

Anya ließ sich von der Euphorie anstecken. „Wo ist sie?"

„Etwa einen Kilometer in diese Richtung." Er deutete nach Südosten. „Hey, Cora! Gehst du rüber zur Versorgungskapsel?"

„Ja", rief eine junge Frau mit blondem Zopf zurück. „Warum?"

„Nimm die beiden mit. Sie können bei der Inventur helfen." Peter winkte sie weiter, hielt dann aber kurz inne. „Was ist mit euch? Habt ihr da oben sonst noch etwas Bemerkenswertes entdeckt?"

„Darüber reden wir später", wich Anya geschickt aus. „Sagen wir einfach, wir sollten weiterhin davon ausgehen, dass wir erst einmal auf uns allein gestellt sind."

Peter nickte verständnisvoll. „Alles klar, wir machen hier weiter." Er wandte sich wieder seiner Arbeit zu.

Evan und Anya folgten Cora den Hügel hinab. Als sie sich der Absturzstelle näherten, wurde ihnen klar, dass sie diese Kapsel von der Kuppe aus zwar gesehen, sie aber fälschlicherweise für eine normale Rettungskapsel gehalten hatten. Sie war nicht annähernd so massiv wie der Forschungscontainer vom Plateau, doch echte Überlebensausrüstung war in ihrer Lage ohnehin wertvoller.

Drei Leute waren gerade dabei, Kisten aus dem Inneren zu hieven und sie in Gruppen auf dem Gras zu sortieren.

„Irgendwas Brauchbares dabei?", fragte Anya in die Runde.

„Im Moment ist hier drin alles brauchbar", antwortete ein Mann mittleren Alters. Er richtete sich mühsam auf und drückte seinen Rücken durch. „Aber ja – ein paar Sachen werden uns den Hintern retten." Er wies auf die Stapel. „Da drüben haben wir MealPaks. Eine Handvoll Zelte und Decken liegen in diesem Haufen. Aber das eigentliche Juwel wartet noch da drin." Er zeigte auf das Innere der Kapsel.

Die Aufschrift auf der Seite war fettgedruckt und unmissverständlich: **WOHNSCHUTZRAUM – KAPAZITÄT 50.**

Mit siebenundvierzig Überlebenden im Lager hätte der Fund kaum perfekter sein können.

„Das ist fantastisch!" Anya strahlte. „Kein Wunder, dass Peter so begeistert war."

„Ich freue mich ehrlich gesagt mehr über das Essen. Mit den MealPaks und den Rationen aus den Kapseln kommen wir etwa eine Woche weit, sofern wir uns auf zwei Mahlzeiten am Tag beschränken."

„Eine Woche verschafft uns die Zeit, die wir brauchen, um uns mit Jagen und Sammeln vertraut zu machen. Ich kann euch zeigen, welche Pflanzen hier essbar sind", bot Anya an.

Und wann genau willst du diese Einweisung geben?, fragte sich Evan im Stillen. Sie hatten schließlich beschlossen, bereits morgen früh aufzubrechen. Er beschloss, sie das selbst regeln zu lassen.

Anyas Augen leuchteten plötzlich auf, als sie eine bestimmte Kiste entdeckte. „Ich fange mal mit der hier an!", rief sie und trug sie entschlossen davon.

Evan konzentrierte sich darauf, den anderen Überlebenden beim Entladen der Frachtkapsel zu helfen. Sie mussten den Bestand zügig aufnehmen, damit der Weg für den Wohnschutzraum frei wurde. Die verbleibenden zwölf Kisten bargen weitere praktische Ausrüstung: Taschenlampen, Feldflaschen und Feuerstarter. Es war genug, um ihnen eine reelle Überlebenschance zu bieten.

Doch kaum war die Kleinausrüstung beiseite geschafft, stand das Team vor einer weitaus größeren Herausforderung.

„Wie zum Teufel sollen wir dieses Ungetüm bewegen?", fragte Cora und sprach damit aus, was alle dachten.

Obwohl das Modul ein unglaublicher Segen war, wog der Wohnschutzraum laut den Spezifikationen fast eine Tonne. Zudem benötigte er für den Aufbau eine halbwegs ebene Fläche von zwanzig mal zwanzig Metern. Hier am Hang gab es nichts, was auch nur annähernd als „eben" durchging. Das bedeutete, sie müssten den schweren Schutzraum mühsam durch den Wald bis hinauf auf das Plateau schleppen.

„Das wird ein Problem für morgen sein", entschied Evan. „Es ist bereits zu spät, um ihn für heute Nacht noch aufzubauen. Lassen wir ihn hier und bringen erst einmal die restlichen Vorräte ins Lager."

— — —

Das Schleppen der schweren Kisten den steilen Hang hinauf war eine schmerzhafte Erinnerung daran, dass Anya in den letzten Jahren viel zu viel Zeit am Schreibtisch verbracht hatte. Die Wanderung am Vormittag war noch kein Problem gewesen, doch die schwere Last zehrte nun, da sie ohnehin schon erschöpft war, rasant an ihren Reserven.

Als die Gruppe mit der Beute im Hauptlager ankam, wollte Anya sich eigentlich nur noch auf einen Schlafsack rollen und die Welt für ein paar Stunden vergessen. Doch es standen noch Gespräche an, die keinen Aufschub duldeten.

Sobald sie die Kisten abgestellt hatten, zog Evan sie ein Stück beiseite. „Wann willst du mit Peter reden?"

Sie waren sich einig gewesen, dass sie zumindest einen Mitwisser brauchten, bevor sie zur anderen Absturzstelle aufbrachen – und Peter war die logische Wahl. „Wahrscheinlich am besten sofort", sagte Anya. „Bist du sicher, dass wir den Rover verschweigen sollten?"

„Nur, wenn du vorhast, die ganze Strecke zu Fuß zu gehen. Sobald sie davon erfahren, werden sie ihn als die ultimative Lösung betrachten, um das Wohnmodul aufs Plateau zu wuchten."

„Vielleicht ist er das ja auch."

„Vergiss es. Das Teil bewegt niemals so eine Last. Sicher, er könnte eine kleine Hilfe sein, aber es ist wahrscheinlicher, dass sie den Rover dabei ruinieren, als dass er ihnen am Ende wirklich Arbeit erspart."

Sie nickte langsam. „Dann konzentrieren wir uns auf unsere Mission."

Informationen zurückzuhalten, widersprach ihrer Natur zutiefst. Evan schien es deutlich leichter zu fallen, was in ihrem Hinterkopf die Frage aufwarf, was das über ihn aussagte – und ob er auch ihr gegenüber Dinge verschwieg. Seine Bemerkungen deuteten auf eine Vergangenheit in ziemlich zwielichtigen Kreisen hin, was seine Zuverlässigkeit auf lange Sicht fragwürdig erscheinen ließ. Doch im Moment war sie auf ihn angewiesen. Besonders jetzt, da sie wussten, dass der Verbindungsoffizier ermordet worden war, hing alles davon ab, im Wrack des Militärkreuzers funktionierende Kommunikationsausrüstung zu finden.

Ein finsterer Gedanke schoss ihr durch den Kopf: *Was, wenn Evan der Mörder ist?*

Er wirkte nicht wie ein kaltblütiger Mörder, aber Soziopathen und Profikiller konnten oft als vollkommen sympathische Menschen durchgehen. Er war aufrichtig überrascht gewesen, als sie auf die Leiche stießen – doch diese Überraschung hätte auch der Erkenntnis gelten können, dass sie über Beweise gestolpert waren, die eigentlich in der Atmosphäre hätten verglühen sollen.

„Hey, alles okay bei dir?", fragte Evan.

Anya bemerkte, dass sie wie erstarrt ins Leere gestarrt hatte, während ihre Gedanken rasten. „Äh, ja. Ich überlege nur, wie ich es formulieren soll."

„Kommen dir Zweifel an unserem Aufbruch?"

„Nein. Vielleicht." Sie trat unbewusst einen Schritt von ihm zurück.

Evan legte den Kopf schief und kniff die Augen zusammen; ihr plötzlicher Stimmungsumschwung war ihm nicht entgangen. „Lass uns reden." Er gab ihr ein Zeichen, ihm hinter eine der Kapseln zu folgen – der einzige Ort im Lager, der zumindest ein Minimum an Privatsphäre bot. „Was ist los, Anya?"

Sie senkte ihre Stimme zu einem Flüstern. „Da oben im Wald liegt ein ermordeter Mann. Der Mörder könnte mitten unter uns sein. Er könnte du sein." Sie sah ihn eindringlich an und suchte nach dem kleinsten Riss in seiner Mimik.

Evan lachte leise und schüttelte den Kopf. „Ich bin es nicht, ich verspreche es."

„Das würde der Mörder auch sagen."

„Sicher. Und wenn du das glauben willst, werde ich nichts sagen oder tun können, um dich vom Gegenteil zu überzeugen."

Ihre Wangen röteten sich vor Scham. „Es tut mir leid. Du hast recht. Wenn du mich hättest töten wollen, hättest du heute mehr als genug Gelegenheiten dazu gehabt."

Er lächelte schwach. „Ich habe ein sehr großes Interesse daran, dass du am Leben bleibst."

„Wie beruhigend."

„Was es auch wert sein mag: Ich glaube nicht, dass der Schütze hier im Lager ist."

„Wie kommst du darauf?", fragte sie.

„Alle hier standen unter Schock. Jemand, der einen Menschen aus nächster Nähe erschießt, ist zu kalt und berechnend, um in dieser panischen Menge einfach so unterzutauchen."

Sie musste seiner Logik zustimmen. Zudem wurde ihr klar, dass Evans Gelassenheit eine antrainierte Haltung war, kein Zeichen von Gefühlskälte. Er strahlte keine mörderische Aura aus. „Ich möchte dir vertrauen."

„Aber es fällt dir schwer, weil ich so ein Geheimnis aus meiner Vergangenheit mache?"

„So ungefähr."

Er atmete tief aus. „Ich habe meine Ausbildung bei der UPDF erhalten. Seitdem habe ich … eine Menge Dinge getan."

„Das dachte ich mir." Die United Planetary Defense Force war einer der wenigen Orte, an denen man lernte, mit bloßen Händen und ohne High-Tech zu überleben. Doch die meisten UPDF-Soldaten, die Anya kannte, waren eher stumpfe Werkzeuge als feine Instrumente. Evan wirkte hingegen wie eine chirurgische Klinge.

Evan schüttelte den Kopf und ein amüsiertes, wenn auch müdes Funkeln trat in seine Augen. „Oh, so eine bist du also?"

„Eine was?"

„Eine von denen, die glauben, dass jeder bei der UPDF nur ein hohlköpfiger Befehlsempfänger war."

Anyas Wangen brannten. Ihr war nicht klar gewesen, dass ihre Gedanken so offen in ihrem Gesicht geschrieben standen. „Das denke ich überhaupt nicht", erwiderte sie – eine Halbwahrheit. Zwar traf das auf viele Soldaten zu, die sie in der Vergangenheit getroffen hatte, doch Evan passte in keinem Punkt in dieses Raster.

„Warum dann dieser Tonfall?"

„Ich wollte dich nicht beleidigen. Ich versuche nur, die Puzzleteile in meinem Kopf zusammenzusetzen. Aber eine militärische Laufbahn ist ja nichts, was man geheim halten müsste."

„Nach meiner Zeit dort bin ich zum UPA Security Corps gewechselt."

„Ah, ein Cop also."

„Meine Arbeit dort war ein wenig … spezieller. Diskreter."

Anya nickte nachdenklich. „Das erklärt einiges."

„Ich hoffe, das hat meine mysteriöse Aura jetzt nicht völlig ruiniert. Ich kann schließlich nicht mein ganzes Pulver auf einmal verschießen." Er schenkte ihr ein charmantes Lächeln, das fast echt wirkte.

„Es ist zumindest beruhigend zu wissen, dass du deine Talente für die gute Seite eingesetzt hast."

„Zumindest aus der damaligen Perspektive." Sein Lächeln erlosch so schnell, wie es gekommen war. Unter der Oberfläche lauerte definitiv etwas Dunkleres, eine Bitterkeit, die tiefer saß als bloße Erschöpfung.

Anya musterte ihn und wog ab, ob sie nachhaken sollte. Nur weil er behauptete, ein Offizier des Security Corps gewesen zu sein, hieß das noch lange nicht, dass er ein ehrlicher Partner war. „Mehr werde ich wohl im Moment nicht aus dir herausbekommen, oder?"

Er schüttelte den Kopf. „Tut mir leid, Anya. Es ist kompliziert, und der Tag war die reinste Hölle. Ich habe gerade nicht die Kraft, das alles aufzurollen. Lass uns die Arbeit erledigen. Auf unserer Expedition haben wir noch genug Zeit zum Reden."

„Oh, eine ‚Expedition' also?"

„Klingt ein bisschen weniger nach Verzweiflungstat und Wahnsinn, findest du nicht?"

„Einverstanden." Obwohl sie kaum neue Fakten erhalten hatte, fühlte sie sich ruhiger. Sie war weit davon entfernt, ihm blind zu vertrauen, aber die Tatsache, dass er ihr direkt in die Augen gesehen und zumindest einen Teil des Schleiers gelüftet hatte, war ein Anfang.

Plötzlich gellten Rufe vom anderen Ende des Lagers zu ihnen herüber. Anya schrak zusammen. „Was war das?"

„Keine Ahnung." Evan war bereits losgelaufen, noch bevor der Satz beendet war.

Die Stimmen klangen verzweifelt, auch wenn die Worte auf die Entfernung noch unverständlich blieben. Anya machte sich auf das Schlimmste gefasst und rannte ihm durch die verstreuten Trümmer hinterher. Als sie um eine der zentralen Kapseln bog, erreichte sie den Bereich, der als provisorische Krankenstation diente. Mehrere Personen standen gedrängt um einen der Patienten. Ihre Gesichter waren bleich, gezeichnet von purem Entsetzen.

Anya verlangsamte ihre Schritte, als sie sich dem Kreis näherte. „Was ist passiert?"

Eine der Frauen starrte mit vor den Mund gepresster Hand auf den Boden und schüttelte nur fassungslos den Kopf.

Eine ältere Frau neben ihr fand mühsam ihre Stimme wieder. „Er hat es nicht geschafft." Mit zitternden Fingern zog sie die Decke zurück, die über den Körper gebreitet worden war.

Ein kurzer Blick genügte Anya, um den Mann zu erkennen, dem sie kurz nach dem Absturz aus den rauchenden Trümmern geholfen hatte. Ihr Magen zog sich zusammen; eine Welle der Traurigkeit brandete auf, nur um sofort von einer kalten Erleichterung abgelöst zu werden. Sie hatte befürchtet, er würde tagelang an seinen inneren Verletzungen dahinsiechen. In dieser Welt war ein schneller Tod eine Gnade.

„Was machen wir mit … der Leiche?", fragte die Frau zaghaft in die Stille hinein.

Evan trat hinter Anya. Sie spürte seine Präsenz, noch bevor sie sich zu ihm umwandte, um stumm seine Einschätzung einzuholen.

„Es ist zu gefährlich, ihn im Lager zu behalten, solange wir nicht wissen, welche aasfressenden Tiere hier draußen lauern", antwortete er auf ihre unausgesprochene Frage. „Aber eine der Transportkisten, die wir heute geborgen haben, sollte groß genug sein. Wir betten ihn darin zur Ruhe und bringen ihn für die Nacht außerhalb des Perimeters unter. Morgen wird er beerdigt."

Anya nickte mechanisch. „Wenn niemand einen besseren Vorschlag hat, ist das der würdigste Weg."

Niemand widersprach.

Sie machten sich an die grausige Aufgabe, den Toten nach nützlichen Gegenständen zu durchsuchen. Die Kleidung war zu blutverschmiert, um sie zu retten, doch sie zogen ihm die festen Stiefel aus – in dieser Wildnis ein unschätzbares Gut. In seiner Jackentasche fanden sie ein Datapad, das sie zu den anderen Fundstücken legten. Das Gerät selbst war verschlüsselt, doch seine Hardware-Komponenten konnten später vielleicht umfunktioniert werden.

Anya erschrak vor sich selbst und der emotionalen Distanz, die sie plötzlich einnahm. Einen so tragischen Tod mitzuerleben, hätte sich wie ein Schlag in die Magengrube anfühlen müssen, doch stattdessen spulte sie die notwendigen Handgriffe ab, als hätten sie keinerlei Gewicht.

Auch Evan war das Sinnbild kühler Professionalität. Vielleicht half ihr sein beruhigender, fast stoischer Einfluss dabei, den Körper in die Kiste zu betten – oder vielleicht war sie einfach zu betäubt, um das Geschehene noch zu verarbeiten. In jedem Fall war sie dankbar, dass sie die Situation überstand, ohne die Fassung zu verlieren.

Nachdem sie die versiegelte Kiste hundert Meter weit über die Lagergrenze geschleift hatten, kehrten Anyas Gedanken mühsam zu den drängenden Problemen zurück. Sie suchte Peter auf.

Der ältere Mann half gerade dabei, das letzte Teilstück des Sicherungszauns für die Nacht zu verankern. Die Sonne war bereits hinter dem Horizont versunken; sie wurden gerade rechtzeitig fertig.

„Peter? Ein Wort unter vier Augen?", bat Anya.

Er nickte ernst und folgte ihr in den Schatten hinter eine der

Kapseln. „Wie lief euer Tag da draußen wirklich?“

„Kannst du das, was ich dir gleich sage, erst einmal für dich behalten?“, fragte Anya leise.

„Warum die Geheimniskrämerei?“

„Weil wir noch nicht wissen, wer hier im Lager wie auf extremen Stress reagiert. Wir müssen eine Panik vermeiden. Ich denke, es ist am besten, wenn wir bestimmte Details nur mit jenen teilen, die bewiesen haben, dass sie einen kühlen Kopf bewahren.“

„Einverstanden. Aber Cora, Don und Amelia waren heute unverzichtbar. Ich möchte sie nicht im Dunkeln lassen.“

„Sicher, weihe sie ein“, stimmte Anya zu. Sie skizzierte ihm ihren Plan, das Eskortschiff zu suchen, und berichtete von dem Versorgungsabwurf auf dem Plateau. Zum Abschluss überreichte sie ihm eine grobe Karte, die sie auf ein weißes Hemdstück gezeichnet hatte – gespickt mit Notizen zu Orientierungspunkten, dem Waldpfad und dem Container. „Sobald ihr oben seid, entfacht ein Signalfeuer. Das ist das Zeichen für uns, dass ihr sicher seid, und es alarmiert alle Überlebenden, die eure Späher vielleicht übersehen.“

„Wir werden den Weg finden“, versicherte Peter fest.

„Ich habe Cora heute Nachmittag bereits ein paar essbare Pflanzen gezeigt; oben auf dem Plateau wachsen sie in Hülle und Fülle. Auch die Tiere, die ihr im Wald in Fallen fangen könnt, sind genießbar. Es wird kein Spaziergang, aber es ist möglich, sich hier eine Existenz aufzubauen – selbst ohne die Ausrüstung, die wir eigentlich haben sollten.“ Anya war zutiefst dankbar, dass sie auf die Daten ihrer vorläufigen planetaren Begutachtung zurückgreifen konnte. Das Wissen um sichere Nahrungs- und Wasserquellen war der einzige Faktor, der zwischen ihnen und dem sicheren Hungertod stand.

Peter nickte zuversichtlich. „Ich habe heute mit einem ehemaligen Landwirt und einem Viehzüchter gesprochen. In der Gruppe herrscht viel Tatendrang. Wir kriegen das schon hin.“

Anya legte ihre Hand auf seinen Arm. „Danke, Peter. Dass du in die Bresche gesprungen bist.“

Er lächelte milde. „Ich habe fünf Söhne großgezogen. Ich

weiß, was es heißt, mit gutem Beispiel voranzugehen."

„Nun, für die Menschen hier ist dein Einsatz lebenswichtig."

„Du bist selbst eine Macherin, Anya. Es gehört verdammt viel Mut dazu, sich da draußen ins Ungewisse zu wagen."

„Jemand muss es ja tun."

Peter strahlte sie an. „Wenn ihr zurückkommt, haben wir hier einen richtigen Hof aufgebaut. Ihr werdet schon sehen!"

„Daran habe ich keinen Zweifel." Anya wünschte, sie könnte seine Worte wirklich glauben, doch sie hatte an diesem Tag zu viel Grauen gesehen, um seinen ungebrochenen Optimismus zu teilen. „Bevor ich gehe … gibt es noch etwas anderes, das du wissen musst."

7

ES DAUERTE NUR ein paar Minuten, bis Evan bemerkte, dass Anya aus seinem Blickfeld verschwunden war. Ohne dass es eine bewusste Entscheidung gewesen wäre, waren sie seit der Bruchlandung praktisch unzertrennlich gewesen. Trotz seines ausgeprägten Hangs zum Einzelgängertum war ihre Partnerschaft in dieser Ungewissheit zu einem Anker geworden.

Da auch Peter nirgends zu sehen war, lag der Schluss nahe, dass Anya ihn beiseitegenommen hatte, um ihre Entdeckungen zu besprechen. Hoffentlich war er mit dem Plan einverstanden.

„Hast du Hunger?“, fragte eine Frau hinter ihm.

Er drehte sich um. Er kannte ihr Gesicht aus dem Lager, doch sie hatten noch kein Wort gewechselt. „Und wie.“

„Wir müssen rationieren, aber hoffentlich stillt das den ersten Heißhunger.“ Sie reichte ihm ein MealPak.

Die Aufschrift versprach „Fleischeintopf“, und Evan wusste aus Erfahrung, dass der Inhalt so vage war wie der Name. „Danke.“

Er suchte sich eine Kiste und setzte sich, um das Fertiggericht vorzubereiten. Es war Jahre her, dass er eines dieser Pakete in der Hand gehalten hatte, doch die Handgriffe für die Selbsterhitzung saßen noch tief im Muskelgedächtnis.

„Hey, wie hast du das gemacht?“, fragte ein Mann, der auf einer Kiste in der Nähe hockte und frustriert an seiner ramponierten Packung herumnestelte.

„Du musst das Siegel hier unten mit Kraft durchbrechen.“

Evan legte sein Essen kurz beiseite, ging hinüber und aktivierte mit einem gezielten Griff den chemischen Erhitzungsprozess, bevor er es dem Mann zurückgab.

„Wow, danke! Da wäre ich nie drauf gekommen."

Evan schluckte den Kommentar über die fettgedruckte Anleitung und das Diagramm auf der Rückseite herunter. Es war für alle ein verdammt langer Tag gewesen. „Die Dinger sind tückisch."

Sobald der Dampf aus seinem eigenen Beutel aufstieg, riss er ihn auf und fing an zu essen. Es schmeckte genauso mittelmäßig, wie er es in Erinnerung hatte. Als er die letzten Bissen verdrückte, kehrten Anya und Peter in die Mitte des Lagers zurück. Keiner von beiden sah sonderlich glücklich aus.

Evan fing Anya ab. „Wie lief's?"

„Hätte besser sein können."

„Gibt es etwas, das ich wissen sollte?"

„Wir reden später."

Der Rest des Lagers richtete sich für die Nacht ein. Da der Himmel klar blieb, breiteten die meisten ihre Schlafsäcke direkt auf dem Boden aus. Evan wählte einen Platz im Schatten einer Notfallkapsel am äußeren Rand – strategisch günstig für einen lautlosen Aufbruch im Morgengrauen.

Eine Viertelstunde später tauchte Anya mit ihrem Gepäck auf. „Stört es dich, wenn ich mich hier dazulege?"

„Ganz und gar nicht. Bleibt es bei morgen?"

Sie nickte schwerfällig. „Ich habe Peter über das Depot und die Ausrüstung informiert."

„Auch über den …?"

„Ich wollte es eigentlich verschweigen, aber als er fragte, wie wir die schweren Kisten transportieren wollen, ist es mir herausgerutscht. Bis dahin lief das Gespräch eigentlich gut."

„War er sauer?"

„Eher frustriert. Aber er sieht ein, dass die Kommunikationsanlage des Kreuzers oberste Priorität hat. Er wird ein paar Leute einweihen, die den Laden hier zusammenhalten, während wir nach Antworten suchen." Sie hielt kurz inne und senkte die Stimme. „Ich habe ihm auch von der Leiche erzählt."

„Anya ..."

„Ich konnte nicht weggehen, ohne jemanden vorzuwarnen. Was, wenn der Mörder noch hier ist?"

Evan nickte widerstrebend. „Hoffen wir einfach, dass sie sich nicht mit gegenseitigen Anschuldigungen zerfleischen, während wir weg sind."

„Immer noch besser als die Alternative."

Evan war sich da nicht so sicher, aber er hatte keine Lust auf eine Debatte. Er rollte sich auf die Seite und rückte seinen Rucksack zurecht, der ihm als hartes Kopfkissen diente. „Schlaf etwas. Wir werden die Kraft brauchen."

—

Evan schreckte hoch. Am Horizont war noch kein Schimmer von Licht zu sehen, doch irgendetwas hatte ihn jäh aus dem Schlaf gerissen. Er lag vollkommen reglos da und lauschte in die Finsternis.

Ein Scharren und Schnüffeln drang aus der Ferne an sein Ohr. Die Geräusche kamen zweifellos aus der Richtung, in der sie die Leiche des Mannes in der Kiste zurückgelassen hatten. Neben ihm schlug Anya die Augen auf. Sie blinzelte verwirrt, doch als sie das Reißen und Kratzen hörte, erstarrte sie mit weit aufgerissenen Augen.

Evan legte einen Finger auf die Lippen. Lautlos erhob er sich und schlich geduckt zum provisorischen Sicherungszaun. Sein Herz hämmerte gegen seine Rippen. Vielleicht würden sie jetzt den ersten Blick auf jenes Grauen erhaschen, das Anyas Team bei der ersten Begutachtung nur schemenhaft gesichtet hatte. *Entweder krepieren wir sofort, wenn es uns wittert, oder wir erfahren endlich, womit wir es zu tun haben.* In Anbetracht der ohnehin miserablen Aussichten schien ihm ein schneller Tod durch ein Monster fast gnädiger als ein langsames Verrecken.

Er spähte um eine Metallplatte, die als improvisierte

Barrikade diente. Trotz der drei Monde von Aethos am Firmament blieb die Welt unter ihm ein Meer aus Schatten. Er kniff die Augen zusammen und suchte den Hang nach der Kiste ab.

Nach zwanzig qualvollen Sekunden löste sich ein Umriss von der Dunkelheit. Die Kreatur war mindestens so groß wie ein ausgewachsener Mann. Sie wechselte fließend zwischen dem Gang auf allen vieren und einem aufrechten Stand auf den Hinterbeinen, während sie die Kiste umkreiste und beharrlich an dem Kunststoff kratzte. Ihre Konturen wirkten seltsam verschwommen, was auf ein dichtes Fell oder feine Federn hindeutete. Das Klackern und Scharren seiner Bewegungen deutete auf Krallen oder Klauen hin.

Anya kauerte links neben ihm, ihr Körper hinter der Absperrung verborgen. Ihr Atem ging flach und zittrig. Ein hässliches Knacken von berstendem Plastik zerriss die Stille, gefolgt von hastigem Scharren. Dann folgte ein rhythmisches, feuchtes Knirschen.

Evan zuckte unwillkürlich zusammen. Das Ding war eingebrochen und gönnte sich nun ein Festmahl. *Ich schätze, das Grabschaufeln können wir uns sparen.*

Sie verharrten in völliger Starre, während das Wesen fraß. Nun, da es den Geschmack von Menschenfleisch kannte, gab es keine Garantie, dass es nicht auch Jagd auf lebendige Beute machen würde.

Wenn das dasselbe Vieh ist, das den Ranger-R zerlegt hat, sind wir absolut geliefert. Ein flaues Gefühl breitete sich in Evans Magen aus; ihre geplante „Expedition“ klang in seinem Kopf mehr und mehr nach einem Himmelfahrtskommando.

Schließlich verstummte das Schmatzen. Die Kreatur richtete sich auf und sicherte windwärts. Sie drehte den Kopf ruckartig in ihre Richtung und starrte direkt dorthin, wo sie im Schatten kauerten.

Evan hielt instinktiv den Atem an. Das Wesen schnüffelte ein letztes Mal, stieß ein kehliges Geräusch aus und verschwand dann mit einer beängstigenden Leichtigkeit den Hügel hinab in die

Schwärze. Erst als er sicher war, dass es fort war, atmete Evan zittrig aus.

„Was zur Hölle war das für ein Ding?“, flüsterte er.

„Es hat noch keinen Namen. Aber ich finde, ‚Tod‘ oder ‚Metzger‘ sollte darin vorkommen.“

„Was hindert dieses Etwas daran, aufs Plateau hochzukommen?“

„Nichts“, gestand sie leise. „Vielleicht haben wir es bei der ersten Vermessung übersehen. Oder es gab dort oben bisher einfach keine lohnenswerte Beute.“

„Bis unser Lager umzieht“, ergänzte Evan grimmig.

„Es war nicht so riesig“, gab Anya zu bedenken. „Vielleicht war es gar nicht das Wesen, das den Ranger-R angegriffen hat.“

„Großartig. Es gibt also potenziell noch was Schlimmeres da draußen.“

„Ich dachte, wir wüssten mehr über diesen Planeten“, murmelte sie deprimiert.

Evan rieb sich die Nasenwurzel. „Der Plan war ohnehin riskant, aber jetzt ist es schlichtweg Wahnsinn, ohne Waffen loszuziehen.“

„Was das angeht …“

Er musterte sie scharf. „Lass mich raten: Du hast ein geheimes Waffenversteck für dich behalten?“

„Glück gehabt.“ Sie zog ihre Jacke ein Stück hoch und enthüllte eine Impulspistole, die hinten in ihrem Hosenbund steckte. Diese Energiewaffen waren weitaus verbreiteter als kinetische Projektilwaffen, vor allem wegen ihrer variablen Intensität – von einer schmerzhaften Betäubung bis hin zum sofortigen Tod.

„Woher hast du die?“, fragte Evan verblüfft.

„Erinnerst du dich an die Kiste, die ich mir geschnappt habe, als wir bei der Versorgungskapsel waren? Ich habe gesehen, dass sie diskret mit ‚Taktisch‘ markiert war. Ich wusste genau, was dieser Code bedeutet.“

„Gab es noch mehr davon?“

„Ja. Drei weitere.“

„Du solltest Peter besser sagen, dass du sie hast“, mahnte Evan. „Sonst stellen die Leute das Lager auf den Kopf, wenn sie beim Inventar feststellen, dass Waffen fehlen.“

„Schon erledigt. Und die anderen Pistolen sind an einem sicheren Ort.“

Evan beäugte die Waffe kritisch. Er wollte nicht herablassend wirken, indem er fragte, ob sie überhaupt wisse, wie man damit umgeht. Doch selbst wenn sie jemals auf einem Schießstand gestanden hatte, konnte sie unmöglich das jahrelange Drill-Training absolviert haben, das in seinem Fleisch und Blut steckte. „Soll ich sie für dich aufbewahren?“, bot er an.

„Ich komme schon klar.“ Anya verbarg die Pistole wieder unter ihrem Stoff.

„Schön. Trotzdem würde ich mich erheblich wohler fühlen, wenn ich ebenfalls bewaffnet wäre.“

„Peter war nicht bereit, mehr herzugeben. Wir nehmen bereits das einzige funktionierende Transportmittel und mehr als unseren fairen Anteil an Vorräten mit.“

„Das spielt alles keine Rolle mehr, wenn wir da draußen angegriffen und bei lebendigem Leib gefressen werden.“

„Diese eine Handfeuerwaffe war alles, was ich aushandeln konnte“, entgegnete Anya scharf. „Hier sind fast fünfzig andere Menschen, an die wir denken müssen.“

Evan verschränkte die Arme vor der Brust. „Klingt ja so, als hättest du alles voll im Griff.“

„Nein, ich gehe die Dinge nur Schritt für Schritt an.“

„Womit wir es hier zu tun haben, ist viel zu gefährlich, um ohne echten Plan – oder vernünftige Bewaffnung – loszuziehen.“

„Wir haben einen Plan: Zum Kreuzer gelangen und Hilfe rufen.“

„Das ist kein Plan“, hielt Evan dagegen. „Das ist ein Wunschtraum. Und mir gefällt die Vorstellung ganz und gar nicht, dieses Himmelfahrtskommando praktisch unbewaffnet anzugehen.“

„Gestern warst du noch bereit, ganz ohne Waffe loszuziehen.“

In Evans Brust staute sich die Frustration. Er hatte gehofft, dass sie von selbst einlenken und ihm die Verteidigung überlassen würde. Er war kurz davor, die Debatte auf seine Weise zu beenden: ihr die Waffe einfach zu entreißen und sich den Rest aus der Waffenkammer mit Gewalt zu holen.

Obwohl der Soldat in ihm die Kontrolle mit Gewalt an sich reißen wollte, hatten ihn seine Erfahrungen der letzten Jahre eines gelehrt: Die Macht von Allianzen ist oft stärker als die von Gewehrläufen. Seine Zusammenarbeit mit Anya ähnelte viel mehr seiner Zeit als verdeckter Ermittler als einem Einsatz auf dem Schlachtfeld. Er musste sie dazu bringen, ihm bedingungslos zu vertrauen; nur so würde sie auf seiner Seite stehen, wenn es wirklich ums Ganze ging. Im Moment brauchte sie die Waffe in ihrer Hand, um sich sicher zu fühlen. Sollte es hart auf hart kommen, könnte er sie ohnehin in Sekundenschnelle entwaffnen. Um das fragile Vertrauensverhältnis nicht zu untergraben, beschloss er, das Thema ruhen zu lassen. Eine intelligente, fähige Verbündete war für sein langfristiges Überleben entscheidender als eine einzelne Pistole.

Dennoch fühlte sich die Debatte um die Schusswaffe wie eine gefährliche Nebensächlichkeit an. Evan war schon oft in Situationen geraten, in denen er kaum Kontrolle besaß, aber er hatte immer einen Ausstiegsplan gehabt. Das hier war anders. Nicht nur er saß in der Falle; jeder um ihn herum steckte gleichermaßen fest. Schlimmer noch: Jeder ihrer Schritte basierte auf reiner Spekulation. Sein gesamtes Training schrie ihm entgegen, dass Rätselraten der sicherste Weg in die Katastrophe war. Ohne die Grundlagen der Bedrohung zu kennen, war Plan A vermutlich schon zum Scheitern verurteilt, bevor er überhaupt begann.

Doch Untätigkeit würde ihre Lage sicher nicht verbessern. Das Wrack des Kreuzers blieb ihre einzige Chance auf eine Funkverbindung – und damit der einzige Weg, jemals von diesem Felsen wegzukommen. Und Evan wusste, dass seine Chancen, das Ziel zu erreichen, mit Anya an seiner Seite deutlich höher waren als allein.

Er rieb sich erschöpft die Augen. „Ich sehe keine Alternative. Aber ich werde das Gefühl nicht los, dass auf unserer Expedition ganz groß ‚Tödlicher Fehler' geschrieben steht."

„Der einzige Fehler war die Annahme, dass diese Kolonie jemals eine Chance hatte", entgegnete Anya kühl. „Wir sind nun mal hier. Also ergeben wir uns entweder unserem Schicksal und warten auf das Ende, oder wir versuchen, das Beste aus dem zu machen, was uns geblieben ist."

Dagegen ließ sich nichts einwenden. „Lass uns versuchen, noch ein paar Stunden Schlaf zu finden. Wir müssen bei Sonnenaufgang weg sein."

Sie kehrten zu ihren Schlafsäcken zurück und versuchten, inmitten der unheimlichen Stille des Lagers Ruhe zu finden. Doch trotz aller Erschöpfung kreisten Evans Gedanken unaufhörlich um die Kreatur im Dunkeln. *Wem oder was werden wir da draußen noch begegnen?*

8

ANYA REGTE SICH beim ersten fahlen Schimmer, der ihre Lider berührte. Die Sonne verbarg sich noch hinter den fernen Hügelketten, doch der Horizont trug bereits einen blassrosa Saum. Neben ihr schreckte Evan aus dem Schlaf. Er streckte die steifen Glieder und rieb sich den Sand aus den Augen. „Ist es schon so weit?"

„Ja", antwortete sie heiser. „Es hat eine Weile gedauert, bis ich nach dem Anblick dieses Dinges gestern Nacht wieder Ruhe fand."

„Geht mir nicht anders."

Ob erschöpft oder nicht - sie mussten aufbrechen. Wie vereinbart stahlen sie sich aus dem Lager, bevor die restlichen Überlebenden aufwachten. Anya wollte nicht mit naiven Fragen oder gutgemeinten Vorschlägen gelöchert werden, und die Erklärung, wie der Tote der letzten Nacht als Mitternachtssnack geendet war, entsprach nicht ihrem Wunsch für den Tagesbeginn.

Mit geschulterten Rucksäcken machten sie nach dem Verlassen des Perimeters einen Bogen zu der nun leeren Transportkiste. Wie erwartet war der Container mit tiefen Furchen übersät; das verstärkte Material war an mehreren Stellen regelrecht aufgerissen, die massiven Scharniere einfach zerbrochen. Gemessen an den Abständen der Kratzspuren musste die Kreatur Pfoten von der Größe eines menschlichen Kopfes besitzen, bewehrt mit drei markanten Sichelkrallen. Von dem Verstorbenen war nichts geblieben außer ein paar makabren Schmierern an der Innenwand und Stofffetzen, die der Wind in der Umgebung verstreut hatte.

Evan hockte sich ins taubedeckte Gras. „Hier ist ein Abdruck."

Anya trat neben ihn. Als sie in die Knie ging, entdeckte sie die gewaltigen Fährten im Boden. Das Gras war niedergepresst, die Umrisse des Fußes in geronnenen Blutlachen fast plastisch abgezeichnet. Der Abdruck maß von ihrem Ellbogen bis zu den Fingerspitzen – das Wesen war weitaus massiger, als sie in der Dunkelheit vermutet hatte.

Als Xenobiologin hatte Anya Lebensformen auf einem Dutzend Welten studiert und in ihrer Ausbildung die Daten von Tausenden weiteren seziert. Unabhängig vom Planeten waren bestimmte Merkmale bei Spitzenprädatoren universell. Diese Kreatur machte keine Ausnahme. Die Stellung der Krallen war rein auf Angriff optimiert, und die schiere Hebelkraft dieser Gliedmaßen reichte aus, um jeden Schutzwall zu durchbrechen, den die Kolonisten derzeit aufbieten konnten.

„Was meinst du? Jäger oder Aasfresser?", fragte Evan, ohne den Blick vom Boden zu lösen.

Anya war sich sicher, dass sie es mit einem aktiven Raubtier zu tun hatten, doch sie wollte Evans Entschlossenheit nicht untergraben. „Schwer zu sagen. Aber wir sollten davon ausgehen, dass es uns als Beute betrachtet."

„Wir werden mehr als nur eine Handfeuerwaffe brauchen."

Nur weil sie auf Evans Hilfe angewiesen war, bedeutete das nicht, dass ihr Misstrauen verflogen war. Die einzige Waffe als Druckmittel zu behalten, war ihre Lebensversicherung, bis sie seinen Charakter zweifelsfrei einschätzen konnte. „Der Militärkreuzer wird eine Waffenkammer haben, die wir plündern können", wich sie aus.

„Wenn wir es überhaupt so weit schaffen."

Anya warf einen letzten Blick zurück auf das schlafende Lager. „Wenn wir jetzt umkehren, um mehr Waffen zu fordern, kommen wir hier nie weg. Ich werde dieses Schiff finden. Mit oder ohne Schutz." Ohne eine Antwort abzuwarten, stapfte sie den Hang hinauf.

„Allein?", rief er ihr nach.

„Nicht, wenn du dich beeilst."

— — —

Das Gemetzel zu sehen, das die Kreatur von ihrem Mitternachtssnack übrig gelassen hatte, verwandelte Evans ohnehin vorhandene Skepsis in nackte Unruhe.

Hätte er eine Körperpanzerung, ein Sturmgewehr und ausreichend Munition am Gürtel gehabt, wäre sein Zögern nur ein leises, professionelles Mahnen im Hinterkopf gewesen. Doch mit nichts als einer einzigen Impulspistole – die sich zu allem Überfluss in Anyas Händen befand – fühlte er sich so schutzlos, als stünde er nackt im Dickicht.

Trotzdem hätte er sie niemals allein gehen lassen. Doch mit jedem Meter, den sie sich vom Lager entfernten, bereute er es bitterer, nicht härter auf eine bessere Bewaffnung gedrängt zu haben. Als sie den Pfad einschlugen, der sie hinauf zum Plateau führen sollte, zuckte seine Hand instinktiv nach einer Waffe an seiner Hüfte, die nicht da war. Das Monster mochte ins Tal hinabgewandert sein, doch wer wusste schon, ob es nicht längst einen Bogen zurück in den Wald geschlagen hatte? Nur weil sie gestern keinem Prädator begegnet waren, bedeutete das auf Aethos rein gar nichts.

Auch Anya wirkte wie unter Strom. Sie legte ein flottes Tempo vor, das Evan wortlos annahm – je schneller sie den Rover erreichten, desto besser. Dank der Markierungen, die sie am Vortag gesetzt hatten, fanden sie mühelos den Weg durch das dichte Unterholz. An einigen Stellen ergänzten sie zusätzliche Wegweiser, um den Trupp, der später folgen würde, sicher durch das schwierige Gelände zu leiten.

Schließlich erreichten sie den Scheitelpunkt der Steigung, wo das Unterholz zurückwich und dem offenen Grasland des

Plateaus Platz machte. Die Sonne stand nun deutlich über dem Horizont und vertrieb die klamme Kühle der Nacht mit einer angenehmen, fast trügerischen Wärme.

„Irgendeine Idee, in welcher Jahreszeit wir uns befinden?“, fragte Evan, während sie am Waldrand entlang auf das Versteck des Rovers zusteuerten.

„Spätsommer, kurz vor Herbsteinbruch, schätze ich“, antwortete Anya knapp.

„Werden die Winter hier hart?“

„Nicht extrem in diesem Breitengrad, aber es wird nass werden. Sehr nass. Eine Herausforderung für die Zukunft.“

Eins nach dem anderen, mahnte sich Evan. Er konnte den Drang nicht unterdrücken, das Schachbrett bereits zehn Züge im Voraus zu lesen. Langfristige Strategien und Notfallpläne waren sein Handwerkszeug, um niemals unvorbereitet erwischt zu werden – nicht, dass ihm dieser Instinkt beim Absturz viel genützt hätte.

Er stieß einen leisen Seufzer aus. Diese Situation entzog sich seiner Kontrolle, und sich über unbekannte Variablen den Kopf zu zerbrechen, fraß nur unnötig Energie. Er musste lernen, das Gelände so zu nehmen, wie es kam. Anpassungsfähigkeit war jetzt seine einzige echte Währung.

Mit den Gedanken fest im Hier und Jetzt fokussiert, begleitete Evan Anya zum Versteck des Rovers.

Gemeinsam rissen sie das Gestrüpp weg, das den Rover verbarg.

Evan legte seine Hand auf die Tür des Rovers. „Ziehen wir das jetzt wirklich durch?“

„Jep.“ Anya öffnete ihre eigene Tür und stieg ein.

Evan gesellte sich zu ihr in die Kabine. Die Bedienelemente waren spartanisch, sollten aber ihren Zweck erfüllen. „Ich muss es noch einmal betonen: Ich bin mir nicht sicher, ob uns dieser Eimer in einem Stück ans Ziel und wieder zurück bringt.“

„Immer noch besser als zu Fuß.“

Entschlossen schaltete Evan den Rover an und fuhr ihn rückwärts aus dem Unterholz. Sobald er auf dem offenen Gras war, lenkte er das Fahrzeug auf einem diagonalen Kurs über das Plateau in Richtung der Absturzstelle des Militärschiffs. Die großen Reifen sorgten für eine ruhige Fahrt bei hohem Tempo. Sie legten die sechs Kilometer über das Plateau schnell zurück. Er verlangsamte das Tempo, als sie sich einem Abhang näherten.

„Hoffen wir, dass wir da vorne nicht an einer senkrechten Klippe enden", brummte er.

„Tun wir nicht. Ich erinnere mich an die topografischen Daten der Begutachtung – dort beginnt ein langer, moderater Hang", beruhigte ihn Anya.

Ihrer Erinnerung entsprechend ging das ebene Gelände in eine moderate Neigung über. Zwar war sie größtenteils mit Gras bedeckt, aber es gab vereinzelt Sträucher und Steine. Evan behielt ein langsames Tempo bei, unsicher wegen der Bodenhaftung des Fahrzeugs. Wenn er lenkte, um Steinen auszuweichen, rutschten die Reifen gelegentlich ab und drehten durch.

„Ich gebe zu, du hattest recht damit, dass der Rover super für flaches Gelände ist und nicht so sehr hierfür", sagte Anya nach ihrem vierten Wegrutschen.

„Es ist immer noch besser, als den ganzen Weg zu laufen. Wir werden sehen, wie weit wir damit kommen."

Diese Aussage sollte bald auf die Probe gestellt werden, als sie den Fuß des ersten Hangs erreichten. Obwohl das Gelände hier relativ flach war, war der Boden in der unmittelbaren Umgebung mit Steinen übersät. Das Steingeröll reichte von kleinen Kieseln bis hin zu Felsbrocken in der Größe des Rovers. Schon nach wenigen Metern war klar, dass es eine Herausforderung sein würde, einen Weg zu finden.

„Vielleicht müssen wir aussteigen und laufen", warnte Evan.

„Wir können noch nicht aufgeben. Die Steine wären für unsere Knöchel viel härter als für die Reifen."

Damit hatte sie recht; die Reifen des Fahrzeugs bestanden aus einem ineinandergreifenden Metallgeflecht, das sich jeder Landschaft anpasste und niemals platzen konnte.

Das sorgte zwar selbst auf anspruchsvollem Gelände für eine zuverlässige Fahrt, aber es würde ihnen nichts nützen, wenn sie von Felsbrocken eingeschlossen wurden, die zu groß waren, um sie zu überfahren. Dennoch drängte Evan auf dem besten Kurs voran, den er an jedem Entscheidungspunkt erkennen konnte. Es gab ein paar brenzlige Situationen, aber die Felsbrocken wurden schließlich weniger und sie fuhren nur noch über kleine Steine und Schotter.

„Gut gemacht“, sagte Anya mit einem Lächeln zu ihm. „Sieht so aus, als hättest du das schon mal gemacht.“

„Ein bisschen Erfahrung habe ich“, stapelte er tief.

„Militärisches Training?“

„Unter anderem. Das räumliche Vorstellungsvermögen, das man beim Andocken eines Shuttles braucht, ist auch in vielerlei anderer Hinsicht nützlich.“

„Oh, du fliegst selbst?“

Er nickte. „Ich bin in letzter Zeit nicht mehr so oft dazu gekommen, aber ich mache es wirklich gerne.“

„Raumfahrt bereitet mir immer ein bisschen ein flaues Gefühl im Magen. Ich liebe es, auf einem neuen Planeten zu sein, aber der Weg dorthin ist mir suspekt.“

„Was, du magst es nicht, Lichtjahre von atembarer Luft entfernt zu sein – abgesehen von dem bisschen auf deinem Schiff?“

Sie warf ihm einen Seitenblick zu. „So könnte man es ausdrücken.“

„Ich weiß, es ist seltsam. Der Mensch ist eigentlich kaum für die Raumfahrt gemacht, und doch hängt die Zukunft unserer Spezies nun davon ab, neue Welten zwischen den Sternen zu finden.“

„Wir sind ein einziges Rätsel. Und das sage ich als Xenobiologin, die schon einige sonderbare Lebensformen studiert hat. Keine andere Spezies außer uns ist so fest entschlossen, ihre Umgebung zu modifizieren und sich an scheinbar unbewohnbaren Orten eine Existenz aufzubauen.“

„Soweit wir bisher jedenfalls wissen.“

„Stimmt. Ich habe keinen Zweifel daran, dass es da draußen noch anderes intelligentes Leben gibt. Es ist nur eine Frage der

Zeit, bis wir aufeinandertreffen."

„Das wird dann entweder unser Ende sein oder der Beginn einer völlig neuen Ära."

Während der Rover über die felsige Landschaft holperte, zerzauste eine warme Brise, die nach Kiefern und Salbei roch, Evans Haar. Die Luftfeuchtigkeit war hier unten im Tiefland höher und ließ seine Haut klebrig werden.

Evan behielt einen fernen Berggipfel im Auge, der ihn an einen gezackten Zahn erinnerte. Es war das einzige Landmarke, das hoch genug war, um ihm bei ihrer derzeitigen Position Orientierung zu bieten. Der Rauch vom Vortag war abgezogen, sodass er die richtige Richtung nur noch vage erahnen konnte.

Anya starrte konzentriert in den Himmel. „Hey, Evan … sie haben in der Reisebroschüre vielleicht noch etwas unterschlagen."

„Was?" Er blickte nach oben, sah aber nichts Ungewöhnliches. Ein paar Wolken waren aufgezogen.

„Nochmal zurück zu der Sache, warum wir das Plateau ausgewählt haben – der andere Grund war das höher gelegene Terrain."

„Richtig. Gut zu verteidigen, weit weg von diesem Riesenvieh …"

„Und außerdem liegt es außerhalb des Überschwemmungsgebiets."

Er sah zu ihr hinüber. „Das bedeutet …?"

„Es gab Hinweise darauf, dass das Wetter hier ziemlich schnell umschlagen kann. Ich rede von sintflutartigen Regenfällen."

„Und warum erwähnst du das ausgerechnet jetzt?"

„Diese Wolken da sehen nicht gerade freundlich aus. Und sie ziehen verdammt schnell auf."

Evan lehnte sich vor, um durch die Windschutzscheibe des Rovers besser nach oben sehen zu können. Die vereinzelten Wolken, die ihm zuerst aufgefallen waren, bildeten nur die Spitze einer viel größeren Front dahinter. „Das sieht gar nicht gut aus."

„Vielleicht ist es halb so wild." Anyas Tonfall ließ das Gegenteil vermuten.

Sie waren an ihrer aktuellen Position völlig ungeschützt. Sie standen am tiefsten Punkt des Hangs – genau dort, wo sich die Wassermassen vom Plateau ihren Weg bahnen würden. Der kleine Rover hätte gegen einen Sturzbach keine Chance.

Mit Blick auf ihr eigentliches Ziel änderte Evan den Kurs leicht und hielt auf eine kleine Anhöhe zu. Das war zwar nicht ideal, würde aber zumindest verhindern, dass sie direkt in der Schneise einer möglichen Flut standen.

„Mir gefällt, wie du denkst", sagte Anya, als sie begriff, was er vorhatte.

„Wir werden ein Stück zurücksetzen müssen, aber …" Er brach ab, als die ersten Tropfen gegen die Windschutzscheibe klatschten und dicke Spritzer auf dem staubigen Glas hinterließen.

Anya zog ihren Sicherheitsgurt straff. „Vielleicht zieht es ja über uns hinweg."

Doch der Regen wurde sekündlich dichter. Evan tastete nach dem Schalter für die Scheibenwischer. Bald peitschte das Wasser so heftig gegen die Scheibe, dass die Wischer selbst auf höchster Stufe kaum noch hinterherkamen.

Da er kaum noch zwei Meter weit sehen konnte, nahm er das Gas weg. Der Boden wurde matschig, und die Räder begannen auf dem nassen Gras und dem Schlamm durchzudrehen.

„Vielleicht müssen wir es aussitzen", sagte Evan. Er hasste den Gedanken, so früh auf ihrer Reise halten zu müssen, aber ein Unfall wäre schlimmer.

„Vielleicht bei diesen Felsen?" Anya deutete auf eine Gruppe von Brocken ein paar Dutzend Meter voraus.

Evan manövrierte den Rover im Kriechtempo dorthin. Er fuhr so nah wie möglich an die Felsen heran und schaltete in den Parkmodus. Um die knappe Energie nicht zu verschwenden, stellte er den Motor ab.

Anya stieß einen langen Atemzug aus und sank in ihren Sitz zurück. „Kein berauschender Start."

„Ich habe mir keine Illusionen gemacht, dass das hier ein Spaziergang wird."

„Ich auch nicht, aber ‚Sturzflut' stand nicht auf meiner Liste potenzieller Probleme."

Evan blickte nach oben, wo die schweren Tropfen auf das Fahrzeugdach trommelten. „Das kam verdammt plötzlich. Im Lager muss es gerade übel aussehen."

Anyas Brauen zogen sich zusammen. „Wir können eh nichts tun." Ihr Tonfall war nun genauso unterkühlt wie damals, als sie den Sterbenden kurz nach dem Absturz versorgt hatte.

Evan schätzte ihre Zielstrebigkeit und die Fähigkeit, objektiv zu bleiben. Seiner Erfahrung nach war das eine seltene Eigenschaft, erst recht außerhalb des Militärs. Für jemanden, der den Großteil seiner Karriere im Labor verbracht hatte, besaß sie eine erstaunliche Standhaftigkeit – fast schon verdächtig. „Dich bringt so leicht nichts aus der Fassung."

Sie zuckte die Achseln. „Es bringt nichts, sich über Dinge aufzuregen, die man nicht kontrollieren kann."

„Woher hast du diese Einstellung?"

„Oh, du erwartest also, dass ich aus dem Nähkästchen plaudere, während du selbst ein Buch mit sieben Siegeln bleibst?"

„Ich habe dir einiges erzählt."

„Kaum etwas."

„Du musst nichts sagen, wenn du nicht willst."

Anya schnaubte sarkastisch. „Du bist unmöglich." Sie seufzte. „Wir sind in eine neue Stadt gezogen, als ich zehn war. Ich kam mitten im Halbjahr an eine Schule voller verwöhnter Bälger, denen niemand Manieren beigebracht hatte. Als die Neue wurde ich ständig schikaniert, also musste ich mir ein dickes Fell zulegen. Mein Vater sagte immer, es habe keinen Sinn, sich über das zu ärgern, was um einen herum passiert – man könne nur kontrollieren, wie man darauf reagiert."

„Harter Tobak für ein Kind."

„Aber es war ein guter Rat. Vielleicht schalte ich meine Gefühle manchmal zu sehr ab, aber es ist immer noch besser als die Alternative."

„Du wärst ein guter Soldat geworden."

„Nein. Ich mag es nicht, Lebewesen zu töten."

„Gerade deswegen. Man will niemanden, der es kaum erwarten kann, den Abzug zu drücken."

„Stimmt wohl ..." Anya brach ab, als der Rover plötzlich ruckte. „Was war das?"

Evan stemmte die Hand gegen die Seitenwand, als das Fahrzeug erneut erzitterte. Durch den peitschenden Regen an den Scheiben konnte er draußen kaum etwas erkennen. Jetzt bebte der ganze Wagen. „Verdammt. Ich glaube, wir rutschen."

Anyas Augen weiteten sich. „Obwohl wir stehen? Aber—"

Evan kniff die Augen zusammen, um durch die Fluten zu spähen. Er konnte die Felsbrocken in der Nähe gerade noch ausmachen ... sie rückten langsam immer weiter weg. „Nein, nein, nein." Er drückte den Startknopf.

Die Innenbeleuchtung sprang an und spiegelte sich so stark in den Scheiben, dass man draußen gar nichts mehr sah. Er tastete nach dem Lichtschalter. Helle, bläuliche Lichtkegel schnitten durch die Dunkelheit und beleuchteten die unaufhörlichen Wassermassen. Noch schlimmer: Das Licht gab den Blick auf einen reißenden Fluss frei, der sich direkt unter ihnen gebildet hatte und den Rover bereits von seinem Platz schob.

„Wir müssen hier weg!", rief Anya mit panischer Stimme.

„Wohin denn?", gab Evan zurück, da er keinen Ausweg sah.

Der Hang über ihnen war bei diesen Sturzbächen absolut tabu. Quer zum Hang zu fahren könnte funktionieren, aber sie müssten gegen die Strömung ankämpfen. Sie könnten sich mit den Fluten bergab treiben lassen, aber wer wusste schon, was sie am Talboden erwartete? Die aktuelle Position zu halten schien die beste Option.

Er gab vorsichtig Gas und richtete den Rover gegen die Steigung aus. Das Fahrzeug kroch mühsam voran, während er mit der Lenkung ständig gegen den Druck des Wassers ankämpfte.

„Es tut mir leid, dass ich dich da mit reingezogen habe", sagte Anya mit brüchiger Stimme. Sie umklammerte den Haltegriff über der Tür, bis ihre Knöchel weiß hervortraten.

„Nichts davon ist deine Schuld. Ich wäre wahrscheinlich ganz allein in den Wald marschiert. Wo wäre ich dann jetzt?"

„Wahrscheinlich immer noch oben auf dem Plateau, statt hier in der Suppe festzustecken."

Evan lachte bitter über ihre nüchterne Antwort auf seine eigentlich rhetorische Frage. Mit ihrem Timing hatte sie natürlich recht; zu Fuß wäre man noch gar nicht vom Plateau heruntergekommen - und das wäre wahrscheinlich ein weitaus besserer Ort gewesen, um den Sturm auszusitzen. „Und uns diesen ganzen Spaß entgehen lassen?"

Anya lächelte trotz ihrer Nervosität gequält. „Fahr einfach weiter. Ganz ruhig und gleichmäßig."

Evan tat sein Bestes, um den Rover in der Spur zu halten, doch trotz extremen Gegenlenkens rutschten sie unaufhaltsam weiter den steilen Hang hinunter.

Doch dann tauchten vor ihnen Bäume auf. Es war das erste nennenswerte Grün, das sie seit dem Abstieg vom Hügel sahen, und es versprach zumindest ein wenig mehr Schutz als das offene Gelände. Evan hielt direkt auf den Waldrand zu. Er wollte den Rover zwischen den Stämmen verkeilen, um ihn gegen die herabstürzenden Wassermassen zu sichern.

Sie waren fast da - nur noch wenige Meter.

„Die beiden Stämme dort sehen stabil aus", sagte Anya und deutete auf ein Paar mehrstämmiger Bäume mit weißer Rinde.

„Ja, wenn ich nur …"

Die Räder drehten durch, und der Rover brach seitlich aus.

Evan lenkte instinktiv gegen, doch es war zwecklos. Die Reifen fanden auf dem aufgeweichten Boden nicht den geringsten Halt. Der Wagen schlitterte unkontrolliert weiter, rutschte aber immerhin noch in Richtung der Bäume. Evan krallte sich am Lenkrad fest und machte sich auf den Aufprall gefasst.

9

DIE FRONT DES Rovers krachte gegen einen kleinen Stamm am Waldrand, wodurch das Heck noch weiter den Hang hinunterriss.

„Wir müssen raus!“, rief Evan und riss an seinem Sicherheitsgurt.

„Aber—“

„Jetzt, Anya!“ Evan stieß die Tür auf und sprang ins Freie, in der Hoffnung, dass Anya direkt hinter ihm war.

Er landete hart auf dem schlammigen Boden; der warme Regen nahm ihm fast die Sicht. Das Wasser schoss um ihn herum und riss ihn auf den steilen Abhang zu.

Evan grub die Finger in den Schlamm und kroch auf die Bäume zu. Jeder Zentimeter war ein Kampf gegen die Strömung; er stemmte die Zehen in den Boden, um nicht weggespült zu werden.

Als er einen Baum erreichte, schlang er den Arm um den Stamm und hielt panisch Ausschau nach Anya. Sie war nirgends zu sehen.

„Anya!“, schrie er gegen das Prasseln des Regens an. Durch die Wassermassen sah er kaum die Hand vor Augen. „Wo bist du?“

Keine Antwort.

Der Rover schwankte oben am Hang. Hilflos musste Evan mitansehen, wie der Wagen über die Kante kippte. Er zuckte zusammen, als das Fahrzeug sich überschlug und krachend im Dickicht unter ihnen verschwand. All ihre Ausrüstung, die

Vorräte – alles war da drin. Sie würden das Wrack suchen müssen.

„Anya!"

„Evan!", kam schließlich die Antwort durch das Tosen des Regens und das Rauschen des Wassers.

Erleichterung durchflutete ihn. Sie klang ganz nah. „Bist du bei den Bäumen?"

„Ja, ich klammere mich hier um mein Leben fest!", rief sie zurück.

„Bleib, wo du bist! Ich komme zu dir!" Evan stieß sich von seinem Baum ab, hechtete zum nächsten weiter unten und arbeitete sich in Richtung ihrer Stimme vor.

Schließlich entdeckte er sie. Sie hatte beide Arme um einen schulterbreiten Stamm geschlungen.

„Ist der Rover …?", setzte sie an, bevor ihre Stimme erstarb.

„Unten in der Schlucht. Wir suchen ihn, sobald das hier nachlässt." Er packte den Baum direkt neben ihr. „Alles okay bei dir?"

„Ja." Anya korrigierte ihren Griff um den Stamm. „Das ist ein verdammter Albtraum."

„Wir stehen das durch."

„Im Moment sieht es nicht gerade rosig aus."

„Ich habe schon Schlimmeres erlebt."

Sie stöhnte auf. „Wir wussten, dass dieser Planet uns einiges abverlangen würde. Das tun sie immer. Wir hatten Pläne für alles Mögliche, aber ohne die Ausrüstung—"

„Noch irgendwas, was du mir verschwiegen hast?", fragte Evan. Es würde ihn jetzt nicht mal mehr wundern, wenn sie ihm eröffnete, dass sie auf einem aktiven Vulkan hockten.

„Waldmonster, das Wetter …", fing sie an aufzuzählen. „Das waren die beiden größten Punkte. Es gab auch ein paar seltsame Energiewerte, aber wer weiß schon, was das zu bedeuten hat?"

„Großartig."

Sie schwiegen eine Weile, während der Regen auf sie einpeitschte und schlammiges Wasser über ihre Füße schoss. Ihr einziges Glück war, dass die Luft und der Regen warm genug waren, sodass sie nicht unterkühlten. Da es noch früh am Tag war, würden sie hoffentlich Zeit zum Trocknen haben, bevor die Sonne unterging. Vorausgesetzt natürlich, es hörte irgendwann auf zu regnen.

Evan spähte tiefer in den Wald. Überall troff es von den Blättern, aber das dichte Blätterdach fing definitiv das Gröbste ab.

„Hey, wollen wir nicht versuchen, ein trockeneres Plätzchen zu finden?", schlug er vor. „Mir gefällt der Gedanke nicht, hier ewig im Matsch zu stehen."

„Einverstanden. Da wir sowieso den Hang runter müssen, um den Rover zu suchen, können wir uns auch gleich in die Richtung vorarbeiten."

„Da drüben sieht es gut aus." Evan deutete auf einen mächtigen Baum etwa fünfzig Meter hangabwärts. Er war von mehreren kleineren Bäumen umgeben, deren dichtes Laub ein halbwegs trockenes Lager versprach.

Vorsichtig arbeiteten sie sich zu ihrem Ziel vor, hangelten sich von Stamm zu Stamm und nutzten das Holz als Stütze. Evans Stiefel waren zentimeterdick mit Schlamm verkrustet, was jeden Schritt zum Kraftakt machte. Ohne die Bäume als Haltegriffe hätte er auf dem rutschigen Untergrund aus Schlamm und nassen Blättern kaum das Gleichgewicht halten können – und selbst so landete er zweimal unsanft auf dem Hintern.

Als sie ihr Ziel endlich erreichten, stellte Evan erleichtert fest, dass es hier tatsächlich viel trockener war. Nur gelegentlich verirrte sich ein Tropfen durch das Blätterdach; der Boden war lediglich feucht, statt komplett unter Wasser zu stehen.

Anya zupfte an ihren Ärmeln, die klebrig an der Haut hafteten, um etwas Luft an ihren Körper zu lassen. „Ich hoffe echt, das lässt bald nach."

„Wir sollten uns darauf einstellen, hier zu übernachten. Nach der Verzögerung schaffen wir es unmöglich noch rechtzeitig zur Absturzstelle."

„Wenn der Rover Schrott ist, könnte es Tage dauern."

Er nickte. „Trotz allem, was ich vorhin gesagt habe: Ich dachte wirklich, wir kommen weiter, bevor wir zu Fuß gehen müssen."

„Ich auch. Und ich dachte, es gäbe deutlichere Warnsignale für so einen Sturm."

„Der Sonnenaufgang war verdammt rot. Ich war mir nicht sicher, ob das auf diesem Planeten auch was zu bedeuten hat, aber anscheinend gelten die alten Regeln hier genauso."

„Wovon redest du?"

„Eine alte Bauernregel, die sie uns schon beim Militär eingetrichtert haben: ‚Abendrot – Gutwetterbot, Morgenrot – mit Regen droht.' Stammt wohl noch von der alten Erde. Aber ich schätze, in jeder Atmosphäre, die wir Menschen als atembar empfinden, steckt darin ein Körnchen Wahrheit."

„Hm." Sie lehnte den Rücken gegen den massiven Stamm des größten Baumes.

„Überrascht mich, dass du das noch nie gehört hast."

„Ich bin Xenobiologin, keine Meteorologin."

„Tja, und ich bin nur ein Ex-Soldat ohne Abschluss."

Sie lachte leise. „In Momenten wie diesem ist praktische Erfahrung eben mehr wert als jedes Bücherwissen."

„Zum Glück scheinst du ja von beidem ein bisschen was zu haben."

„Was das Wetter angeht, bin ich offensichtlich völlig nutzlos, aber ich kann dir immerhin sagen, dass diese stachelige Pflanze da drüben verdammt wehtun wird, wenn du sie anfasst", sagte sie mit todernster Miene.

Evan war sich nicht sicher, ob das Sarkasmus war oder ihr voller Ernst. „Welch unschätzbare Weisheit."

„Was soll ich sagen? Ich bin eben ein Quell des Wissens." Trotz ihrer trockenen Art lag ein verspieltes Funkeln in ihren kupferfarbenen Augen, bei denen ihm jetzt erst auffiel, dass sie zur Mitte hin einen goldenen Schimmer hatten.

„Danke, dass du in unserer trostlosen Lage den Humor nicht verlierst."

„Entweder das, oder man fängt an zu heulen."

„Mir ist eher danach, irgendetwas kurz und klein zu schlagen."

Sie deutete den Hang hinunter. „Du hast diesen armen Rover

ja schon ordentlich zugerichtet."

„Für dieses kleine Missgeschick mache ich einzig und allein einen lausigen Wetterbericht verantwortlich."

„Du solltest definitiv den Kerl feuern, der behauptet hat, das hier wäre ein gemütliches Fleckchen für eine Kolonie."

„Wenn wir diese Kommunikationsanlage jemals in die Finger kriegen, wird die Kundendienstabteilung von NovaTech nicht mehr wissen, wo ihnen der Kopf steht."

— — —

Anya ließ sich zu Boden plumpsen, ohne sich darum zu scheren, dass sie dadurch noch mehr Schlamm abbekam, als sie ohnehin schon am Leib hatte. Es war nicht abzusehen, wie lange sie den Sturm hier aussitzen mussten, also konnte sie es sich genauso gut bequem machen.

Manche Menschen besaßen eine besonnene, beruhigende Aura, und Anya fand, dass Evan einer von ihnen war. Ihre eigene Bissigkeit kam meistens dann zum Vorschein, wenn sie unter Strom stand - doch er war darauf eingegangen, statt sofort auf Konfrontation zu gehen, wie so viele Leute, mit denen sie früher gearbeitet hatte. Alles in allem entpuppte er sich als angenehmer Zeitgenosse für einen unfreiwilligen Aufenthalt in der Wildnis. Trotz seiner anfänglichen Verschlossenheit fühlte sie sich zunehmend wohl in seiner Nähe.

Eine halbe Stunde verging mit Smalltalk, bis der Regen schließlich zu einem leichten Nieseln abklang.

„Wir sollten versuchen, den Rover zu bergen", schlug Evan vor. „Wir suchen uns einen neuen Unterschlupf, falls es wieder losgeht."

Anya erhob sich. Ihre Kleidung war während der Pause halbwegs getrocknet; die schlammigen Krusten auf ihrer Hose knirschten bei jeder Bewegung. „Es müsste eigentlich direkt den Hang runtergehen."

„Bleib dicht bei mir", rief Evan über die Schulter, während er losmarschierte.

Sie wandten dieselbe Technik an wie zuvor: Sie hangelten sich von Baum zu Baum und nutzten die Stämme als Griffe und Stützen. Die Luft war erfüllt von einer frischen Süße, vermischt mit dem schweren Aroma aufgewühlter Erde. Jeder Geruch, jedes Geräusch schien Anya förmlich anzuspringen, während sie das Gefühl aufsog, von so viel Leben umgeben zu sein. Trotz des holprigen Starts ließ sich nicht leugnen, dass dieser Planet wunderschön war - und dass Stürme wie dieser für die hiesige Flora und Fauna einfach dazugehörten.

Plötzlich rutschte Evan abrupt in den Stand und hob die Faust. Anya erkannte das Zeichen für „Halt“ sofort und erstarrte lautlos auf der Stelle. Evan stand völlig reglos da, beobachtete und lauschte. Von ihrer Position aus konnte sie nicht sehen, was ihn in Alarmbereitschaft versetzt hatte.

Nach einer spannungsgeladenen Minute ließ Evan die Hand sinken und entspannte sich sichtlich. „Ich dachte, ich hätte gehört, wie uns etwas folgt.“

Anyas Puls schnellte in die Höhe; die schrecklichen Bilder der Kreatur, die den Kolonisten zerfetzt hatte, waren noch viel zu frisch. „Bist du sicher, dass es weg ist?“

„Nein. Aber es hätte reichlich Gelegenheit gehabt, uns anzugreifen, während wir stillstanden.“

Hier draußen lauern echte Gefahren. Und Evan hat mir bisher keinen Grund gegeben, an ihm zu zweifeln. Ihre Hand wanderte zu der Impulspistole an ihrem Gürtel. Sie löste die Schnalle. „Ich finde, du solltest die hier tragen.“ Sie reichte ihm das Holster samt Waffe.

„Woher der Sinneswandel?“

„Weil du eine Bedrohung bemerkst, bevor ich überhaupt mitkriege, dass etwas nicht stimmt. Du hättest gefeuert, noch bevor ich die Waffe überhaupt in der Hand gehabt hätte.“

Er nahm sie entgegen. „Gut zu wissen, dass sich das ganze Geld und die Zeit für mein Training am Ende doch bezahlt machen.“

„Ich habe meine Umgebung durchaus im Blick, aber hier stoße ich an meine Grenzen. Ich überlasse dir die Führung.“

„Ich pass auf dich auf, keine Sorge." Er begegnete ihrem Blick mit ruhiger Zuversicht.

Obwohl es gegen ihre Natur verstieß, sich so auf jemanden zu verlassen, löste sich der Knoten in ihrer Brust. Nach den Erlebnissen der letzten Stunde zweifelte sie nicht mehr daran, dass er entschlossen war, sie beide sicher ans Ziel zu bringen. Es hatte keinen Sinn, dem gemeinsamen Ziel mit falschem Stolz im Weg zu stehen. Vertrauen musste eben irgendwo anfangen.

Evan hielt direkt auf den Waldrand am offenen Hang zu, dort, wo der Rover abgestürzt war. Der Sturzbach war versiegt, auch wenn sich noch ein paar Rinnsale durch das plattgedrückte Gras schlängelten. Jede Spur, die der Rover beim Rutschen hinterlassen haben könnte, war vom Wasser weggespült worden.

„Alles ist klatschnass. Ich bezweifle, dass das andere Team so schnell ein Signalfeuer anbekommt", bemerkte Evan, während sie weiter den Hang hinunterglitten.

„Ja. Ich hoffe, es geht ihnen gut." Anya blickte zurück zum Plateau, aber von hier unten war dort oben nichts mehr zu erkennen. *Wir müssen uns auf uns und unsere Mission konzentrieren.*

Evan rutschte auf einer schlammigen Stelle aus und fing sich gerade noch ab. „Wahnsinn, wie viel Regen in der kurzen Zeit runtergekommen ist."

Anya umging die Gefahrenstelle mit einem geschickten Seitenschritt. „Mit so extremem Wetter habe ich nicht gerechnet. Es scheint einiges an diesem Planeten zu geben, das wir falsch eingeschätzt haben."

„Es hilft auch nicht gerade, dass unser Schiff Schrott ist, bevor wir die richtige Ausrüstung runterbringen konnten."

Die Sorge legte sich wieder wie ein schwerer Stein auf ihre Brust. „Ich weiß nicht, was wir tun sollen, wenn wir keine funktionierende Funkanlage finden."

„Wir haben den Wohnschutzraum, einen Wasseraufbereiter und Wildtiere gibt es hier offensichtlich genug. Die Verpflegung sollte also kein Problem sein. Es wird zwar nicht die moderne Siedlung, die wir geplant hatten, aber ich denke, wir könnten es uns hier gemütlich machen."

„Back to the roots, Landwirtschaft mit Low-Tech – wie die frühen Siedler." Anya lächelte bei der Vorstellung, eine friedliche kleine Bauerngemeinschaft zu gründen.

„Wir könnten mit Bogen und Speer jagen. Alles, was wir brauchen, ist eine Höhle und ein paar Lendenschurze."

„Ich bin mir nicht sicher, ob der ‚Fell-Bikini' wirklich meiner Ästhetik entspricht."

Er warf ihr einen Blick über die Schulter zu. „Du könntest das tragen."

Ihre Wangen brannten, doch glücklicherweise hatte er sich bereits wieder abgewandt, um auf den Weg zu achten. „Na ja, das verbuchen wir mal unter Plan Z. Vorher haben wir noch eine Menge anderer Optionen."

„Apropos Optionen …" Evan verfiel in einen leichten Trab und stieg leichtfüßig über umgestürzte Stämme auf die freie Fläche hinaus.

Anya folgte ihm etwas langsamer. Als sie den Waldrand erreichte, entdeckte sie den Rover, der sich in einer Gruppe umgestürzter Bäume verkeilt hatte. Erstaunlicherweise war er aufrecht gelandet. Abgesehen von einer dicken Schlammschicht und etlichen Dellen schien er weitgehend intakt zu sein.

„Das Universum hasst uns wohl doch nicht abgrundtief", sagte Evan mit einem Grinsen.

Anya lächelte zurück; ein Funke Hoffnung keimte in ihr auf. „Diesen Sieg nehme ich mit!"

„Mal sehen, wie viel Glück wir wirklich haben." Evan riss die Fahrertür auf, die wegen einer verbeulten Verkleidung etwas klemmte.

Der Innenraum wirkte unversehrt. Evan drückte den Startknopf, und das Fahrzeug erwachte mit einem vertrauten Summen zum Leben.

„Läuft!" Anya rannte um den Wagen herum, um auf den Beifahrersitz zu springen. Doch als sie einstieg, sah sie Evans Stirnrunzeln. „Was ist los?"

Er deutete auf das Display in der Konsole. Dort blinkte die

Fehlermeldung: „Stromverbindung prüfen".

„Weißt du, was das bedeutet?", fragte Anya.

„Ich schätze, die Solarpaneele haben was abbekommen. Ergibt ja auch Sinn. Was auch immer wir noch an Restladung haben, ist wahrscheinlich alles, was uns bleibt."

„Sieht so aus, als hätte er eine Sicherheitsabschaltung gemacht, als wir rausgesprungen sind."

„Immerhin etwas, das für uns läuft. Verschwenden wir den Saft nicht." Er legte seinen Gurt an.

Ein paar vorsichtige Manöver und Schlammspritzer später hatte Evan das Fahrzeug von den Stämmen freigefahren und hielt nun quer durch das Tal auf eine neue Route zu.

Das Gelände am Fuß des Hangs war weitgehend flach und nur spärlich mit Bäumen bewachsen. Schilfartiges Gras stand so hoch wie die Windschutzscheibe des Rovers, was die Sicht nach vorn massiv einschränkte. Der Berg, den sie als Orientierungspunkt gewählt hatten, war eines der wenigen Landmarke, die Anya ausmachen konnte – aber letztlich war er das Einzige, was zählte. Sie waren auf Kurs und mussten so schnell wie möglich Strecke machen.

Doch die Vegetation spielte ihnen nicht mehr lange in die Karten. Vor ihnen rückten die Bäume enger zusammen, und dichtes Unterholz überwucherte den Boden. Das Navigieren durch dieses Labyrinth aus Stämmen würde den Rover an seine Grenzen bringen.

Evans Kiefer war angespannt, sein Blick starr auf den Weg vor ihm fixiert. Um seine Konzentration nicht zu stören, blieb Anya stumm und suchte die Umgebung nach weiteren Hinweisen ab.

Das grobe, brusthohe Gras leuchtete in sattem Grün. Bei den Bäumen lagen die oberen Wurzeln frei und bildeten verschlungene Torbögen in der Landschaft. Es waren keinerlei Sträucher zu sehen.

„Evan, wir müssen umkehren und einen anderen Weg suchen", stellte Anya fest, als sich die Puzzleteile in ihrem Kopf zusammensetzten.

Er sah kurz zu ihr rüber. „Warum?"

„Das ganze Wasser vom Hügel musste ja irgendwohin, oder? Sieh dir die Bäume an! Das ist ein Überschwemmungsgebiet. Ein Sumpf. Der Boden könnte jeden Moment nachgeben und uns ohne Vorwarnung versinken lassen."

Evan stoppte den Rover. „Welchen anderen Weg sollen wir denn nehmen? Durch den Wald da oben kommen wir mit dem Wagen nicht durch. Das Tal zu durchqueren ist unsere einzige Chance, dorthin zu gelangen, wo wir hinmüssen."

„Ich weiß. Aber es ist es nicht wert, den Rover und unsere ganze Ausrüstung zu riskieren. Wir sollten einen sicheren Platz suchen, ihn dort stehen lassen und zu Fuß weitergehen."

Er stieß einen frustrierten Seufzer aus und trommelte mit den Fingern aufs Lenkrad. „Dein Gedankengang ist also: Das Fahrzeug säuft eher ab, weil es schwerer ist?"

Sie nickte. „Und wenn er erst mal feststeckt oder einsinkt, kriegen wir ihn da nie wieder raus. Er hat keine Seilwinde."

Evan starrte auf das Dickicht vor ihnen. „Wir hätten hier drin sowieso kaum noch Platz zum Manövrieren gehabt. Also gut. Packen wir zusammen, was wir tragen können."

10

DIE EXPEDITION HÄTTE kaum schlechter beginnen können. Evans Ausbildung hatte ihn gelehrt, Rückschläge gelassen hinzunehmen, aber Aethos brachte seine Belastungsgrenze schon jetzt ans Limit.

Während sie die Ausrüstung im Rover durchgingen und entschieden, was den Platz im Rucksack wert war, versuchte Evan, das flaue Gefühl im Magen zu ignorieren. Umgeben vom Summen der Insekten, nur unterbrochen vom Wind und fernen Vogelrufen, wurde ihm schmerzlich bewusst, dass sie im Umkreis von etlichen Kilometern die einzigen Menschen waren – und auf dem gesamten Planeten gab es gerade mal ein paar Dutzend von ihnen. Wenn sie sich verletzten oder festsaßen, würde niemand kommen. Bei den anderen Überlebenden an der Absturzstelle zu bleiben, wäre weitaus sicherer gewesen.

„Ich weiß, ich habe es schon oft gesagt, aber trotzdem: Es tut mir leid, dass ich dich dazu überredet habe“, sagte Anya, während sie ihren Rucksack packte.

„Muss es nicht. Ich wäre wahnsinnig geworden, wenn ich mit den anderen nur herumgesessen hätte.“

„Wir hatten die Versorgungskiste. Wir wären schon klargekommen.“

„Eine Zeit lang“, stimmte er zu. „Das andere Wrack zu finden und nach einem Funkgerät zu suchen, ist unsere einzige langfristige Chance. Ich wäre so oder so losgezogen.“

„Ich auch. Aber ich bin froh, dass du dabei bist“, sagte sie. Sie warf ihm einen kurzen Seitenblick zu, wich seinem Augenkontakt aber sofort wieder aus.

„Es war die richtige Entscheidung."

„Vielen wäre es unter diesen Umständen egal, ob sie sich anständig verhalten. Sieh dir nur an, wie einige im Lager versucht haben, Vorräte zu horten."

„Menschen arbeiten gerne zusammen – bis es hart auf hart kommt. Es dauert meistens nicht lange, bis sich jeder selbst der Nächste ist."

„Ein Konstruktionsfehler der Menschheit, schätze ich."

Er zuckte mit den Schultern. „Einer von vielen."

Ein Rascheln ertönte im schattigen Gebüsch rechts von Evan – dicht über dem Boden, wahrscheinlich nur ein kleines Tier auf Nahrungssuche.

Anya hatte es auch gehört. Sie war schlagartig angespannt und fixierte den Busch, aus dem das Geräusch gekommen war.

„Wahrscheinlich ein Kaninchen oder was auch immer das lokale Äquivalent dazu ist", sagte er.

„Man sollte sie einfach ‚Kaninchen' nennen, oder? Von mir aus ‚Aethos-Kaninchen'. Es ist albern, dass wir für alles neue Namen erfinden müssen, bloß weil wir auf einem neuen Planeten sind." Ihrem Blick und den geröteten Wangen nach zu urteilen, waren Namenskonventionen ein wunder Punkt bei ihr.

„Ergibt es nicht Sinn, verschiedene Kreaturen auch verschieden zu benennen?"

„Sicher. Aber wenn in den zoologischen Aufzeichnungen steht: ‚eine hirschähnliche Kreatur', dann nennt das verdammte Ding doch einfach einen Hirsch!" Sie unterbrach das Packen und warf resigniert eine Hand in die Luft. „Klatscht für die galaktische Enzyklopädie irgendeinen lateinischen Namen drauf, aber glaubst du ernsthaft, irgendeinen Siedler interessiert der feine Unterschied zwischen dem Hirsch auf diesem oder jenem Planeten? Wenn sie gleich aussehen und dieselbe Rolle im Ökosystem spielen, ist es ein Hirsch. Punkt. Wir wären besser beraten, uns an eine praktische Nomenklatur zu halten und die Wissenschaft den Wissenschaftlern zu überlassen. Da braucht sich keiner aufzuregen, wenn ein Kolonist einfach ‚Hirsch' sagt, statt ‚Elosianischer Rotschulter-Waldhirsch'."

Evan presste die Kiefer aufeinander, um nicht laut über ihre leidenschaftliche Tirade loszulachen. „Ganz genau. Ich bin voll und ganz bei dir."

Sie seufzte schwer. „Tut mir leid. In der Xenobiologie-Community ist das ein ewiges Streitthema."

„Ich glaube, ich kann deine Position in der Frage mittlerweile erahnen."

„Ja, die einzig vernünftige eben."

Er lachte kurz auf.

„Es ist die einzige Lösung, die dem gesunden Menschenverstand entspricht, wenn man die Biome von Dutzenden – oder Hunderten – Welten katalogisiert", fuhr sie fort. „Und fang mir bloß nicht von den Forschern an, die jede Neuentdeckung nach sich selbst benennen wollen!"

Plötzlich raschelte es erneut im Gebüsch – diesmal lauter, näher. Und was auch immer die Zweige dort aufwühlte, klang deutlich größer als ein Kleintier.

Evan legte die Hand an die Waffe an seiner Hüfte. „Ich nehme mal nicht an, dass das ein Hirsch ist."

Anya erstarrte. „Die Hirsche hier sind dämmerungsaktiv."

„Was?"

„Sie sind nur im Morgen- und Abendgrauen aktiv. Wir haben Mittag."

Er zog die Pistole, bereit zum Feuern. Der Wald um sie herum war schlagartig totenstill geworden.

Anya umklammerte ihren Rucksack und spähte nervös zwischen den Stämmen umher. „Was machen wir?"

„Der Rover wirkt wie ein großes Ziel. Was auch immer da draußen ist, hält deshalb wahrscheinlich Abstand. Sobald wir uns vom Wagen entfernen, wirken wir viel weniger bedrohlich."

„Vielleicht ist es nur neugierig und nicht auf eine Mahlzeit aus." Nicht einmal Anya klang überzeugt von ihren eigenen Worten. Der „Mitternachtssnack", den sie kurz nach dem Absturz beobachtet hatten, hatte keinen freundlichen Eindruck von der lokalen Tierwelt hinterlassen.

„Vorschläge?"

„Wir könnten Lärm machen. Richtig laut werden. Versuchen, es zu verscheuchen."

Evan hatte diesen Rat schon einmal während eines Einsatzes gehört, als lästige Aasfresser um ihr Lager geschlichen waren. Die waren allerdings nur kniehoch und harmlos gewesen. Das Prinzip könnte aber auch bei etwas Größerem funktionieren – zumindest vorübergehend. „Die andere Option ist: Wir locken es raus und erledigen es."

Anya runzelte die Stirn. „Mir gefällt der Gedanke nicht, Lebewesen zu töten, ohne sicher zu wissen, dass sie eine Bedrohung sind."

„Wir sind hier die Eindringlinge, Anya. Wie viel Zeit willst du dem Vieh geben, um zu entscheiden, ob wir leichte Beute sind?"

Anya griff nach einem Gegenstand von der Ladefläche des Rovers, schleuderte ihn weit in die Bäume und hielt sich sofort die Ohren zu. Ohne eine Erklärung abzuwarten, tat Evan es ihr gleich, so gut es ging, ohne die Pistole wegzustecken.

Drei Sekunden später zerriss ein ohrenbetäubender Knall die Stille. Die Druckwelle hallte tief in Evans Brust wider und ließ seinen Puls in die Höhe schnellen. Als das Echo langsam verblasste, nahm er die Hände herunter.

Etwas Großes brach mit gewaltiger Kraft durch das Unterholz von ihnen weg. Er konnte eine Welle der Bewegung durch das hohe Schilf verfolgen, bis sie tief im Wald verschwand. Vögel stiegen mit wütendem Kreischen auf und schlugen hektisch mit den Flügeln.

„Was war das?", fragte Evan atemlos.

„Eine Kleinigkeit aus den Vermessungsvorräten. Eine Erschütterungsladung zur akustischen Analyse der Bodenbeschaffenheit. Das Ding war ohnehin zu schwer, um es zu Fuß mitzuschleppen – warum also nicht jetzt nutzen?"

Evan nickte beeindruckt. „Nicht schlecht. Ich schätze, das hat es fürs Erste verscheucht. Aber jetzt weiß auch jedes andere

Wesen im Umkreis von zwei Kilometern, dass hier etwas los ist. Wir sollten verschwinden, bevor die Neugierigen auftauchen."

Sie schulterten ihre Rucksäcke. Evans Gepäck war schwerer, als es ihm für einen langen Marsch lieb war, aber er hatte nichts eingepackt, auf das er im Ernstfall verzichten wollte. Neben Rationen, Wasser und einem Medikit trug er ein Kompaktzelt, einen Schlafsack, eine Taschenlampe und ein Kletterseil. Anya hatte ihre eigenen Vorräte und einen Schlafsack dabei, bestand aber hartnäckig darauf, ihren Bio-Analysator mitzunehmen. Sie wollte essbare Pflanzen finden, um die drögen MealPaks aufzupeppen. Er hätte den Platz im Rucksack zwar anders genutzt, aber gegen frisches Grünzeug hatte er letztlich nichts einzuwenden.

Bevor sie den Rover endgültig zurückließen, aktivierte Evan den Notfallsignalgeber. Sie hatten zwar aktuell kein Gerät, um das Signal zu orten, aber im Wrack des Militärschiffs würden sie hoffentlich fündig werden.

Evan übernahm die Führung. Er hielt auf höher gelegenes Gelände zu, in der Hoffnung, die Sumpfgebiete weiträumig zu umgehen. Nach dem Wolkenbruch war das Letzte, was er gebrauchen konnte, im Schlamm steckenzubleiben.

Anya hielt mühelos mit seinem flotten Tempo Schritt, wahrscheinlich angetrieben von dem Wissen, dass Raubtiere in der Nähe sein könnten. Er war erleichtert, dass sie ihn nicht aufhielt. Dennoch war klar: Bis zum Einbruch der Dunkelheit würden sie die andere Absturzstelle niemals erreichen.

Zwei Stunden lang hielten sie das Tempo, bevor sie eine kurze Rast einlegten. Um die Rationen zu schonen, teilten sie sich ein MealPak und ergänzten es mit Beeren, die Anya mit ihrem Analysator als sicher eingestuft hatte. Evan war anfangs skeptisch gewesen, doch beim ersten Biss in die saftige Frucht verdiente sich das Gerät seinen Platz in ihrem Gepäck.

„Hier festzusitzen ist vielleicht gar nicht so übel, wenn es mehr von diesem Zeug gibt", sagte er und kaute zufrieden auf einer Handvoll lila Beeren.

„Allemal besser als der Fraß, den sie auf den Raumstationen

züchten, oder?“ Anya schob sich eine weitere Beere in den Mund. „Ich liebe es, auf Expeditionen die einheimischen Früchte zu testen. Frisch gepflückt schmeckt es einfach am besten.“

„Daran könnte ich mich definitiv gewöhnen.“

Mit einer neuen Wertschätzung für das, was der Planet zu bieten hatte, setzte Evan die Wanderung fort. Er schlug ein etwas langsameres Tempo als auf der ersten Etappe ein. Sie legten weitere drei Kilometer über sanft abfallende Hänge zurück, bevor sich die Landschaft erneut wandelte. Die Bäume wurden mächtiger und rückten enger zusammen; das schilfartige Gras wich breitblättrigen Büschen und Schlingpflanzen. Evan war sich nicht sicher, ob ihm nur von der Anstrengung so heiß war, aber die Temperatur und die Luftfeuchtigkeit schienen spürbar gestiegen zu sein.

Anya wischte sich mit dem Handrücken über die Stirn. „Wow, es ist verdammt schnell schwül geworden.“

„Hier muss es extreme Mikroklimata geben.“

„Der Regen hat auch nicht gerade geholfen.“ Sie sah sich um, während sie ihre Ärmel bis zu den Ellbogen hochkrempelte. „Den Pflanzen nach zu urteilen, ist es hier dauerhaft feucht. Das ist eher Dschungel als Wald.“

„Wo ist da der Unterschied?“

„Hauptsächlich in der Dichte der Vegetation. Die schlechte Nachricht: Dschungel bedeutet Dickicht, und das wird uns massiv ausbremsen.“

Evan ertappte sich bei dem Wunsch, sie wären wieder oben auf der offenen Ebene des Plateaus. Hoffentlich hatten die anderen Überlebenden das Hauptlager dorthin verlegen können und waren in Sicherheit. So gäbe es zumindest jemanden, der die Geschichte der Kolonie-Expedition weitererzählen konnte. *Aber wir müssen erst Hilfe rufen, damit überhaupt jemand da ist, dem man sie erzählen kann.*

Evan hob einen meterlangen Ast auf, um die Ranken beiseite zu schlagen, die ihm im Weg hingen. Eine Machete wäre jetzt Gold wert gewesen.

„Bist du sicher, dass die Richtung noch stimmt?“, fragte Anya nach ein paar Minuten des Schweigens.

Ehrlich gesagt war er sich nicht sicher. Zwischen den dichten, hohen Bäumen hatte er den Berg, der ihnen als Orientierung gedient hatte, aus den Augen verloren. Und selbst wenn das andere Team oben auf dem Plateau ein Signalfeuer entfacht hätte, wäre es durch das dichte Blätterdach unmöglich zu sehen. „Ein Kompass wäre jetzt ein Traum."

„Magnetische Navigation spielt auf diesem Planeten verrückt – eine seiner vielen Eigenarten. Aber wir haben ja das gute, alte Sonnenlicht."

„Ich höre?"

„Wir wissen, wo die Sonne untergeht, und wir wissen, wie spät es ist, also kennen wir ihren Stand am Himmel. Wir sehen den Horizont zwar gerade nicht, aber wir sehen die Schatten. Ein bisschen Triangulation, und wir wissen, wo es langgeht."

„Okay, wir berechnen also den Schattenwinkel für die jeweilige Uhrzeit. Solange wir die Zeit im Auge behalten, halten wir grob Kurs."

„Wir können hier drin sowieso nicht schnurgeradeaus laufen. Solange wir nicht völlig abdriften, können wir nachjustieren, sobald wir näher am Absturzort sind."

Er nickte. „Guter Plan. In dir steckt mehr als nur eine Biologin."

„Xeno-biologin. Und an meinem Beruf ist nichts mit ‚nur'. Wir stecken voller Überraschungen." Sie grinste.

„Ich wette, du hast dich schon immer von deinen Kollegen abgehoben."

„Kein Kommentar."

„Keine falsche Bescheidenheit jetzt."

Sie seufzte. „Na gut, meinetwegen. Die Hälfte von denen war schlichtweg unfähig."

„Die Hälfte, die Entdeckungen nach sich selbst benennen wollte?"

„Woher wusstest du das?" Sie lachte kurz auf. „Und wie sah es bei deinen Kollegen aus?"

„Bunt gemischt. Ich war schon immer eher der Einzelgänger."

„Wäre ich ja nie drauf gekommen." Obwohl sie hinter ihm ging, konnte er ihr Augenrollen förmlich spüren.

„Keine Sorge, ich meinte es ernst: Wir stecken hier gemeinsam drin."

„Gut zu wissen. Ich würde dich nur ungern an das nächste Monster verfüttern müssen."

Er blieb abrupt stehen, drehte sich um und starrte sie an. „Wow. Deine Gedankengänge schlagen echt unerwartete Haken."

„Ich bin eben ein Rätsel. Was soll ich sagen?"

Sobald das Knirschen und Rascheln ihrer eigenen Schritte auf dem trockenen Laub verstummte, bemerkte Evan eine Bewegung im nahen Unterholz.

Anya spannte sich sofort an. „Was war das?" Ihre Augen huschten suchend umher.

In Evans Ohren war es nur das übliche Rascheln gewesen, das man in einem Dschungel erwartete. Hier wimmelte es von Leben, daran bestand kein Zweifel.

„Ganz ruhig", sagte er leise. „Wahrscheinlich nur ein Vogel."

Ein Zweig knackte in der Nähe. Es gab keine schwankenden Äste oder andere Anzeichen, die auf die Größe der Kreatur hindeuteten. Doch dann fiel ihm etwas auf: Alles andere war abrupt verstummt. Die Insekten, die Vögel - die Stille war plötzlich absolut.

„Komm her", flüsterte er und winkte sie nah an sich heran. Wenn sie dicht zusammenstanden, wirkten sie wie ein größeres - und schwierigeres - Ziel.

„Etwas jagt uns, oder?", fragte sie kaum hörbar.

— — —

Anyas Herz hämmerte gegen ihre Rippen. Müdigkeit und Hunger waren das eine, aber sie hatte nicht damit gerechnet, dass „gefressen werden" so schnell zu einer realen Option werden würde.

„Wir hätten niemals hierherkommen sollen", murmelte sie.

Evan legte sich den Finger auf die Lippen. Sie nickte

verstehend und suchte das Dickicht nach jeder kleinsten Bewegung ab.

Das Rascheln war verstummt. Vor ihnen lag nur noch dichtes Gestrüpp, das größtenteils im Schatten lag – ein perfektes Versteck für Gott weiß was.

Evan hielt die Pistole mit beiden Händen fest, die Ellbogen angewinkelt, bereit für den Rückstoß. Seine Augen scannten die Baumkrone.

Anya drehte sich lautlos um die eigene Achse, um ihm den Rücken freizuhalten. Das flackernde, gesprenkelte Licht zwischen den Blättern machte es fast unmöglich, klare Umrisse zu erkennen.

Doch dann sah sie die Augen.

Ihr stockte der Atem. Sie wandte den Blick leicht ab und beobachtete das Wesen nur noch aus dem Augenwinkel. Obwohl sie kaum mehr als die Augen und den massigen Schädel sehen konnte, war klar: Das Ding war riesig.

Ganz vorsichtig streckte sie die Hand aus und tippte Evan auf den Rücken. Er zuckte kurz zusammen, wirbelte dann herum und folgte ihrem Blick. Sein Atem ging tief und schwer, als er die Kreatur entdeckte.

„Ich schieße", flüsterte er, die Lippen kaum bewegend.

„Und wenn es nicht reicht?"

„Dann renn um dein Leben." Er drückte ab.

Der Schuss war lauter, als sie es von einer Impulswaffe erwartet hätte. Die Entladung elektrisierte die Luft und ließ Anyas Nackenhaare zu Berge stehen. Ein bläulicher Energieimpuls traf die Kreatur voll im Gesicht. Sie bäumte sich auf und sackte schwerfällig in sich zusammen.

Sekundenlang herrschte fassungsloses Schweigen, bevor Anya ihre Stimme wiederfand. „Ist es tot?"

Evan senkte die Waffe, blieb aber schussbereit. „Keine Ahnung." Er machte einen vorsichtigen Schritt nach vorn. „Es atmet noch."

„Töte es endlich!", drängte Anya.

In diesem Moment sprang das Vieh auf die Beine. Evan

feuerte erneut, doch der Schuss raste über den Rücken der Kreatur hinweg und riss eine Fontäne aus Dreck und Laub in die Luft.

„Lauf!", brüllte Evan und stürmte los.

Anya rannte, was ihre Lungen hergaben. Ihr Blick war starr auf den Boden direkt vor ihren Füßen gerichtet. Sie wich Ästen und Ranken instinktiv aus; den schweren Rucksack, der eben noch in ihre Schultern geschnitten hatte, spürte sie nicht mehr – das Adrenalin überflutete alles.

Irgendwo am Rande ihres Bewusstseins brannten ihre Lungen, die Beine schmerzten höllisch. Doch sie durfte nicht langsamer werden. Ein einziges Stolpern wäre ihr Todesurteil.

Plötzlich schlitterte Evan ein paar Meter vor ihr zum Stehen. Er packte sie am Rucksack und riss sie zurück, gerade als sie an ihm vorbeistürmen wollte.

Sie kämpfte um ihr Gleichgewicht. Vor ihnen fiel der Boden steil ab – keine Böschung, sondern eine echte Klippe. Sie saßen in der Falle.

Ein tiefes, grollendes Knurren ertönte hinter ihnen. Anya wagte einen Blick über die Schulter: Die Kreatur schälte sich aus den Bäumen. Sie bewegte sich mit der geschmeidigen Anmut einer Raubkatze, die breiten Schultern rollten unter dem Fell, und ihre Augen fixierten die beiden unerbittlich.

Evan gab einen weiteren Schuss ab. Der Impuls traf das Tier mitten in der Flanke, doch die Ladung kräuselte sich wirkungslos auf dem Fell und verpuffte einfach.

„Was zum ...?!" Er brach ab. „Wir müssen springen!"

Anya starrte fassungslos zwischen dem Monster und dem Abgrund hin und her. „Vergiss es! Auf keinen Fall!"

„Spring!", rief er nur, wartete keine Antwort ab und stürzte sich mit einem gewaltigen Satz über die Kante.

11

EIN GELLENDER SCHREI und eine Kaskade von Flüchen direkt hinter ihm bestätigten Evan, dass Anya den Sprung ebenfalls gewagt hatte.

Grünzeug raste in einem verschwommenen Fleck an ihm vorbei, dann schlug er hart auf dem steilen Hang auf. Das Gras bot bei weitem nicht die Polsterung, die er sich erhofft hatte. Er fing den ersten Aufprall mit der rechten Hüfte ab und begann sofort zu rutschen.

Unkontrolliert schlitterte er den Abhang hinunter, riss Grasbüschel und kleine Sträucher aus dem Boden. Während er an größeren Büschen vorbeischoss, versuchte er, sich irgendwie festzuhalten, um Winkel und Geschwindigkeit zu kontrollieren. Schnell nach unten zu kommen war das Ziel, aber sich dabei die Knochen zu brechen oder von einem Ast aufgespießt zu werden, wäre eher kontraproduktiv.

Schließlich gelang es ihm, sich auf den Rücken zu drehen und seinen Rucksack als behelfsmäßigen Schlitten zu nutzen. Der Schwung trug ihn den Hang hinab, bis das Gelände allmählich flacher wurde. Er grub die Fersen in den Boden, um den Ritt zu bremsen, und kam schließlich keuchend zum Stehen.

Ein paar Meter über ihm blieb Anya liegen. „Aua", presste sie hervor. Dem Tonfall nach klang sie eher lädiert als ernsthaft verletzt.

„Dito." Evan blieb flach auf dem Rücken liegen und rang nach Luft. Vorsichtig bewegte er nacheinander jedes Gliedmaß. Er war übersät mit blauen Flecken, aber es schien nichts gebrochen oder verstaucht zu sein. Ein Husten schüttelte ihn, das kurz darauf in ein trockenes Lachen überging. „Das war … ein ordentlicher Ritt!"

„Du bist lebensmüde." Anya stöhnte und stemmte sich auf die Ellbogen hoch. „Sowas mache ich nie wieder."

Er blickte den Hügel hinauf. Keine Spur von ihrem Verfolger. „Wir mussten da weg."

„Wie konnte das Vieh diesen Treffer einfach wegstecken?"

„Du bist hier die Xenobiologin."

„Es war, als hätte es sich … angepasst."

Evan schüttelte den Kopf. „Über diese Möglichkeit will ich gar nicht erst nachdenken."

„Wir müssen uns was anderes einfallen lassen, um es abzuschrecken, falls es zurückkommt." Sie klopfte sich den Dreck von der Kleidung und begann, Zweige und Blätter aus ihren Haaren zu zupfen. „Und jetzt?"

„Neu orientieren." Evan stand mühsam auf und suchte den Winkel seines Schattens. Vor der Unterbrechung war er in einem leichten Winkel von seiner rechten Schulter weggefallen. Er drehte sich um die eigene Achse, bis die Ausrichtung wieder stimmte. „Sieht so aus, als müssten wir da lang." Er deutete entschlossen in die Ferne.

Anya kniff die Augen zusammen. „Ist das da vorne die Bergspitze?"

Tatsächlich: Da die Bäume hier unten die Sicht nicht mehr versperrten, war der Gipfel deutlich zu erkennen – und zwar exakt in der Richtung, in die Evan gedeutet hatte.

Er grinste. „Triangulation ist Trumpf."

„Deshalb liebe ich die Wissenschaft."

Ihr Kurs führte sie nun am Fuß des grasbewachsenen Hangs entlang, bevor sie wieder im Schutz der Bäume verschwinden würden.

„Wir brauchen einen Plan für dieses … Ding", sagte Evan und wurde schlagartig ernst.

„Ja. Sobald es merkt, dass wir in diese Richtung wollen, wird es versuchen, uns den Weg abzuschneiden."

„Es sah anders aus als das Vieh, das die Vorratskiste geplündert hat."

„Stimmt. Wobei ich bezweifle, dass eines von beiden das war, was den Ranger-R bei der Erkundung zerlegt hat."

Evans Magen zog sich zusammen. „Es gibt da draußen also noch ein größeres Raubtier?"

„Meine Vermutung? Ja. Aber das muss nicht heißen, dass es sich für uns interessiert."

„Schön wär's. Aber eins nach dem anderen: Wie machen wir uns für diesen Jäger da oben unappetitlich?"

„Zuerst müssen wir anfangen, den Dingen Namen zu geben."

„Ein Anya-Panther", scherzte er.

„Vergiss es!", schoss sie zurück, konnte aber ein Lachen kaum unterdrücken. „Aber ich gebe zu, es hat was Katzenartiges. Bleiben wir vorerst bei ‚Panther'."

„Und was ist mit der Kreatur von letzter Nacht?"

„Na ja, es hat Aas gefressen, also neige ich zu ‚Geier' – auch wenn es kein Vogel ist. Zumindest bis wir es genauer unter die Lupe nehmen können."

„Einverstanden", stimmte er zu.

„Okay, also der Panther. Offensichtlich ein Lauerjäger. Aber als wir ihn entdeckt hatten, ist er sofort in die Offensive gegangen. Wir müssen ihm klarmachen, dass er sich nicht unbemerkt an uns heranschleichen kann. Wir müssen die Beute sein, die den Aufwand nicht wert ist."

„Und wie genau stellen wir das an?"

„Ich bin mir nicht sicher." Nachdenklich verschränkte sie die Arme.

„Beim Brainstorming bin ich wohl keine große Hilfe. Meine Standardlösung lautet ‚erschießen', und das war ja wohl ein Satz mit X."

Sie schürzte die Lippen. „Das bringt uns zu einem anderen Punkt. Wie konnte es den Energieimpuls einfach so wegstecken?"

„Die Pistolen verschießen im Grunde eine hochkonzentrierte elektrische Entladung. Das Vieh muss also in der Lage sein, elektrische Energie bis zu einem gewissen Grad zu absorbieren oder abzuleiten."

„Dafür gibt es biologische Präzedenzfälle. Ich habe das bei Fischen und Echsen gesehen. Noch nie bei einem Säugetier wie diesem, aber warum eigentlich nicht?"

„Von mir aus." Evan wusste nicht einmal, wo er bei der Biologie so eines Monsters anfangen sollte.

„Der erste Schuss hat es kurzzeitig von den Beinen geholt, weil es nicht damit gerechnet hat. Theoretisch könnte eine stärkere Ladung also immer noch Schaden anrichten."

„Irrelevant, wir haben nichts Stärkeres dabei. Aber ..." Seine Stimme erstarb, als ihm ein Geistesblitz kam. „Moment mal, vielleicht habe ich doch was. Wenn es elektrische Energie manipulieren kann, heißt das, es trägt wahrscheinlich selbst eine Ladung in sich, oder?"

„Ja, höchstwahrscheinlich."

„Das gäbe uns eine Möglichkeit, das Ding aufzuspüren. Wir haben doch diesen Energiedetektor aus den Vorräten, oder? Keine riesige Reichweite, aber wir wüssten zumindest, ob es in der Nähe ist – und könnten es aufspießen, wenn es angreift."

Sie biss sich auf die Unterlippe. „Hast du Erfahrung in der Speerjagd?"

„Nein ..."

„Da müssten verdammt viele ‚Wenns' zusammenkommen, damit so eine Erlegung klappt. Das ist riskant."

„Na ja, das Vieh ist hungrig und hält uns im Moment für leichte Beute. Ich weiß nicht, was wir sonst ..."

„Das ist es!", rief Anya plötzlich, und ihre Miene hellte sich auf.

„Was ist es?"

„Wir müssen ihm eine Alternative bieten! Die Waffe, die wir haben, ist gegen den Panther zwar nicht effektiv, aber sie ist das perfekte Werkzeug, um andere Beutetiere zu betäuben. Wir servieren ihm einfach ein Ersatz-Abendessen."

Evan ging den Vorschlag im Kopf durch. „Ich schätze, das ist einen Versuch wert."

„Den du hoffentlich übernehmen wirst."

„Such mir ein Ziel."

— — —

Schuldgefühle nagten an Anya, als sie auf einen flauschigen Pflanzenfresser deutete, den sie kurzerhand als „Ziege" abgestempelt hatte. „Das sollte funktionieren."

Sie sah weg, als Evan den Schuss abgab.

Seine Schultern sackten nach vorne, während er die Waffe senkte. Das Tier war nur betäubt, aber da der Panther in der Nähe lauerte, war sein Schicksal besiegelt. „Ich hoffe, das war's wert. Ich weiß, wir tun das, um unseren eigenen Hintern zu retten, aber trotzdem …"

„Danke für dein Opfer, Kleiner", murmelte Anya leise.

Sie hatten die Ziege grasend am Rand der Ebene gefunden. Sie hatte sich von ihrer Herde entfernt und war damit ein leichtes Ziel – ein Verhalten, das sie früher oder später ohnehin zum Opfer eines Raubtiers gemacht hätte. Dieses Wissen linderte Anyas schlechtes Gewissen nicht völlig, aber es half. Sollte der Panther den Köder nicht schlucken, würde die Ziege zumindest wieder aufwachen und ihr Leben weiterleben.

„Komm schon, verschwinden wir von hier." Evan schob die Waffe zurück ins Holster.

Anya folgte ihm tief in den Dschungel. Ob ihr Ablenkungsmanöver gefruchtet hatte, würden sie nur daran merken, dass sie nicht angegriffen wurden. Das war kaum die beruhigendste Art, die nächste Etappe ihrer Reise anzutreten.

„Mal angenommen, der Kreuzer wurde beim Aufprall nicht völlig zerfetzt – glaubst du, wir finden dort ein Fahrzeug, das uns zurück ins Lager bringt?", fragte Anya, um sich vom Gedanken an den Panther abzulenken. Außerdem hoffte sie, dass der Klang ihrer Stimmen eine abschreckende Wirkung auf lauernde Jäger haben könnte.

„Ein Bodenfahrzeug gehört zur Standardausrüstung für eine militärische Eskorte, also vielleicht", antwortete Evan. „Aber im

Moment ist meine größte Sorge, überhaupt lebend an diesem Wrack anzukommen."

„Stimmt, Klippenspringen ist ja bekanntlich der sicherste Weg dorthin."

„Hey, immer noch besser als gefressen zu werden!" Er warf ihr ein kurzes Grinsen zu. „Und wie du siehst: Es hat funktioniert."

Sie verdrehte die Augen und stieß ein Seufzen aus. „Pures Glück."

Als Evan schwieg, hakte Anya nach: „Ich will nicht schwafeln, aber Reden hilft vielleicht, das Vieh auf Distanz zu halten."

„Du hast den Panther doch nur hergelockt, um eine Ausrede zu haben, mich zum Quatschen zu bringen, oder?"

„Verdammt, du hast meinen teuflischen Plan durchschaut!"

„Wenn das alles geplant war, bin ich beeindruckt, wie viel du auf die exakt richtige Weise hast schiefgehen lassen."

„Das wäre in der Tat eine Leistung." Sie hielt kurz inne. „Wir müssen ja kein tiefschürfendes Gespräch über unsere Hoffnungen und Träume führen oder so ein Quatsch."

„Gut. Das würde nämlich sowieso nicht passieren."

„Ich versuche sicher nicht, dich zu verhören."

„Ich weiß, dass du nur ein bisschen Smalltalk machen willst. Aber es fällt mir schwer – nach Jahren in einem Umfeld, in dem zu viel Reden dich den Kopf kosten konnte. Es dauert, bis diese Mauern fallen, und so weit bin ich einfach noch nicht."

„In Ordnung." Anyas Neugier war geweckt; sie fragte sich unwillkürlich, was Evan nach seiner Militärzeit wirklich getrieben hatte. Er behauptete, beim UPA-Sicherheitsdienst gewesen zu sein, aber er war definitiv kein gewöhnlicher Streifenpolizist – zumindest keiner, der sich immer strikt an die Vorschriften gehalten hatte. Das Geheimnisvolle an ihm faszinierte sie, entgegen jeder Vernunft. Doch er schien kein falsches Spiel mit ihr zu treiben. Wenn sie seinen Blick traf, wirkte er aufrichtig besorgt um sie und absolut entschlossen, ihre Mission durchzuziehen.

„Und was ist mit dir? Was hat dich dazu gebracht,

Xenobiologin zu werden?", fragte er schließlich.

Über sich selbst zu sprechen, war vielleicht ein Weg, ihn aus der Reserve zu locken und das Gespräch am Laufen zu halten. „Als Kind habe ich Tiere geliebt. Als ich anfing zu begreifen, wie riesig das Universum ist und wie viel Leben da draußen sein könnte, wollte ich alles über die Kreaturen erfahren, die diese fernen Orte bewohnen."

„War es alles, was du dir erhofft hast?"

Sie schüttelte den Kopf. „Nicht im Entferntesten. In mancher Hinsicht ist es so viel besser, aber meistens fühlte ich mich hinterher eher … leer."

„Keine besonders glanzvolle Beschreibung deiner Berufswahl."

„Es hat keinen Sinn, jetzt nicht zu hundert Prozent ehrlich zu sein. Ein Panther könnte jeden Moment aus dem Gebüsch springen und mich fressen. Und ganz ehrlich: Ich wäre enttäuscht, wenn ich am Ende nicht mehr vorzuweisen hätte als das hier."

Evan verlangsamte seinen Schritt und drehte sich zu ihr um. „Wow. Mit so viel Tiefgang habe ich jetzt nicht gerechnet."

Sie zuckte mit den Schultern. „Ich bin müde. Mir tut alles weh. Unter solchen Bedingungen werde ich wohl ungefiltert."

„Verständlich."

„Es bringt ja auch nichts, sich zu beschweren. Ändern kann ich es eh nicht mehr."

„Was hättest du denn anders gemacht?"

„Ich hätte die eine oder andere Beförderung ausgeschlagen. Dann wäre ich Feldforscherin geblieben, statt meine Zeit damit zu verschwenden, Daten in irgendeinem Labor zu analysieren."

Evan musterte sie kurz. „Sieht so aus, als hätte sich dein Wunsch auf ziemlich verschlungenen Pfaden erfüllt."

„Die Ironie der Geschichte entgeht mir nicht."

„Wir können das Ganze hier als monumentale Entgleisung betrachten – oder als Chance für einen Neuanfang. Da ich sowieso auf ein neues Leben gehofft hatte, plane ich, die Überraschungen, die uns dieser Planet vor die Füße wirft, gelassen zu nehmen."

Anya nickte langsam. „Ich werde versuchen, es genauso zu sehen.“

Evan zog das Tempo wieder an. „Gut so. Denn wir haben noch einen langen Weg vor uns. Und es kann noch verdammt viel passieren.“

12

EVANS MUSKELN SCHRIEN vor Erschöpfung, besonders im unteren Rücken. Er presste die Knöchel in das verspannte Gewebe und kreiste die Hüften, um die Blockaden irgendwie zu lösen.

Sie hatten auf einer kleinen Lichtung haltgemacht, die von einer zerklüfteten Felsformation begrenzt wurde, aus deren Ritzen junge Schösslinge sprossen. Lange Schatten krochen von den umliegenden Bäumen herüber. Als Evan den Blick hob, bemerkte er, dass die Sonne bereits deutlich tiefer stand, als er vermutet hatte.

„Vielleicht sollten wir für heute Schluss machen und unser Lager aufschlagen“, schlug er vor.

Anyas Gesichtszüge entspannten sich sichtlich vor Erleichterung. „Oh Gott, ja! Ich wollte nicht als Erste nachgeben, aber ich bin absolut am Ende.“

Er lächelte schwach. „Du hast es gut kaschiert.“

„Alles Vanessas Verdienst.“

Evan legte den Kopf schief. „Wer ist das?“ Er öffnete seinen Rucksack und kramte das Kompaktzelt hervor.

„Jahrelang der Fluch meines Lebens.“ Anya begann, Steine und Geäst von einer Stelle auf dem Boden zu räumen, um eine ebene Fläche für das Zelt zu schaffen. „Sie war ebenfalls Feldforscherin, als ich als Grünschnabel frisch von der Uni kam. Eine klassische Schleimerin - sie hat sich bei den leitenden Wissenschaftlern angebiedert, als wären es Professoren, die über ihre Abschlussnote entscheiden. Vielleicht war sie auch nur scharf auf eine Beförderung, keine Ahnung. Für sie war jedenfalls alles ein Wettbewerb. Sie musste immer als Erste auf dem Gipfel sein oder als Erste die Katalogisierung der Proben fertig haben."

Anya hielt kurz inne und wischte sich den Staub von den Händen. „Ich wollte ihre Provokationen nicht einfach so hinnehmen, also habe ich mich selbst angetrieben. Und natürlich durfte sie niemals merken, wenn ich am Limit war. Ich habe mich gepusht und gepusht, manchmal bis kurz vor den Zusammenbruch, weil ich dachte, ich wäre nie gut genug. Aber letztlich habe ich mich in meinen Schwachstellen verbessert. Am Ende konnte ich ihr in fast allem Paroli bieten – sehr zu ihrem Ärger. Sie hat mir zwar nie freiwillig geholfen, aber im Nachhinein bin ich ihr dankbar, dass sie mich diesen Prüfungen ausgesetzt hat. Ohne sie wäre ich heute nicht so zäh."

„Hast du ihr das jemals gesagt?" Evan faltete das flache Zeltpaket auseinander und reichte ihr eine Seite.

Sie hockte sich hin, um die Zeltecken zu fixieren. „Nein. Einmal hätte ich es fast ausgesprochen, aber dann meinte sie zu mir, meine Haare sähen ‚krisselig' aus. In dem Moment beschloss ich, dass ich keinerlei Interesse mehr daran hatte, irgendetwas Nettes zu ihr zu sagen."

„Ich respektiere diese Form der kleinlichen Rache."

„Hey, man muss die kleinen Siege feiern, wie sie fallen, oder?"

Evan aktivierte das Filament im Inneren der Konstruktion. Als die Fasern ihre starre Struktur einnahmen, wölbte sich das flache Paket nach oben zu einer schulterhohen Kuppel. Mit etwa drei mal zwei Metern bot sie nicht viel Bewegungsfreiheit, aber für zwei Personen war sie funktional genug.

Anya öffnete den Reißverschluss und spähte hinein. „Trautes Heim, Glück allein."

„Immerhin mehr, als wir letzte Nacht hatten." Evan rollte seinen Schlafsack aus und breitete ihn auf der linken Seite des Zeltes aus.

Anya legte ihren nach rechts. „Das wird kuschelig."

Evans Gedanken schossen in zwei Richtungen – erstens, dass der dünne Stoff absolut null Schutz gegen hungrige Raubtiere bot, gefolgt von dem weit angenehmeren Gedanken, ihr so nah zu sein. Da beides nicht sonderlich klug auszusprechen war, beließ er es bei einem knappen Nicken.

Nachdem das Nachtlager bereitet war, widmeten sie sich dem Abendessen.

„Ich schau mal, ob ich was Frisches finde", sagte Anya. „Kriegst du ein Feuer hin?"

„Ich seh mal nach trockenem Holz. Alles, woran wir heute vorbeigekommen sind, war vom Regen ziemlich durchweicht."

„Suchen wir am besten zusammen." Anya schnappte sich ihren Bio-Analysator, und sie schwärmten in den Waldrand rund um die Lichtung aus.

Sie blieben in Rufweite, um im Notfall füreinander da zu sein. Evan konzentrierte sich bei der Suche auf den Fuß der massivsten Bäume, wo das dichte Blätterdach den Boden am besten geschützt hatte. Doch selbst dort war das meiste Unterholz klamm. Schließlich stieß er auf einen abgestorbenen Baum. Die Rinde war feucht, doch als er einen Ast prüfte, brach dieser mit einem vielversprechenden Knacken – der Kern war trocken.

Während Anya ihre Suche nach essbarem Grün fortsetzte, sammelte Evan so viele Äste, wie er tragen konnte, und schaffte sie zurück ins Lager. Er ging noch zweimal, bis er alle Zweige geerntet hatte, die sich von Hand brechen ließen.

Als er zurückkehrte, war Anya ebenfalls wieder da. Sie hielt zwei Hände voll einer blättrigen Pflanze und knabberte bereits an einem Stück.

„Und?", fragte Evan. „Genießbar?"

„Gar nicht übel. Ein bisschen bitter, aber eigentlich ganz angenehm. Das Zeug steckt voller Nährstoffe, jeder Arzt wäre begeistert."

„Alles ist besser als diese MealPaks."

„Ach, die sind doch gar nicht so schlimm." Anya kramte zwei Packungen hervor und starrte sie in ihren Händen an. „Wem mache ich hier eigentlich was vor? Die Dinger sind kaum genießbar."

„Das Schlimmste ist ja, dass sie in diesen Verpackungen

theoretisch echtes Essen liefern könnten. Aber am Ende sind es reine Budget-Entscheidungen – die billigsten Kalorien, die man gerade noch so als Mahlzeit verkaufen kann, ohne dass es ein reiner Nährstoffwürfel ist."

„Immer noch besser als verhungern."

„Da kann ich nicht widersprechen."

Evan schichtete feine Zweigspitzen auf und schabte das trockene Innere einiger größerer Äste heraus, um einen Haufen Zunder zu bilden. Mit dem Feuerstahl aus dem Notfallset schlug er Funken. Es brauchte ein Dutzend Versuche, bis ein Funke endlich Nahrung fand, aber gemeinsam päppelten sie die kleine Flamme auf, bis ein stattliches Lagerfeuer in der Mitte der Lichtung flackerte.

„Das sollte helfen, das Viehzeug fernzuhalten", sagte Anya und lehnte sich mit aufgestützten Armen entspannt nach hinten.

„Ich nehme jedes Quäntchen Schutz, das wir kriegen können. Sieht ganz so aus, als hätte der Trick mit der Ziege tatsächlich funktioniert."

„Man kann nie wissen, wann er wieder Hunger bekommt. Und das nächste Mal sehen wir ihn vielleicht nicht kommen."

„Darüber mache ich mir erst Gedanken, wenn es so weit ist", erwiderte Evan ruhig. „Wir können im Moment ohnehin nichts tun, also ist es reine Energieverschwendung, sich jetzt verrückt zu machen."

Anya nickte langsam. „Das zieht sich wie ein roter Faden durch die ganze Reise. Wir müssen es einfach nehmen, wie es kommt."

Er lächelte sie an. „Dieser Moment hier ist jedenfalls gar nicht so übel."

Ihre Wangen röteten sich leicht im Schein der Flammen, während sie seinen Blick mied. „Nein, das ist er nicht."

Sie saßen eine Minute lang schweigend da, dem Knistern des Holzes lauschend, bevor Evan das Wort wieder ergriff. „Hey, es ist vielleicht ein seltsamer Zeitpunkt, aber mir ist gerade klar geworden, dass ich deinen vollen Namen gar nicht kenne – nicht, dass es eine Rolle spielen würde."

„Stimmt! Jetzt, wo du es sagst … Anya Rojas."

„Gehört da noch ein ‚Doktor' davor?"

„Ich habe zwar promoviert, aber Anya reicht völlig aus."

„Sehr wohl, Anya." Er lehnte sich vor und streckte ihr die Hand entgegen. „Evan Taylor."

Sie ergriff seine Hand und schüttelte sie mit einem professionellen, festen Griff. „Freut mich, dich kennenzulernen."

„Lustig, dass wir uns ausgerechnet hier treffen. Kommst du öfter her?"

„Absoluter Trend-Spot! Die Leute sterben förmlich darum, hier reinzukommen." Sie zuckte sofort zusammen. „Gott, sorry. Zu früh?"

Er lachte trocken. „Schwarzer Humor. Passt schon."

„Ja, ist mir einfach so rausgerutscht." Sie hielt sich kurz die Hand vor den Mund.

Sie saßen noch eine Weile da, pendelnd zwischen nachdenklichem Schweigen und Smalltalk. Als sie sich etwas mehr entspannt hatten, machten sie sich über die MealPaks her und schlossen mit dem frischen Grünzeug ab, das Anya gesammelt hatte. Obwohl die Blätter bitterer waren, als Evan es gewohnt war, hinterließen sie einen minzigen Nachgeschmack, der nach dem drögen Fertigessen fast wie ein Gaumenreiniger wirkte.

Als sie fertig waren, war die Sonne endgültig hinter den Kamm gesunken und das schwindende Licht ließ die Schatten der Bäume unnatürlich lang werden. Jedes Rascheln im Laub schien nun doppelt so laut – oder die Welt erwachte mit der Dunkelheit erst richtig zum Leben.

„Abgesehen von unserem mysteriösen Panther-Freund … was weißt du eigentlich über die lokale Ökologie?", fragte er. Er wollte wissen, was sonst noch knapp außerhalb des Feuerscheins lauern könnte.

„Genug, um sagen zu können, dass Flora und Fauna mit unserem Verdauungssystem kompatibel sind. Der ganze Zweck dieser Expedition war ja eine detaillierte Bestandsaufnahme der Arten." Sie hob den Blick und sah ihn direkt an. „Aber das solltest du ja eigentlich wissen."

Er öffnete den Mund, unsicher, wie er reagieren sollte. Eine Lüge würde ihn jetzt nur noch tiefer in die Bredouille bringen. Es war besser, reinen Tisch zu machen.

„Ich stand nicht wirklich auf dem offiziellen Manifest der Expedition."

Anya musterte ihn von der anderen Seite des Feuers aus, ihr Blick wurde schlagartig wachsam. „Warum bist du dann hier, Evan?"

„Das ist … eine lange Geschichte."

„Wir haben nichts als Zeit."

Er starrte versonnen in die Flammen und wog ab, wie viel er preisgeben sollte. „Man sagt immer, der Anschluss an eine neue Kolonie sei ein ‚Neuanfang'. Aber es sieht so aus, als gäbe es Dinge, vor denen man einfach nicht davonlaufen kann."

„Zum Beispiel?"

Er schnalzte mit der Zunge gegen die Zähne und stieß einen langen Seufzer aus. „Okay, na gut. Ich bin hier, weil das die weiteste und schnellste Verbindung war, um weg von Constella zu kommen."

„Warum von dort weg?"

„Die Kurzfassung? Ich bin ins Visier einiger sehr einflussreicher, sehr übler Leute geraten, weil ich versucht habe, das Richtige zu tun. Die Wahl stand zwischen einem frühen Grab oder dem Sprung auf ein Schiff, das mich in ein neues Leben katapultiert."

Anya legte die Stirn in Falten. „An deiner Stelle hätte ich wahrscheinlich dieselbe Entscheidung getroffen." Sie musterte ihn eindringlich. „Mit wem hast du dich angelegt, Evan?"

„Spielt keine Rolle mehr."

„Tut es doch. Aber wenn du noch nicht bereit bist, darüber zu reden, ist das okay."

„Danke." Seine Brust zog sich jedes Mal schmerzhaft zusammen, wenn er an die Ereignisse dachte, die ihn hierher geführt hatten. *Hätte ich irgendetwas anders machen können?* Wenn er die Zeit zurückdrehen könnte, gäbe es einiges an seiner

Vorgehensweise, das er korrigieren würde. Vielleicht hätte ihn am Ende alles an denselben Punkt geführt, aber er wäre zumindest besser über die Konsequenzen informiert gewesen. Rückblickend war er in eine Falle getappt, die er sich ironischerweise selbst gestellt hatte. Und nun lief an seinem „Neuanfang" absolut nichts so, wie er es sich in seinen kühnsten Träumen ausgemalt hatte.

— — —

Trotz ihrer Versicherung, dass Evan sich Zeit lassen könne, wurmte es Anya innerlich, dass er die Gelegenheit nicht beim Schopf gepackt hatte. Sie respektierte Privatsphäre und Autonomie, aber ihre wissenschaftliche Neugier trieb sie schier in den Wahnsinn. Dennoch hatte die Erfahrung sie gelehrt, dass zu forsches Drängen Menschen eher dazu brachte, die Schotten dichtzumachen. Also beschloss sie, das Thema ruhen zu lassen – vorerst.

Sie blieben noch eine Weile am Feuer sitzen und plauderten über Belanglosigkeiten, bevor sie sich ins Zelt zurückzogen. Die Erschöpfung forderte ihren Tribut: Kaum dass Anya auf ihrem Schlafsack lag, glitt sie in einen tiefen, traumlosen Schlaf.

Gefühlte Ewigkeiten später – in Wahrheit waren es kaum drei Stunden – riss sie ein Geräusch direkt vor der Zeltwand aus dem Schlaf. Sie schreckte hoch, jedes Haar am Körper aufgestellt, die Augen weit aufgerissen. „Was war das?", hauchte sie.

Evan stützte sich lautlos auf die Ellbogen und lauschte angestrengt in die Dunkelheit. „Irgendein Tier. Der Panther?"

Anya ging in die Hocke, bereit, in jede Richtung zu schnellen. „Der Panther war ein Lauerjäger. Das hier … das klingt so, als wäre es ihm völlig egal, ob wir es hören oder nicht."

Evan griff nach seiner Pistole und entsicherte sie mit einem kaum hörbaren Klicken. „Sollen wir versuchen, es zu verscheuchen?"

„Nein. Wenn wir es aufschrecken, machen wir alles nur noch schlimmer."

Ihre Rucksäcke lagen bei ihnen im Zelt. Die MealPaks darin

waren vakuumverpackt, theoretisch sollte kein Geruch nach außen dringen. Doch sie selbst verströmten nach den Strapazen des Tages einen deutlichen Eigengeruch.

Bitte, geh einfach weiter, flehte Anya das Wesen in Gedanken an. Sie wollte nicht, dass sie erneut töten mussten. Das Schicksal der Ziege von heute Nachmittag lastete immer noch schwer auf ihrem Gewissen - aber sie wollte verdammt noch mal auch nicht gefressen werden.

Durch das blickdichte Material der Zeltwände gab es keine Möglichkeit zu erkennen, was da draußen lauerte. Sie hatten bisher nur einen Bruchteil der Fauna von Aethos gesehen; es konnte alles Mögliche sein, das groß genug war, um sich ungeniert ins Lager zu wagen. Der einzige Weg, Gewissheit zu erlangen, wäre ein Blick nach draußen, doch das Öffnen des Reißverschlusses würde sie sofort verraten. Vielleicht wusste das Wesen noch gar nicht, dass sie hier waren - oder betrachtete das Zelt nicht als Beute. Stillhalten und Hoffen war im Moment ihre einzige, nervenaufreibende Taktik.

Bange Minuten verstrichen. Atemlos verfolgten sie die Bewegungen des Tieres, das draußen den Lagerplatz inspizierte. Die Schritte hielten inne, gefolgt vom verräterischen Knistern von Kunststoff.

Anya und Evan tauschten vielsagende Blicke aus: Das Tier hatte die leeren MealPak-Verpackungen gefunden. Die nächsten Minuten verbrachte es damit, die Reste auszulecken. Den Schmatzgeräuschen nach zu urteilen, trat es auf die Folien, um sie zu fixieren. Das bedeutete, es hatte Hufe oder Krallen, aber keine geschickten Finger.

Mit einem fast schon erleichterten Lächeln ließ sich Anya wieder auf ihren Schlafsack sinken.

„Es ist immer noch direkt da draußen!“, zischte Evan.

„Ich weiß, aber es ist ein friedlicher Pflanzenfresser. Ein Gelegenheits-Aasfresser höchstens.“

„Das war der ‚Geier‘ gestern Nacht auch.“

„Das hier wird nicht angreifen. Hörst du nicht das Klackern der Hufe?“

Evan lauschte angestrengt. Langsam wich die hölzerne Anspannung aus seinen Schultern. „Gutes Gehör."

„Jahrelange Feldstudien zahlen sich eben doch aus."

„Unbezahlbar", murmelte er. Er behielt die Pistole in der Hand, setzte sich aber zumindest aus der hockenden Position hin.

Plötzlich setzte sich die Kreatur wieder in Bewegung. Und die Schritte hielten schnurstracks auf das Zelt zu.

Anya fuhr sofort wieder hoch; sie wollte nicht im Liegen überrascht werden, falls das Tier doch aggressiv wurde. Hufe ließen zwar auf einen Fluchtinstinkt schließen, aber das hieß nicht, dass das Wesen sie nicht rammen würde, wenn es sich in die Enge getrieben fühlte. Ihr Puls raste, während sie auf den nächsten Zug des Tieres wartete.

Die Schritte stoppten unmittelbar vor dem Eingang. Ein feuchtes Schnüffeln ertönte – so nah, dass der dünne Zeltstoff vom Atemzug des Tieres erzitterte.

Anya krallte ihre Finger in den Stoff ihrer Hose. *Ruhig bleiben. Es ist nur neugierig. Alles ist gut.*

Neben ihr hob Evan zentimeterweise die Pistole. Sein Finger lag noch nicht am Abzug, aber er war bereit, falls das Wesen den Stoff zerfetzte.

Ein Kräuseln ging über die Vorderseite des Zeltes, als die Kreatur mit der Nase über die Wand fuhr. Es schnaubte einmal kräftig und umrundete dann das Zelt. Direkt auf Anyas Seite blieb es erneut stehen. Sie machte sich so flach wie möglich, um Evan ein freies Schussfeld zu lassen, falls es zum Äußersten käme. Jeder Muskel in ihrem Körper war zum Zerreißen gespannt.

Dann: Ein schwerer Schritt zurück. Einen Augenblick später trottete das Tier gemächlich davon in Richtung der Bäume. Zurück blieben nur das Rauschen des Windes und die vertrauten, ruhigen Nachtgeräusche des Dschungels.

Anya stieß einen zittrigen Atemzug aus. „Das war verdammt knapp."

„Du hattest recht – es wollte nicht kämpfen."

„Bei wilden Tieren kann man sich nie ganz sicher sein. Wir hatten Glück."

„Ich fürchte, das war nicht unsere letzte Begegnung." Er sicherte die Pistole wieder und legte sie griffbereit zwischen ihre Schlafsäcke. „Aber wir sollten versuchen, noch ein bisschen Schlaf zu finden, solange wir können."

Anyas Herz klopfte ihr noch immer bis zum Hals, aber sie zwang sich zu langsamen, tiefen Atemzügen. Das stete Zirpen der Insekten im Hintergrund wirkte allmählich beruhigend auf ihre Nerven.

Wir sind auf einem fremden Planeten, umgeben von völlig unbekanntem Leben. Trotz der ständigen Gefahr war dies genau das, wovon sie als Xenobiologin immer geträumt hatte. *Alles Teil des großen Abenteuers.*

13

EVAN SCHLUG EIN Auge auf und bemerkte, wie das erste fahle Licht durch die blickdichten Zeltwände sickerte. Sein Kopf fühlte sich wattiert an und seine Augen brannten vor Schlafmangel, doch das Ziehen in seinen Schultern und Beinen war deutlich abgeklungen.

Neben ihm schlief Anya noch tief und fest, einen Arm über die Augen geworfen, den anderen auf der Brust. Ihr Mund war leicht geöffnet, ihr Atem ging ruhig und gleichmäßig. Er musste unwillkürlich über die völlig ungekünstelte Pose lächeln und bedauerte es fast, sie aus dieser Ruhe reißen zu müssen.

„Anya? Zeit zum Aufstehen“, sagte er sanft.

Sie gab ein kurzes Schnauben von sich, schreckte leicht auf und blinzelte schlaftrunken ins Morgenlicht. „Wa...? Oh.“ Sie vergrub die Finger in ihrem ohnehin schon zerzausten Haar und kratzte sich ausgiebig am Kopf.

„Kein Morgenmensch, wie ich sehe?“

„Nicht nach einer gefühlten Ewigkeit ohne echten Schlaf.“ Sie streckte die Arme weit über den Kopf und richtete sich mühsam auf. „Wie spät ist es?“

„Die Sonne dürfte seit etwa einer Stunde oben sein. Wir sollten langsam los“, drängte er leise.

Sie versuchte vergeblich, ihr Haar mit den Fingern zu bändigen. „Ich würde töten für eine Runde Ausschlafen.“

„Wir können dir ja eine Stasiskapsel suchen. Dann kannst du ein Jahr lang durchratzen und alles nachholen.“

Sie stieß einen melodramatischen Seufzer aus, während sie aufstand und begann, ihren Schlafsack zusammenzurollen. „Sehr witzig, Taylor."

„Hat dich immerhin wachgekriegt, oder?"

Sie zog eine Augenbraue hoch und warf ihm einen misstrauischen Seitenblick zu. „Woher willst du mich eigentlich schon so gut kennen?"

„Das hat nichts speziell mit dir zu tun", erwiderte er knapp.

Anya wirkte einen Moment lang fast ein wenig vor den Kopf gestoßen. Sie senkte den Blick und konzentrierte sich demonstrativ darauf, den Schlafsack bündig aufzuwickeln.

„Ich habe einfach gelernt, Menschen zu lesen", stellte er klar. „Wenn dein Job davon abhängt, eine Situation blitzschnell einzuschätzen - und wenn Waffen im Spiel sind -, lernst du das verdammt fix."

„Die Motive der Leute verstehen", ergänzte sie leise.

„Exakt."

„Und? Was hast du über mich gelernt?"

„Dass es dir extrem wichtig ist, kompetent zu wirken", antwortete er. Kaum war es raus, bereute er es. Die Wahrheit war zwar, dass er sie genau so eingeschätzt hatte, aber was als interne Analyse für ihn wertvoll war, hätte er ihr nicht so ungefiltert vor den Latz knallen sollen. Der Stress und der Schlafmangel machten ihn unvorsichtig.

Sie stopfte ihre Ausrüstung mit etwas zu viel Schwung in den Rucksack. „Schon komisch, wie man einen Menschen auf ein paar simple Eigenschaften reduzieren kann, die angeblich alles über ihn aussagen."

„Ich glaube nicht, dass das alles ist, was dich ausmacht."

„Verdammt richtig." Sie schnappte sich ihren Rucksack und schlüpfte durch die Zeltklappe nach draußen.

Evan atmete tief und langsam aus. *Definitiv kein Morgenmensch.*

Er packte seine Sachen zu Ende und ließ ein MealPak draußen, damit sie sich das Frühstück teilen konnten; in der Hoffnung, dass ein wenig Nahrung die allgemeine Stimmung hob. Seine eigenen Nerven lagen nach den Strapazen der letzten zwei Tage und den unruhigen Nächten blank. Mit etwas Glück würden sie heute ohne größere Zwischenfälle vorankommen.

Draußen vor dem Zelt zeigten sich deutliche Abdrücke und Kratzspuren im weichen Boden, dort, wo das Tier ihr Lager inspiziert hatte. Anya hockte bereits neben einer der aufgewühlten Stellen.

„Das sieht tatsächlich nach Hufen aus", stellte sie fest. „Aber mit drei Zehen. Ziemlich einzigartig."

„Wahrscheinlich für mehr Stabilität auf weichem Untergrund", vermutete Evan.

„Guter Punkt. Von der Größe her würde ich auf etwas Hirschartiges tippen. Aber mitten in der Nacht ist die optische Bestimmung natürlich schwierig."

„Vielleicht eine nachtaktive Unterart."

Sie nickte nachdenklich. „Könnte sein. Vielleicht bin ich das nächste Mal mutiger und werfe einen Blick nach draußen."

„Nicht, solange ich mit im Zelt liege. Ich bin ganz zufrieden damit, mich vor den Waldmonstern zu verstecken."

„Ach, komm schon. Wenn es etwas richtig Cooles ist, verspreche ich, es nach dir zu benennen."

„Ich verzichte dankend."

Anya lächelte, von ihrer unterkühlten Art von vorhin war nichts mehr zu spüren. „Wie du meinst."

Sie teilten sich das karge Frühstück und verstauten das Zelt. Sobald alles in Evans Rucksack untergebracht war, schulterten sie ihr Gepäck und bahnten sich ihren Weg zurück in den Dschungel.

Gestärkt und halbwegs ausgeruht kamen sie in der ersten Stunde zügig voran. Die Route führte sanft bergab, und sie stießen sogar auf einen Wildpfad, der sie praktischerweise einen halben Kilometer genau in ihre Richtung leitete.

Als der Pfad jedoch nach Osten abknickte, mussten sie sich wieder querfeldein durchs Unterholz schlagen. Das Gestrüpp wurde zusehends dichter, und ohne Machete war das Vorankommen mühselig. Sie behalfen sich mit stabilen Stöcken, um Ranken und Farne beiseitezuschlagen, doch das dichte

Blätterdach verschluckte nun fast jedes Sonnenlicht. Es wurde immer schwieriger, ihre Schatten für die Orientierung zu nutzen.

„Es wäre verdammt leicht, sich hier drin zu verirren", bemerkte Evan, während sie gegen das Grün ankämpften.

„Wir müssen wohl auf einen alten Pfadfinder-Trick zurückgreifen. Keine exakte Wissenschaft, aber Moos wächst meist dort am dichtesten, wo am wenigsten Sonne hinkommt. Wir müssen nach Osten. Da wir uns auf der Nordhalbkugel befinden, sollte das kräftigste Moos an den Stämmen auf der Nordseite wachsen – also immer schön zu unserer Linken."

Evan untersuchte die umliegenden Stämme. Tatsächlich schien die linke Seite der Bäume und Felsen deutlich dichter mit Moos bewachsen zu sein. „Praktisch."

„Unsere Navigation war bisher alles andere als präzise", gab Anya zu bedenken. „Wir müssen unbedingt wieder offeneres Gelände finden, um die Absturzstelle anpeilen zu können."

„Was schätzt du, wie weit es noch ist?"

„Vielleicht die Hälfte. Es ist verdammt schwer zu sagen."

Zwei Tage für diese kurze Strecke – der Fortschritt wirkte erbärmlich. Doch die Realität des dichten Dschungels ließ sich nicht leugnen; jedes Vorankommen musste hart erkämpft werden. Rückblickend hätten sie es selbst mit dem Rover nicht weit geschafft, selbst wenn sie nicht im Sumpf stecken geblieben wären. Dieser Teil des Planeten war schlichtweg kein Ort für untrainierte Menschen.

Mit einer Mischung aus Schattenwurf und Moos-Orientierung versuchten sie, den Kurs zu halten. Sie legten kurze Pausen ein, wenn die Erschöpfung zu groß wurde, und machten mittags eine längere Rast. Bis zum späten Nachmittag hatten sie gefühlt gerade einmal sieben Kilometer bewältigt. Evan fraß der Frust auf; er wusste, dass sie auf offenem Boden das Doppelte oder mehr geschafft hätten. Doch es gab keine Alternative. Zwischen ihrem Plateau und dem Wrack lag nichts als grüne Hölle.

Sie erreichten einen besonders undurchdringlichen Vegetationsabschnitt. Evan ging voraus und tat sein Bestes, um eine Schneise zu schlagen. Viele der zähen Ranken federten sofort in ihre Ausgangsposition zurück, kaum dass er sie zur Seite gebogen hatte.

„Gah! Verdammt!“, rief Anya plötzlich hinter ihm.

Evan fuhr herum und sah gerade noch, wie sie ihren Arm ruckartig von einer Pflanze zurückzog. Diese Ranke besaß einen helleren, fast neonfarbenen Grünton und schien sich eigenständig zu bewegen.

„Alles okay?“, fragte er alarmiert.

Sie starrte auf ihren Unterarm. Selbst aus der Entfernung war eine deutliche Einstichstelle zu erkennen; die Haut darum herum rötete sich bereits aggressiv. „Ehrlich gesagt … ich weiß es nicht.“

Er trat zu ihr, und sie hielt ihm den Arm hin. Die Wunde sah aus, als wäre sie bereits seit Tagen infiziert, obwohl der Kontakt erst Sekunden zurücklag. „Das sieht verdammt übel aus.“

„Sie hat nach mir gegriffen“, flüsterte sie. „Einfach zugeschnappt, als ich zu nah dran war. Ich fürchte, diese Dornen sind giftig.“

„Dann brauchen wir ein Gegengift. Sofort.“

„Vielleicht ist es halb so wild …“, versuchte sie abzuwiegeln, doch Evan sah die nackte Angst in ihren Augen. Keine Verletzung entzündete sich so rasend schnell, wenn nicht etwas Hochtoxisches im Spiel war.

„Sag mir, was ich tun kann“, sagte er bestimmt. *Solange du noch dazu in der Lage bist*, schwang ungesagt im Raum mit.

Er führte sie weg von den peitschenden Ranken. Anya ließ ihren Rucksack zu Boden gleiten und begann darin zu kramen. Ihren fahrigen Bewegungen war anzusehen, dass ihr rechter Unterarm bereits steif wurde. Nach hektischem Suchen brachte sie schließlich den Bio-Analysator zum Vorschein.

„Benutz das bei der Ranke“, sagte sie und hielt ihm das Gerät mit zitternder Hand entgegen. „Sei vorsichtig.“

Er sah sie besorgt an. Dass sie ihm das Feld überließ, war ein fatales Zeichen. *Kann sie etwa schon nicht mehr stehen?*

Sie lächelte schwach, als hätte sie seine Gedanken gelesen. „Ich will nur sichergehen, dass du weißt, wie man es bedient … falls du allein nach dem Gegengift suchen musst.“

Er schluckte den Kloß im Hals herunter und nickte. „Verstanden."

„Setz die Elektroden an ein Blatt oder den Stängel an. Und stich dich nicht auch noch an den Dornen, wie ich Trottel."

Er nahm das Gerät und tat, wie ihm geheißen. Kaum zwei Sekunden, nachdem er die Kontakte an eines der spatenförmigen Blätter gepresst hatte, flackerte das Display auf und ratterte eine Liste chemischer Eigenschaften herunter.

Er joggte zurück zu Anya. „Okay, ich hab's. Was jetzt?"

Sie überflog die Ergebnisse mit glasigem Blick. „Gut, saubere Messung. Bist du sicher, dass es die richtige Pflanze war?"

„Absolut."

„In Ordnung. Jetzt brauchen wir eine genetische Kartierung und einen Abgleich mit meinem Blut."

Er blinzelte sie fassungslos an. „Ich habe nicht die leiseste Ahnung, wie man so was macht."

„Hier …" Ihre Stimme wurde brüchig, der Schmerz forderte nun offensichtlich seinen Tribut. Mühsam tippte sie mit der gesunden Hand eine Befehlsfolge in den Analysator. Der Bildschirm wechselte auf „Verarbeitung". Während das Gerät arbeitete, presste sie die Sensorspitze direkt auf die klaffende Wunde an ihrem Arm. Sie wählte „Kreuzreferenz" aus dem Menü.

Erschöpft reichte sie Evan das Gerät zurück. „Es analysiert jetzt die Struktur der Ranke und isoliert das Toxin. Das liefert uns die Vorlage, um das Gegenstück zu identifizieren."

„Ein Heilmittel?"

„Richtig."

„Aber das ist nur eine chemische Formel. Wir können hier im Dschungel nichts … synthetisieren."

„Nein, aber die Natur ist effizient. Giftpflanzen und ihre Antidote wachsen meist in unmittelbarer Nähe zueinander. Teste alles in der Umgebung, was dem Profil des Gegengifts entsprechen könnte."

„Hast du irgendeinen Anhaltspunkt? Wonach genau soll ich suchen?"

„Es könnte eine andere Ranke sein, eine Blume … im Grunde alles."

Großartig, das grenzt es ja wahnsinnig ein, dachte Evan grimmig. In Reichweite gab es Dutzende verschiedener Arten. Alles zu testen würde Zeit und Konzentration erfordern – beides Dinge, die er nicht hatte, während er zusah, wie Anya von Minute zu Minute blasser wurde.

„Und wenn ich einen Treffer lande?"

„Leg eine Probe in das Fach auf der Rückseite. Das Gerät zerkleinert sie und extrahiert die Wirkstoffe, bis sie exakt zu den Parametern passen."

„Das … war's schon?"

Sie lächelte schwach, fast entschuldigend. „Technologie muss nicht immer kompliziert sein."

„Okay. Versuch, deinen Puls flach zu halten."

„Das wird einfach sein … sobald ich keine Angst mehr haben muss, an diesem Ding zu krepieren. Beeil dich."

Er stürzte los. Peinlich darauf bedacht, nicht selbst an einer der tückischen Ranken hängenzubleiben, hielt er die Messelektroden an jede Pflanze, die ihm in den Weg kam.

Die ersten sechs Versuche: Fehlanzeige. Er hatte mit den auffälligsten Arten begonnen, doch keine passte ins Schema. Anya war in sich zusammengesackt, ihre Haut fahl und leblos. Ihm lief die Zeit davon.

Er weitete seine Suche aus, presste die Sensoren an jedes Moos, jeden Pilz und jedes Blattfragment. Nichts.

Dann entdeckte er eine scharlachrote Flechte, die versteckt unter einem modernden Baumstamm kauerte, direkt im Schatten eines giftigen Dickichts. Er musste sich den Arm fast verrenken, um das Gerät in Position zu bringen.

Plötzlich flackerte das Display auf. Ein Treffer.

„Endlich!", entfuhr es ihm. Er riss die Flechte büschelweise ab und stopfte sie hastig in das hintere Fach des Analysators. „Ich hab's, Anya! Halt durch!"

Ohne zu wissen, wie viel Material die Maschine für eine Dosis benötigte, füllte er das Fach zu zwei Dritteln und sprintete zurück zu ihr.

Anya hatte die Augen geschlossen. Ihr Gesicht war totenblass, mit ungesunden Rötungen um Mund und Lider. Die Einstichstelle am Arm hatte sich dunkelviolett verfärbt, eine gelbliche Flüssigkeit sickerte bereits aus der Schwellung.

Er kniete sich neben sie. „Anya, hey“, sagte er, während er sanft ihre Schulter schüttelte. Sie stöhnte, öffnete aber nicht die Augen.

„Wie verabreiche ich dir das Gegengift?“ Mit einem mulmigen Gefühl im Magen wurde ihm klar, dass er nach diesem Teil nicht gefragt hatte. Es war ihm nicht in den Sinn gekommen, dass sie möglicherweise nicht bei Bewusstsein sein würde, wenn es Zeit für die Verabreichung war.

Der Bioanalysator piepte und signalisierte, dass er die Synthese abgeschlossen hatte. Ein durchsichtiges Fläschchen neben dem hinteren Sammelfach war nun mit einer durchscheinenden Flüssigkeit gefüllt.

„Anya!“ Evan versuchte erneut, sie zu wecken. „Welche Dosis?“

Sie grunzte und versuchte, sich von ihm wegzuziehen. Ihre Haut war in der Körpermitte gefährlich kühl bei Berührung, aber heiß an der Wunde.

Ich muss es riskieren. Ich kann sie nicht einfach sterben lassen. Evan nahm das Fläschchen aus der Halterung. Er träufelte zuerst ein paar Tropfen direkt auf die geschwollene Wunde. Dann bettete er ihren Kopf vorsichtig in seinen Schoß, öffnete ihren Mund und flößte ihr den Rest der Flüssigkeit ein. In der Hoffnung, das Richtige zu tun, massierte er sanft ihre Kehle, um den Schluckreflex zu animieren. Nach ein paar quälenden Sekunden schluckte sie tatsächlich.

Er blieb bei ihr sitzen, stützte ihren Kopf und ihre Schultern gegen seinen Körper. „Alles wird gut“, flüsterte er. „Halte durch.“

Minuten vergingen, die sich wie Stunden anfühlten. Doch dann, ganz langsam, wich die aschgraue Blässe aus ihrem Gesicht. Die Schwellung am Arm ging zurück, und ihr Atem wurde tiefer, regelmäßiger. Evan strich ihr mit den Fingern über die Stirn. Ihre

Temperatur war fast normal. „Du wirst wieder gesund.“ *Das musst du.*

14

ANYA ZUCKTE ZUSAMMEN, als das Licht durch ihre Augenlider sickerte. Sie erinnerte sich nicht daran, ins Bett gegangen zu sein, aber es musste Morgen sein. Sie blinzelte ein Auge auf und war überrascht, über sich ein Dschungel-Blätterdach anstelle eines Zeltes vorzufinden.

Sie fuhr kerzengerade hoch. „Was...? Wo?"

„Hey, ganz ruhig." Evan übte sanften Druck auf ihre Schultern aus, um sie daran zu hindern, sich vollständig aufzusetzen. „Du erholst dich immer noch." Er saß hinter ihr und lehnte mit dem Rücken an einem Baum.

Sie entspannte sich unter seiner Berührung, während sie sich orientierte. Der Vorfall mit der Ranke kam in unzusammenhängenden Bruchstücken zu ihr zurück, wie der traumähnliche Nebel, wenn man fiebrig ist. „Du hast ein Gegengift gefunden?"

„Ja. Gut, dass du mir noch sagen konntest, wie man dieses schicke Gerät von dir bedient."

„Wirklich? Daran kann ich mich nicht erinnern." Sie sah sich um und blinzelte in den Himmel. „Wie lange war ich weg?"

„Eine halbe Stunde, vielleicht ein bisschen länger. Ich dachte, ich lass dich erst mal schlafen."

„Ich fühle mich, als wäre ich tagelang weggetreten gewesen, nur eben überhaupt nicht ausgeruht." Sie rieb sich mit den Handballen die Augen. Alles juckte und schmerzte.

Er zeigte ein besorgtes Lächeln. „Ich nehme an, du wirst heute

Nacht gut schlafen."

Anya untersuchte ihren Arm, wo sie von der dornigen Ranke gestochen worden war. Ihre Haut war um die Einstichstelle herum immer noch rot und entzündet, aber das dunkle Violett war verblasst und ihre Adern traten nicht mehr hervor. Noch wichtiger war, dass sie ohne Schmerzen atmen konnte und sich ihre Herzfrequenz normalisiert hatte. Obwohl sie noch nicht bei hundert Prozent war, befand sie sich auf einem guten Weg der Besserung.

„Ich kann nicht glauben, wie schnell mich das umgehauen hat", murmelte sie.

„Ich auch nicht. Ich gebe zu, du hast mir da wirklich Sorgen gemacht." Sein Blick wurde weicher, als er ihr Gesicht musterte.

Sie versuchte erneut, sich aufzusetzen, diesmal langsamer. „Auf keinen Fall wollte ich es für mich so enden lassen. Ein Pantherangriff würde wenigstens eine gute Geschichte abgeben. Aber ‚sie hat eine Pflanze berührt' wäre lahm."

Evan lachte, ein herrlich warmer und tröstlicher Klang nach dem erschütternden Ereignis. „Ich bin froh, dass du wieder die Alte wirst."

„Ich fühle mich tatsächlich viel besser." Sie spannte ihren Arm an, und ein stechender Schmerz durchfuhr ihr Handgelenk in der Nähe der Wunde. „Ich schlage vor, dass wir diese Dinger ‚Attentäter-Ranken' nennen."

„Sehr treffend. Ich stimme zu."

„Was für eine Pflanze war das Gegengift?"

„Eine Flechte. Dieses rote Zeug." Evan zeigte ihr eine kleine Probe.

Sie barg sie behutsam in ihren Handflächen. „Danke, dass du mein Leben gerettet hast, kleine Pflanze."

Evan legte den Kopf schief und zog die Augenbrauen hoch.

„Und dir auch", fügte sie mit einem Lächeln in seine Richtung hinzu.

„Gern geschehen." Er stand auf und streckte seine Beine. „Ich will dich nicht hetzen, aber wann glaubst du, wirst du wieder weiterkönnen?"

„Jetzt." Anya begann aufzustehen, und Evan hielt ihr die Hand hin. Sie nahm sie an, dankbar für die zusätzliche Unterstützung, während sie ihren Stand fand. Ihr Sichtfeld verengte sich für ein paar Sekunden, sobald sie aufrecht stand, aber das Schwindelgefühl verging schnell. Sie machte ein paar Probeschritte und stellte fest, dass ihr Gleichgewicht akzeptabel war. „Ich glaube nicht, dass ich mein Höchsttempo erreiche, aber ich kann mich bewegen."

„Okay, dann sollten wir los. Ich würde gerne in eine offenere Umgebung kommen, bevor wir für die Nacht unser Lager aufschlagen."

Sie brachen wieder auf. Evan schlug anfangs ein flottes Tempo an, fiel dann aber zurück, um sich ihren langsameren Bewegungen anzupassen, als sie nicht mithalten konnte. So sehr sie sich auch antreiben wollte, sie erkannte, dass sich ihr Körper noch immer erholte und sie Nachsicht mit sich selbst haben musste.

Nach einer Stunde hatte sich ihr Gleichgewicht spürbar verbessert und ihr Kopf war wieder klar. Leider ließ das Raum für Gedanken über all die anderen Dinge, die schiefgehen könnten.

Wenn diese eine Pflanze sie fast getötet hätte – und das ohne schnelles Eingreifen auch getan hätte –, wie viel anderes in dieser Wildnis barg dann noch verborgene Gefahren? Sie war so sehr mit den offensichtlichen Raubtieren beschäftigt gewesen, dass sie die anderen Risiken nicht bedacht hatte. Sie wurde allem gegenüber misstrauisch und hielt ihre Arme beim Gehen eng am Körper.

„Oh, ich glaube, wir haben es geschafft!", sagte Evan vor ihr.

Anya hatte sich so sehr auf ihre Schritte konzentriert, dass sie nicht bemerkt hatte, wie sich die Bäume vor ihnen lichteten. Nach einem weiteren Dutzend Metern wichen die Bäume Gestrüpp und Ästen, die nicht höher als ihre Taille waren. Erst als sie auf die offene Fläche trat, fiel die Anspannung von ihren Schultern ab, von der sie gar nicht gemerkt hatte, dass sie sie mit sich herumtrug. Der offene Himmel über ihr war ein willkommener Anblick.

Evan nahm einen tiefen Atemzug der sauberen Luft. „Es ist

gut, da raus zu sein."

„Dem kann ich nur zustimmen." Sie genoss die warme Sonne auf ihrem Gesicht. Der Schweiß, der ihr durch die Dschungelhitze auf der Haut stand, begann in der leichten Brise zu trocknen.

Evan überprüfte die Richtung seines Schattens auf dem Boden. „Mal sehen, ich schätze, es ist jetzt etwa 15:00 Uhr, also sollten wir in diese Richtung gehen." Er hob seinen Arm, um die Richtung anzuzeigen. Er zeigte direkt auf den Berggipfel, der ihnen als Richtungsweiser gedient hatte. „Was sagst du zu meiner Navigation?"

Anya klopfte ihm auf die Schulter. „Du bist gut, da gibt's nichts einzuwenden."

Der Weg führte sie über einen Kilometer offenes Feld, an das sich weitere Bäume anschlossen. Sie begannen den mühsamen Marsch durch die Gräser. Obwohl die feinen Halme kaum Widerstand leisteten, waren die langen Blätter fein genug, um in nackte Haut zu schneiden, wenn sie sie im richtigen Winkel streiften. Anya zog ihre Ärmel hinunter, um ihre Hände so gut wie möglich zu bedecken, und hielt ihre Ellbogen vor sich, um die Halme zu teilen.

Sie seufzte. „Was gäbe ich nicht dafür, wieder mal nackten Boden unter den Füßen zu haben."

„Du musstest dir ja unbedingt einen üppigen Paradiesplaneten aussuchen, nicht wahr?"

Sie lachte. „Ich weiß, schrecklich. In Zukunft werde ich auf jeden Fall flache, karge Ödlande wählen."

„Viel einfacher zu bereisen."

Nach einem Viertel der Strecke über das Feld nahm Anya ein neues Geräusch wahr. Zuerst hielt sie es für eine ferne Brise, doch dann fiel es ihr auf. „Hey, ist das Wasser? Ein Fluss oder so was?"

Evan lauschte ein paar Sekunden, bevor er antwortete. „Das könnte sein. Wir werden es wohl früh genug herausfinden."

Das Rauschen wurde stetig lauter, während sie weiter durch das hohe Gras wateten. Als es klang, als stünden sie fast direkt davor, fiel der Boden abrupt zu einem schlammigen Ufer ab.

Vor ihnen schnitt ein sechs Meter breiter Fluss durch die

Landschaft. Jedes Ufer hatte einen steilen Abfall von zwei Metern, was den Ein- und Ausstieg zu einer Herausforderung machen würde. Besorgniserregender war jedoch die reißende Strömung. Das Wasser war zu trübe, um den Grund zu sehen; es gab also keine Möglichkeit zu wissen, ob es flach genug war, um hindurchzuwaten, ohne flussabwärts gespült zu werden.

„Das ist nicht gerade optimal", murmelte Evan.

„Dabei lief dieser Tag doch so gut!" Sie umklammerte ihren verletzten Arm.

„Also gut, wägen wir die Optionen ab", begann Evan. „Wir können es riskieren und versuchen, hier hindurchzuwaten oder zu schwimmen. Wir könnten am Ufer entlanggehen, bis wir eine bessere Stelle zum Überqueren finden. Oder wir kehren zu den Bäumen zurück, um Material zu sammeln, das uns beim Überqueren hilft."

„Du meinst so etwas wie einen langen Baumstamm?"

„Ja, so in der Art."

„Mir gefällt der Ansatz, aber das bedeutet viel Lauferei und Arbeit. Wir haben ein Seil. Vielleicht gibt es einen Weg, diese Optionen zu kombinieren."

„Was hast du im Sinn?", fragte er sie.

„Wenn wir einen festen Gegenstand am gegenüberliegenden Ufer finden, könnten wir vielleicht ein Seil daran einhaken, um uns hinüberzuhelfen."

„Auf einer Ranch zu arbeiten ist etwas, das ich in meinem Leben noch nicht getan habe. Hast du irgendwelche Lasso-Fähigkeiten, die du bisher geheim gehalten hast?"

„Nein, aber ich verstehe etwas von grundlegender Physik. Wenn wir das Seil mit einem Stein beschweren und es kreisen lassen, um Schwung aufzubauen, sollte es einfach genug sein, es hinüberzuwerfen. Wir brauchen nur das Richtige, an dem es sich festhaken kann."

Evans Augenbrauen waren vor offensichtlicher Skepsis hochgezogen, aber er nickte. „Ich habe gerade keinen besseren Vorschlag. Mal sehen, was wir finden können."

„Flussaufwärts oder flussabwärts?"

„Sag du es mir, Miss Xenobiologin."

Sie dachte über die Optionen nach. „Flussaufwärts ist er höchstwahrscheinlich schmaler, und flussabwärts wird das Wasser eher breiter und langsamer."

Evan schaute flussaufwärts, dann flussabwärts und schließlich hinüber zu dem fernen Berggipfel in die Richtung, in die sie unterwegs waren.

„Flussaufwärts bringt uns näher in die Richtung, in die wir wollen. Schmaler und schneller soll es also sein."

„In Ordnung."

Sie hielten sich ein paar Meter von der Kante des steilen Ufers entfernt, während sie dem Flusslauf folgten, und behielten die gegenüberliegende Seite im Auge, um einen möglichen Ankerpunkt zu finden. Nachdem sie einen halben Kilometer ohne Erfolg zurückgelegt hatten, war Anya kurz davor vorzuschlagen, den Fluss einfach zu durchwaten.

„Vielleicht sollten wir …", begann sie.

Evan horchte auf. „Warte, da haben wir es!" Er beschleunigte sein Tempo. Vor ihnen tauchte am anderen Ufer ein Gewirr aus Büschen auf. Die Stämme waren dick und knorrig, und ihre teilweise freiliegenden Wurzeln schienen fest im Boden verankert zu sein.

„Das könnte funktionieren", schätzte sie ein. „Wir brauchen nur etwas am Ende des Seils, um es zu beschweren, damit es sich verhaken kann."

Da sie nur wenig Werkzeug bei sich hatten, wollten sie nichts aus ihren Rucksäcken riskieren, falls der Wurf fehlschlug und das Seil im Fluss verlorenging. Also suchten sie am Ufer nach einem geeigneten Gegenstand. Am Ende entschieden sie sich für eine Kombination aus einem Stein und einem robusten, kurzen Stock. Sie wickelten das Seil fest um den Stein und banden den Stock so an, dass das Ende ein „T" bildete. Es war weit entfernt von einem echten Wurfanker, aber für ihre Zwecke brauchbar.

Evan machte ein paar Probeschwünge mit der Schlinge. „Fühlt sich gut an. Es gibt nur einen Weg, um herauszufinden, ob es funktioniert."

Da ihre Rucksäcke wasserdicht waren, behielten sie diese einfach auf dem Rücken. Sie planten, das Wasser watend zu durchqueren und das Seil dabei nur zur Stabilisierung zu nutzen.

Evan holte aus und warf den Anker. Der Haken segelte durch die Luft … und klatschte mitten in den Fluss. „Nun, das sollte eigentlich nicht passieren."

„Nur ein erster Versuch", ermutigte ihn Anya.

Er zog das Seil wieder ein. Glücklicherweise verhakte sich der Stock nicht am Flussgrund.

Das nasse Seil versprühte Wasser, als er es für einen weiteren Versuch kreisen ließ und dabei mehr Geschwindigkeit aufbaute. Dieses Mal landete es knapp vor dem gegenüberliegenden Ufer, ein Stück flussabwärts von den anvisierten Büschen.

„Aller guten Dinge sind drei", sagte Anya.

Wie sich herausstellte, brauchte es acht Versuche, bis der Haken schließlich genau in den Büschen landete. Sie grinsten sich an, als er krachend durch die Zweige nach unten rutschte.

„Hartnäckigkeit zahlt sich aus", sagte Evan mit einem breiten Lächeln.

„Gut gemacht."

„Der Moment der Wahrheit …" Er zog vorsichtig am Seil. Es glitt ein Stück nach vorn und stoppte dann abrupt. Der Stock hatte sich erfolgreich verhakt. „Also gut, jetzt müssen wir nur noch selbst hinüberkommen."

„Nacheinander oder zusammen?", fragte Anya. Wenn beide gleichzeitig das Seil hielten, würde zwar mehr Kraft darauf einwirken, aber sie könnten sich gegenseitig stützen, falls etwas schiefging. Ihr wäre es lieber, gemeinsam zu gehen, aber sie war gespannt, wie Evan entscheiden würde.

„Kannst du schwimmen?", fragte er.

„Gut genug. Du?"

„Ebenfalls. Aber ich bin nicht sicher, ob dieser Anker uns beide hält, falls wir den Halt verlieren. Wie wäre es, wenn ich auf dieser Seite bleibe und das Seil für dich sichere? Sobald du drüben bist, kannst du es in der Nähe des Ankers festmachen, um es zu verstärken, wenn ich nachkomme."

Ihr leuchtete die Logik des Plans ein. Allein in das trübe Wasser zu waten, löste eine neue Welle der Anspannung in ihrer Brust aus, doch sie nickte zustimmend. „Wir schaffen das."

Mit mehr Zuversicht, als sie tatsächlich empfand, griff sie nach dem Seil, das ihr beim Hinabgleiten am Ufer helfen sollte. Evan hielt das obere Ende fest, während sie abstieg. Ein paar Schritte vor dem Ziel traf sie auf eine besonders rutschige Schlammstelle und rutschte den restlichen Weg hinunter.

„Agh!" Ihre Füße platschten in das kalte Wasser, und eine Ladung Schlamm spritzte ihr direkt in den offenen Mund. Sie versuchte, ihn auszuspucken, doch es blieben körnige Partikel zurück.

Evan sah mit einer Mischung aus Belustigung und Mitgefühl zu ihr hinab.

„Wolltest du irgendetwas sagen?", fragte sie.

„Kein Kommentar."

Entschlossen, beim restlichen Teil der Überquerung eine bessere Figur zu machen, veränderte Anya ihren Griff: Sie blickte nun vom Ufer weg, den Körper auf der flussaufwärts gelegenen Seite des Seils, um sich besser abzustützen. Jetzt, da sie sich auf Flusshöhe befand und das kühle Wasser um ihre Knöchel wirbelte, schien die Entfernung zum anderen Ufer plötzlich viel größer als von oben. Da sie sich keine Blöße geben wollte, trat sie tiefer in den Fluss.

Der Boden unter ihren Füßen war glitschig von Algen, was es schwierig machte, das Gleichgewicht zu halten. Sie umklammerte das Seil fest, um sich beim Hineinwaten zu stabilisieren. Je tiefer sie vordrang, desto kälter wurde das Wasser. Als es ihr bis zur Mitte der Oberschenkel reichte, fiel der Grund abrupt ab. Sie tastete mit einem Zeh nach dem Boden, stieß jedoch nur ins Leere.

„Hier wird es tiefer", rief sie zurück zu Evan. „Ich bin mir nicht sicher, wie weit es hinabgeht."

„Kommst du zurecht?", fragte er.

„Ja, alles bestens." Das entsprach nicht ganz der Wahrheit, kam ihr aber nahe genug. „Ich zieh das jetzt durch."

Er verstärkte seinen Griff um das Seil. „Ich hab dich."

Anya hielt sich mit aller Kraft fest und stürzte sich ins Wasser. Es reichte ihr fast bis zu den Schultern, bevor ihre Zehen wieder den Grund berührten. Ihr Rucksack bot jedoch so viel Auftrieb, dass sie kaum Halt fand. Ohne festen Stand riss die Strömung sie flussabwärts.

Das Seil spannte sich und erzitterte unter ihrem Gewicht.

„Festhalten!“, rief Evan vom Ufer.

15

ANYA HÖRTE EVANS Ruf über das Tosen des Wassers kaum. Die Kälte raubte ihr den Atem und machte ihre Finger taub.

Nicht loslassen. Sie konzentrierte sich nur darauf, den Griff zu halten. Sie war fast drüben. Je schneller sie die andere Seite erreichte, desto eher wäre dieser Albtraum vorbei.

Sie schlang den Ellbogen um das Seil, um mehr Halt zu haben, und begann sich hinüberzuziehen. Halb schwimmend, halb ziehend arbeitete sie sich Zentimeter für Zentimeter durch die reißende Strömung.

Ihre Finger wurden kraftlos vor Kälte, während sie sich verzweifelt an das nasse Seil klammerte. Hand über Hand. Langsam kam sie voran.

Ein paar Meter vor dem Ufer fanden ihre Füße wieder Halt. Sie stapfte den schlammigen Hang hinauf und ließ sich ins Gras fallen; ihr Herz hämmerte in den Ohren. Sie zitterte am ganzen Körper vom Adrenalin.

„Gute Arbeit!“, rief Evan ihr zu.

Sie winkte kurz zur Bestätigung und wartete, bis sie wieder genug Luft zum Antworten hatte. „Ich habe offiziell genug von Wasser!“

„Du weißt doch, dass du es liebst!“, scherzte er zurück. „Überprüf den Anker. Ich komme jetzt rüber.“

„Gib mir ’ne Sekunde.“ Anya blieb noch einen Moment sitzen, bis sich ihr Puls etwas beruhigt hatte.

Als sie sich wieder sicher fühlte, stellte sie ihren Rucksack auf ebenem Boden ein Stück vom Ufer entfernt ab und ging zu der Stelle, an der sich der Wurfanker in den Büschen verfangen hatte. Sie rüttelte an den Ästen, die als Stütze dienten – sie wirkten stabil. Nur zur Sicherheit wickelte sie das Seil noch einmal um den dicksten Ast und hielt es fest, um den Zug abzufangen. Als Vorsichtsmaßnahme zog sie die Ärmel über ihre Handflächen, um die Haut zu schützen.

„Bereit, wenn du es bist!“, rief sie Evan über den Fluss zu.

Er sprang das Ufer hinunter und landete mit noch weniger Anmut im Wasser als sie zuvor. Ohne zu zögern, watete er hinein, bis ihm das Wasser bis zur Brust stand. Kurz vor der Mitte verlor er den Boden unter den Füßen und begann zu treiben.

Das Seil knarrte in Anyas Händen, als es sein volles Gewicht aufnahm. Sie lehnte sich mit dem ganzen Körper zurück, um den Druck vom Gebüsch zu nehmen. Trotzdem ächzten die Äste hinter ihr. Als sie übergesetzt war, hatte Evan das andere Ende gehalten, um die Last zu verteilen, und das Seil stand fast senkrecht zur Strömung. Jetzt wirkte die gesamte Kraft flussabwärts.

Anyas schlammige Schuhe rutschten ein paar Zentimeter über das Gras, als die Verankerung nachgab. Sie blickte über die Schulter und sah, wie der Busch mitsamt der Wurzeln aus dem Boden gezerrt wurde.

Sie grub ihre Fersen ein. „Beeil dich, Evan! Es bricht aus!“

Er hing nun völlig am Seil, mitten in der stärksten Strömung. Anya war sich nicht sicher, ob er sie überhaupt gehört hatte.

Das Seil rutschte erneut und brannte in ihren Handflächen, selbst durch den Stoff der Ärmel. Sie würde unter keinen Umständen loslassen. Mit aller Kraft, die sie noch aufbringen konnte, stemmte sie sich dagegen.

Nach einer quälenden Minute ließ der Zug an ihren Armen endlich nach. Evan hatte wieder festen Boden unter den Füßen.

Anya lockerte den Griff ein wenig, ließ das Seil aber erst los, als er vollständig aus dem Wasser gestiegen und oben auf der Ebene angekommen war. Erschöpft ließen sich beide ins Gras fallen.

„Okay, das war mindestens doppelt so nervenaufreibend, wie ich gedacht hätte", schnaufte Evan.

„Wem sagst du das." Anya warf einen Blick auf ihre Handflächen. Sie waren gerötet, würden sich aber schnell erholen. Sie war heilfroh, dass sie die Ärmel als Schutz über die Hände gezogen hatte.

„Das Beste ist: Auf dem Rückweg müssen wir da wieder rüber."

„Vielleicht finden wir ja einen Umweg."

„Ja, mal sehen." Evan blickte an ihr vorbei zum fernen Berggipfel. „Ich frage mich, wie weit es von hier noch bis zur Absturzstelle ist."

„Vorhin wirkte der Berg noch viel weiter weg. Wir müssten doch bald da sein, oder?"

„Ich hoffe es."

Evan rappelte sich auf. „Uns läuft das Tageslicht davon. Sehen wir zu, wie weit wir noch kommen, bevor wir für die Nacht das Lager aufschlagen."

— — —

Evan reichte Anya ein erhitztes MealPak, bevor er sich neben ihr am Lagerfeuer niederließ.

Sie schloss die Hände um das warme Päckchen. „Danke."

Evan nahm einen ersten, vorsichtigen Bissen. Es war derselbe dürftige Ersatz für echtes Essen, den sie schon die letzten Tage gegessen hatten, aber er war hungrig genug, dass es ihm fast schmeckte.

Sie aßen schweigend und genossen die abendliche Stille. Der Lagerplatz war offener als ihr letzter, aber er schätzte den freien Blick auf den Himmel. Das letzte Licht der Dämmerung verblasste am Horizont, während die ersten Sterne hervortraten. Insekten zirpten im hohen Gras um sie herum – eine beruhigende Gewissheit, dass kein Raubtier in der Nähe war.

Evan kratzte die letzten Reste aus seiner Packung. „Ich mache mir langsam Sorgen, dass ich dieses Zeug nicht mal mehr hasse."

Anya lachte leise. „Geht mir genauso."

Die letzten zwei Tage in der unerbittlichen Wildnis fühlten sich eher wie Monate an. Nach insgesamt nur drei Tagen auf Aethos kam ihm der Planet nicht mehr wie eine fremde Welt vor. Sicher, er war wild und ungezähmt, aber die Umgebung folgte einer natürlichen Ordnung. Solange sie nicht gegen diesen Rhythmus ankämpften, konnten sie sich hier ein Leben aufbauen - sogar ohne High-Tech.

„Hey, ich glaube, ich habe mich noch gar nicht richtig bei dir bedankt. Dafür, dass du dich um mich gekümmert hast, als mich vorhin diese Ranke erwischt hat", sagte Anya, nachdem sie aufgegessen hatten.

„Schon gut. Ich weiß, du hättest dasselbe getan."

„Hätte ich, ja. Aber nicht jeder hier ist so."

„Man müsste schon ein Monster sein, um jemanden ohne Hilfe sterben zu lassen."

„Da wärst du vielleicht überrascht", entgegnete sie. „Bei der Zusammenstellung der Kolonisten-Listen versuchen sie zwar, den Charakter zu prüfen, aber die Antworten spiegeln nur wider, wie sich die Leute in einer zivilisierten Gesellschaft verhalten. Es ist erschreckend, wie schnell manche den Anstand über Bord werfen, sobald es gefährlich wird."

„Ja, da hast du wohl recht", pflichtete er ihr bei.

„Dass du zu mir gehalten hast, als es brenzlig wurde, sagt viel über dich aus."

Er nahm einen Schluck aus seiner Feldflasche. „Ein Teil davon ist Egoismus. Ich weiß, dass meine Überlebenschancen zu zweit besser stehen als allein."

„Ich glaube, da steckt mehr dahinter. Gib's zu: Ich wachse dir langsam ans Herz."

Er lächelte schwach. „Es gibt definitiv Schlimmere, mit denen man hier festsitzen könnte."

„Mm-hmm."

Die Wahrheit war: Sie bedeutete ihm wirklich etwas. Er war in seinem Leben vielen hübschen Frauen begegnet, aber nur wenige besaßen dazu diesen Charakter und diesen Verstand. In den Kernwelten hätte sie einem Herumtreiber wie ihm wahrscheinlich keinen zweiten Blick gewürdigt. Doch ihm entging nicht, dass ihr Blick in den ruhigen Momenten ihrer Reise immer öfter auf ihm verweilte. Das Interesse beruhte definitiv auf Gegenseitigkeit, doch im Augenblick geschah einfach zu viel, um sich solchen Gedanken wirklich hinzugeben.

Der Moment des Nachdenkens dehnte sich zu einer fast unangenehmen Stille aus. Anya räusperte sich und kratzte die letzten Reste aus ihrem MealPak. „Was glaubst du, was daheim gerade los ist?“, fragte sie.

„Definiere ‚daheim‘.“

„Guter Punkt. Ich meine wohl einfach den Rest der Zivilisation. Heute wäre die Wahl gewesen, oder?“

„Stimmt, heute ist der Tag.“ Normalerweise wäre das ein riesiges Ereignis gewesen, aber hier draußen in den Wäldern verschwamm die Zeit. In einer strukturierten, technisierten Welt wurde man ständig an Routinen und Pflichten erinnert. Hier jedoch zählten nur die Rhythmen der Natur: der Sonnenaufgang, ein heraufziehender Sturm, der Wechsel der Jahreszeiten. Wochentage spielten keine Rolle mehr. Jeder Moment drehte sich ums Überleben; politische Führer auf fernen Planeten waren das Letzte, woran er dachte.

„Das fühlt sich alles so weit weg an“, sinnierte Anya.

„Weil es das ist. Was im Leben wirklich zählt, ist das, was direkt vor uns liegt. Die Menschen, mit denen wir zusammen sind.“

„Einverstanden. Heimat ist ein Gefühl der Zugehörigkeit, kein Ort.“

„Vielleicht nicht mal Zugehörigkeit. Einfach ... Vertrautheit.“

Sie legte den Kopf schief und musterte ihn im Schein des Feuers. „Bist du oft umgezogen?“

„Meine Eltern hatten einen Handelsfrachter, wir waren also ständig unterwegs.“ Das Familienschiff war das einzige Zuhause gewesen, das er als Kind gekannt hatte. Deshalb waren die Menschen um ihn herum immer wichtiger gewesen als die Umgebung. Doch als er älter wurde, waren diese vertrauten Gesichter verschwunden oder verstorben. Seit seine Eltern starben, als er siebenundzwanzig war, gab es kaum noch jemanden aus seiner Jugend. Viele Freundschaften waren im Sande verlaufen – der Aufbruch nach Aethos hatte also nicht bedeutet, jemanden zurückzulassen. Er war wirklich auf sich allein gestellt.

„Kein Wunder, dass du so ein Einzelgänger bist. Das waren alle Frachter-Gören, die ich bisher getroffen habe."

„Berufsrisiko."

„Aber daher hast du dein Talent fürs Fliegen."

Er nickte. „Das ist einer der Vorteile."

„Kein schlechter. Ich bin mir nicht sicher, was genau ich von meinen Eltern gelernt habe, aber so etwas Praktisches war sicher nicht dabei."

„Was haben sie gemacht?"

„Meine Mom war Ärztin und mein Dad Regierungsberater."

Evan war froh über das dämmrige Licht, das sein verblüfftes Gesicht und die hochgezogenen Augenbrauen verbarg. „Wow. Deine Familie war also steinreich."

„So würde ich das nicht sagen ..."

Er musterte sie. „Ich nehme mal an, wenn du als Kind um etwas gebeten hast, haben deine Eltern nie ‚Nein' gesagt, weil sie es sich nicht leisten konnten?"

„Stimmt, das ist wahr."

„Nicht jeder hat solche Startbedingungen."

„Das ist mir klar."

Er verschränkte die Arme über den Knien und starrte ins Feuer. „Ich erinnere mich, wie ich meine Eltern einmal um ein Spielzeug bat – ein ganz einfaches Ding, für das überall Werbung lief. Nichts Schickes oder Teures. Aber sie sagten mir, es gäbe entweder dieses Spielzeug oder Abendessen für den Rest der Woche."

„Mir war nicht klar, dass es auf Handelsschiffen finanziell so eng zugeht."

„Kommt auf das Schiff an. Meine Eltern hatten einen Moralkodex, der manchmal mit den lukrativsten Optionen kollidierte."

„Wie meinst du das?", fragte sie.

„Ich schätze, du bist nicht naiv genug zu glauben, dass jeder Frachtauftrag absolut legal abläuft."

„Nein, sicher nicht."

„Tja, wenn man eben großen Wert darauf legt, dass jedes einzelne Frachtstück wasserdichte Papiere hat, entgehen einem zwangsläufig die lukrativen Jobs."

„Kein Risiko, kein Gewinn", stellte Anya fest.

Evan nickte. „Genau so ist es." Er hielt kurz inne. „Manchmal habe ich mir selbst die Schuld gegeben. Ohne ein Kind an Bord hätten sie sich vielleicht eher getraut, Aufträge anzunehmen, mit denen sie wirklich vorangekommen wären. Aber sie waren immer so vorsichtig; sie haben alles getan, um mir ein gutes Vorbild zu sein. Aber was für ein Vorbild ist jemand, der sich bis auf die Knochen abrackert, ohne jede Hoffnung, jemals aus diesem Hamsterrad auszubrechen?"

Anyas Blick wurde weicher. „Aber du bist ausgebrochen, oder?"

„Bin ich. Aber das Schiff zu verlassen bedeutete auch, dass ich in ihren letzten zwei Lebensjahren kaum da war. Als wir das letzte Mal richtig Zeit miteinander verbrachten, habe ich mich nur darüber beschwert, wie gefangen ich mich fühlte. Ich bin nie dazu gekommen, ihnen für all das Gute zu danken, das sie mir mitgegeben haben."

„Das tut mir leid."

Er zuckte die Achseln. „Es bringt nichts, in Reue zu baden. Ich glaube, sie wussten es auch so."

„Da bin ich mir sicher."

Evan hatte eigentlich nicht vorgehabt, so viel von sich preiszugeben, aber es tat gut, die Gedanken endlich einmal auszusprechen. Er hatte selten so offen über seine Jugend reden können. Es war vielleicht kein außergewöhnliches Leben gewesen, aber es war seine Geschichte – etwas, das er in den letzten Jahren fast vergessen hatte.

„Wo soll die Reise für dich mal hingehen?", fragte Anya.

„Ich weiß nicht, wie ich das beantworten soll."

„Ach, komm schon. Du wirst doch wohl ein bisschen über deine Zukunft fantasiert haben."

„Na ja, die Bruchlandung auf Aethos war ein absoluter Traum!", spottete er.

Sie sah ihn mit hochgezogenen Brauen an. „Jetzt mal im Ernst."

„Ich habe immer davon geträumt, einfach aufbrechen und mein eigenes Ding machen zu können."

„Alles klar, das absolute Traumszenario wäre also: dein eigenes Schiff, mit dem du hinfliegen kannst, wo du willst?"

„Ja, so in der Art."

„Klingt einsam."

„Ich habe nie gesagt, dass ich es allein tun will. Nur, dass ich selbst entscheiden möchte, wohin ich fliege und wann."

Sie nickte. „Okay, das kann ich verstehen."

„Die Chancen, dass das jemals passiert, stehen momentan allerdings ziemlich schlecht. Und was ist mit dir?"

Anya stieß einen langen Seufzer aus. „Ehrlich? Schon als Teenager war ich fasziniert von anderen Welten und davon, was das Leben dort einzigartig macht. Dieser Planet hier ist definitiv speziell – aber die Vorstellung, für den Rest meines Lebens an einem einzigen Ort festzusitzen, klingt ziemlich einengend."

„Du hast das Herz einer Entdeckerin."

„Klingt, als hätten wir das gemeinsam."

„Ich schätze schon." Er lächelte schwach. *Ich hatte erst eine neue Welt gebraucht, um zu meinem alten Ich zurückzufinden. Vielleicht finde ich ja doch einen Weg, diesen Traum irgendwann zu leben.*

16

„MIR WIRD JETZT ERST KLAR, wie lächerlich mein Vorschlag war, den ganzen Weg zu Fuß zu gehen", sagte Anya zwischen mühsamen Atemzügen. Ihre Glieder waren schwer vom Aufstieg am steilen Hang, ihre Hände übersät mit brennenden Schrammen vom schroffen Fels.

„Hey." Evan fing ihren Blick auf. „Wir stecken da gemeinsam drin. Wir schaffen das und wir werden finden, was wir brauchen."

„Ich bewundere deinen Optimismus."

„Alles andere bringt uns nicht weiter. Komm schon." Er hielt ihr die Hand hin.

Sie ergriff sie, und er zog sie hinauf zum nächsten Felsvorsprung, an dem sie seit einer halben Stunde abmühten. „Uns läuft das Tageslicht davon, oder? Weiter geht's."

„Verdammt richtig."

Sie waren früh aufgebrochen und im Osten gut vorangekommen. In der Vermutung, sich der Absturzstelle zu nähern, hatten sie einen Umweg auf einen nahegelegenen Hügel gemacht, um sich einen Überblick zu verschaffen. Was sie von unten nicht hatten sehen können: Der Hang war eine tückische Mischung aus Grasland und Felsformationen – es gab keinen Weg nach oben, ohne streckenweise klettern zu müssen.

Nachdem sie nun alles hinter sich hatten – von steilen Hügeln über Sümpfe bis hin zu dichtem Dschungel –, war klar, dass der Marsch zu Fuß die einzige Möglichkeit war, dieses Land zu durchqueren. Aber fliegen … sie wünschte sich mehr als alles andere ein Shuttle, das sie einfach über all das hinwegtragen würde.

Sie näherten sich der Kuppe. Schon jetzt öffnete sich die weite Landschaft vor ihnen. Der Fluss, den sie am Vortag überquert hatten, wand sich wie eine blau-braune Schlange durch das Tal, umgeben von sanften, bewaldeten Hügeln. Fern im Westen schimmerte das Blätterdach in einem anderen Grünton; sie vermutete, dass dort das Sumpfgebiet lag, das sie umgangen hatten. Auch wenn sie ihre genaue Route nicht mehr rekonstruieren konnte, begriff sie erst jetzt, welche Strecke sie tatsächlich zurückgelegt hatten – besonders angesichts der widrigen Bedingungen.

Auch wenn sie zwischendurch klettern mussten, war der Rest des Hangs mit kniehohem Gras bedeckt, was das Vorankommen eigentlich erleichterte. Dennoch würden ihre Waden heute Abend zweifellos von der Steigung brennen.

„Es könnte schwierig sein, das Wrack ohne eine Rauchfahne zu entdecken", sagte Evan, während sie die letzten Meter nach oben bewältigten. Er wollte offenbar Anyas wachsender Sorge vorgreifen – der Sorge, dass sie den höchsten Punkt im Umkreis erreicht hatten und noch immer kein Zeichen ihres Ziels sahen.

„Vielleicht liegt es auf der anderen Seite des Hügels. Wir haben uns ja nur grob orientiert. Dieser Berg, an dem wir uns ausgerichtet haben, war vielleicht nicht ganz der richtige Wegweiser." Die Wahrheit, die sie nicht hatte zugeben wollen, war, dass sie eigentlich keine Ahnung hatten, wo sie genau hingingen. Ihre Route war bestenfalls eine fundierte Schätzung. Sie wäre schockiert gewesen, wenn sie beim ersten Versuch direkt über das Wrack gestolpert wären.

Sie überquerten das letzte Stück Grasland bis zum Gipfel. Als sie die Kante erreichten, stockte Anya der Atem.

Eine deutliche Narbe aus aufgewühlter Erde schnitt tief in die Landschaft. Etwas von diesem Ausmaß, das selbst aus zehn Kilometern Entfernung so sichtbar war, konnte nur eines bedeuten.

„Die Absturzstelle", sagte Anya atemlos.

„Sieht so aus, als hätte unser Orientierungssinn uns nicht im Stich gelassen." Er lächelte sie an.

Sie strahlte zurück. „Wir sind fast da.“

— — —

Die Absturzspur war ein gutes Zeichen. Sie deutete darauf hin, dass das Schiff beim Aufprall noch aus einem ausreichend großen Stück bestanden hatte, um diese Schneise in den Boden zu graben. Gleichzeitig hieß das aber auch, dass die Landung hart gewesen war und die Crew keine Kontrolle mehr über den Antrieb gehabt hatte. Evan konnte nur hoffen, dass die Kernsysteme im Zentrum des Schiffes intakt geblieben waren.

Er schätzte die verbleibende Entfernung anhand des Sonnenstands ab. „Bis zum Einbruch der Dunkelheit schaffen wir es nicht mehr ganz. Was hältst du davon, wenn wir dort drüben bei der Lichtung unser Lager aufschlagen?“ Er deutete auf eine Stelle auf halbem Weg zwischen ihnen und dem Wrack.

Anya nickte. „Mir gefällt der Gedanke, erst morgen früh dort anzukommen, wenn wir ausgeruht sind. Wer weiß, was uns dort erwartet.“

„Abgemacht, das ist der Plan.“

Sie schüttelte den Kopf. „Schon über drei Tage unterwegs. Ich hätte nie gedacht, dass es so lange dauern würde.“

„Es war eben viel weiter weg, als es aussah.“ Sie begann mit dem Abstieg auf der anderen Seite des Hügels.

Evan folgte ihr. „Dieser ganze Planet ist so viel weitläufiger, als ich es gewohnt bin. Ich war wohl zu lange im Weltraum.“

„Diese Landschaft zu durchqueren ist definitiv etwas anderes, als auf einer Raumstation von einem Ende zum anderen zu laufen“, pflichtete sie ihm bei.

„Schreckliche öffentliche Verkehrsmittel hier! Dass die Leute überallhin zu Fuß gehen müssen … wir könnten genauso gut zurück im finsteren Mittelalter sein.“

In gewisser Weise waren sie das – so weit entfernt von moderner Technologie, dass sie nach den Gestirnen navigierten und nachts Feuer für Schutz und Wärme brauchten. Doch trotz all der Beschwerden und der Anstrengung fühlte er sich lebendiger und freier als seit Jahren.

Die Wildnis hielt ihm vor Augen, wie sesshaft sein Leben in letzter Zeit gewesen war. Sicher, es gab kurze Phasen voller Action, aber größtenteils war er nur auf der Durchreise gewesen oder in Meetings gesessen. Rückblickend betrachtet, war das kein echtes Leben gewesen. Menschen waren dazu bestimmt, hinauszugehen, zu erkunden und eins mit ihrer Umwelt zu sein. Das Leben in Städten, wo so viele Begegnungen anonym blieben und man nicht einmal den Himmel sah, war eine extreme Entfremdung von den menschlichen Wurzeln. Selbst die kurze Zeit auf Aethos hatte in ihm eine tiefe Sehnsucht geweckt, sich wieder mit diesem Teil seines Wesens zu verbinden.

„Dieser Ort hat eine unheimliche Kraft", sinnierte Evan, während er mit Anya den grünen Hang hinabstieg. „Dieses rohe, ungebändigte Potenzial. So etwas habe ich auf den besiedelten Welten noch nie gespürt."

„Jetzt verstehst du es." Sie lächelte ihn vielsagend an.

„Wie meinst du das?"

„Warum Kolonisten alles riskieren, um eine neue Welt zu besiedeln. Es ist dieser Pioniergeist, der tief in uns allen steckt. Er erwacht nicht immer, aber wenn er es tut, kann nichts Geringeres als ein interstellares Abenteuer diese Sehnsucht stillen."

„Das kann ich nachempfinden."

Ihr Lächeln wurde wehmütig. „Ich habe eine Weile gebraucht, um es zu erkennen, aber Xenobiologie ist im Grunde nur eine bequeme Ausrede. Eine Ausrede für eine viel umfassendere Suche nach dem Sinn des Lebens im Universum."

„Sieh uns an! Drei Tage in der Wildnis und wir sind zu weisen Philosophen geworden."

„Und nicht nur das, sondern auch zu unerschrockenen Entdeckern", fügte sie stolz hinzu.

„Weißt du, was das angeht, bin ich wirklich beeindruckt von deinen Kletterkünsten. Erst am Tag des Absturzes und heute schon wieder."

„Oh, hah!" Anya lachte laut auf, während sie ein Stück lockeres Geröll hinunterrutschte. „Ich schätze, meine Taktik hat funktioniert."

„Inwiefern?" Evan breitete die Arme aus, um auf dem Schotter das Gleichgewicht zu halten.

„Die ganze Zeit über gab es Momente, in denen ich einfach umfallen und nie wieder aufstehen wollte. Aber ich habe nicht angehalten, weil ich mir vor dir keine Blöße geben wollte."

„Vor mir?" Er starrte sie ungläubig an. „Als wir diese Hügel hinaufgeklettert sind, habe ich kaum noch Luft bekommen! Aber du hast dich so gut geschlagen, dass ich mich gezwungen habe, mitzuhalten."

Sie lachte wieder. „Verdammt, der einzige Grund, warum wir so gut in der Zeit liegen, ist also der, dass wir voreinander angeben wollten?"

„Klingt ganz danach."

Anyas Augen funkelten belustigt. „Nun, du hast selbst eine gute Show abgezogen. Hast mich eiskalt getäuscht."

„Mich auch."

Ein loser Stein polterte an ihnen vorbei. Evan fuhr herum. Er hätte sich schon früher lösen können, aber …

Er erhaschte einen Blick auf ein Tier, das keine sechs Meter entfernt über ihnen hinter Felsen kauerte. Sein silbernes, gesprenkeltes Fell war so perfekt an das Gestein angepasst, dass er es erst bemerkt hatte, als es sich bewegte. Es war von ähnlicher Größe wie der Panther, dem sie zuvor begegnet waren; diese Bestie schien ebenso gut an einen felsigen Hügel angepasst zu sein wie die andere an den Wald.

Ist er auch resistent gegen einen Impulsschuss? Er griff nach seiner Handfeuerwaffe. Bei der anderen Kreatur hatten sie immerhin einen Treffer gelandet.

Anya bemerkte seinen abrupten Stimmungswechsel und wirbelte herum. Nach quälenden Sekunden des Suchens spannten sich ihre Muskeln an. „Was machen wir?", murmelte sie, wobei sie kaum die Lippen bewegte.

„Sag du es mir", flüsterte Evan zurück.

„Erschreck ihn. Wenn er uns nicht überraschen kann, haut er vielleicht ab. Jetzt!" Sie fuchtelte wild mit den Armen und schrie:

„Verschwinde von hier!"

Evan stimmte mit ein. „Hau ab! Wir sehen dich!"

Der silberne Panther erstarrte und beobachtete sie. Als Evan und Anya auf ihn zugingen, wich die Katze zurück, wandte sich dann um und floh. Ihre Bewegungen waren lautlos, als sie den Hang hinaufhuschte und nur gelegentlich einen losen Kieselstein löste.

Anya stieß einen langen, zitternden Seufzer aus. „Wenn er nicht gegen diesen Stein gestoßen wäre ..."

„Denk nicht darüber nach", sagte Evan, auch um sich selbst zu beruhigen.

„Wir hatten hier wirklich Glück. Diese Tiere haben keinen Grund, Menschen zu fürchten."

„Doch, haben sie. Wir halten Wache, und wir werden klarkommen."

„Wir sollten schleunigst aus seinem Jagdrevier verschwinden", sagte sie und bedeutete ihm, weiter den Hügel hinabzugehen.

Nachdem er sich vergewissert hatte, dass der Panther nicht zurückgekehrt war, folgte er ihr. „Wir könnten ihm ein Geschenk-Essen geben wie beim letzten Mal, aber ich habe keine Beutetiere gesehen."

„Bei diesem hier halte ich das nicht für nötig."

„Warum?"

„Sein Fell ist für die Landschaft hier oben getarnt – die grauen Felsen und den Schotter. Ich glaube nicht, dass er uns im Tal auflauern wird."

Evan lächelte. „Gute Wissenschaft."

Nun motiviert, so schnell wie möglich vom Hang zu kommen, rutschten und sprangen Evan und Anya bis ganz nach unten. Erst als sie vom Fuß des Hügels aus einen halben Kilometer durch das Tal zurückgelegt hatten, wurden sie langsamer.

„Wir hatten da einen guten Lauf zwischen den Dingen, die versucht haben, uns zu fressen", scherzte Evan.

„Diese größeren Raubtiere scheinen die schlammigen Gegenden nicht zu mögen."

„Sie haben einen guten Geschmack."

Sie seufzte. „Lass uns weitergehen."

Bewaldete, sanft geschwungene Hügel säumten den Weg zu ihrem geplanten Lagerplatz. Obwohl weniger dicht als der Dschungel, den sie zuvor durchquert hatten, schränkten die Bäume die Sicht immer noch ein und machten es schwierig, einer geraden Linie zu folgen.

Während sie schweigend gingen, wurde Evan klar, dass ihre Schritte ein wenig zu laut klangen. Es gab keine singenden Vögel oder das Geschnatter anderer Tiere, nur das gelegentliche Summen von Insekten. In seinem Nacken kribbelte die Warnung, dass Gefahr in der Nähe sein könnte.

Anya schien es zur gleichen Zeit zu bemerken, denn sie begann, den Kopf kreisen zu lassen, um ihre Umgebung in sich aufzunehmen.

Evan machte sich sein eigenes Bild und sah kaum mehr als die zerdrückten Bodenpflanzen von ihrem Weg hinter ihnen. Ein Waldpanther würde jedoch problemlos mit den Schatten verschmelzen. Er strengte seine Ohren an in der Hoffnung, das Geräusch einer Verfolgung auszumachen.

Ein Busch raschelte zu ihrer Linken.

„Lauf!", schrie Anya.

Obwohl Evan nichts sah, zögerte er keine Sekunde und stürmte ihr durch die Bäume hinterher.

In einem rasanten Sprint preschten sie durch den Wald, wichen Stämmen aus und sprangen über umgestürzte Äste. Evan war wie im Tunnel; er registrierte kaum das Brennen in seinen Lungen und Gliedmaßen, während er seinen Körper ans Limit trieb.

Der Boden vor ihnen fiel plötzlich steil ab und war über und über mit Farnen bedeckt. Evan hatte zu viel Schwung und war schon über die Kante, bevor er überhaupt ans Abbremsen denken konnte.

Er schlitterte den Hang hinunter, halb laufend, halb rutschend. Auf halbem Weg trat er ins Leere und landete unsanft auf dem Hintern. Die nassen Blätter wirkten wie eine Rutschbahn und trugen ihn den Rest des Weges bis ganz nach unten.

Schließlich kam er holprig zum Stehen und kämpfte darum, auf dem dichten Teppich aus feuchtem Laub Halt zu finden. Das verrottende Zeug klebte in Flocken an seiner Hüfte und seinem Ellbogen.

Dann war es plötzlich still. Was auch immer hinter ihnen hergejagt war, hatte ebenfalls angehalten. Doch Stille hieß nicht, dass es weg war. Es beobachtete ihn vielleicht.

Mit einem genervten Grunzen kam Anya neben ihm schlitternd zum Halt. Sie rollte sich auf den Bauch und drückte sich in eine hockende Position hoch. Die modrigen Blattreste auf ihrer Kleidung verliehen ihr fast das Aussehen einer echten Soldatin. Sogar ihre Bewegungen wirkten jetzt militärischer – berechnend, bedächtig, kontrolliert. Es war erstaunlich, wie sehr ein paar Tage in der Wildnis einen Menschen abhärten konnten.

„Alles okay bei dir?“, fragte er.

Sie stand vorsichtig auf, ballte die Fäuste und lockerte Schultern und Arme, um ihre Beweglichkeit zu testen. „Ja, ich denke schon.“ Sie rieb sich kurz den Nacken. „Das muss ich definitiv nicht noch einmal haben!“

„Sah aber verdammt stilvoll aus.“

„Pass auf, was du sagst, sonst schubse ich dich den nächsten Hügel runter, nur um mir deine Moves anzusehen.“

Evan war sich ziemlich sicher, dass sie scherzte, wollte sein Glück aber lieber nicht herausfordern. Er stand auf und suchte die Baumkronen entlang der Hügelkuppe ab. „Hast du es gesehen?“

„Nein, ich wollte nicht erst auf eine Einladung warten.“

„Hätte auch nur ein Vogel sein können.“

„Vielleicht, aber das Risiko war mir zu hoch.“

Da konnte er nicht widersprechen. Da oben keine Gefahr mehr zu sehen war, konzentrierte er sich wieder auf die Orientierung. „Ich glaube, es geht da lang.“ Er deutete vage in die entsprechende Richtung.

Sie nickte. „Alles klar. Geh voran.“

Was auch immer sie aufgeschreckt hatte – er hatte nicht vor, hierzubleiben, um es persönlich kennenzulernen.

17

EVAN WARF EINEN Ast auf das Lagerfeuer. Das Feld, das sie vom Gipfel des Hügels aus entdeckt hatten, hatte sich als perfekter Lagerplatz erwiesen. Besonders nach ihrer letzten Begegnung half ihm die offene Fläche um das Zelt dabei, sich zu entspannen; hier konnte sich nichts unbemerkt an sie heranschleichen.

„Danke, dass du das Feuer in Gang gebracht hast“, sagte Anya zu ihm, so wie sie es jeden Abend auf ihrer Reise getan hatte.

„Wirklich, kein Problem.“

Sie streckte ihre Hände aus, um sie in der Nähe der Flammen zu wärmen. „Ich hasse es, das zuzugeben, aber ohne Technologie bin ich nutzlos.“

„Du scheinst dich doch ganz gut zu schlagen.“

„Reiner Mut und Entschlossenheit. Innerlich drehe ich völlig durch.“

Er lächelte. „Glaubst du, ich nicht?“

„Nicht so sehr wie ich.“

„Da wärst du vielleicht überrascht.“

Sie saß einige Sekunden schweigend da und beobachtete die Flammen. „Es ist eine einschneidende Erfahrung, der eigenen Sterblichkeit so unmittelbar ins Auge zu blicken. Drüben in den besiedelten Welten sind wir so viel Komfort und Annehmlichkeiten gewohnt. Es gibt sehr wenig Gefahr. So hier draußen zu sein, ist eine Rückkehr zu unserem ursprünglichen Selbst.“

„Wir haben unseren Vorfahren einiges voraus.“

„In gewisser Weise, ja. Aber sie haben ihre Umwelt verstanden. Wir sind Eindringlinge ohne Orientierung." Sie lächelte und zog ihre Beine an die Brust.

„Was ist?", fragte er, neugierig, welcher private Gedanke ihre Stimmung auf diese Weise beeinflusst hatte.

„Oh, ich habe nur darüber nachgedacht, was du vorhin über die Kraft dieses Ortes gesagt hast. Ich habe meine gesamte Karriere damit verbracht, Ökologie, Biologie und all die Wechselwirkungen natürlicher Umgebungen zu studieren. Dennoch habe ich das meiste davon innerhalb von Biodomen oder von einem Schiff im Orbit aus getan. Selbst bei der Feldarbeit waren wir immer in einer großen Gruppe mit all den technologischen Ressourcen, die wir brauchten, um sicher und komfortabel zu sein. Ich habe eine natürliche Umgebung noch nie wirklich unmittelbar erlebt. Komisch, wie man gar nicht merkt, wie sehr man den Bezug verloren hat, bis eine einzige Situation alles verändert."

„Ich hatte auch nicht erwartet, dass es für mich so sein würde."

„Du scheinst dich gut angepasst zu haben."

Er zuckte mit den Schultern. „Irgendwie gefällt es mir ja. Bei Menschen weiß man nie, wer einem in den Rücken fällt. Aber hier draußen sind die Raubtiere offensichtlich. Das ist erfrischend."

Sie musterte ihn im Schein des Feuers. „Ich nehme an, du hast Erfahrung mit Verrat?"

„Das könnte man so sagen."

„Hat das etwas damit zu tun, wie du dich unerwartet auf dieser Expedition wiedergefunden hast?"

„Dass ich hier gelandet bin, hatte viele Gründe."

„Eines Tages werde ich dir die ganze Geschichte schon noch entlocken."

„Du bist hartnäckig, das muss man dir lassen."

Sie tippte sich mit dem Finger an die Schläfe. „Wissenschaftliche Neugier. Ich kann das Aufstellen von Hypothesen einfach nicht abstellen."

„Oh, ich kann es kaum erwarten, deine Theorien über mich

zu hören.“

„Nun, ich schätze, du hast deine erste Dienstzeit bei der UPDF absolviert und vielleicht sogar verlängert. Aber dann hast du gemerkt, dass du deine Fähigkeiten direkter einsetzen willst, und bist zum Security Corps gewechselt. Aber die Arbeit als normaler Gesetzeshüter war wohl immer noch nicht das, was du dir unter echter Problemlösung vorgestellt hast. Vielleicht hast du es als Privatdetektiv versucht?“

Zugegebenermaßen war sie nah dran. Er hatte bereits mehr preisgegeben, als er beabsichtigt hatte – nicht, dass es einen Grund zur Geheimhaltung gegeben hätte. Er wollte nur endlich mit diesem Kapitel abschließen; darüber zu sprechen, würde es wieder real machen. Es war tröstlich, in der Lücke zwischen seiner erfundenen Tarnexistenz und den schmerzhaften Trümmern seiner wahren Vergangenheit zu verharren. Auf dieser Welt gelandet zu sein, fühlte sich an wie ein neuer Auftrag, für den er sich eine Identität maßschneidern konnte, die genau zu seiner Lage passte. Die Person, die er sein musste, um hier zu überleben, hatte keine Bindungen. Keine Vergangenheit.

„Also gut, wie du meinst“, sagte Anya mit einem verärgerten Schnauben, als Evan nicht weiter darauf einging.

„Es liegt nicht daran, dass ich dir nicht vertraue. Ich will es nur einfach nicht vertiefen.“

„Vielleicht bist du ja in Wahrheit ein Trickbetrüger.“ Sie suchte für einen Moment seinen Blick, bevor sie wegsah.

„Ich kann dir versichern: Das Einzige, was ich sicher nicht bin, ist ein Krimineller.“

„Ich schätze, ich muss dir wohl oder übel glauben. Auch wenn ich es besser wissen sollte.“

„Anya.“ Er hielt inne und sah ihr fest in die Augen. „Du kannst mir vertrauen. Das verspreche ich dir.“

Sie musterte ihn einen langen Augenblick lang. „Ich vertraue dir ja. Aber ich weiß auch, dass du Dinge verheimlichst. Was verschweigst du mir?“

„Ich habe meine Gründe, manche Dinge für mich zu behalten.“

„Die haben wir alle, aber das hier sind keine normalen Umstände."

„Da hast du recht. Und unsere jetzige Situation macht das, was Lichtjahre von hier entfernt passiert ist, nur noch irrelevanter."

Sie kniff die Augen zusammen. „Relevant oder nicht - ich wüsste es gern."

„Es ist kompliziert."

„Dann mach es unkompliziert!" Sie verschränkte die Arme. „Ganz ehrlich, was bringt es dir jetzt noch, deine Vergangenheit geheim zu halten? Hast du jemanden umgebracht oder was?"

Er zuckte unwillkürlich zusammen. Er hatte in seinem Leben schon einige epische Standpauken kassiert, aber es gab kaum etwas Giftigeres als den wütenden Blick einer frustrierten Frau. So sehr er auch ablenken wollte – wie er es gewohnt war –, er konnte es nicht übers Herz bringen, sie weiter zu täuschen. Sie war vielleicht die einzige Verbündete, die er auf dieser verfluchten Welt noch hatte.

Er schluckte und hielt ihrem Blick stand. „Ich habe die letzten Jahre damit verbracht, schrecklichen Leuten dabei zuzusehen, wie sie furchtbare Dinge tun. Aber nicht als Komplize. Ich war verdeckter Ermittler für das UPA Security Corps."

Ihr Gesichtsausdruck wurde weicher. „Warum hast du das nicht gleich gesagt?"

„Wie gesagt, es ist kompliziert. Ich bin es einfach nicht gewohnt, anderen zu vertrauen."

„Ich kann mir gar nicht vorstellen, wie man so ein Doppelleben führt. Ich kriege ja kaum mein eigenes Leben auf die Reihe, geschweige denn eine komplett andere Identität."

Er lächelte schwach. „Wenn man die Rolle so anlegt, dass die Person ihr Leben im Griff hat, macht es die Sache eigentlich einfacher."

„Und wie um alles in der Welt bist du von dort hierhergekommen?"

„Das war nicht meine Entscheidung. Meine Tarnung ist aufgeflogen, und das Kolonieschiff war der Fluchtplan, den man mir zugewiesen hat."

„Was ist passiert?"

„Über laufende Ermittlungen darf ich nicht sprechen."

Sie zog eine Augenbraue hoch. „Woher willst du wissen, dass sie noch laufen? Wir waren monatelang unterwegs."

„Solange mir niemand etwas anderes sagt, muss ich mich an das Protokoll halten."

„Ach komm, was spielt das jetzt noch für eine Rolle? Ernsthaft, wem soll ich es denn erzählen? Diesem Vogel da?" Sie deutete auf einen schwarz-roten Vogel von der Größe einer Krähe, der in einem Busch in der Nähe hockte.

Wie aufs Stichwort krächzte das Tier, schlug mit den Flügeln und flatterte lautstark davon.

Evan warf die Hände in die Luft. „Großartig, jetzt weiß es der ganze Wald!"

Anya verdrehte die Augen, musste aber lachen. „Offensichtlich gibt es hier überall Spione."

„Du hast recht. Alles, was passiert ist, ist Lichtjahre weit weg. Nichts, was ich hier sage, wird daran etwas ändern." Er hielt inne; er musste förmlich gegen seine Ausbildung ankämpfen, um offen zu sprechen. „Ich sollte immer noch nicht zu sehr ins Detail gehen, aber grob gesagt: Ich war tief in das Noche-Syndikat eingedrungen."

Ihre Augen weiteten sich. „Wow. Das Syndikat?"

„Genau das."

Verständnis breitete sich auf ihrem Gesicht aus. „Oha, das muss heftig gewesen sein. Wie lange warst du verdeckt im Einsatz?"

„Fast drei Jahre."

„Oh, Scheiße … Ich verstehe, warum du bei manchen Dingen so empfindlich reagierst."

Er nickte langsam. „Ich bin noch nicht lange genug raus, um all die Angewohnheiten abzulegen, die ich mir für die Tarnung antrainieren musste. Beim Syndikat gingen ziemlich kranke Dinge vor sich. Es fühlte sich an wie in einem Kult. Die hatten sogar diese bizarren Initiationsriten."

„Wow."

Evan schüttelte den Kopf, als wollte er die Erinnerung abschütteln. „Bei einer dieser Zeremonien haben sie uns etwas injiziert … irgendwas. Bis heute weiß ich nicht, was es war. Sie sagten, es würde uns zu ‚Auserwählten' machen."

Anya runzelte die Stirn. „Ziemlich gruselig, was?"

„Allerdings." Evan schauderte. „An meinen schlimmsten Tagen hatte ich das Gefühl, es würde unter meiner Haut kriechen. Zum Glück ist das nicht mehr passiert, seit wir hier sind."

„Es tut mir leid, dass du das durchmachen musstest."

Er zuckte mit den Schultern. „Es war Teil des Jobs, und ich würde es wieder tun. Das Hauptproblem war, dass ich nach allem, wie es am Ende gelaufen ist, keinen richtigen Übergang zurück in die Normalität bekommen habe."

„Was ist passiert?"

„Äh, das ist …"

„Nur in groben Zügen."

Evan holte tief Luft. „Im Grunde ging ich meinen üblichen Geschäften nach, als ich einen der Noche-Bosse dabei überraschte, wie er mit jemandem sprach, der definitiv nicht dort hätte sein sollen. Ich kann nicht sagen, wer, aber sagen wir einfach, er ist ziemlich weit oben in der Commonwealth-Regierung. Das Syndikat muss ihn während einer Reise geschnappt haben oder so. In diesem Moment beschloss ich, dass ich seine beste Überlebenschance war. Also habe ich meine Tarnung auffliegen lassen und uns da rausgeholt."

„Ziemlich heldenhaft."

„Und auch ein impulsiver Zug, mit dem ich drei Jahre Arbeit in den Wind geschossen habe. Es hat einen gewaltigen Skandal ausgelöst, weil dadurch klar wurde, dass die Organisation infiltriert worden war. Ab diesem Punkt war ich ein toter Mann. So bin ich zu meinem Express-Ticket für diese Kolonie-Expedition gekommen."

„Das erklärt einiges."

„Ich weiß immer noch nicht, ob es die richtige Entscheidung war einzugreifen."

„Höchstwahrscheinlich hast du ihm das Leben gerettet. Ich bin sicher, dass er und seine Familie dir dankbar sind, auch wenn die Behörden wegen der geplatzten Operation sauer sind."

„Ich hoffe es. Er schien nicht besonders glücklich, als ich ihn gerade gerettet hatte, aber die ganze Sache muss ein riesiger Schock für ihn gewesen sein."

„Das kann ich mir vorstellen."

Sie saßen einige Minuten schweigend da, starrten ins Feuer und ließen das Gesagte sacken.

„Du hättest mir früher erzählen können, was mit dir los ist, weißt du", sagte Anya schließlich.

„Das hätte das ganze Mysterium verdorben."

Sie zog eine Augenbraue hoch. „Muss bei dir eigentlich alles immer eine große Show sein?"

„So war das nicht gemeint." Er lehnte sich nach vorn und stützte die Ellbogen auf die Knie. „Es tut mir leid, dass ich nicht offener war. Ich war einfach zu lange in Positionen, in denen ich niemandem vertrauen konnte. Es fällt mir schwer, diese Mauern einzureißen."

„Ich weiß, wie sich das anfühlt."

„Trotzdem … ausgerechnet dieses Schiff von allen, auf die ich hätte fliehen können?" Er stieß ein gequältes Lachen aus.

„Ja, geht mir genauso, Kumpel. Endlich entschließe ich mich, wieder ins Feld zu gehen, und jetzt bin ich möglicherweise für immer hier gestrandet."

„Wie sollte das Ganze eigentlich ablaufen? War das als dauerhafter Einsatz gedacht?"

„Nein, normalerweise begleitet ein wissenschaftliches Beraterteam jede neue Kolonie-Expedition wie diese. Der Plan sah zwei Jahre vor, um beim Aufbau zu helfen und unvorhergesehene Probleme zu lösen. Wir hätten Kontakt zu den Kernwelten gehalten, und sobald unsere Arbeit erledigt gewesen wäre, hätten sie ein Schiff geschickt, um uns abzuholen. Dann wären wir zur nächsten Welt weitergezogen."

„Kein schlechtes System."

„Wenn es funktioniert. Aber wenn wir uns nie melden, gehen

sie davon aus, dass wir tot sind, und schicken niemanden."

„Man sollte meinen, sie würden untersuchen wollen, was schiefgelaufen ist."

„Es sei denn, es war eine Krankheit, Sonneneruptionen oder wer weiß was. Jede Untersuchung birgt Risiken."

„Jede bemannte Untersuchung."

„Worauf willst du hinaus?"

„Sie schicken vielleicht kein Schiff, aber würden sie nicht wenigstens eine Sonde schicken – so wie die, die für die ersten Erkundungen hierhergekommen ist?"

Ihr Gesicht hellte sich auf. „Das ist ein großartiger Punkt! Daran hatte ich noch gar nicht gedacht. Selbst wenn wir keine interstellare Kommunikation hinbekommen, könnten wir zumindest eine Nachricht von der Oberfläche an eine Sonde im Orbit senden."

„Es wird trotzdem Monate dauern, bis etwas hier ankommt, selbst wenn sie sofort eine losgeschickt haben. Aber es ist ein guter Plan B."

„Ich gebe die Hoffnung auf eine richtige Langstreckennachricht noch nicht auf."

„Ich auch nicht. Ich versuche nur, realistisch zu sein."

Sie seufzte. „Ich komme mir albern vor, dass ich nicht früher darauf gekommen bin."

„Ich mir auch."

„Ich schiebe es auf die Tatsache, dass wir gejagt werden."

„Es zwingt einen wirklich, sich nur auf das Hier und Jetzt zu konzentrieren, das lässt sich nicht leugnen."

„Und wie die Vergangenheit plötzlich keine Rolle mehr spielt, wenn das eigene Überleben auf dem Spiel steht", fügte sie hinzu.

Er nickte. „Ich hätte nicht so viel vor dir verheimlichen dürfen. Tut mir leid."

„Ich verstehe, warum du es getan hast. Und ich schätze es sehr, dass du es mir jetzt erzählt hast."

„Wenn wir die nächsten Monate überstehen wollen, muss ich lernen, anderen zu vertrauen. Eine Freundschaft mit dir scheint mir ein guter Anfang zu sein."

„Freunde, hm?" Sie lächelte.

„Na ja, du hast mir schließlich gedroht, mich einen Hügel hinunterzuwerfen, nur um mich zu ärgern. Das klingt doch nach etwas, das Freunde tun."

„Das Überleben auf einer feindseligen Alien-Welt schweißt zusammen, was soll ich sagen?"

„Teamwork makes the dream work."

„Nein. Das hast du nicht wirklich gesagt." Sie schloss die Augen und stöhnte.

„Sorry."

„Ich sollte dir den Freundschaftsstatus vielleicht wieder entziehen."

Er grinste. „Das wirst du nicht, weil du abgedroschene Sprüche insgeheim liebst."

„Du solltest mich noch nicht so gut kennen."

„Tue ich aber. Und du willst es auch gar nicht anders."

18

WÄHREND ANYA AUF den letzten Metern zur Absturzstelle durch die Bäume stapfte, betrachtete sie Evan mit anderen Augen. Es hatte sie überrascht, dass er sich ihr am Vorabend geöffnet hatte – und seine Geschichte war ganz anders gewesen, als sie erwartet hatte.

Seine bisherigen Ausweichmanöver hatten sie glauben lassen, er hätte etwas ausgefressen. Vielleicht hatte er seinen Posten im Stich gelassen und seine Papiere für die Siedlungsexpedition gefälscht, oder er hatte gemeinsame Sache mit den Kriminellen gemacht, die er eigentlich hätte überwachen sollen. Das traf zwar gewissermaßen zu, aber nicht auf die niederträchtige Art, die sie vermutet hatte. Natürlich hätte er ihr auch ein Märchen auftischen können, nur um ihre Fragerei zu beenden. Doch sie hatte die Aufrichtigkeit in seinem Ton und seinem Blick gespürt; sie hatte keinen Grund, an ihm zu zweifeln.

Wenn sie doch nur genauso ehrlich über die seltsamen Umstände in ihrem eigenen Leben sein könnte, die sie hierher geführt hatten. Sie wusste, dass ihr Schweigen heuchlerisch war, aber sie hatte noch nichts Konkretes in der Hand. Alles, was sie jetzt sagen würde, klang in ihren Ohren eher nach Paranoia als nach ehrlichem Vertrauen. Also beschloss sie, ihre Gedanken für sich zu behalten, bis sie die Trümmer untersucht hatten. Was sie dort fänden, würde zeigen, ob ihre Vermutungen überhaupt Hand und Fuß hatten.

Sie waren früh aufgebrochen und hatten bereits drei

Kilometer hinter sich. Die Absturzstelle musste nah sein. Womöglich standen sie sogar direkt davor und konnten sie nur durch das dichte Unterholz nicht sehen. Sie hofften auf ein Zeichen, das ihnen für den Endspurt die Richtung wies.

„Hey, ich glaube, wir sind fast da!", rief Evan von weiter vorne.

Sie folgte seinem Blick zu einer verkohlten Metallplatte, die aus dem Boden ragte. Sie war fast so groß wie sie selbst und mehrere Zentimeter dick. „Ein Stück vom Hitzeschild?", fragte sie.

„Wahrscheinlich." Er sah sich um. „Könnte beim Endanflug abgeplatzt sein. Mal sehen, ob wir noch mehr finden."

Angespornt durch das nahe Ziel folgte sie Evans schnellem Tempo. Die Nässe des nächtlichen Regens dämpfte ihre Schritte und legte eine schwere Stille über den Wald. Dennoch hielt sie die Ohren offen für potenzielle Gefahren.

Ein paar Meter weiter stießen sie auf ein weiteres Trümmerteil, kleiner als das erste, aber ebenso verbrannt.

Evan untersuchte das Metall. „Schwer zu sagen, ob das beim Wiedereintritt verglüht ist oder durch eine Explosion."

„Das finden wir später heraus. Wichtig ist: Wir sind auf der richtigen Spur." Anya drängte weiter voran. Die einzige Chance zu erfahren, was mit dem Schiff passiert war, lag im Flugschreiber – sofern sie einen Weg fanden, die Daten auszulesen. Die Trümmerteile und die riesige Schneise im Dschungel ließen darauf schließen, dass der Großteil des Wracks intakt war. Die Antworten warteten dort draußen auf sie.

Je weiter sie gingen, desto häufiger stießen sie auf Trümmerteile. Schließlich sahen sie die ersten abgebrochenen Äste, die wie Regen aus dem Blätterdach herabgefallen waren. Sie waren fast da.

Vor ihnen öffnete sich ein Meer aus geknickten und verkohlten Bäumen. Der Boden entlang der Absturzschneise war noch nass und weich; dunkle Erde quoll über den Rand der tiefen Furche, die sich in den Untergrund gegraben hatte. Am Ende der Schneise ragte die verbogene Metallhülle des Militärschiffs fünfzig Meter in die Höhe. Das vordere Drittel seiner beachtlichen Länge von zweihundert Metern war im Boden vergraben. Selbst durch den Schmutz, der das Wrack bedeckte, war zu erkennen, dass die Hülle stellenweise pechschwarz verbrannt und an großen Abschnitten förmlich weggerissen worden war.

„Das sind keine reinen Absturzschäden", sagte Evan und blieb bei seiner ersten Vermutung.

Anya war geneigt, ihm zuzustimmen. Die Zerstörung passte nicht zu einem Unfall. Es sah eher so aus, als hätte das Schiff eine gewaltige Explosion überstanden – als wäre es nicht nur von Schrapnellen getroffen worden, sondern hätte sich im Zentrum einer Detonation befunden.

„Was könnte passiert sein?"

„Ich weiß es nicht. Vielleicht eine Systemfehlfunktion, die Explosion ausgelöst hat. Oder es war ... Absicht."

„Wir wissen nicht genug für Spekulationen", entgegnete sie, obwohl ihr Bauchgefühl ihr sagte, dass Evan richtig lag. Bei den seltsamen Umständen der Expedition und dem anschließenden Absturz passte einfach zu vieles nicht zusammen. „Wir sollten es uns aus der Nähe ansehen."

Als Anya losgehen wollte, blieb Evan am Waldrand stehen und musterte das Schiff skeptisch aus der Ferne. „Worauf wartest du?", fragte sie.

„Ich hatte gehofft, dass ich mich mit der Explosion im All geirrt habe. Jetzt, wo es Gewissheit ist, weiß ich nicht, ob es sicher ist, hier zu sein."

„Warum sollte es das nicht sein?"

„Weil wir jemanden gefunden haben, der in einer Rettungskapsel ermordet wurde. Hier geht offensichtlich etwas Tiefgreifendes vor sich – und wer auch immer dahintersteckt, will wahrscheinlich keine Zeugen."

„Du meinst, falls es Überlebende gibt, stecken sie vielleicht mit drin? Dass sie nicht auf unserer Seite sind?"

„Der Gedanke kam mir gerade, als ich hier stand und das Schiff ansah."

Anya schüttelte den Kopf. „Die Erkenntnis wäre vor ein paar

Tagen hilfreich gewesen. Wenn du das Schiff nicht untersuchen willst, warum sind wir dann überhaupt hierhergekommen?"

„Ich habe nie gesagt, dass ich es nicht untersuchen will. Wenn es Antworten gibt, dann auf diesem Schiff. Und ich habe vor, sie zu finden."

„Okay, also ..." Sie gestikulierte vage in Richtung des Wracks. „Ich sage ja nur, dass es vielleicht nicht die beste Idee ist, einfach zum Schiff zu rennen und an die Tür zu klopfen."

„Vielleicht malst du dir das Ganze auch zu schwarz aus. Könnten die Schäden nicht doch einfach vom Aufprall stammen?"

„Sicher, möglich ist es. Aber wir wissen eben, dass jemand ermordet wurde."

Punkt für ihn. Die Indizien häuften sich, und sie hatte bereits zu viel gesehen, um noch an einen Zufall zu glauben. „Was schlägst du also vor?"

„Beobachten."

„Wonach suchen wir?"

„Lebenszeichen. Das war ein heftiger Absturz; es ist gut möglich, dass niemand überlebt hat. Aber wenn doch, verrät uns ihr Verhalten der letzten Tage vielleicht, womit wir es zu tun haben."

Anya rutschte das Herz in die Hose, als ihr der Ernst der Lage so richtig bewusst wurde. „Das läuft überhaupt nicht so, wie ich es mir vorgestellt hatte. Ich dachte, der Weg hierher wäre der schwierige Teil gewesen."

„Wir sehen allmählich immer klarer, woran wir hier sind."

Sie warf ihm einen Seitenblick zu. „Wenn du so redest ... Du warst wirklich ein Ermittler, oder?"

„Das war ich. Und das hier ist ein Rätsel, das ich nicht ungelöst lassen werde." Evan spannte die Kiefermuskeln an und atmete tief durch die Nase ein. „Ich will diesen Flugschreiber unbedingt in die Finger bekommen. Wir müssen wissen, was im Orbit passiert ist."

„Wie du schon sagtest: Zuerst müssen wir sehen, ob es Überlebende gibt."

„Ja, lass uns die Lage sondieren. Irgendwo muss es eine Öffnung geben."

Anya war davon ausgegangen, dass sie mühsam nach einer Luftschleuse suchen müssten. Doch das erübrigte sich schnell, als sie sah, dass die Schäden an der Hülle tiefe Risse hinterlassen hatten, die bis in die inneren Decks schnitten. Sobald sie sicher waren, dass die Luft rein war, würden sie praktisch einfach hineinspazieren können.

— — —

Evan atmete noch einmal tief durch und versuchte, die wachsende Anspannung in seiner Brust zu lösen. Ihre Chancen, jemals von diesem Planeten wegzukommen, schwanden mit jeder Entdeckung – und die Gewissheit einer Explosion an Bord war das bisher besorgniserregendste Signal.

Natürlich hätte es ein Unfall sein können, doch er wusste genug über Raumschiffe, um die unzähligen Sicherheitssysteme und Redundanzen zu kennen, die genau solche Katastrophen verhindern sollten. Bei einem Militärschiff mit seinen extremen Wartungsstandards war ein solches Versagen fast ausgeschlossen.

Die Frage war für ihn nicht mehr, ob es Sabotage gewesen war, sondern wie weit sie reichte. Waren beide Schiffe angegriffen worden? Hatte die Explosion auf diesem Schiff das Kolonieschiff mitgerissen? Oder war es umgekehrt?

Während sie sich einen Weg durch die Bäume am Rand des Wracks bahnten, kreisten die Szenarien in seinem Kopf. Die Hülle wies riesige Löcher auf, dort, wo das Schiff entweder aufgesprengt oder beim Aufprall auseinandergebrochen war. Er war kein Ingenieur, aber die Schäden wirkten zu punktuell, um allein vom Absturz zu stammen. Je mehr sie vom Schiff sahen, desto unwahrscheinlicher wirkte es, dass überhaupt jemand überlebt hatte. Ein Lager im Freien gab es nicht – was allerdings nichts heißen musste, da die Überlebenden das Wrack vermutlich als Zuflucht nutzten.

„Also gut, Anya", sagte er, nachdem sie die vergrabene Nase

des Schiffs umrundet hatten. „Ich bin mir nicht sicher, ob hier jemand zu Hause ist. Aber für alle Fälle: Lass mich zuerst vorgehen, während du dich zurückhältst."

„Was? Auf keinen Fall."

„Anya ..."

„Lass diesen Tonfall. Wie kommst du darauf?"

„Falls da drin Feinde sind, will ich dich nicht in die Schusslinie bringen."

„Dann sollte ich erst recht die Zielscheibe spielen. Du kannst schießen, ich nicht."

„Das ist doch ..."

„Spar dir das. Der entscheidende Punkt ist: Wenn du gefangen genommen wirst, hilft mein Biologenwissen herzlich wenig dabei, eine Rettungsaktion auf die Beine zu stellen."

Ihr Blick verriet ihm, dass die Sache nicht zur Debatte stand. Außerdem hatte sie ein stichhaltiges Argument. „Na schön. Geh langsam und vorsichtig vor. Und halt die Hände sichtbar."

„Genau wie bei einem wilden Tier."

„Klar, belassen wir es dabei."

Anya trat aus der Deckung der Bäume. Mit langsamen Schritten und ausgebreiteten Armen balancierte sie über die verkohlten Baumstämme, die sich um die Absturzstelle türmten. Evan suchte das Schiff ab und achtete hinter den Sichtfenstern auf jede Bewegung.

Nichts rührte sich. Er dachte ungern an die letzten Momente der Besatzung. Die Explosion mochte viele sofort getötet haben, und der Aufprall hätte dem Rest den Garaus machen können. Doch er konnte nicht ausschließen, dass einige der inneren Kabinen genug Schutz geboten hatten.

Anya war nun auf halbem Weg. Sie blieb stehen. „Hallo?" Ihr Ruf verhallte in der Stille.

Sie lauschte. Keine Antwort. Sie ging weiter. Als sie das Schiff erreichte, fand sie einen Riss in der Hülle, der niedrig genug war, um hineinzusteigen. Sie spähte hinein. „Hallo?"

Ein paar Sekunden später blickte sie zu Evan zurück und zuckte mit den Schultern. „Nichts."

Tja, wenn uns hier jemand beobachtet, dann verdammt gut, dachte er. Da keine unmittelbare Gefahr drohte, holte Evan auf und schloss zu ihr auf.

Der beißende Gestank von verschmortem Metall hing schwer in der Luft. Unter seinen Füßen knirschten Bruchstücke des Hitzeschilds und verbrannte Zweige, als er neben sie trat.

„Wie sieht's da drinnen aus?", fragte er.

„Sieh selbst."

Vorsichtig, um sich nicht an den scharfen Metallkanten zu schneiden, spähte er hinein. Der Spalt führte in einen etwa vier Quadratmeter großen Raum. In der Rückwand befand sich eine Luke, die einen Spaltbreit offen stand. Der Korridor dahinter schien intakt zu sein. Von einem Bewohner fehlte jede Spur; das einzige Möbelstück war ein am Boden verschraubter Tisch.

„Gehen wir rein?", fragte Evan.

Anya fischte eine Taschenlampe aus dem oberen Fach ihres Rucksacks. Mit einer dramatischen Geste knipste sie sie an. „Das Abenteuer ruft!"

Evan holte seine eigene Lampe hervor. „Soll ich vorangehen?"

„Bitte sehr."

Er machte einen vorsichtigen Schritt ins Innere und verlagerte testweise sein Gewicht. Als der Boden weder ächzte noch nachgab, trat er ganz hinein. Die Luft im Raum war überraschend sauber. Evan leuchtete die Wände ab, sah aber außer den Brandspuren am Riss in der Außenwand nichts Nennenswertes. Über den unangenehm geneigten Boden arbeitete er sich zur inneren Luke vor.

Evan war auf einen grauenhaften Anblick im Korridor gefasst, doch dort lagen keine Leichen. Er zweifelte nicht daran, dass sie früher oder später auf tote Crewmitglieder stoßen würden, aber es war wohl besser so, dass ihnen das nicht als Erstes beim Betreten des Schiffs entgegenschlug.

Sie traten in den Gang und ließen ihre Lichtkegel in beide Richtungen wandern. Soweit sie sehen konnten, war der Korridor von Türen gesäumt. Die Schäden, die von außen sichtbar gewesen waren, zogen sich stellenweise bis tief ins Innere. Evans Magen zog sich zusammen, als er das Ausmaß der Zerstörung sah: Ein Abschnitt des Gangs wirkte fast unberührt, während der nächste nur noch ein Gewirr aus verbogenem Metall war. Selbst wenn jemand der direkten Explosion entkommen wäre, hätte die explosive Dekompression wohl für ein schnelles Ende gesorgt.

„Wo steckt die Kommunikationsanlage?“, fragte Anya.

„In der Kommandozentrale, im Herzen des Schiffs.“

„Und wo ist das von hier aus gesehen?“

„Ich kenne mich mit genau diesem Modell nicht aus. Aber ich schätze, wir müssen weiter nach vorne und wahrscheinlich ein paar Decks nach oben.“

„Also hier lang?“ Anya deutete in Richtung der Neigung, dorthin, wo der Bug des Schiffs im Boden steckte.

„Das wäre mein Tipp. Vorausgesetzt, beim Absturz wurde nicht alles zerfetzt.“

Er stützte sich an der Wand ab und begann, den Abhang hinunterzusteigen. Aufgerollte Metallsplitter ragten in gefährlichen Winkeln in den Gang – eine zusätzliche Tücke bei diesem ohnehin schon schwierigen Abstieg. Ihr einziges Glück war die raue Textur des Bodenbelags, der für maximalen Halt von Kampfstiefeln ausgelegt war. Wären dies die Trümmer des Kolonieschiffs gewesen, hätten sie auf den glatten Oberflächen wohl eine rutschige Talfahrt vor sich gehabt.

„Aber die Kommandozentrale müsste doch abgeschirmt sein, oder?“, fragte Anya. „Immerhin ist das das Herzstück.“

„Sicher, sie ist robuster gebaut als andere Bereiche. Aber Absturz bleibt Absturz – ganz zu schweigen von der Explosion davor. Ich mache mir keine großen Hoffnungen, dort noch funktionierende Technik zu finden.“

„Ich weiß, das ist die realistische Sichtweise. Aber es würde mich echt wurmen, wenn wir den ganzen Weg umsonst gelaufen wären.“

„Es war von Anfang an ein reines Glücksspiel“, gab er zu bedenken.

„Wir werden es früh genug sehen. Spekulieren hilft jetzt auch nicht weiter.“

Nach etwa zwanzig Metern im Korridor erreichten sie eine T-Kreuzung.

„Und jetzt?“ Anya leuchtete beide Richtungen aus.

Evan suchte mit seiner Lampe die Wand nach Hinweisschildern ab. Er entdeckte das Symbol für ein Treppenhaus, das nach rechts wies. „Hier lang. Wir müssen nach oben – glaube ich.“

„Ich gäbe sonst was für einen Lageplan.“

„Wenn das Schiff Strom hätte, könnten wir ihn an jedem dieser Terminals aufrufen. Das ist das Problem, wenn alles nur noch digital existiert“, erwiderte Evan.

„Das Schiff ist riesig. Notfalls suchen wir den ganzen Tag, irgendwo muss es doch weitere Hinweisschilder geben.“

„Tatsächlich gehört die Kommandozentrale zu den wenigen Orten, die gerade nicht ausgeschildert sind.“

„Warum das denn?“

„Stell dir vor, das Schiff wird geentert. Da will man den feindlichen Truppen ja nicht auch noch den Weg zu den Anführern weisen, oder?“

Sie nickte verstehend. „Guter Punkt.“

„Dasselbe gilt für den Maschinenraum und die Waffenkammern. Mit den richtigen Zugangsdaten lässt sich alles finden, aber für Fremde bleibt das Layout verborgen. Eine letzte Verteidigungslinie sozusagen.“

„Ist Piraterie wirklich so ein großes Problem?“

„Soweit ich weiß, wurde diese Richtlinie vor etwa zwanzig Jahren eingeführt, als die Überfälle überhandnahmen.“

Anyas Augen weiteten sich. „Sogar bei Militärschiffen?“

„Einige dieser Organisationen verfügen über Kampfeinheiten, die es locker mit der Regierung aufnehmen können. Ich habe während meiner Undercover-Zeit einen Einblick bekommen und ... nun ja, das wird in Zukunft noch interessant.“

„Wie meinst du das?“

„Ich glaube, es ist keine Frage des Ob, sondern nur des Wann. Es läuft auf eine Art Bürgerkrieg hinaus.“

Sie seufzte schwer. „Großartig, das ist genau das, was uns noch gefehlt hat."

„Konflikte sind unvermeidlich, wenn zu viele Menschen um begrenzte Ressourcen kämpfen."

„Deshalb expandieren wir ja auf andere Planeten."

„Zu wenige, zu langsam. Das braut sich schon seit Ewigkeiten zusammen."

Sie runzelte die Stirn. „Ja, ich fürchte, du hast recht."

„Hey, hier sind wir." Evan deutete auf einen Treppenaufgang links vor ihnen.

Der Eingang war durch eine Luke gesichert, die zum Glück nicht verriegelt war. Da sie wegen der Schräglage des Schiffs schwer in den Angeln hing, musste Evan ordentlich Kraft aufwenden, um sie aufzustemmen. Er spähte hinein. Wie alles, was sie bisher vom Schiff gesehen hatten, war auch das Treppenhaus vollkommen leer.

Er joggte die Treppen hinauf – wobei es wegen der starken Neigung des Schiffs an jedem Absatz eher ein Klettern war. An jedem Deck überprüfte er die Symbole neben den Luken. Obwohl ihr eigentliches Ziel nicht ausgeschildert war, nutzte er das Ausschlussverfahren: Er wusste, welche Bereiche üblicherweise markiert waren und welche definitiv nicht in die Nähe der Zentrale gehörten. Nachdem sie mehrere Decks mit Mannschaftsquartieren und Aufenthaltsräumen passiert hatten, gelangten sie auf eine Ebene mit auffällig wenigen Beschriftungen. Eines der Symbole identifizierte Evan jedoch als die Offiziersmesse.

„Ich glaube, hier sind wir richtig."

„Geh voran", winkte Anya ihn weiter.

Sie traten durch die Luke in einen abzweigenden Korridor. Die Einrichtung war hier eine Spur luxuriöser als im Rest des Schiffes, was Evans Verdacht bestätigte. Er hatte zwar nie verstanden, warum der Offiziersbereich auf Kriegsschiffen schöner sein musste als alles andere, aber es schien eine fast universelle Regel zu sein.

An der ersten Kreuzung hielt er inne. Er war noch nie auf

einem Militärschiff dieser Größe gewesen und versuchte zu rekonstruieren, wie die Raumaufteilung hier funktionierte.

Das Herz des Schiffs. Wo ist es am besten geschützt? Er blickte in die verschiedenen Gänge. „Versuchen wir es hier entlang", sagte er und bog instinktiv nach links ab.

Vom Laufen auf den schrägen Flächen wurden seine Knöchel und Waden langsam müde. Sie legten noch ein Stück zurück, bis sie eine Abzweigung nahe der Messe erreichten. Wenn seine Erfahrung mit kleineren Schiffen nicht täuschte, mussten sie unmittelbar davorstehen.

„Hier lang, schätze ich." Evan bog in den Korridor ab, der direkt zur Schiffsmitte führte.

Der Gang endete vor einer Tür, die halb offen klemmte – eine seltsame Position, in der sie sich beim Aufprall verkeilt hatte, aber für sie war es ein Glücksfall. Der Raum dahinter war stockfinster, was bedeutete, dass die Hülle hier beim Absturz nicht aufgerissen worden war. Das war eine gute Nachricht.

„Die Kommunikationseinheit könnte tatsächlich noch intakt sein", bemerkte Anya, die zur selben Einschätzung gelangt war.

„Die Außenantennen sind garantiert Schrott, aber wir nehmen jedes Bauteil, das wir kriegen können."

Evan zwängte sich durch den Türspalt und leuchtete in den Raum. Alles, was nicht niet- und nagelfest gewesen war, lag verstreut am Boden, aber die Hauptkomponenten schienen – abgesehen von ein paar gesprungenen Bildschirmen – unversehrt zu sein.

Deshalb packt man die Zentrale in den Kern des Schiffes und nicht nach oben. Er entdeckte die Kommunikationsstation und steuerte darauf zu.

Anya folgte ihm. „Hier gibt es eine Menge zu bergen. Unter den Überlebenden muss es doch jemanden geben, der sich mit Technik auskennt."

„Lass uns erst mal sehen, ob das Teil, wegen dem wir hier sind, überhaupt noch am Stück ist, bevor wir Pläne schmieden." Evan stemmte seinen Fuß gegen die Basis der Konsole, um auf dem abschüssigen Boden nicht wegzurutschen. Dann bückte er sich, um einen Blick darunterzuwerfen.

Er starrte in einen gähnenden Hohlraum. Das Bauteil war nicht zerstört – es fehlte einfach. Noch seltsamer war, dass die obere Abdeckung entfernt worden war. Auf der Oberfläche prangte ein tiefer Kratzer, verursacht durch ein beim Aufprall umherfliegendes Objekt. Die Spur verlief ohne Unterbrechung von der Abdeckung bis zum Gehäuse – ein Beweis, dass die Platte beim Einschlag noch fest verschraubt gewesen war. Das bedeutete im Umkehrschluss: Jemand musste die Abdeckung nach dem Absturz entfernt haben.

Evan schluckte schwer. „Anya ... die Sache hier wird gerade verdammt mysteriös.“

19

ANYAS MAGEN ZOG sich bei Evans besorgtem Tonfall zusammen. „Was ist los?"

Er deutete auf das Pult vor ihm. „Die Hardware ist weg, aber sieh dir das an." Er hielt eine Abdeckplatte hoch und zeigte ihr, dass sie zwar genau in die Verankerung passte, aber beim Aufprall deformiert worden war.

„Also hat sie jemand mitgenommen", schlussfolgerte Anya. „Das bedeutet, Leute haben den Absturz überlebt. Das würde auch erklären, warum wir keine Leichen finden."

„Aber wo sind sie hin?" Evan legte die Stirn in Falten. Sein harter Blick und die herabgezogenen Mundwinkel waren ein ungewohnter Anblick nach der fast schon heiteren Reise der letzten Tage. Seine offene Besorgnis unterstrich den Ernst der Lage.

Anya schluckte. „Evan, was geht hier eigentlich vor?"

Er schüttelte leicht den Kopf. „Ich wünschte, ich wüsste es. Nichts von alldem ergibt einen Sinn."

Suchend sah sich Evan im Raum um und hielt auf eine Konsole im vorderen Bereich zu, die direkt neben einem gesprungenen Monitor lag. Er kniete sich davor und begann, die Frontverkleidung zu lösen.

„Wonach suchst du?", fragte Anya.

„Hier müsste die Blackbox untergebracht sein. Damit lässt sich rekonstruieren, was während des Absturzes passiert ist."

„Was brauchen wir, um die Daten auszulesen?"

„Die Daten sind verschlüsselt, aber von meiner Undercover-Arbeit kenne ich ein paar Standardcodes, die uns zumindest Zugang zu den Basisinfos verschaffen“, erklärte er. „Allerdings brauchen wir einen Bildschirm mit eigener Stromversorgung, um überhaupt etwas sehen zu können.“

„Alles klar, ich seh mich mal um.“

Anya verließ den Raum, um die angrenzenden Sektionen nach nützlicher Ausrüstung abzusuchen. Sie musste etwas mit internem Akku finden. Im schlimmsten Fall könnten sie den Flugschreiber mit zu den Rettungskapseln im Basislager nehmen, aber es wäre verdammt wichtig zu wissen, womit sie es zu tun hatten, bevor sie den ganzen Weg zurückliefen.

Die ersten drei Räume waren eine Sackgasse. Überall lag Ausrüstung verstreut; es war unklar, ob das Chaos von der Bruchlandung stammte, von einem überstürzten Aufbruch oder von beidem. Fast alle elektronischen Systeme schienen fest im Schiff verbaut zu sein, was ihnen wenig half. Selbst wenn sie die Hauptstromversorgung reaktivieren könnten, war das Schiff so schwer beschädigt, dass sie damit wahrscheinlich nur Kabelbrände oder Schlimmeres auslösen würden. Ihre Optionen waren begrenzt.

Sie setzte ihre Suche fort. Viele Türen und Luken standen einen Spaltbreit offen, doch am Ende des Korridors stieß sie schließlich auf eine, die fest verriegelt war. Es sah aus wie ein Lagerraum – genau der richtige Ort, um fündig zu werden.

Als sie gegen die Tür drückte, rührte sie sich zunächst nicht. Erst als sie sich mit der ganzen Schulter dagegenlehnte, gab das Metall mit einem lauten Ächzen nach und die Luke schwang auf.

Der Strahl ihrer Taschenlampe glitt über einen wirren Haufen grauer Stoffsäcke. Erst einen Herzschlag später begriff sie, dass es keine Säcke waren, sondern Leichen in Overalls.

Anya prallte zurück. „Heilige Scheiße!“ Sie schlug sich die Hände vor den Mund, als ihr ein beißender Verwesungsgestank aus dem Raum entgegenschlug.

„Alles okay bei dir?“, rief Evan von weitem.

Sie hielt sich die Nase zu. „Ich habe die Toten gefunden.“

„Was?" Er joggte zu ihr hinüber. Ein kurzer Blick in den Raum reichte aus, damit auch er zurückwich und sich die Hand vor den Mund presste. „Verdammt ..."

Die zerschundenen und verbrannten Körper waren in dem Raum regelrecht aufgestapelt worden. Im hinteren Teil wirkte der Haufen noch fast ordentlich, doch zur Tür hin endete er in einem Chaos aus Gliedmaßen, die in unnatürlichen Winkeln abstanden.

Anya schluckte die Galle hinunter, die in ihr aufstieg. „Wer macht so was?"

„Ich weiß nicht, was ich davon halten soll." Evans Stimme zitterte leicht – ein seltener Riss in seiner sonst so souveränen Fassade.

Ihn so fassungslos zu sehen, weckte in ihr den Drang, einfach zurück in den Wald zu rennen und das Risiko einzugehen, als Wildbeuterin zu überleben. Doch das Grauen weckte auch ihren wissenschaftlichen Ehrgeiz. Das hier war ein Rätsel, das gelöst werden musste – genau wie sie das Raubtier aufspüren würde, das für einen Knochenfriedhof im Dschungel verantwortlich war. Sie atmete tief und langsam durch, um ihren Magen zu beruhigen.

„Das ist wahrscheinlich nicht der einzige Raum dieser Art. Die Toten hier einzuschließen ist einfacher, als sie zu begraben." Anya zwang sich, ein paar Schritte vorzugehen, um die Leichen nahe der Tür zu inspizieren. Sie trugen noch immer ihre Dienstmarken. „Vielleicht wollte man sie hier sammeln, um sie später zu identifizieren?"

„Gute Vermutung", stimmte Evan zu. „Aber es ist trotzdem seltsam, dass es draußen keine Spur von Überlebenden gibt. Das Schiff bietet mehr Ressourcen als jeder andere Ort auf dieser Welt, selbst als Wrack. Warum sollten sie es verlassen?"

Anyas Magen krampfte sich zusammen. „Was, wenn sie dasselbe getan haben wie wir? Ich meine, sie wussten, wo die Siedlung geplant war. Vielleicht haben sie uns runterkommen sehen. Sie könnten längst auf dem Weg zu unserem Lager sein – und wir sind auf dem Hinweg einfach aneinander vorbeigelaufen."

Evan seufzte schwer. „Und die Kommunikationsausrüstung,

die wir so dringend brauchen, haben sie gleich mitgenommen.“ Seine Bestürzung war in pure Verzweiflung umgeschlagen. Er sprach es nicht aus, aber sie konnte förmlich hören, wie er innerlich fluchte.

Sie hätte am liebsten selbst einen Schwall von Flüchen losgelassen, aber das hätte sie nicht weitergebracht. „Hast du die Blackbox?“, fragte sie stattdessen.

Er nickte. „Ja, ich war gerade auf dem Weg zu dir.“

„Wenigstens etwas. Ich hatte schon Angst, sie hätten die auch eingepackt.“

„Warum sollten sie?“, gab er trocken zurück. „Sie haben den Absturz überlebt – für sie ist das alles kein Geheimnis.“

„Stimmt wohl.“

„Aber wir werden gar nichts erfahren, wenn wir das Laufwerk nicht auslesen können. Hattest du schon Glück?“

„Noch nicht. Ich wollte gerade hier drin nachsehen, als ...“ Ihre Stimme erstarb bei einem letzten Blick auf den Leichenberg.

„Komm, wir suchen zusammen weiter.“

Anyas Hände zitterten, als sie die Luke zu dem schrecklichen Raum wieder verriegelte. Erst als der Verschluss klickend einrastete, bemerkte sie einen kleinen, roten diagonalen Strich in der Nähe des Griffs. Sie konnte sich nicht erinnern, ihn vorher gesehen zu haben – wahrscheinlich hatte ihr Gehirn ihn als einfachen Farbfleck abgetan. Doch jetzt wurde ihr klar: Das war eine absichtliche Markierung, ein Warnhinweis auf das Grauen, das hinter dieser Tür eingeschlossen war.

„Evan, sieh mal.“ Sie deutete auf das Zeichen. „Ich schlage vor, wir lassen ab jetzt jede Tür zu, die so markiert ist.“

Er nickte ernst. „Gute Idee.“

Sie teilten die verbleibenden Räume entlang des Korridors unter sich auf. In den Offiziersquartieren suchten sie anfangs hoffnungsvoll nach Hardware, doch alle Computersysteme waren fest in die Wände des Schiffes integriert.

Dann erreichten sie die Krankenstation, und Anyas Laune besserte sich schlagartig. „Oh, wir stehen quasi vor einer Goldmine!“

„Hoffentlich hast du recht“, erwiderte Evan ohne jeden Enthusiasmus.

Anya begriff sofort, warum, als sie die Tür öffnete. Der Raum war komplett geplündert worden. Schranktüren standen offen und gaben den Blick auf gähnend leere Regale frei. Ein paar vereinzelte Instrumente lagen auf dem Boden oder den Arbeitsflächen, aber auf den ersten Blick war nichts Brauchbares dabei.

Ihr sank das Herz. „Natürlich. Das ist das Erste, was man zum Überleben mitnimmt.“

„Aber wir sind ja nicht wegen der Medikamente hier.“ Evan rang sich ein schwaches, aber hoffnungsvolles Lächeln ab.

Anya begann, den Raum noch einmal systematisch nach allem Wertvollen zu durchkämmen, das vielleicht übersehen worden war. Die Arzneischränke waren leergefegt, ebenso die Notfallkits, Verbandsmaterialien und die meisten Werkzeugsätze. Ein Schrank im hinteren Bereich enthielt jedoch noch mehrere mittelgroße Apparate – wahrscheinlich waren sie den Flüchtenden für den Transport zu unhandlich gewesen.

Ein tragbarer Monitor zur Überwachung von Vitalfunktionen erregte ihre Aufmerksamkeit; er besaß verschiedene Anschlüsse und ein Display. „Könnte das funktionieren?“, fragte sie.

Evan untersuchte das Gerät fachmännisch. „Weißt du was? Ich glaube schon! Hat es noch Saft?“

Anya fand den Schalter. Mit einem leisen Summen erwachte das Gerät zum Leben. Der Bildschirm flackerte auf und zeigte in der Mitte „Kein Eingangssignal“ an, aber ein Symbol am oberen Rand verriet, dass der Akku noch voll geladen war.

Sie grinste breit. „Jetzt kommen wir der Sache näher!“

Evan zog das Laufwerk der Blackbox aus seinem Rucksack. Es war etwa doppelt so groß wie eine Ration der MealPaks und besaß mehrere fest installierte Datenkabel. Er identifizierte den Stecker, der mit dem medizinischen Monitor kompatibel war, und schloss ihn an.

Der Bildschirm flackerte auf und zeigte ein Meer aus

kryptischen Zeichen, gefolgt von einer blinkenden Eingabeaufforderung am unteren Rand. Evan tippte konzentriert eine Reihe von Codes ein. Nach mehreren Versuchen erhellte sich seine Miene, als ein Stammverzeichnis die Anzeige füllte.

„Okay, wir sind drin", bestätigte er. „Die Textzeilen hier zeigen verschiedene Datenpakete an. Meine Codes geben uns allerdings nicht auf alles Zugriff." Er überflog die Liste. „Sieht so aus, als hätten wir die Kommunikationsprotokolle – zumindest die Zeitstempel, wenn auch nicht den Inhalt – und die Feeds der Außenkameras."

„Wo fangen wir an?"

„Ich will wissen, was passiert ist." Evan navigierte zur Videobibliothek und scrollte zurück, um die Minuten kurz vor der Notfallevakuierung zu finden.

Das erste Video, das er aufrief, war ein dunkler, stark verpixelter Feed; er zeigte im All treibende Trümmer vor einem Sternenhintergrund. Er ging weiter zurück. Da war der Blitz einer Explosion. Er spulte noch einmal zurück. Ein Objekt raste auf das Schiff zu, dann flackerte das Bild von der darauffolgenden Detonation.

Anya rutschte das Herz in die Hose. „Warte mal ... Etwas hat das Schiff getroffen?"

„Sieht ganz so aus."

„Ein Meteorit?"

Evan spielte die Sequenz erneut ab und kniff die Augen zusammen. Nachdem er sie dreimal in einer Schleife hatte laufen lassen, fand er die Wiedergabeeinstellungen und verlangsamte das Tempo. Er pausierte das Bild genau einen Moment vor dem Aufprall. Das Objekt war zylindrisch und glatt.

Anya beäugte den Schirm misstrauisch. „Ist das nur Bewegungsunschärfe, die es so aussehen lässt?"

Evan starrte finster auf das Display. „Nein, Anya. Das ist eine Rakete."

Ihr Herz setzte einen Schlag aus. Ihre Blicke trafen sich. „Bedeutet das ...?", begann sie.

„Es war kein Unfall. Das Eskortschiff wurde abgeschossen.

Das Kolonieschiff muss von den Trümmern der Explosion getroffen worden sein“, beendete er den Satz für sie.

Ihre Brauen zogen sich zusammen. „Wer würde so etwas tun?“

„Ich habe keine Ahnung. Aber der Verbindungsoffizier auf dem Kolonieschiff wurde ermordet – ich wette, dass diese Ereignisse zusammenhängen.“

Als sie losgezogen waren, um dieses Wrack zu finden, hatte Anya das Ganze als Mission zur Sicherung ihres Überlebens betrachtet. Zu keinem Zeitpunkt hatte sie geglaubt, dass es gefährlich sein würde, hierherzukommen – abgesehen von den Gefahren des Dschungels. Aber Sabotage?

Ihr Herz pochte bis in die Ohren. *War die ganze Expedition ein abgekartetes Spiel?*

In Gedanken ließ sie alles noch einmal Revue passieren, was sie an diesen Punkt geführt hatte: Wie sie auf die seltsamen Energiewerte des Planeten hingewiesen und diese hinterfragt hatte – und wie sie nur zwei Tage später der Expedition zugeteilt worden war.

Nein, steiger dich da nicht rein. Nicht alles musste eine Verschwörung sein. Manchmal passierten einfach schreckliche Dinge. Es gab wahrscheinlich eine viel einfachere Erklärung, und sich mit wilden Hypothesen verrückt zu machen, half ihr in dieser Lage auch nicht weiter.

Evan blickte über die Schulter. „Ich will mir den Rest der Daten ansehen, aber ich glaube nicht, dass wir das hier tun sollten. Es ist möglich, dass diejenigen, die Leichen aufgestapelt haben, gar nicht von diesem Schiff stammen.“

Ihr zog sich die Brust zusammen. „Was, wenn sie auf dem Weg zu unserem Lager sind? Und zwar nicht, um uns zu retten?“

Evan fluchte leise. „Wir beide können es nicht mit Leuten aufnehmen, die Raketen zur Verfügung haben. Wenn sie dazu fähig sind, welche Ressourcen haben sie dann noch?“

Anyas Augen brannten, und die Verzweiflung schnürte ihr die Kehle zu. Sie zwang sich, langsam einzuatmen und die Emotionen niederzukämpfen. Jetzt zusammenzubrechen würde sie auch nicht retten. „Dieser Ort wurde zur Kolonisierung ausgewählt. Das bedeutet, man kann hier leben. Wenn wir aufgeben, sterben wir – aber wir können um unser Überleben kämpfen."

Evan erwiderte ihren harten Blick, Entschlossenheit blitzte in seinen Augen auf. „Ich bin bei dir."

Sie nickte. „Okay. Da wir schon mal hier sind, sollten wir sehen, ob noch Rationen oder Waffen an Bord sind. Sobald wir alles Brauchbare zusammengekratzt haben, suchen wir uns ein sicheres Versteck und gehen den Rest dieser Protokolle durch."

„Das ist der beste Plan, den ich heute gehört habe."

20

VORRÄTE FÜR EINE WOCHE, ein Solarladegerät, eine weitere Handfeuerwaffe und ein Impulsgewehr. Das war eine deutlich bessere Ausgangslage als vor ihrer Plünderungstour, doch Evan machte sich keine Illusionen: Wirklich sicher waren er und Anya noch lange nicht, als sie das Wrack des Militärschiffs hinter sich ließen.

Er hatte sich langsam mit dem Gedanken angefreundet, es mit wilden Tieren aufzunehmen und einen Weg zu finden, in der Wildnis zu überleben. Dieser urtümliche Nervenkitzel hatte ein Feuer in ihm entfacht, das er seit seiner Jugend nicht mehr gespürt hatte. Aber die jüngsten Enthüllungen über eine menschliche Bedrohung änderten alles.

Während er über die umgestürzten Baumstämme zurück in den Schutz des Waldes kletterte, ging er ihre nächsten Schritte durch. Anyas beharrliches Schweigen verriet ihm, dass auch sie die Entdeckungen verarbeitete und im Geist verschiedene Szenarien durchspielte.

Die naheliegende Antwort war die Rückkehr zum Lager an der Hauptabsturzstelle. In der Gruppe wären sie sicherer, und die Vorräte aus den Abwurfkapseln böten eine solide Basis für ein neues Leben auf diesem Planeten.

Doch er konnte die Tragweite ihrer Entdeckung nicht ignorieren. Das Schiff war abgeschossen worden. Sicher, es war kein massiver Dreadnought, aber ein Raumschiff direkt aus dem Orbit zu holen, war eine beachtliche militärische Leistung. Die restlichen Blackbox-Daten mussten noch ausgewertet werden; vielleicht gaben sie Aufschluss darüber, von wo genau der Schuss abgefeuert worden war. Ob er nun von einem anderen Schiff oder von der Oberfläche stammte – für Evan bestand kein Zweifel mehr: Es gab noch andere Menschen auf Aethos. Und da ihre Taten zum Tod von Tausenden geführt hatten, gab es keine andere Wahl, als sie als Feinde zu betrachten.

Evan sah keine Möglichkeit, gegen einen so überlegenen Gegner offen zu bestehen. Sie waren waffentechnisch unterlegen, und dort draußen waren mit Sicherheit mehr Leute als nur sie beide. Das ließ nur eine Option.

„Anya, wir können nicht zum ursprünglichen Lager zurückkehren." Evan sprach die Worte ohne Emotionen aus – rein sachlich.

Sie verlangsamte ihre Schritte und sah zu ihm hinüber. „Aber wir müssen sie warnen. Wie sollen wir das ohne Funk tun, wenn wir nicht persönlich hingehen?"

„Entweder sind die Leute auf diesem Planeten bereits auf der Jagd nach ihnen, oder sie wissen noch gar nichts von den anderen Überlebenden. Wenn wir jetzt dorthin gehen, führen wir den Feind vielleicht direkt zu ihnen." Ihm drehte sich der Magen um. „Ich sage das ungern, aber ich glaube, es ist für alle sicherer, wenn wir erst mal fernbleiben."

„Hältst du es für möglich, dass wir beobachtet werden?"

„Ich habe keine Anzeichen dafür gesehen, aber im Moment kann ich gar nichts mehr ausschließen."

Anya nickte ernst. „Ich habe einen Ort im Sinn, an den wir uns zurückziehen könnten – vorausgesetzt, wir können reisen, ohne eine Spur zu hinterlassen."

Er trat einen Schritt näher an sie heran und neigte den Kopf, um ihr direkt ins Ohr zu flüstern: „Wohin?"

„Es gibt ein paar Höhlen, die wir bei der ersten Kartierung entdeckt haben. Vielleicht ein oder zwei Tagesmärsche von hier entfernt", flüsterte sie zurück. „Das liegt genau in der entgegengesetzten Richtung zum Lager."

Evan trat zurück und kehrte zu seiner normalen

Sprechlautstärke zurück: „Das klingt nach einem klugen Schachzug. Aber je mehr ich darüber nachdenke, desto unwahrscheinlicher ist es, dass die Angreifer nichts vom Lager wissen. Man steuert keine Rakete ins Ziel, ohne über beträchtliche Aufklärungsmittel zu verfügen. Wir beide sind klein genug, um vielleicht unentdeckt geblieben zu sein, aber die Landekapseln sind eine andere Hausnummer. Ganz zu schweigen davon, dass wir den anderen gesagt haben, sie sollen ein Signalfeuer entfachen. Nur weil wir es vom dichten Dschungel aus nicht sehen konnten, heißt das nicht, dass sie es nach dem Regen nicht doch angezündet haben."

Sie runzelte die Stirn. „Vielleicht finden wir einen Weg, ihnen aus der Ferne zu helfen."

Falls überhaupt noch jemand übrig ist ... Er schob den Gedanken sofort beiseite. Sie kannten die Motive der Angreifer immer noch nicht.

„Wir können jagen, und ich habe den Bioanalysator, um essbare Pflanzen und Früchte zu bestimmen", fuhr Anya fort. „Wir haben das Zelt, die Thermofolien und hoffentlich den Unterschlupf, den ich erwähnt habe. Es wird nicht gerade glamourös, aber wir kriegen das hin."

Er lächelte müde. „Einen derart ausgedehnten Campingausflug hatte ich mir unter dem Leben auf Aethos nicht vorgestellt."

„Ich auch nicht. Ich schätze, das ist die Strafe für all meine Beschwerden, dass ich mal dringend Urlaub bräuchte."

Evan gab Anya ein Zeichen, still zu sein, als sie tiefer in den Wald vordrangen. Das dichte Unterholz bot zwar ideale Deckung, um jemandem ungesehen zu folgen, aber es war für einen Menschen fast unmöglich, sich lautlos durch das Gestrüpp zu bewegen. Evan setzte seine Schritte so behutsam wie möglich und achtete auf jedes Knacken, das auf einen Verfolger hindeuten könnte.

Anya orientierte sich kurz und schlug dann die Richtung zu den Koordinaten ein, an denen die Höhlen verzeichnet waren. Evan hatte keine Möglichkeit, ihre Angaben zu überprüfen, aber er vertraute ihrer Führung blind. Nach allem, was sie an diesem Tag erlebt hatten, war es eine Erleichterung, die Verantwortung für den Weg jemand anderem zu überlassen.

Während sie marschierten, setzte er das Puzzle in seinem Kopf weiter zusammen und prüfte jeden Hinweis auf seine Stichhaltigkeit. Normalerweise genoss er die Herausforderung, ein Bild ohne Vorlage zu rekonstruieren. Doch diesmal fühlte es sich anders an – die Gewissheit, dass es keine Notfallevakuierung und keine zweite Chance gab, verlieh der Sache eine tödliche Schwere. Entweder er löste das Rätsel, oder sie würden hier draußen sterben.

Nach einem Kilometer schweigenden Marsches war Evan zuversichtlich, dass sie nicht verfolgt wurden. „In Ordnung, ich glaube, wir sind fürs Erste sicher. Aber wir sollten unsere Stimmen trotzdem senken."

„Dieser Tag ist definitiv anders verlaufen als erwartet", antwortete Anya leise.

Evan behielt die Umgebung weiterhin scharf im Auge. „Ich muss ständig darüber nachdenken, was hinter diesem Angriff stecken könnte."

„Ich auch. Ich bin im Geist jedes Gespräch aus meiner Zeit bei NovaTech durchgegangen, um zu sehen, ob ich irgendeinen Hinweis übersehen habe."

Evan nickte. „Ich weiß, dass ich mich vielleicht zu sehr darin verrenne. Mein letzter Auftrag war verdammt hart und hat mich dazu gebracht, alles und jeden infrage zu stellen. Manchmal frage ich mich, ob es hier gar keine riesige Verschwörung gibt, sondern eine ganz simple Erklärung."

„Und die wäre …?"

„Dass es purer Zufall ist, dass wir beide hier gelandet sind – eine von tausend Wendungen, die das Leben für uns bereitgehalten haben könnte. Und dass zufällig schon andere Leute vor uns auf diesem Planeten waren."

Sie warf ihm einen skeptischen Seitenblick zu. „Okay", sagte sie nach einer Pause, „ich kann die Möglichkeit nicht widerlegen. Aber es ist extrem unwahrscheinlich, dass schon vor uns

Menschen hier waren.“

„Etwa so unwahrscheinlich wie alles andere, was uns in der kurzen Zeit hier begegnet ist.“

„Stimmt auch wieder. Sieh uns an: Wir trotzen allen Statistiken!“

„Nicht wahr? Aber im Ernst, es ist möglich, dass kriminelle Gruppierungen von der geplanten Kolonie-Expedition erfahren haben und beschlossen, schon im Vorfeld hierherzukommen.“

„Ich wüsste zwar nicht, warum jemand das tun sollte, aber ausschließen kann ich es nicht.“

„Ein Kolonieschiff hat Unmengen an wertvollen Materialien an Bord“, gab Evan zu bedenken. „Das wäre ein verdammt fetter Fang.“

„Also ist jemand den ganzen Weg hierhergekommen, nur um uns auszurauben?“

„Denk mal drüber nach: Wer die Mittel hat, zu einem so abgelegenen Planeten zu reisen, der weiß auch, dass die Expedition von Militär eskortiert wird. Man wäre also darauf vorbereitet, den Schutz auszuschalten, wenn man fette Beute machen will. Genau so würde ich vorgehen, wenn ich das Kolonieschiff plündern wollte. Aber der Hinterhalt ging schief und unser Schiff wurde ebenfalls erwischt – wahrscheinlich ein reiner Unfall –, woraufhin beide Schiffe abstürzten. Die Plünderungen auf dem Militärwrack haben wir ja schon gesehen; es passt ins Bild, dass sie es auf die Vorräte abgesehen haben.“

„Das ergibt tatsächlich viel mehr Sinn als eine riesige Verschwörung, in die NovaTech verwickelt sein soll.“

Er nickte. „Ich habe allerdings immer noch keine Erklärung für den erschossenen Verbindungsoffizier in der Rettungskapsel.“

„Vielleicht von einem eingeschleusten Piraten hingerichtet?“, spekulierte Anya.

„Möglich.“

Sie schüttelte den Kopf. „Es ist immer noch nicht ganz schlüssig, aber es fühlt sich plausibler an als unser anfängliches ‚alles ist eben gleichzeitig schiefgegangen‘.“

„Murphy wäre enttäuscht über deinen mangelnden Glauben

an sein Gesetz.“

Sie lächelte schwach. „Ich denke, Murphy und ich werden schon noch eine gemeinsame Basis finden.“

„Das zeigt mal wieder, dass man überall Feinde sieht, wenn man erst mal nervös ist.“

„Ja, ich war schon fast so weit zu glauben: ‚Sie haben mich hierhergeschickt, um mich loszuwerden‘.“

Evan stutzte und blieb stehen. „Warum sollten sie das tun, Anya?“

„Ach, nichts weiter.“

„Ernsthaft?“ Er verschränkte die Arme. „Ich habe mich dir gegenüber geöffnet, aber du willst Geheimnisse vor mir haben? Was weißt du, das du mir bisher verschwiegen hast?“

„Du hast recht.“ Ihr Blick verlor sich in der Ferne, und sie schluckte schwer. „Ich hätte früher etwas sagen sollen. Ich glaube, ich habe versehentlich etwas gesehen, das nicht für meine Augen bestimmt war. Es ist möglich, dass sie mich als Teil einer Vertuschungsaktion hierhergeschickt haben.“

„Und mit ‚sie‘ meinst du NovaTech?“

Sie nickte. „Aber das ist doch verrückt. Oder etwa nicht?“

„Im Moment scheint mir gar nichts mehr zu verrückt zu sein.“

„Ich hoffe wirklich, dass ich mir das alles nur einbilde.“

Er legte ihr sanft eine Hand auf die Schulter. „Anya, wie kommst du darauf? Was hast du gesehen?“

„Erinnerst du dich an die seltsamen Energieausschläge, die wir während der ersten Sondierung gemessen haben? Das Ganze war zwar eigenartig, aber wir hatten es als natürliche elektrische Aktivität abgetan. Statische Aufladungen können aus vielen Gründen entstehen; es ist zwar selten, aber es gibt Präzedenzfälle. Deshalb schrillten bei uns keine Alarmglocken. Aber jetzt, wo ich das Bild dieser Rakete gesehen habe, lässt mich ein Gedanke nicht mehr los: Diese Energiewerte entsprechen ziemlich genau dem, was man von einer unterirdischen Basis erwarten würde.“

Seine Augen weiteten sich. „Willst du damit sagen, auf diesem Planeten könnte es bereits eine Kolonie geben?“

„Vielleicht. Ich weiß es nicht." Sie wischte sich mit dem Handrücken den Schweiß von der Stirn. „Nichts von alldem ergibt noch einen Sinn."

„Ich bin davon ausgegangen, dass die Rakete von einem anderen Schiff abgefeuert wurde, aber ..." Er sammelte sich. „Was, wenn dieser Planet als eine Art Außenposten für das organisierte Verbrechen dient?"

„Das hier ist das absolute Nirgendwo. Es ist kein leichtes Unterfangen, so weit von den Kernwelten wegzukommen."

„Kriminelle operieren schon seit Jahrzehnten in den Randgebieten – vielleicht sogar länger. Es ist gut möglich, dass es hier eine Basis gibt, von der niemand außerhalb ihrer Kreise weiß."

„Kommt das aus deiner Undercover-Zeit oder ist das Allgemeinwissen?"

„Man lernt viel über die Schattenseiten der Raumfahrt, wenn man auf einem Frachter aufwächst. Solange ich denken kann, höre ich Gerüchte über zwielichtige Netzwerke, die in den Randsektoren ihr Unwesen treiben."

Sie schürzte nachdenklich die Lippen. „Wenn irgendeine kriminelle Vereinigung diesen Planeten beansprucht hat, würden sie das geheim halten wollen. Und sie würden ihn verteidigen. Ich fange an zu begreifen, wie wir da hineingeraten sein könnten – auf die denkbar schlimmste Weise."

„Vielleicht war es nicht einmal reiner Zufall. Sie könnten Agenten bei NovaTech eingeschleust haben."

Anya starrte ihn entgeistert an. „Im Ernst?"

„Einige dieser Organisationen sind extrem mächtig – mächtig genug, um es mit den großen Konzernen aufzunehmen. Der größte Unterschied ist eigentlich nur, wie viel von ihren Operationen sie bereit sind, mit der Regierung zu teilen."

„Ganz ehrlich? Ich kann den Reiz verstehen, einfach abtrünnig zu werden."

Evan musterte sie überrascht. „Dass ich das mal von dir höre."

„Warum? Hältst du mich für eine fanatische

Regelbefolgerin?“

„Eher schon, ja.“

Sie zuckte mit den Schultern. „Gerade weil ich mich immer an die Regeln halte, weiß ich, wie verdammt einengend sie sein können. Und sieh dir doch an, wohin uns das gebracht hat! Jahrelange Planung, regulierte Kontrollen – und trotzdem ist das Schiff abgestürzt und wir sind hier gestrandet. Am Ende wird uns wohl gerade das Übertreten von Grenzen retten.“

Er lächelte. „Diese Seite an dir gefällt mir.“

Anya grinste zurück. „Weißt du was? Mir auch! Scheiß auf die Vorschriften, oder? Einfach die Dinge durchziehen!“

Evan lachte kurz auf, bremste sich aber sofort, um nicht zu laut zu werden. „Erinnere mich daran, mich niemals zwischen dich und dein Ziel zu stellen.“

„Gut, dass wir auf derselben Seite stehen.“

Ihr Weg durch den Wald kreuzte nun einen deutlichen Wildpfad, der in die richtige Richtung führte. Ein Blick zurück ließ vermuten, dass sie schon eine ganze Weile parallel dazu gelaufen waren.

„Die Sache mit dem organisierten Verbrechen ist trotzdem erst mal nur eine Vermutung“, sagte Evan wieder ernster. „Ich will keine voreiligen Schlüsse über unsere Gegner ziehen und dann auf dem falschen Fuß erwischt werden.“

„Stimmt.“ Sie nickte. „Wir müssen auf alles gefasst sein. Man verfängt sich nur zu leicht in seinen eigenen Verschwörungstheorien.“

„Davon kann ich ein Lied singen“, gestand Evan. „Nach allem, was mich hierhergeführt hat, neige ich dazu, mich verraten zu fühlen und hinter jeder Ecke Verrat zu wittern.“

„Ich …“ Anya brach abrupt ab. „Ich glaube, wir suchen beide nur nach jemandem, dem wir die Schuld geben können“, sagte sie nach einer Pause.

„Das Leben stellt uns eben manchmal auf die Probe. Ich schätze, das hier ist eine davon.“

„Da stimme ich dir zu.“

„Und wenn ich eines auf Aethos lerne, dann, dass wir einen

kühlen Kopf bewahren müssen. Keine voreiligen Schlüsse." Evan sagte das mehr als Ermahnung an sich selbst denn als Rat für Anya.

Seine Zeit beim Noche-Syndikat hatte ihm die Abgründe der Gesellschaft offenbart und sein Weltbild grundlegend erschüttert. Bestechungsgelder in Konzernen waren an der Tagesordnung, und er konnte die Möglichkeit nicht ausschließen, dass es eine dunkle Verbindung zwischen NovaTech-Insidern und der kriminellen Organisation gab, die hier auf Aethos ihr Unwesen trieb. Schon ein einziger, gut platzierter Kontakt hätte die Expedition zur Zielscheibe machen können. Doch solange er nicht sicher wusste, wer darin verwickelt war, wollte er Anyas Misstrauen nicht noch weiter befeuern.

Die Wahrheit war: Sie saßen unter erbärmlichen Bedingungen auf einer unvollständigen Datenlage fest. Sein Training sagte ihm, dass sie tief durchatmen, die Fakten studieren und sich neu formieren mussten. Priorität hatte ein sicheres Versteck, um die restlichen Flugdaten auszuwerten. Erst dann konnten sie eine fundierte Entscheidung treffen.

Evan hatte diesen Entschluss gerade gefasst, als ihm ein Abdruck auf dem Boden ins Auge sprang. „Warte mal." Er hockte sich hin, um die Stelle genauer zu inspizieren.

Die Vertiefungen waren zu deutlich, um natürliche Überbleibsel des Regens zu sein. Es waren Spuren. Stiefelabdrücke.

Er fing Anyas Blick auf. „Das hier ist vielleicht doch nicht nur ein Wildpfad. Die Frage ist: Stammen sie von Überlebenden oder von den Leuten, die das Eskortschiff abgeschossen haben?"

Sie verzog das Gesicht und blickte zurück in Richtung des zerborstenen Schiffswracks. „Du hast den Zustand der Leichen da drinnen gesehen. Glaubst du wirklich, dass da jemand lebend rausgekommen ist?"

„Wer angeschnallt war, hatte vielleicht eine Chance. Aber ich halte es für wahrscheinlicher, dass diese Abdrücke jemandem gehören, der ohnehin schon auf dieser Welt war."

„Glaubst du, sie führen zu ihrer Basis?"

Die Spuren verloren sich im dichten Gestrüpp, und weite Teile des Bodens waren mit federndem Moos bedeckt, das jede Fährte schluckte. Es war unmöglich zu sagen, wie viele Menschen hier vorbeigekommen waren - oder wann.

„Gut möglich. Das stellt uns vor eine schwere Entscheidung: Finden wir heraus, wer das ist? Oder bleiben wir beim Plan und verstecken uns?“ Die Logik flüsterte ihm zu, dass Untertauchen immer noch die richtige Wahl war, doch die Neugier drohte, die Vernunft zu überstimmen.

Anya brauchte einige Sekunden für ihre Antwort. „Wenn wir uns jetzt verstecken, tun wir das vielleicht für den Rest unseres Lebens. Es gibt doch dieses Sprichwort über das ‚nicht kampflos abtreten‘, oder?“

„Ja, das gibt es.“ Er war fasziniert von dem Feuer in ihren Augen, das nun auch auf ihn übersprang. Sie waren angegriffen worden, und er wollte verdammt noch mal wissen, warum. In einer Höhle würden sie niemals Antworten finden. „Vergessen wir den Sicherheitsplan. Sehen wir nach, wohin diese Spuren führen.“

21

„IST ES EIGENTLICH SCHLIMM, dass mich die Gefahr geradezu aufputscht?“, fragte Anya, während sie mit Evan durch das dichte Blattwerk stapfte.

„Wahrscheinlich schon, aber mir geht es ganz genauso“, erwiderte er mit einem schmalen Lächeln.

„Ich weiß zwar nicht, wer diese Typen sind, aber sie müssen absolut skrupellos sein. Nur ein Monster würde wehrlose Kolonisten angreifen.“

„Da stimme ich dir zu.“

All der Frust und die Angst, die Anya in den letzten Tagen mühsam unterdrückt hatte, kochten nun in ihr hoch und verdichteten sich zu kalter Wut. Man hatte sie ihrer Zukunft beraubt, und sie würde nicht eher ruhen, bis sie ihrem Feind ein Gesicht geben konnte.

Solange sie geglaubt hatte, der Absturz sei ein Unfall gewesen, war sie bereit, ihr Schicksal als Gestrandete zu akzeptieren. Aethos war wunderschön, und als Xenobiologin hätte sie ihr Leben lang exotische Flora und Fauna studieren können. Eigentlich hätte sie sich nicht mehr wünschen können. Aber das war, bevor sie erfuhr, dass ihr Leben durch die egoistischen Taten irgendwelcher Schurken zerstört worden war.

Ob es nun Piraten, Söldner oder wer auch immer waren – fest stand, dass Anya und ihre Leute zur Zielscheibe geworden waren. Sie war stinksauer. Tausende Menschenleben waren sinnlos ausgelöscht worden, und die Überlebenden mussten weiter leiden. Man durfte nicht zulassen, dass die Drahtzieher dahinter ungestraft davonkamen.

Fast hätte sie über die Absurdität ihrer eigenen Einstellung laut gelacht. *Wer bin ich schon? Ich konnte mich nicht einmal gegen meinen Boss durchsetzen, als er mir diesen Auftrag aufgehalst hat – und jetzt will ich es mit einem interstellaren Verbrechersyndikat aufnehmen!*

Dennoch hatte der Zorn die Furcht verdrängt, und dieses Gefühl der Stärke war ihr weitaus lieber als die lähmende Schwäche zuvor. Vielleicht würde sie tatsächlich die Kraft finden, ihre Rachepläne in die Tat umzusetzen.

Bevor jedoch irgendein Plan Früchte tragen konnte, mussten sie die Verantwortlichen aufspüren und deren Schlagkraft einschätzen. Alleine wäre Anya völlig überfordert gewesen, aber die verdeckte Informationsbeschaffung war Evans Spezialgebiet. Sie würde die Fährte lesen, und er würde das Ruder übernehmen, sobald sie ein Ziel ausgemacht hatten.

Sie lächelte in sich hinein. *Ich fange tatsächlich an, wie eine Ermittlerin zu denken.*

Plötzlich ging der Boden unter ihren Füßen von schlammigem Gras in weiches Moos über. Anya blieb abrupt stehen; auf der federnden Oberfläche waren keinerlei Abdrücke mehr zu erkennen.

„Wo ist die Spur hin?" Panik schwang in ihrer Stimme mit. *Wir dürfen die Fährte jetzt nicht verlieren. Wir sind so nah dran!*

„Sie muss hier irgendwo wieder auftauchen." Evan ging ruhig weiter in die Richtung, der sie bisher gefolgt waren.

Anya atmete tief durch, um sich zu beruhigen. Evan hatte recht – die Spur war nicht weg, nur unsichtbar. Sie mussten lediglich den Rand der Moosfläche absuchen; irgendwo auf der anderen Seite würden sie zwangsläufig wieder auf Abdrücke stoßen.

Während Evan direkt voraus suchte, hielt sich Anya links, wo der Bewuchs lichter wurde und einen natürlichen Durchgang bildete. Tiere wählten meist den Weg des geringsten Widerstands – es war nur logisch, dass Menschen es ihnen gleichtaten.

Nach einigen Minuten stieß sie auf eine Stelle, an der das Moos in erdigen Boden mit feinem Gras überging. Der feuchte Untergrund zeigte deutlich mehrere Stiefelabdrücke, die tiefer in den Wald führten.

„Hey, ich hab die Spur wieder!", rief Anya mit einem triumphierenden Grinsen.

Evan schlug sich durch das Unterholz zu ihr durch. „Gute Arbeit."

„Es stellt sich heraus, dass Menschen viel leichter zu verfolgen sind als winzige Kaninchen - zumindest, wenn sie sich keine Mühe geben, ihre Fährte zu verwischen."

„Stimmt. Und wir sollten sie nicht wissen lassen, dass wir ihnen an den Fersen kleben. Das Überraschungsmoment ist so ziemlich das Einzige, was wir auf unserer Seite haben."

„Hey, wir haben Witz und Charme im Überfluss. Verkauf unser Underdog-Duo nicht unter Wert."

Er lächelte kurz. „Verzeih mir."

„Ausnahmsweise", scherzte sie zurück.

Doch Evans Lächeln erlosch abrupt. Er erstarrte mitten in der Bewegung, die Augen auf die Bäume gerichtet, die Ohren gespitzt. Anya folgte sofort seinem Beispiel. Sie sah und hörte zwar nichts, verharrte aber absolut reglos.

Nach einer gefühlten Ewigkeit entspannte sich Evan wieder. „Für eine Sekunde dachte ich, ich hätte Stimmen gehört."

„Wir kommen ihnen wohl näher."

„Wir sollten das Plaudern ab hier einstellen", flüsterte er. „Nicht, dass ich unsere Unterhaltungen nicht genießen würde."

„Tarnung geht vor Geselligkeit. Mein neues Motto."

Den Worten ließen sie Taten - oder vielmehr Schweigen - folgen. Sie schlichen weitere zwanzig Minuten durch das Dickicht, bis die Bäume plötzlich zurückwichen und den Blick auf eine Wiese freigaben.

Evan gab Anya ein Zeichen, das Tempo zu drosseln und den ausgetretenen Pfad zu verlassen. Sie hielten sich im Schatten der Bäume und nutzten Büsche als Deckung, während sie sich vorsichtig vorarbeiteten.

Am Rand der Lichtung hatten sie freies Sichtfeld. Auf den ersten Blick wirkte die Wiese verlassen, wäre da nicht ein massiger Hügel gewesen, der unter einer großflächigen Tarnplane verborgen lag.

„Ich will verdammt noch mal wissen, was darunter ist", flüsterte Anya.

„Ich auch."

„Glaubst du, wir können es wagen? Ich sehe niemanden."

Vögel sangen, Insekten summten, aber die warme Brise trug keine menschlichen Stimmen herüber. Falls es einen Wachposten gab, war er entweder perfekt getarnt oder verhielt sich totenstill.

„Gehen wir auf Nummer sicher", sagte Evan. Er suchte sich einen armdicken Ast und schleuderte ihn mit Wucht in die Mitte der Lichtung. Das Holz segelte durch die Luft und landete mit einem lauten Knacken, als es beim Aufprall zersplitterte.

Anya und Evan verharrten in völliger Reglosigkeit und warteten auf eine Reaktion. Nichts geschah.

Nach zwei Minuten erhob sich Evan langsam. „Ich sehe nach. Warte hier."

„Nicht schon wieder. Lass mich gehen – aus demselben Grund wie beim letzten Mal."

Er zögerte sichtlich.

„Kämpf nicht dagegen an." Anya schlich bereits aus ihrem Versteck und tauchte vier Meter entfernt im hohen Gras auf, bereit für den Vorstoß.

Beiläufig schlenderte sie auf die Wiese hinaus, bemüht, vollkommen harmlos zu wirken, falls sie wirklich beobachtet wurde. Trotzdem beruhigte sie das ungewohnte Gewicht der Handfeuerwaffe in ihrem Hosenbund ungemein. Evans dreißigsekündige Kurzeinweisung am Wrack hatte sie zwar nicht in eine Meisterschützin verwandelt, aber das Metall an ihrer Hüfte war ein gewaltiger Vertrauensschub.

Anya blieb in der Mitte der Lichtung stehen. „Hey, was ist das hier?", fragte sie laut genug, um jeden potenziellen Beobachter aus der Reserve zu locken. Den Köder zu spielen war schließlich witzlos, wenn man sich dabei anschlich.

Als niemand auftauchte, packte Anya eine Ecke der Plane und schlug sie zurück. Darunter kamen mehrere schlammverschmierte Kisten mit deutlichen militärischen Markierungen zum Vorschein. Höchstwahrscheinlich Ausrüstung, die aus dem abgestürzten Schiff geborgen worden war.

„Ich weiß nicht, wer das Zeug hier deponiert hat, aber im Moment ist niemand in der Nähe", rief Anya laut genug für Evan.

Er tauchte aus dem Schatten der Bäume auf – allerdings an einer völlig anderen Stelle, als sie ihn vermutet hätte. „Wir wissen aber nicht, wann sie zurückkommen", sagte er, während er den Stapel aus der Ferne taxierte. „Wahnsinn, das ist eine Menge Material."

„Entweder haben ein Dutzend Leute das alles auf einmal hierhergeschleppt, oder jemand ist verdammt oft hin- und hergelaufen. Wir sind etwa eine Stunde vom Wrack entfernt, oder?"

„Kommt hin. Für mehrere Gänge ist das zu weit. Ich schätze, wir haben es mit einer beträchtlichen Gruppe zu tun."

„Ganz zu schweigen davon, dass es keine Spuren gab, die in die entgegengesetzte Richtung führten", gab Anya zu bedenken.

„Stimmt. Das bedeutet entweder, dass die Leute, die das hierhergebracht haben, direkt mit dem abgestürzten Schiff angekommen sind – oder sie nutzen für den Rückweg zu ihrer Basis eine völlig andere Route."

„Wie dem auch sei", Anya sah sich unruhig um, „warum lassen sie es dann einfach hier im Nirgendwo liegen?"

— — —

Evan konnte nicht leugnen, dass ein herrenloses Vorratslager für ihr langfristiges Überleben ein Geschenk des Himmels wäre. Doch genau da lag das Problem – es war viel zu bequem, dass jemand diese Kisten fast ungetarnt im Freien zurückgelassen hatte.

Entweder waren sie gerade in eine Falle getappt, oder ihre

Gegner fühlten sich ihrer Sache so sicher, dass sie sich jegliche Vorsichtsmaßnahmen sparten. Dieses Maß an Hybris ließ nur einen Schluss zu.

„Das ist nicht das Werk von Piraten - bei denen dreht sich alles um versteckte Beutedepots. Ein Lager wie dieses folgt militärischem Protokoll: leicht zugänglich, schnell zu finden. Ich schätze, wer auch immer das Zeug hierhergebracht hat, gehört zu den Überlebenden des Absturzes und musste es aus irgendeinem Grund zurücklassen."

„Das würde auf ein größeres Ziel hindeuten", überlegte Anya. „Man nimmt langsames Vorankommen nur in Kauf, wenn die Vorräte den Aufwand wert sind."

„Es sei denn, es gab dringende Gründe, das Tempo zu forcieren", warf Evan ein. Ihm fielen auf Anhieb ein Dutzend Szenarien ein, warum Schnelligkeit plötzlich Vorrang vor dem Transport hatte. Die Plane diente offenbar nur dem Wetterschutz, nicht der Tarnung. Man ging wohl davon aus, jederzeit zurückkehren zu können.

„Ich wünschte wirklich, wir wüssten, wer diese Rakete abgefeuert hat", murmelte Anya.

„Ich auch." Das war für Evan der frustrierendste Teil. Ohne zu wissen, wie viele Parteien hier mitmischten, war es fast unmöglich, Motive und Handlungen zu durchschauen.

Er wollte glauben, dass überlebende Soldaten des Begleitschiffs den Kolonisten helfen würden, aber eine solche Annahme konnte einen das Leben kosten. Soweit er wusste, hätten sie in den Plan eingeweiht sein können. Dass ausgerechnet sie überlebt hatten, während fast alle anderen auf dem Schiff starben, war entweder unfassbares Glück - oder sie hatten genau gewusst, dass sie sich auf einen harten Aufprall vorbereiten mussten.

Und wer lässt jetzt den Verschwörungstheorien freien Lauf? Die Wahrheit war: Er wusste nicht genug für handfeste Schlüsse. Er wusste nicht einmal genug für fundierte Spekulationen.

„Warten wir hier darauf, dass sie zurückkommen, um das Zeug zu holen, oder ziehen wir weiter?", fragte Evan schließlich.

„Was denkst du?"

„Ich frage dich", entgegnete er. „Was sagt dir dein Bauchgefühl?"

„Ich glaube nicht, dass du wissen willst, was ich wirklich denke."

„Doch, egal wie verrückt es klingt."

Anya seufzte tief. „Okay. Der düstere Gedanke, der mir ständig durch den Kopf geht, ist: Was, wenn es nie vorgesehen war, dass wir den Absturz überleben? Wir sind davon ausgegangen, dass das Kolonieschiff ein Kollateralschaden der Explosion war. Aber was, wenn es von Anfang an ein Ziel war?"

Er nickte langsam. „Ich wollte diese Möglichkeit nicht wahrhaben, aber du könntest recht haben."

„Tief im Inneren wusste ich, dass an der ganzen Sache etwas faul ist." Sie schüttelte den Kopf. „Ich habe versucht, es wegzurationalisieren oder Alternativen wie die Piratentheorie zu finden, aber ich komme immer wieder zum selben Punkt: Diese gesamte Expedition war von Anfang an ein einziges, massives, abgekartetes Spiel."

Es gab zu viele Puzzleteile, als dass man eine groß angelegte Inszenierung noch leugnen konnte – da musste Evan ihr zustimmen. Er wollte es nicht wahrhaben, doch die Beweise häuften sich: Dieser Planet war alles andere als eine unberührte Welt, die friedlich auf die erste menschliche Siedlung wartete.

„Spiel deine Theorie mal zu Ende", sagte Evan. „Angenommen, die Expedition war ein abgekartetes Spiel. Warum das alles?"

„Ich weiß es nicht … Vielleicht wurde die Kolonisierung nur als Deckmantel benutzt, um ein schwer bewaffnetes Schiff für ganz andere Zwecke hierherzubringen."

„In Anbetracht dieser Rakete scheint es hier tatsächlich eine feindliche Streitmacht zu geben. Damit könntest du auf der richtigen Spur sein."

„Die Fehlfunktionen auf unserem Kolonieschiff wurden durch mehr als nur die Explosion des Kreuzers verursacht", fuhr Anya fort. „Ich glaube fest an Sabotage, die schon die Evakuierung zum Desaster gemacht hat. Wer auch immer dahintersteckt, wollte keine Überlebenden - weder militärische noch zivile. Zeugen sind lose Enden."

Evan sah Anya ernst an. „Vergiss den naiven Mut von vorhin. Uns zu verstecken ist momentan unsere einzige Option."

„Evan …"

„Was soll ich sonst sagen, Anya? Meine beste Vermutung ist, dass es auf diesem Planeten etwas gibt, das mehrere Fraktionen kontrollieren wollen, und wir sind mitten in diesen Machtkampf geraten. Ich weiß nicht, wer diese Leute sind, aber sie haben sowohl die Mittel als auch die Skrupellosigkeit, Schiffe zu sprengen und tausende Menschen zu opfern, um ihre Ziele zu erreichen. Willst du dich wirklich mit solchen Gegnern anlegen?"

„Nein. Du hast recht."

Er vertraute ihr. Und soweit er das beurteilen konnte, vertraute sie ihm. Das machte sie allerdings zu zwei Menschen gegen den Rest der Welt - oder wahrscheinlicher gegen Widersacher, deren Verbindungen bis tief in die Kernwelten reichten. Je länger er darüber nachdachte, desto klarer wurde ihm: Ein militärisches Eskortschiff wurde nicht ohne Grund vernichtet. Das hier war Teil von etwas viel Größerem.

Ich hätte niemals an dieser Expedition teilnehmen dürfen. Damals war die Flucht als der beste Schachzug erschienen, während ihm das Noche-Syndikat im Nacken saß. Doch im Vergleich zu dem, was hier vorging, wirkte das Syndikat plötzlich wie das geringste seiner Probleme. *In was, um alle Planeten, bin ich da hineingestolpert?*

22

EVANS KOPF SCHWIRRTE von den ständigen Richtungswechseln. Die Fragen nach dem Wer und Warum spukten immer noch in seinem Hinterkopf herum, doch sein Überlebensinstinkt hatte sich mittlerweile mit aller Macht in den Vordergrund gedrängt. Die Lage war ihnen längst über den Kopf gewachsen; sich in einer Höhle zu verkriechen, blieb vorerst ihre beste Option.

Bevor sie diese Sicherheit jedoch erreichen konnten, lag noch ein tagelanger Marsch durch potenziell feindliches Territorium vor ihnen.

Auch Anyas Miene hatte sich seit ihrem letzten Gespräch verdüstert. Nachdem sie endlich die Gedanken ausgesprochen hatten, die zuvor zu abwegig erschienen waren, war es alarmierend festzustellen, dass sie exakt dieselben Verdächtigungen hegten. Entweder waren sie sich ähnlicher, als ihnen bewusst gewesen war, oder die Indizien waren schlicht zu offensichtlich, um sie noch länger zu ignorieren.

Der einzige Lichtblick inmitten der Ungewissheit war das Gefühl, nicht allein zu sein. Sich isoliert in einer Höhle zu verstecken, wäre ein unerträglich trostloser Gedanke gewesen, aber mit Anya an seiner Seite wirkte das Szenario fast wie ein Neuanfang. Ein Teil von ihm freute sich sogar darauf, mit ihr ein Lager aufzuschlagen und die Gelegenheit zu haben, sich endlich näherzukommen.

„Es wäre extrem abgefuckt, wenn NovaTech da wirklich mit

drinstecken würde“, bemerkte Anya, während sie mechanisch einen Fuß vor den anderen setzten.

„Nenn mich zynisch, aber mich würde es nicht einmal überraschen.“

„Echt jetzt?“

„Sicher. Die Öffentlichkeit zu belügen, um Macht und Profit zu sichern, ist so alt wie die menschliche Zivilisation.“

„Stimmt.“ Sie seufzte schwer. „Manche Dinge ändern sich wohl nie.“

„Aber im Laufe der Geschichte gab es auch immer die mutigen Seelen, die Korruption aufdecken, um die Welt ein Stück besser zu machen – auch wenn diese Siege oft nur von kurzer Dauer sind.“

„Änderst du etwa schon wieder deine Meinung darüber, dass wir uns verstecken sollten?“

„Ich habe nie behauptet, dass wir in diesem Szenario die mutigen Seelen sind.“

„Irgendwie möchte ich das aber trotzdem sein“, gab Anya leise zu.

Er konnte nicht anders, als ihren Durst nach der Wahrheit zu bewundern. Er teilte diese Leidenschaft; ihre Geistesverwandtschaft war in diesem Moment fast greifbar. „Am Leben zu bleiben hat Priorität. Wir können niemandem helfen, wenn wir tot sind.“

„Ja, der Versuch, das Richtige zu tun, wenn einem die Sache über den Kopf wächst, ist ein aussichtsloses Unterfangen. Hab ich schon hinter mir.“

„Wie meinst du das?“, fragte er und horchte auf.

„Darüber darf ich nicht sprechen.“

Was war aus dem Vorsatz geworden, ehrlich zueinander zu sein? Er warf ihr einen anklagenden Seitenblick zu. „Kannst du nicht oder willst du nicht?“

„Geheimhaltungsvereinbarung.“

Er breitete die Arme aus. „Komm schon, du machst dir ernsthaft Sorgen, eine Geheimhaltungsvereinbarung zu verletzen? Wem soll ich es denn erzählen? Ich habe dir mein

Vertrauen geschenkt und mein Geheimnis offenbart. Ich schwöre dir: Was du sagst, bleibt unter uns."

Sie seufzte schwer. „Sagen wir einfach, ich habe ein paar wenig appetitliche Details über die Geschäftspraktiken meines Arbeitgebers erfahren. Und NovaTech hat sehr effektive Mittel gefunden, um sicherzustellen, dass wir beim Thema Diskretion einer Meinung sind."

„Sie haben dich für dein Schweigen bezahlt?"

„Das habe ich nicht gesagt." Doch ihr Blick sprach Bände; es war eine stumme Bestätigung.

Er nickte verstehend. „Ich nehme an, deine Bedenken waren ethischer Natur?"

„Jeder hat Dinge, die ihm heilig sind."

„Hatte es etwas mit dieser Expedition zu tun?"

„Nein, das ist Jahre her. Aber meine Karriere hat sich nie ganz davon erholt. Bisher dachte ich, dieser Vorfall sei der Grund, warum ich bei diesem Himmelfahrtskommando gelandet bin. Jetzt bin ich mir da nicht mehr so sicher."

„Erzähl mir, was damals passiert ist."

„Im Ernst, Evan, ich kann nicht." Sie kniff die Augen zusammen. „Es ist ja nicht so, als hättest du deine Karten komplett auf den Tisch gelegt, was deine Vergangenheit angeht."

„Wenn ich mich ganz offenbare – tust du es dann auch?"

„Warum ist das so wichtig?"

„Weil du für genau die Organisation gearbeitet hast, die uns hier vielleicht nach Strich und Faden verkauft hat! Ich wette, du sitzt auf Informationen, die verdammt wichtig sein könnten."

„Das hat damit nichts zu tun", beharrte sie.

Er warf die Hände in die Luft. „Schön, wie du meinst! Behalt deine Geheimnisse für dich, während wir hier draußen einen langsamen Tod sterben."

Sie grinste süffisant. „Ein bisschen dramatisch, findest du nicht?"

Ich dachte wirklich, wir wären weiter. Vielleicht hatte er ihr Vertrauen in ihn doch überschätzt. „Ich habe nichts mehr, woran ich mich festhalten kann", sagte er gepresst. „Unsere ‚Ermittlung' führt ins Leere. Es könnten Piraten, Söldner oder Schlimmeres hinter uns her sein. Die Tierwelt auf diesem Planeten will uns beim kleinsten Fehler fressen. Also verzeih mir, wenn ich mich an jeden Strohhalm klammere, um zu verstehen, was hier eigentlich gespielt wird!"

„Na schön." Sie fixierte ihn mit schmalen Augen. „Sag mir: Warum hast du dich entschieden, den Dienst beim Militär zu quittieren?"

„Da kamen viele Faktoren zusammen. Meine Vertragsverlängerung stand kurz nach dem Regierungswechsel an. Mir gefiel einfach nicht, in welche Richtung sich die neuen Richtlinien entwickelten."

Ihr Ausdruck wurde weicher. „Oh. Ja, ich glaube, viele haben die Zeit unter Kanzler Conroy bevorzugt." Sie schüttelte den Kopf. „Eine Schande, was mit ihm passiert ist."

„Wir tun immer so, als wäre die Raumfahrt sicher, aber im All passieren nun mal schreckliche Dinge."

Anya machte eine ausladende Geste, die ihre gesamte trostlose Umgebung einschloss. „Offensichtlich."

„Du weißt genau, was ich meine."

„Das tue ich. Und sie haben diesen Unfall gnadenlos ausgenutzt, um alles abzuriegeln, was das Leben für die meisten Menschen nur noch schwieriger gemacht hat."

Evan dachte an die dunklen Tage nach dem Shuttle-Absturz des Kanzlers zurück. Conroy war ein beliebter Anführer gewesen, und sein Tod war eine brutale Erinnerung daran, dass selbst die Mächtigen nicht unbesiegbar waren. Die darauffolgenden Unruhen und die politisch motivierten Gesetzesänderungen hatten die Kultur des Commonwealth nachhaltig vergiftet – eine Wunde, die auch fünf Jahre später noch nicht verheilt war.

„Ich bin froh, dass meine Eltern das nicht mehr miterleben mussten. Die neuen Richtlinien hätten unser kleines Familienunternehmen schlicht ruiniert."

„Ich habe gehört, dass viele kleine Betriebe so untergegangen sind. Es ist traurig", sagte Anya leise.

Er nickte. „Natürlich führte die Verschärfung der Gesetze

direkt zu einem Anstieg der Kriminalität. Ironischerweise hat das für meine Karriere wunderbar funktioniert – ich hätte wohl kaum so tief verdeckt ermitteln können, wenn die Syndikate ihre Operationen nicht derart massiv ausgeweitet hätten."

„Und sie hätten dich vermutlich gar nicht erst gebraucht, wenn es diesen Boom der Unterwelt nicht gegeben hätte."

„Stimmt auffallend."

„Glaubst du, sie haben deinen letzten Fall jemals abgeschlossen und die Hintermänner zur Strecke gebracht?", fragte Anya.

Evan spottete bitter. „Schön wär's. Aber realistisch betrachtet gibt es keine Möglichkeit, sie jetzt noch aufzuhalten, ohne das gesamte System zum Einsturz zu bringen. Sie werden hier und da ein paar Bauernopfer vor Gericht zerren, um behaupten zu können, sie würden ‚hart durchgreifen'. Aber am Ende ist das alles nur eine Show."

„Ein Klassiker."

„Ein Vorteil, wenn man hier festsitzt: Ich muss mich mit diesem korrupten Zirkus nicht mehr herumschlagen. Das ist immerhin ein Pluspunkt."

„Das klingt frustrierend. Und wo wir gerade von Frustrationen sprechen … ich schätze, es gibt wirklich keinen Grund mehr, meine frühere Arbeitssituation vor dir geheim zu halten."

Er sah zu ihr hinüber und konzentrierte sich ganz auf sie. „Ich höre zu."

„Nun, es fing alles an, als …"

Ein scharfes Rascheln im Gebüsch zu ihrer Linken ließ sie beide augenblicklich erstarren.

Evan wollte gerade nach seiner Handfeuerwaffe greifen, als ihn eine feste, tiefe Männerstimme stoppte.

„Denk nicht einmal daran. Es gibt keinen Grund, jetzt auch noch Schusswaffen in eure kleine Beziehungskrise zu ziehen." Ein muskulöser Mann mit dunkler Hautfarbe in taktischer Tarnkleidung trat aus dem Unterholz. Er hielt ein Sturmgewehr im Anschlag, das direkt auf Evans Brust zielte.

Ihm folgten drei weitere Männer von ähnlich kräftiger Statur. Jeder von ihnen bewegte sich mit militärischer Präzision und richtete seine Waffe auf Evan und Anya.

„Wie lange folgt ihr uns schon?“, fragte Evan, während er die Hände langsam hob.

„Lange genug, um dir sagen zu können: Was auch immer du glaubst, was hier vor sich geht – du hast noch nicht einmal an der Oberfläche gekratzt“, antwortete der Anführer kühl.

Evan starrte ihn wütend an. „Wer seid ihr?“

„Mein Name ist unwichtig.“

„Weil ihr uns ohnehin umbringen werdet?“

„Das hängt ganz von euch ab.“

Evan scannte die Umgebung instinktiv nach einer Fluchtmöglichkeit ab. Vier gegen zwei – die Chancen standen miserabel, zumal die Soldaten ihre Waffen bereits im Anschlag hatten. Er hätte keine Chance, seine Pistole zu ziehen, bevor sie abdrückten, und im unmittelbaren Umkreis gab es nichts, was als improvisierte Waffe taugen würde.

Lass sie reden. Er zwang sich zu einem beruhigenden Atemzug.

„Lass uns das Ganze etwas entspannter angehen“, sagte Evan und hob beschwichtigend die Hände. „Wie wäre es, wenn wir alle die Waffen senken und uns erst mal unterhalten?“

„Ich kann durchaus vernünftig sein“, erwiderte der Anführer kühl. „Legt eure Waffen langsam ab, dann tun wir das Gleiche.“

Evan und Anya griffen behutsam nach ihren Pistolen und legten sie auf den Boden. Während sie sich aufrichteten, senkten auch die Soldaten ihre Gewehre, ließen sie jedoch griffbereit.

„Schon besser“, sagte Evan und mobilisierte jeden Bruchteil seiner Ausbildung, um ruhig und charmant zu wirken, während er dem Tod ins Gesicht starrte. „Fangen wir noch mal von vorne an. Ich bin Evan, das ist Anya.“

„Nachnamen?“

„Evan Taylor.“

„Anya Rojas.“

„Tatsächlich?“ Der Anführer musterte sie mit einem Blick, in dem ein kurzes Aufblitzen von Wiedererkennen lag. „Nun, ihr könnt mich Samor nennen. Ihr seid ziemlich weit weg von der Landestelle der Rettungskapseln."

„Es ist eine lange Geschichte, wie wir hier gelandet sind."

„Gib mir die Kurzfassung."

„Wir hatten gehofft, im Wrack des Eskortschiffs ein funktionierendes Kommunikationssystem zu finden, um Hilfe zu rufen", schaltete sich Anya ein. „Aber es wurde ausgebaut. Wart ihr das?"

Samor verzog keine Miene. „Unsere Liste der Vorkommnisse ist deutlich länger als das."

„Würdest du sie mit uns teilen?", fragte Evan.

„Nein. Dazu bin ich nicht befugt."

„Was ist dann der Plan?"

„Wir nehmen euch mit", sagte Samor knapp.

„Wohin?"

„Das ist streng geheim."

Evan tauschte einen flüchtigen Blick mit Anya. Purer Schrecken stand in ihren Augen, und er teilte ihre Sorge: *Wenn wir mit diesen Männern gehen, kommen wir nie wieder zurück.*

Das hier war ihre einzige Chance – jetzt, wo die Soldaten ihre Waffen nicht mehr direkt auf sie gerichtet hatten.

Blitzartig ließ Evan sich fallen, um nach seiner Handfeuerwaffe zu greifen. Samor reagierte unmenschlich schnell und fegte die Waffe mit einem gezielten Tritt weg. Doch Evan hatte mit diesem Konter gerechnet. Stattdessen schlossen sich seine Finger um einen schweren, abgebrochenen Ast. Er taugte kaum als Waffe, aber es war besser, als mit leeren Händen zu sterben.

Mit rasendem Puls schwang er das Holz nach oben und traf Samor hart im Gesicht.

„Gah, verdammt noch mal!", brüllte der Mann auf und taumelte zurück.

Die anderen Soldaten stürmten heran. Evan trat wild um sich, doch gegen die Übermacht kam er nicht an. Einer warf sich auf seine Schultern, während ein anderer seine Beine in den

Schwitzkasten nahm. Der dritte Soldat packte Anya grob und drehte ihr die Arme auf den Rücken.

Evan bäumte sich noch einmal gegen den Griff der Männer auf, doch es war zwecklos. *Na schön, das war wohl nichts.*

Samor wischte sich das Blut von der Lippe und blickte spöttisch auf ihn herab. „Du weißt echt nicht, wann man aufgeben sollte, was?“

Evan schmeckte Eisen. Er fuhr sich mit der Zunge über die Unterlippe und stellte fest, dass sie aufgeplatzt war. „Man kann es einem wohl kaum verübeln, dass er am Leben bleiben will.“

„Wir sind nicht hier, um euch umzubringen.“

„Sicher.“ Er glaubte kein Wort von dem, was diese Männer von sich gaben.

„Ich bin mir sicher, ihr habt eine Menge Fragen – zum Beispiel, warum euer Schiff in tausend Stücke geflogen ist.“

„Der Gedanke ist mir auch schon gekommen“, presste Evan hervor.

„Es gibt mächtige Leute, die absolut keine Siedler auf diesem Planeten haben wollten“, enthüllte Samor.

Das war nicht das, was Evan als Antwort erwartet hatte. Er hielt inne und stellte den Widerstand gegen den Griff der Soldaten ein. „Warum?“

„Ich bin nicht derjenige, der euch das erklären wird.“

„Wer dann?“

„Die Person, die ihr gleich treffen werdet.“ Samor zog zwei dunkle Stoffsäcke hervor.

Anya verdrehte die Augen, auch wenn ihr die Angst ins Gesicht geschrieben stand. „Eine Kapuze? Im Ernst?“

„Wir werden euch nicht wehtun, das verspreche ich. Wir hatten reichlich Gelegenheiten, euch über den Haufen zu schießen, wenn wir das gewollt hätten.“

Die Soldaten lockerten ihren Griff um Evan, und Samor reichte ihm eine der Kapuzen.

Evan nahm sie entgegen, zögerte aber, sie überzustreifen. „Wohin bringt ihr uns?“

„Das werdet ihr früh genug erfahren.“

Er sah zu Anya hinüber. Ihr wurde gerade die zweite Kapuze gereicht. Sie tauschten einen letzten, langen Blick, dann nickte sie ihm kurz zu und zog sich den schweren Stoff über den Kopf.

„Weißt du, wir könnten deutlich schneller laufen, wenn wir sehen würden, wo wir hintreten", bemerkte Evan trocken.

Samor lächelte dünn. „Netter Versuch. Wir kriegen das schon hin."

„Einen Versuch war es wert." Widerwillig zog auch Evan sich die Dunkelheit über den Kopf.

23

EVAN KNIFF DIE Augen zusammen, als das plötzliche, grelle Licht wie Nadelstiche in seine Pupillen drang. Er sog die kühle Luft ein, die nach der stickigen Hitze unter der Kapuze fast berauschend wirkte. Seltsamerweise hatte sie dieselbe sterile, gefilterte Qualität wie die Atmosphäre an Bord eines Langstrecken-Raumschiffs.

Das ist unmöglich. Er blinzelte hektisch, um seine Umgebung und sein Gegenüber scharf zu stellen.

Er war an einen Stuhl gefesselt, seine Handgelenke fixiert an einem massiven Metalltisch. Wenn diese Möbel nicht direkt aus den Trümmern des abgestürzten Schiffs stammten, hätten sie auf diesem Planeten nicht existieren dürfen. Doch was schwerer wog: Er befand sich eindeutig in einem fest gemauerten Raum.

Sein Orientierungssinn war vollkommen dahin. Eine Stunde lang war er blind durch den Dschungel gestolpert. Anfangs hatte er bei jedem Schritt geflucht, doch mit der Zeit hatte er gelernt, die groben Stupser seines Wärters zu deuten, um Hindernisse zu umgehen und Abhänge zu meistern.

Die nächste Überraschung war das Fahrzeug gewesen. Evan konnte nicht sagen, wie groß es war, aber es hatte sich weitaus massiver angefühlt als ihr kleiner Rover. Sobald man ihm geräuschunterdrückende Ohrenschützer verpasst hatte, war jegliches Zeitgefühl im Dröhnen der Motoren versunken. Und nun saß er hier, in etwas, das er nur für einen Verhörraum halten konnte, ohne die leiseste Ahnung, was als Nächstes geschah.

„Wer sind Sie? Und was ist das hier für ein Ort?“, stieß Evan hervor. Er hatte eigentlich autoritär und fordernd klingen wollen, doch die nackte Verwirrung in seiner Stimme ließ den Tonfall verräterisch weich werden.

Hinter ihm knarrte eine schwere Metalltür. Sie schlug mit einem dumpfen Hall ins Schloss, gefolgt vom hässlichen Geräusch eines einrastenden Riegels. Langsame, gemessene Schritte näherten sich. Ein Mann mit kurz geschorenem, dunklem Haar und stechend blauen Augen trat in Evans Sichtfeld. Er trug einen militärischen Overall, ähnlich dem der Soldaten im Dschungel, doch goldene Streifen an den Ärmeln und ein markantes Rangabzeichen am Oberarm wiesen ihn unmissverständlich als Offizier aus.

Der Mann warf ein Tablet auf den Tisch. Auf dem Display flimmerten endlose Aufzählungspunkte – offensichtlich nur eine Seite aus einer sehr umfangreichen Akte.

„Du hast eine ziemlich beeindruckende Vita, Evan“, sagte der Offizier und ließ sich gegenüber auf einen Metallstuhl sinken. „Oder sollte ich dich lieber ‚Alex‘ nennen?“

Evan erstarrte. „Woher kennen Sie diesen Namen?“

„Wir haben unsere Quellen. Die Gesichtserkennung lieferte Treffer für ein halbes Dutzend Decknamen. Alex’ Heldentaten lesen sich wie ein schlechter Groschenroman. Diebstahl, Erpressung, Betrug, Schwarzmarktgeschäfte …“ Er stieß einen kurzen Pfiff durch die Zähne aus. „Du bist ein veritabler Schwerverbrecher.“

„Ich war in kriminelle Aktivitäten verwickelt, aber ich bin kein Krimineller“, korrigierte ihn Evan mit gepresster Stimme.

„Das scheint mir ein rein semantischer Unterschied zu sein.“

„Nein, da liegt ein gewaltiger Unterschied. Als ich an all diesen Dingen teilnahm, geschah das im Rahmen einer verdeckten Ermittlung.“

„Für wen hast du gearbeitet?“, hakte der Mann nach, die Augen fest auf Evans Gesicht gerichtet.

„Das Commonwealth. Ich war Ermittler bei der UPA.“

Der Offizier schürzte nachdenklich die Lippen. „Das klingt

tatsächlich nach der Geschichte, die ein Evan erzählen würde. Das Problem ist: Ich bin mir nicht sicher, welche Version von dir die echte ist."

„Meine Tarnung war lückenlos. Aber wenn Sie so viel über mich wissen, wie Sie behaupten, werden Sie sehen, dass die Identitäten von ‚Alex' und den anderen verschwimmen, sobald man tiefer als fünf oder zehn Jahre in die Vergangenheit graben will. Ich bin Evan – auch wenn ich mein wahres Ich für jeden dieser Einsätze bis zur Unkenntlichkeit begraben musste."

„Warum sollte ich dir ein Wort glauben?"

Evan spottete trocken. „Das sagt ausgerechnet der Mann mit dem Hightech-Bunker auf einem angeblich unbewohnten Planeten."

Der Offizier ignorierte den Seitenhieb und beugte sich über den Tisch. „Warum bist du hierhergekommen?"

„Das war nicht meine Entscheidung."

„Als blinder Passagier auf dem falschen Schiff gelandet?"

Evan starrte ihn wütend an. „Ich werde es so lange wiederholen, bis es endlich bei Ihnen ankommt: Ich bin kein Krimineller. Mir wurde die Passage auf dem Schiff zugewiesen, nachdem meine Tarnung aufgeflogen war, weil ich Alven Shah gerettet habe – den stellvertretenden Minister für wirtschaftliche Entwicklung."

Das überhebliche Auftreten des Mannes zerfiel im Bruchteil einer Sekunde. Sein Gesicht wurde steinern. „Was ist mit Shah passiert?"

„Er wurde vom Noche-Syndikat verschleppt. Ich bin zufällig in sein Verhör geplatzt, als ich eigentlich noch für die Gegenseite arbeitete. Ich musste meine Tarnung auffliegen lassen, um ihn da rauszuholen. Ihm zur Flucht zu verhelfen, machte mich zur Zielscheibe auf Lebenszeit. Er revanchierte sich, indem er mich auf diese Expedition setzte – meine Chance auf einen Neuanfang."

„Willst du damit sagen, dass er persönlich arrangiert hat, dass du auf diesem Kolonieschiff landest?"

„Ich weiß nicht, wer die Logistik abgewickelt hat, aber er war derjenige, der mir das Ticket in die Hand gedrückt hat."

Der Offizier wirkte plötzlich sichtlich unruhig. Er wirbelte herum. „Ich muss einige Dinge überprüfen." Ohne ein weiteres Wort verließ er den Raum. Die schwere Metalltür fiel krachend ins Schloss.

Was war das denn gerade? Evan war wieder einmal allein in dem kahlen Raum, immer noch halb geblendet vom grellen Verhörlicht.

Er hatte früher Trainingsmodule für genau solche Situationen absolviert, doch die Techniken waren nur noch verschwommene, ferne Erinnerungen. Alles, woran er jetzt denken konnte, war der stechende Schmerz in seinen gefesselten Handgelenken und die quälende Frage, ob Anya gerade dasselbe durchmachte.

Eine gefühlte Stunde verging. Sein Rücken und seine Schultern brannten vor Verspannung, verstärkt durch die gnadenlose Härte des Metallstuhls. Jedes Mal, wenn er versuchte, seine Position zu verändern, schnitten die Fesseln tiefer in seine Haut.

Schließlich wurde der Riegel erneut zurückgeschoben. Eine Gestalt trat in den Raum. Evan konnte nur die Stiefel ausmachen; alles darüber wurde von dem blendenden Licht geschluckt, das auf seine Augen gerichtet war.

„Warum bist du nicht bei den anderen Überlebenden im Lager?", fragte eine tiefe, kultivierte Stimme.

An diesem Punkt sah Evan keinen Sinn mehr im Widerstand. Die nackte Wahrheit war seine einzige Hoffnung, jemals von diesem verdammten Stuhl loszukommen. „Anya und ich sind losgezogen, um Kommunikationsequipment zu suchen. Wir wollten Hilfe rufen."

„Danke für die Kooperation. Deine Partnerin war bei weitem nicht so auskunftsfreudig, als ich eben mit ihr sprach."

Evans Puls schoss augenblicklich in die Höhe. „Sie haben ihr hoffentlich nichts getan!"

„Oh, es geht ihr gut", erwiderte der Mann beiläufig. „Nur unsere Feinde müssen sich Sorgen machen."

„Und wer genau soll das sein?"

Der Mann stieß ein kurzes, humorloses Lachen aus. „Evan, es tut mir leid, dir das so direkt sagen zu müssen, aber du bist mitten in einen Krieg gestolpert."

Evan starrte fassungslos in das gleißende Licht. „Wie bitte?"

„Dieses ganze Chaos hier … es tut mir aufrichtig leid."

Das Licht erlosch abrupt. Als sich Evans Augen schmerzvoll an die plötzliche Dunkelheit gewöhnt hatten, schälten sich die Gesichtszüge des Sprechers aus dem Schatten. Das Gesicht war unverkennbar, beinahe ikonisch – doch seine Anwesenheit ergab noch weniger Sinn als alles andere, was er in den letzten Tagen erlebt hatte.

„Kanzler Conroy?"

Der grauhaarige Mann nickte müde. „Überraschung. Ja, ich lebe noch – entgegen allen offiziellen Berichten."

Evan bewegte den Mund, unfähig, seinen Schock in Worte zu fassen. Der Mann war vor fünf Jahren bei einem Shuttle-Absturz für tot erklärt worden. Und nun stand er hier, lebendig, auf einem angeblich unbewohnten Planeten in den Randwelten. „Halluziniere ich? Habe ich den Verstand verloren?"

„Nein. Und ich kann mir nur ausmalen, wie wahnsinnig das auf dich wirken muss."

„Wie … wie ist das möglich?"

„Durch eine seltsame Wendung des Schicksals. Nicht unähnlich der Art und Weise, wie du hier gestrandet bist."

„Dafür werde ich eine wesentlich bessere Erklärung brauchen", presste Evan hervor. „Wie kommen Sie hierher? Offensichtlich haben Sie Ihren Tod vorgetäuscht."

„Nicht ganz." Conroys Schultern sanken nach vorn, sein Blick verlor sich in der Leere des Raumes. „Macht ist eine tückische Sache. Wenn man eine gewisse Position erreicht, fängt man an, sich für unbesiegbar zu halten. Man ist von Beratern umgeben, die einen glänzen lassen, selbst wenn man versagt. Man wird von Wachen beschützt, die ohne Zögern ihr Leben opfern würden. Aber trotz all dieser Privilegien kann man fallen. Und man kann verletzt werden. Als ich das wahre Ausmaß meiner Position und das Netz um mich herum begriff, wurde mir klar:

Als Geist hätte ich weitaus mehr Einfluss."

Evan sog die Worte auf, unfähig, die volle Tragweite zu erfassen. „Einfluss, um was zu tun?"

Conroy seufzte schwer. „Das ist kompliziert. Um es auf den Punkt zu bringen: Es gab einen Putsch, Evan. Die aktuelle Regierung wurde nicht rechtmäßig gewählt - ganz gleich, was man der Öffentlichkeit in den Nachrichten verkauft hat."

„Das ..." Evans Stimme erstarb. Die Behauptung war so kühn, dass sie eigentlich absurd klingen musste. Doch er befand sich auf einem fremden Planeten und sprach mit einem Toten - die Grenzen des Möglichen waren längst verschwommen.

„Du musst dich nicht auf mein Wort verlassen", fuhr Conroy ruhig fort. „Ich werde es dir beweisen."

Der Kanzler hob kurz die Hand. Ein Soldat trat lautlos in den Raum und löste die Fesseln an Evans Handgelenken.

Evan massierte stöhnend seine tauben Gliedmaßen. „Danke. Ich werde Ihnen zuhören, denn ehrlich gesagt gab es zu viele seltsame ‚Zufälle', als dass ich noch an den Zufall glaube. Aber darf ich offen sprechen?"

Conroy neigte den Kopf. „Bitte sehr."

„Warum teilen Sie Informationen dieser Tragweite ausgerechnet mit mir? Ich bin nur ein x-beliebiger Typ, der zur falschen Zeit am falschen Ort war."

„War es denn wirklich ein purer Zufall?"

Evan wollte auflachen, doch Conroys Blick war so eindringlich und ernst, dass ihm das Lachen im Hals stecken blieb. „Ich habe keine Pläne geschmiedet, um mich dieser Expedition anzuschließen. Sie wurde mir als Fluchtweg präsentiert. Ich weiß nicht, wer die Fäden im Hintergrund gezogen hat."

„Und was, wenn ich dir sage, dass fast alle Arrangements auf diesem Schiff gezielt getroffen wurden? Es gab keine Lotterie für diese Kolonie - jedenfalls keine echte. Jeder einzelne Passagier wurde ausgewählt. Es war der eleganteste Weg, zweitausend Menschen loszuwerden, ohne dass lästige Fragen gestellt wurden."

„Also gut, wir müssen das Ganze noch mal ein paar Schritte zurückgehen“, presste Evan hervor. „Wovon reden Sie da eigentlich?“

Conroy holte tief Luft. „Evan … das Noche-Syndikat hat Alven Shah nie gefangen genommen. Er hat für sie gearbeitet.“

Evan starrte ihn fassungslos an. „Was?“

„Das Treffen, das du beobachtet hast – das war kein Verhör. Es war eine geschäftliche Lagebesprechung. Du hast die gesamte Operation gesprengt, als du deine Tarnung hast auffliegen lassen, um ihn zu ‚retten‘. Aber das konnte er dir in diesem Moment schlecht sagen, ohne sich selbst als Verräter zu entlarven. Er musste mitspielen. Und er wollte verdammt noch mal sichergehen, dass du die Puzzleteile später nicht doch noch zusammenfügst. Also hat er dich auf eine Mission geschickt, die zum Scheitern verurteilt war – zusammen mit all den anderen, die aufgrund ihrer Rollen im Masterplan zu viel wussten. Du bist nur eine weitere arme Seele, die als Kollateralschaden in diesen Abgrund gezogen wurde.“

Nicht zum ersten Mal an diesem Tag verlor Evan völlig den Halt. Der Boden der Realität wurde ihm unter den Füßen weggezogen, und er stürzte ins Leere. „Ich verstehe das nicht … das ergibt keinen Sinn.“

Conroy stand langsam auf. „Wie ich schon sagte: Ich werde dir alles erklären. Aber erst einmal solltest du dich frisch machen. Danach können wir uns wie zivilisierte Menschen unterhalten.“

24

AUS IRGENDEINEM GRUND war Anya beim Betreten des winzigen Wohnquartiers nervöser, als sie es zuvor im Verhörraum gewesen war. Ein Teil davon lag an dem kratzigen, schlecht sitzenden Overall, den sie mangels Alternativen direkt auf der nackten Haut trug – verbunden mit dem Versprechen, dass ihre eigene Kleidung während des Badens gereinigt würde. Es half auch nicht gerade, dass sie Evan nicht mehr gesehen hatte, seit man ihnen die Augen verbunden und sie an diesen Ort verschleppt hatte. Und es beruhigte sie erst recht nicht, dass der totgeglaubte Ex-Anführer des Commonwealth plötzlich wie ein Phantombild vor ihr stand.

Die Enthüllungen waren zu massiv, um sie auf einmal zu verdauen, und noch immer fehlten entscheidende Puzzleteile. Eigentlich wäre dies der ideale Moment für eine heiße Dusche gewesen, um das Drama der letzten Tage einfach abzuspülen. Doch sie spürte instinktiv, dass der Wahnsinn gerade erst begann.

Im hinteren Teil der Kabine fand sie eine kompakte Nasszelle: Waschbecken, Dusche, Toilette. Echte Sanitäranlagen in einem festen Gebäude zu benutzen, war ein unerwarteter Luxus, nachdem sie sich seit dem Absturz mit primitiven Provisorien begnügen musste. Die Dusche erwies sich als eine der befriedigendsten ihres Lebens. Zu ihrem Ekel war das abfließende Wasser anfangs trübe und bräunlich – kein Wunder, dass man sie erst einmal zum Schrubben geschickt hatte, bevor man sich zur „Nachbesprechung" zusammensetzte.

Mit sauberer Haut konnte sie zum ersten Mal seit Stunden die Ranken-Verletzung an ihrem Unterarm genauer untersuchen. Die Stelle war noch gerötet und empfindlich, hatte aber bereits Schorf gebildet und schien sauber zu heilen.

Ein frischer Overall hing an der Badezimmertür, und sie schlüpfte hinein. Da es in dem kargen Raum keinerlei Elektronik oder Ablenkung gab, setzte sie sich auf die untere Pritsche und wartete.

Keine fünf Minuten später klopfte es.

Anya drückte gegen die Klinke, stellte jedoch beunruhigt fest, dass sie von außen verriegelt war. „Herein", rief sie, bemüht, ihre Stimme fest klingen zu lassen.

Die Tür wurde entriegelt und schwang auf. Eine Soldatin mittleren Alters stand im Korridor. Sie hielt einen ordentlich gefalteten Stapel von Anyas nun sauberer Kleidung und trug Anyas Rucksack über der Schulter. „Hier sind Ihre Sachen", sagte sie mit einem überraschend herzlichen Lächeln.

„Danke." Anya nahm die Kleidung entgegen und legte sie aufs Bett, dann griff sie nach dem Rucksack. Er kam ihr schwerer vor, als sie ihn in Erinnerung hatte, obwohl er kaum Ausrüstung enthielt. *Bin ich wirklich den ganzen Weg damit auf dem Rücken gerannt?* Ein kurzer Moment des Stolzes blitzte in ihr auf.

„Möchten Sie sich umziehen?"

Da sie unter dem Overall immer noch keine Unterwäsche trug, war die Antwort leicht. „Ja, das wäre großartig."

„In Ordnung. Ich warte hier und bringe Sie anschließend zum Kanzler."

Anya schloss die Tür und schlüpfte hastig in ihre eigenen Sachen. Bevor sie der Wache ein Zeichen gab, inspizierte sie den Inhalt ihrer Tasche. Wie erwartet fehlte die geplünderte Handfeuerwaffe – aber zu ihrem Ärger war auch ihr Bioanalysator verschwunden. Sie schluckte ihren Frust hinunter. „Okay, ich bin bereit."

Die Soldatin eskortierte sie aus dem Quartier und durch ein Labyrinth aus Metallkorridoren. Auch ohne Augenbinde verlor Anya in diesem sterilen Wirrwarr sofort jegliches

Orientierungsgefühl.

Als sie um eine Ecke bogen, fiel die Anspannung schlagartig von Anyas Schultern: Evan kam ihr mit seiner Begleitung entgegen. Sein Haar war noch feucht, und auch seine Kleidung wirkte frisch gewaschen. Sie konnte ein erleichtertes Lächeln nicht unterdrücken. „Evan, Gott sei Dank. Gut, dich zu sehen."

„Gleichfalls. Alles okay bei dir?" Aufrichtige Sorge lag in seinem Blick, während er sie kurz musterte.

„Ja. Aber mir schwirrt immer noch der Kopf von dem Ganzen."

„Da bist du nicht die Einzige", erwiderte er grimmig.

Alles, was Anya seit ihrer Gefangennahme im Dschungel gesehen und gehört hatte, hinterließ mehr Fragen als Antworten. Es fühlte sich an wie ein surrealer Albtraum im Wachzustand. Ihre schlimmsten Vermutungen über eine interstellare Verschwörung begannen sich nicht nur zu bestätigen, sondern das Netz schien weitaus komplexer und tiefer zu reichen, als sie es sich in ihren kühnsten Theorien hätte ausmalen können.

„Conroy sagte, er würde alles erklären, sobald wir uns frisch gemacht hätten. Ich habe vor, ihn beim Wort zu nehmen", sagte Evan mit einer Bestimmtheit, die Anya etwas Halt gab.

„Gut. Lassen wir uns die Anlage zeigen und finden heraus, was um alle Planeten hier eigentlich los ist."

Die beiden Soldaten führten sie weiter den Korridor hinunter. Sie passierten eine schwere Druckschleuse und betraten einen Raum, in dem Kanzler Conroy bereits auf sie wartete.

Der alte Mann wirkte gelassen, fast schon herzlich, und winkte ihnen kurz zu. Er hatte ein lockereres Auftreten, als Anya es von einem ehemaligen Staatsmann erwartet hätte – vielleicht ein Resultat seiner jahrelangen Isolation. „Hervorragend. Da ihr euch nun erfrischen konntet und wieder vereint seid, hoffe ich, ihr erkennt, dass ich euch nichts Böses will", sagte er glatt.

Genau das würde jemand sagen, der will, dass wir unvorsichtig werden, dachte Anya, nickte ihm aber höflich zu. „Ich fühle mich deutlich besser, danke."

„Nun, wenn es Ihnen nichts ausmacht, habe ich jetzt

meinerseits ein paar Fragen“, stellte Evan klar und baute sich vor dem Kanzler auf.

„Und ich werde beantworten, was ich kann, wenn es so weit ist. Zunächst gibt es jedoch Punkte, die ich gerne mit euch beiden durchgehen würde. Diese Informationen werden unser Gespräch zweifellos in eine völlig andere Richtung lenken.“

Evan verschränkte die Arme vor der Brust. „Das heißt, Sie wollen erst mal abklopfen, was wir wissen, bevor Sie entscheiden, wie viel Sie preisgeben?“

„Es überrascht mich nicht, dass jemand mit Ihrem … Hintergrund genau weiß, wie dieses Spiel läuft. Dann wissen Sie sicher auch, dass es für uns alle einfacher wird, je ehrlicher Sie zu mir sind.“

Evan blieb sichtlich skeptisch. „Wir sind nicht hier, um Ärger zu machen.“

Conroy schüttelte sanft den Kopf. „Das meinte ich nicht. Ich hoffe vielmehr auf eure Hilfe.“

„Unsere Hilfe?“, fragte Anya ungläubig. Sie waren Gestrandete ohne Ressourcen; was konnten sie schon groß anbieten? „Was könnten wir schon für Sie tun?“

„Hoffentlich ein Rätsel lösen.“

„Was für ein Rätsel?“

„Die Art von Rätsel, die das Potenzial hat, absolut alles zu verändern.“

Seine großspurigen, vagen Andeutungen begannen an Anyas Nerven zu zerren. „Bevor wir uns in Rätseln verlieren, müssen wir über die anderen Überlebenden des Kolonieschiffs sprechen“, beharrte sie.

Conroy sah zu ihr hinüber, während er sie tiefer in den Komplex führte. „Ich respektiere es aufrichtig, dass ihr selbst in dieser Lage noch an die anderen denken.“

„Nun, unser Ziel war es von Anfang an, so vielen Menschen wie möglich beim Überleben zu helfen“, entgegnete Anya kühl. „Wenn Sie hier draußen fünf Jahre überstanden haben, müssen Sie über ordentliche Ressourcen verfügen. Zumindest sehen Sie nicht so aus, als ob Sie hungern oder krank wären.“

„Wir sind ganz gut zurechtgekommen. Und keine Sorge, wir haben den anderen Mitgliedern eurer Gruppe bereits Hilfe angeboten. Ihr habt ja erwähnt, dass ihr beide losgezogen seid, um das Wrack des Eskortschiffs auszukundschaften – so haben wir euch überhaupt erst gefunden."

„Wird den anderen dasselbe Angebot gemacht? Sollen sie auch dieses ‚Rätsel' lösen?", hakte Evan nach.

„Nein", sagte Conroy knapp. „Denn keiner von ihnen ist ein Pilot, der für das Noche-Syndikat gearbeitet hat."

Evan blinzelte den ehemaligen Kanzler fassungslos an. „Was hat das bitteschön mit irgendetwas zu tun?"

„Weil wir, Evan, derzeit auf dieser Welt festsitzen. Wir haben vielleicht eine einzige Möglichkeit, von diesem Planeten wegzukommen. Und ich hoffe, dass zwei Personen, die einfallsreich genug waren, es trotz widrigster Umstände bis hierher zu schaffen, die Fähigkeiten und die Charakterstärke besitzen, das Unmögliche durchzuziehen."

Anyas Mund wurde trocken. „Bei allem Respekt, Kanzler, Sie müssen hier doch weitaus qualifiziertere Leute haben. Zumindest was mich betrifft", fügte sie hastig hinzu. „Evan verfügt über vielseitigere Talente. Es sei denn, Sie brauchen jemanden, der Pflanzen analysiert – vorausgesetzt, Sie geben mir meine Ausrüstung zurück."

Conroy lächelte sie fast väterlich an. „Wenn der erste Teil erfolgreich ist, wirst du weit mehr als nur Pflanzen zu studieren haben."

„Wie meinen Sie das?", fragte Anya misstrauisch.

„Eins nach dem anderen."

„Ich hoffe, die Erklärungen fangen bald an", brummte Evan. „Bisher höre ich nur vage Versprechungen ohne konkrete Antworten."

Anya nickte ihm dankbar zu. Sie teilte seine Frustration; die Ungewissheit ihrer Lage nagte an ihr wie die feuchte Hitze des Dschungels.

Conroy führte sie ein Stück weiter den Flur hinunter zu einer massiven Metalltür, die mit einem schweren Handrad gesichert war. Sie glich dem Druckschott eines militärischen Großkampfschiffs.

„Sagen Sie mal, wie haben Sie diesen Ort hier eigentlich hochgezogen?“, fragte Evan und beäugte die Konstruktion fachmännisch.

„Wir haben unser Schiff ausgeschlachtet“, erklärte Conroy. „Im Grunde haben wir es unter der Erde Stein für Stein wieder aufgebaut.“

Anya starrte ihn an. „Das ist ein gigantisches Unterfangen.“

„Das war es. Aber wir hatten keine Wahl. Wir mussten das Schiff verbergen und brauchten ein sicheres Quartier. Wir hatten schweres Gerät zur Verfügung – es ist ja nicht so, als hätten wir mit Handschaufel gegraben.“

„Trotzdem …“

Conroy zuckte nur mit den Schultern. „Man tut, was nötig ist, um zu überleben.“ Er griff nach dem Verschlussrad und gab ihm einen kräftigen Schwung. Der Riegel sprang mit einem satten, metallischen Klang auf.

Die schwere Tür schwang auf und gab den Blick auf das Innere der ehemaligen Kommandozentrale frei. Ein beleuchteter Tisch bildete das Herzstück des Raumes, in dem ein Dutzend Arbeiter an verschiedenen Stationen verteilt waren.

Anya erkannte den dunkelhäutigen Mann, der neben dem Tisch stand – es war der Soldat, der sie im Dschungel gefangen genommen – oder gerettet – hatte. Sie war sich noch immer nicht sicher, was sie von ihrer Ankunft hier halten sollte. Samor, so hieß er laut ihrer Erinnerung, trug einen violetten Fleck auf der Stirn, genau dort, wo Evan ihn mit dem Stock erwischt hatte.

Evan musterte ihn von der anderen Seite des Raumes. „Hallo nochmal. Tut mir leid wegen der Sache vorhin ...“ Er deutete erst auf seine eigene Schläfe und dann auf Samors.

„Schon gut.“ Samor umrundete den Tisch in der Mitte. „Sir.“ Er neigte ehrerbietig den Kopf vor Conroy.

Erst jetzt begriff Anya, dass sie die ganze Zeit mit einem ehemaligen Kanzler gesprochen hatte, ohne ihn auch nur einmal formell anzusprechen. Hitze stieg ihr in die Wangen, als ihr das

Versäumnis bewusst wurde.

„Nun, ihr fragt euch sicher, was mit eurem Kolonieschiff geschehen ist", sagte der Kanzler, bevor Anya ihren Fehler korrigieren konnte.

Evan fixierte ihn mit ruhigem Blick. „Wir haben die Rakete auf dem Flugschreiber gesehen."

Conroy nickte. „Ich weiß, was du jetzt denkst."

„Und?"

„Du hast recht. Sie kam von uns."

Anya verlagerte ihr Gewicht von einem Fuß auf den anderen. *Hatte er gerade wirklich ohne Umschweife zugegeben, all diese Menschen ermordet zu haben?*

Evan stellte die nächste drängende Frage: „Warum?"

Conroy atmete tief aus. „Das ist Teil einer viel größeren Geschichte. Die kurze Antwort lautet: Sie waren hier, um mich und meine Leute zu töten. Eine proaktive Verteidigung war unsere einzige Option."

„Die Kolonisten haben nichts falsch gemacht!", rief Anya, die ihre Sprache endlich wiedergefunden hatte.

„Nein. Und wir hatten auch nichts mit der Zerstörung des Schiffes zu tun. Darum hat sich eure eigene Eskorte gekümmert."

Evan zog die Brauen zusammen. „Moment, was?"

„Das Eskortschiff hat den Antrieb des Kolonieschiffs unter Beschuss genommen. Es wäre ohnehin abgestürzt, völlig ungeachtet unserer Handlungen."

Anya rang nach Worten. „Warum sollte die militärische Eskorte das Schiff abschießen, das sie eigentlich beschützen sollte?"

Conroy verzog das Gesicht. „Ich weiß, das ist schwer zu schlucken. Aber die Wahrheit ist: Die gesamte Expedition war nur ein Vorwand, um einen militärischen Angriff auf diese Welt zu starten. Jeder an Bord wurde gezielt ausgewählt, weil er eine Rolle in einem viel größeren Plan spielte. Die Machthaber wollten nicht riskieren, dass jemand die Puzzleteile falsch zusammensetzt. Wir wussten zwar, dass man bereit war, das Kolonieschiff und seine Passagiere für höhere Ambitionen zu opfern – aber wir hätten nie gedacht, dass sie es schon im Orbit zerstören würden."

Die Luft hätte ebenso gut aus dem Raum entweichen können; Anya klammerte sich am Tisch fest, um nicht den Halt zu verlieren. „Wer würde so etwas Entsetzliches tun?"

„Die derzeitige Führung. Dieselben Leute, die versucht haben, mich eliminieren zu lassen", sagte Conroy, und sein Gesicht verdunkelte sich. „Wir hatten gewartet, bis die Eskorte sich vom Kolonieschiff entfernt hatte, bevor wir das Feuer eröffneten. Ich werde es ewig bereuen, nicht sofort gehandelt zu haben, als das Kriegsschiff eintraf."

„Waren Ihre eigenen Leute an Bord?", fragte Evan mit rauer Stimme.

Der Kanzler nickte schwerfällig. „Dutzende, auf die ich für die nächste Phase unserer Pläne angewiesen war. Sie brachten Vorräte und Materialien, die wir hier draußen verzweifelt benötigen. All das ist in der Atmosphäre verglüht."

„Und die anderen Überlebenden im Lager? War einer von ihnen …?"

„Unbeteiligte Opfer."

„So wie ich", flüsterte Anya und starrte auf ihre Hände.

„Diese Expedition sollte unsere Chance sein, Ressourcen zu beschaffen und neue Verbündete zu gewinnen. Es ist selten, dass die eigenen Interessen mit denen des Feindes deckungsgleich sind, aber dies war so ein Fall. Wir wollten Personal und Nachschub; die Gegenseite wollte einen Vorwand, um eine Invasionsflotte zu entsenden und uns auszulöschen. Wir haben beide fast bekommen, was wir wollten – und stattdessen haben wir uns gegenseitig vernichtet." Sein Gesicht verzog sich zu einer schmerzhaften Grimasse.

„Es tut mir leid um Ihre Leute, Sir, aber warum erhalten Anya und ich diese Sonderbehandlung?", hakte Evan nach.

„Weil sich unsere Mission nicht geändert hat. Von denen, die den Absturz überlebt haben, seid ihr unsere beste Chance, wieder auf Kurs zu kommen."

„Sir, ich möchte nicht respektlos klingen", begann Evan, und seine Stimme gewann an Schärfe, „aber ich bin am Ende meiner

Kräfte. Mein Realitätssinn ist in Stücke gerissen worden. Könnten Sie also bitte aufhören, in Rätseln zu sprechen, und uns klipp und klar sagen, was hier eigentlich vor sich geht?"

Im Raum wurde es schlagartig still. Samor versteifte sich merklich, und mehrere Techniker blickten über die Schultern zu Evan. Die Luft schien zu knistern. Anya hielt den Atem an und rechnete fest mit einer harschen Standpauke.

Conroy jedoch legte den Kopf schief und zog eine Braue hoch. „Ich bin es nicht gewohnt, dass man so unverblümt mit mir spricht. Aber ich muss gestehen: Es ist erfrischend."

Anya zwang sich, die Schultern zu lockern. „Es waren ein paar anstrengende Tage, Sir. Unsere Nerven liegen blank."

Der Kanzler nickte langsam. „Dies ist ein Vertrauensvorschuss für uns alle. Ihr habt keinen Grund, mir zu glauben, und ich habe kaum einen, euch zu vertrauen. Offen gesagt wart ihr nicht meine erste Wahl für diesen Auftrag - aber ihr seid das Einzige, was ich habe. Lasst mich euch also zeigen, wofür all diese Menschen gestorben sind. Vielleicht versteht ihr dann, warum es wichtig genug ist, um das Antlitz unserer Zivilisation für immer zu verändern."

Er richtete seine Aufmerksamkeit auf die Tischplatte. Nach einigen schnellen Eingaben flackerte eine holografische Anzeige mitten im Raum auf. Eine detaillierte topografische Karte der Region materialisierte sich in bläulichem Licht.

„Erkennst du diesen Ort, Anya?", fragte er und deutete auf ein tief eingeschnittenes Tal im Zentrum der Darstellung.

Anya trat näher an den Tisch und manipulierte die Projektion mit einer flüssigen Handbewegung, um das Tal aus einem anderen Winkel zu betrachten. „Vielleicht", murmelte sie unsicher. „Ich bin mir nicht sicher."

„Sämtliche unserer Analysen deuten auf diesen Ort hin. Und deine eigenen Feldstudien haben ihn unabhängig davon als ein Gebiet von höchstem Interesse markiert", erklärte Conroy ruhig.

Anya hielt inne. „Woher wissen Sie überhaupt, woran ich geforscht habe?"

Conroy zog eine Braue hoch, ein amüsiertes Funkeln in den

Augen. „Glaubst du ernsthaft, wir hätten nicht genauestens im Auge behalten, was drüben in den Kernwelten vor sich geht?"

Evans Blick belebte sich augenblicklich. „Sie verfügen über interstellare Kommunikation? Hier draußen?"

„Wir haben weit mehr als nur das. An strategischen Schlüsselpositionen gibt es immer noch jene, die mir loyal ergeben sind. Und all ihre Informationen bestätigen: Dieser Ort ist die heißeste Spur, die wir haben."

„Spur wofür?", hakte Evan nach.

Samor, der bisher schweigend danebengestanden hatte, stieß einen langen Atemzug aus. „Für ein Express-Ticket direkt ins Land der Wahnsinnigen." Er fing sich sofort und warf dem Kanzler einen entschuldigenden Blick zu. „Verzeihung, Sir."

Der ältere Mann lächelte dünn. „Nein, Samor, das ist eine durchaus treffende Charakterisierung. Lass mich die beiden auf den neuesten Stand bringen."

Samor nickte knapp und zog sich an eine andere Station zurück, sodass die drei allein an der holografischen Anzeige zurückblieben.

Conroy legte die Hände flach auf die leuchtende Tischplatte und lehnte sich vor. „Es gab gute Gründe, warum wir diesen Planeten für unser Exil gewählt haben. Was wir hier zu finden hoffen, wird rückwirkend jede unserer Handlungen rechtfertigen. Als Aethos ursprünglich kartiert wurde, stießen die Sonden auf … Anomalien. Energiewerte, wo absolut keine sein dürften."

Anyas Augen weiteten sich. „Diese Werte habe ich auch gesehen. Ich hielt sie für ein natürliches Phänomen. Später, als ich von dieser Basis erfuhr, dachte ich, Sie wären die Quelle."

„Nein. Diese Anomalien existierten schon lange vor unserer Ankunft."

Anya und Evan tauschten einen schnellen Blick. „Was ist es dann?", fragte Anya, ihre Stimme kaum mehr als ein Flüstern.

„Die Forschungsergebnisse stammen aus einer geheimen Untersuchung, die meine Regierung vor sieben Jahren eingeleitet hat. Wir hatten Grund zu der Annahme, dass dieser Planet ursprünglich von nicht-menschlichen, intelligenten Wesen kolonisiert wurde."

„Intelligente Aliens?" Anya konnte die Skepsis in ihrem Tonfall nicht verbergen. Es gab zwar eine schier endlose Vielfalt an Leben auf den entdeckten Welten, aber das war nicht dasselbe. Die Menschheit träumte seit Jahrhunderten von Begegnungen mit anderen Zivilisationen, doch bisher war der Weltraum eine große, schweigende Leere geblieben.

„Wir sind auf uralte Inschriften gestoßen, die eindeutig auf diese Welt hinweisen – und insbesondere darauf, dass sie mächtige, archaische Technologie birgt."

„Und Sie glauben ernsthaft, dieser Fleck auf der Karte ist das Versteck?", fragte Evan, und er klang mindestens so skeptisch wie Anya.

„Wir glauben, es ist ein Teil in einem gewaltigen, hochkomplexen Puzzle, das wir seit Jahren zu lösen versuchen", antwortete Conroy. „Und ich könnte eure Hilfe gebrauchen, um die letzten Teile an ihren Platz zu rücken."

„Ich bin mir nicht sicher, ob ich für eine außerirdische Schatzsuche qualifiziert bin", sagte Evan trocken und sprach damit genau das aus, was Anya dachte.

„Ihr habt es bis hierher geschafft", entgegnete Conroy unbeeindruckt. „Das beweist, dass ihr euch in dieser Hölle da draußen zurechtfinden könnt. Mein Team ist seit Jahren hier und stößt immer noch an seine Grenzen. Aber es ist dein spezieller Hintergrund, Evan, den wir jetzt brauchen."

Evan wirkte, als hätte man ihm den Boden unter den Füßen weggezogen. „Woher zum Teufel wissen Sie so viel über mich?"

Anya trat einen Schritt vom Tisch zurück und verschränkte die Arme. Sie fixierte Conroy erwartungsvoll. Die Detailtiefe ihrer eigenen Akte, die man ihr vor einer Stunde im Verhör präsentiert hatte, war beängstigend gewesen – als hätte jemand ihr gesamtes Leben unter einem Mikroskop seziert.

„Wir haben in den Kernwelten mitgehört", offenbarte Conroy. „Nicht alles natürlich, aber die entscheidenden Frequenzen. Euch ist es vielleicht nicht aufgefallen, aber der letzte Fall, an dem ihr gearbeitet habt, war mit einer weitaus größeren

Verschwörung verknüpft, als ihr ahntet."

„Dieser Fall spielt keine Rolle mehr", zischte Evan. „Ich bin verbrannt. Das hier sollte mein verdammter Ruhestand sein."

„Nein, dieser Fall war alles. Man hat dich hierhergeschickt, um dich elegant zu entsorgen. Als mir einer meiner Insider mitteilte, dass du kurzfristig auf der Passagierliste aufgetaucht warst, wussten wir zuerst nicht, ob du ein potenzieller Verbündeter bist. Doch dann entdeckten wir, dass die Besatzung des Eskortschiffs unterwandert worden war. Wir haben eine Warnung an unseren Kontakt auf dem Kolonieschiff gesendet, aber er hatte offenbar keine Chance mehr, zu reagieren."

Anya tauschte einen alarmierten Blick mit Evan. „War Ihr Kontakt zufällig der Verbindungsoffizier der Expedition?", fragte sie.

Conroy straffte sich. „Ja. Warum?"

„Wir haben ihn in einer Rettungskapsel gefunden", flüsterte Anya. „Erschossen."

Conroy ließ den Kopf sinken und schüttelte ihn langsam. „Wenn er wegen dieser Informationen ermordet wurde, dann vermutlich, weil er sie in der Befehlskette weitergegeben hat."

„Was bedeutet, dass jemand ganz oben in der Hierarchie dreckige Hände hat", schlussfolgerte Evan grimmig.

Conroy nickte ernst. „Wir haben die Passagierliste. Nur eine Handvoll Leute kommen infrage, denen er von unserer Warnung erzählt haben könnte. Wer auch immer es war, er gehörte sicher zu den Ersten, die sich in eine Kapsel gerettet haben."

„Könnte der Mörder unter den Überlebenden in unserem Lager sein?", fragte Evan.

„Wahrscheinlicher ist, dass sie sich längst mit den Saboteuren des Militärschiffs getroffen haben. Mich zu finden, ist ihre primäre Mission."

„Was ist mit den anderen Kolonisten?", drängte Anya. Die Sorge um die Gruppe brannte in ihr.

„Wir haben vor Tagen ein Team geschickt. Eure Leute sind in einem unserer Außenposten in Sicherheit", antwortete Conroy. „Wir sahen die Kapseln niedergehen. Ein Signalfeuer führte uns direkt zu ihnen. Sie waren bereits aufgebrochen, als unser Gesandter eintraf, und wir haben seitdem versucht, euch beide einzuholen."

Wenn wir nur geblieben wären ... Ein stechender Schmerz der Reue durchfuhr Anya. Jede Entscheidung, die sie im Dschungel getroffen hatten, fühlte sich rückblickend wie ein Fehler an, auch wenn sie es unmöglich besser hätten wissen können.

„Sie haben immer noch nicht erklärt, warum Sie ausgerechnet mich rekrutieren wollen", sagte Evan und trat einen Schritt auf den Kanzler zu. „Was hat meine verdeckte Arbeit beim Syndikat mit einer Alien-Schatzsuche zu tun?"

Conroy lächelte, doch es erreichte seine Augen nicht. „Weil eine der wichtigsten Proben beim Absturz vernichtet wurde. Eine Substanz, die wir für den Zugang zur Technologie benötigen. Aber du, Evan ... du trägst genau diese Substanz bereits in deinem Blut. Du bist unsere einzige Chance, uns von diesem Rückschlag zu erholen, bevor der Feind uns findet."

25

DIE SCHWERKRAFT DES Planeten fühlte sich grundfalsch an. Roman Santano konnte nicht genau benennen, was es war, aber er hatte keine Woche gebraucht, um zu entscheiden, dass er rein gar nichts an Aethos ausstehen konnte. Angesichts dieser tiefen Abneigung war es nur konsequent, dass er selbst etwas so Elementares wie die Gravitation verabscheute.

Er ließ sein Gewehr in den Schultergurten hängen, um beide Hände frei zu haben, und schlug nach einem hartnäckigen Insekt, das immer wieder im Sturzflug auf sein Gesicht zusteuerte. „Irgendwas?", fragte er seinen Aufklärungspartner Sten.

Der andere Mann wischte sich mit dem Rücken seiner behandschuhten Hand den Schweiß von der Stirn. Die Hitze ließ sein Gesicht leuchten und sein weißblondes Haar noch blasser wirken. „Nein. Wir könnten genauso gut versuchen, ein Zuckerkorn in einem Haufen Salz zu finden."

Leute auf einem Planeten aufzuspüren, sollte einfacher sein. Menschen hinterließen immer Spuren. „Irgendwo gibt es Hinweise", beharrte Roman. „Wir müssen die Sache nur aus dem richtigen Winkel betrachten."

Sie wussten, dass ihre Beute irgendwo auf diesem Planeten vergraben war - ganz in der Nähe, wenn man den Fernscans Glauben schenken durfte. Bedauerlicherweise waren ihre Langstreckensensoren beim Absturz Schrott gegangen, sodass ihnen nur vage Richtungsangaben blieben, die auf eine Handvoll Suchquadranten hindeuteten. Das bedeutete mühsame

Handarbeit. Zeit und Energie, die er lieber in das Aufspüren und Eliminieren der Verräter investiert hätte, die diesen Schlamassel angerichtet hatten.

Er hatte so lange die Doppelrolle gespielt, dass es sich fast wie eine Lüge anfühlte, wieder er selbst zu sein. Erst als er sich in einer Rettungskapsel davongeschlichen hatte, während die Kolonisten an Bord in Panik verfielen, hatte er die Fassade ablegen können, die er über ein Jahr lang aufrechterhalten hatte. Es war verdammt anstrengend gewesen, den Offizier zu mimen, der sich darauf freute, diesen armen Tröpfen beim Aufbau eines neuen Lebens zu helfen - wohl wissend, dass jeder Einzelne von ihnen sterben würde.

Den lästigen Verbindungsoffizier zu erschießen, war eine kathartische Befreiung gewesen, ein Ventil für seinen aufgestauten Zorn. Zumindest lag diese Phase nun hinter ihnen, und er konnte sich auf die eigentliche Arbeit konzentrieren.

Seit der Landung war Roman damit betraut, die außerirdischen Ruinen zu lokalisieren. Ein zweites Team vom Militärschiff jagte derweil den in Ungnade gefallenen Kanzler, der nach seinem vorgetäuschten Tod hierher geflohen war. Das Syndikat hatte jahrelang Agenten in Position gebracht, um diesen Spielzug vorzubereiten. Beide Teams mussten Erfolg haben, damit der große Plan Früchte trug.

Die feuchte, viel zu dicke Luft von Aethos drückte schwer auf Romans Brust. Diese Mission war nicht nur entscheidend für das Noche-Syndikat, sondern auch seine persönliche Chance, endlich aus dem Schatten seines Bruders zu treten. Ein Stolpern wäre jetzt ein undenkbarer Rückschlag.

Er hätte wirklich keinen viel schlechteren Start erwischen können. Sie irrten nun schon seit Tagen umher und hatten absolut nichts vorzuweisen.

„Wie lange wollen wir das noch weitermachen?“, fragte Sten, während er ein Insekt auf seinem Unterarm zerquetschte.

„So lange, wie es eben dauert.“

„Was ewig sein wird, wenn wir weiter ziellos umherirren“, beharrte Sten. „Wir brauchen einen besseren Plan.“

Er tut so, als wäre dieser Ansatz meine Idee gewesen. Ich hätte niemals zustimmen dürfen. Roman seufzte. „Auf der Karte sah das Suchgebiet gar nicht so groß aus."

„Ja, Geografie ist manchmal eigenartig."

Der Kommentar schickte eine Hitzewelle durch Romans Körper. Er stieß einen langen, bedächtigen Atemzug durch die Nase aus, um seinen Ärger abzubauen. Selbst die Kleinigkeiten gingen ihm auf die Nerven. Er wollte nicht hier sein, und das färbte seine Wahrnehmung von allem.

Marcus hält besser sein Versprechen. Roman bereute es, sich seinem Bruder nicht widersetzt zu haben, als dieser ihn angewiesen hatte, nach Aethos zu gehen. Er hatte zugelassen, dass Marcus sich in seinen Kopf einschlich und ihn glauben ließ, er sei der einzige vertrauenswürdige Insider, der sicherstellen könne, dass der Job sauber erledigt wird. Aber je mehr Zeit er auf Aethos verbrachte und erkannte, was wirklich vor sich ging, desto mehr war er zu dem Schluss gekommen, dass Marcus ihn einfach nur aus dem Weg haben wollte. Die entscheidenden Weichenstellungen würden alle drüben in den Kernwelten stattfinden, unabhängig davon, wie sich die Dinge hier entwickelten. Er hatte sich gefügt, genau wie Marcus es geplant hatte. Aber nach allem, was sie gemeinsam durchgestanden hatten, fühlte er sich seinem Bruder gegenüber immer noch verpflichtet.

Der Gedanke an seinen Bruder jagte eine weitere Welle des Ärgers durch Roman. Er wischte sich die Nase und schniefte laut, um seine Frustration zu überspielen. „Ein Plan. Richtig."

Sie waren einem rasterförmigen Suchmuster durch den Dschungel gefolgt und hatten frühere Vermessungsdaten genutzt, um die Zonen mit identifizierten „Gebieten von Interesse" zu priorisieren. Die Energiewerte, die bei der ursprünglichen Untersuchung beobachtet worden waren, hatten sich jedoch seit ihrer Landung auf dem Planeten nicht wiederholt. Roman wusste nicht, was das für ihre Erfolgschancen bedeutete, aber es war klar, dass sie ihre Taktik ändern mussten.

„Ich glaube, wir sind die Sache völlig falsch angegangen",

sagte Roman, während eine Idee in ihm aufkeimte. „Wir sind mit unserem Wissen an die Sache herangegangen. Aber die Leute hier auf Aethos haben nicht unsere Perspektive. Sie haben das Schiff abgeschossen, also würden sie ihren Abschuss verifizieren wollen. Wir waren so darauf versessen, mit der Suche zu beginnen, dass wir nicht innegehalten haben, um darüber nachzudenken, wie wir sie zu unserem Vorteil nutzen könnten."

„Worauf willst du hinaus?"

„Der Absturz unseres Schiffs ist das Spektakulärste, was auf diesem Planeten seit fünf Jahren passiert ist. Es ist ausgeschlossen, dass sie es sich nicht aus der Nähe angesehen haben."

Bei Sten fiel der Groschen. „Wenn wir also ihre Spuren rund um das Wrack finden, können wir ihnen bis zu ihrer Basis folgen – und herausfinden, was sie über die Ruinen wissen."

„Ganz genau."

Sten spähte durch das dichte Blätterdach. „Es ist nicht weit von hier."

„Wir sind so nah dran, wie wir es innerhalb des Suchrasters nur sein können. Ich schätze, es ist einen Umweg wert, um die Lage zu sondieren, anstatt hier weiter umherzuirren und darauf zu hoffen, über ein uraltes außerirdisches Schiffswrack zu stolpern."

„Dem anderen Team wird es nicht gefallen, wenn wir herumschnüffeln."

„Das ist mir egal. Ich bezweifle, dass die auf die Idee gekommen sind, darauf zu warten, dass der Feind zu ihnen kommt. Wenn diese Strategie aufgeht, denk nur an unser Ansehen, wenn wir Conroys Basis zuerst finden! Wenn jemand weiß, wo die Ruinen stecken, dann die. Der Himmel weiß, dass die in all den Jahren auf diesem Planeten irgendetwas Produktives getan haben müssen."

„Vielleicht schätzt du sie zu hoch ein."

Roman schniefte und wischte sich die laufende Nase. „Wahrscheinlich, aber ich gehe das Risiko ein, wenn es bedeutet, dass wir uns einen Vorsprung verschaffen können."

Sten dachte einen langen Moment über den Vorschlag nach.

„Also gut, dann legen wir los."

Die beiden Männer schlugen ein flottes Tempo durch die Bäume an. Nach tagelangem Umherirren waren sie effizient darin geworden, den Weg des geringsten Widerstands durch das Blattwerk zu wählen. Aber wenn die Pflanzen zu dicht wurden, zögerte Roman nicht, die Machete an seinem Gürtel einzusetzen.

Sie kamen auf der Wanderung gut voran. Roman verfolgte ihren Fortschritt mithilfe einer Karte auf seinem Armbandgerät und steuerte auf den Standort des Notsignals des Militärschiffs zu, den er sich gemerkt hatte, bevor das andere Team das Signal deaktiviert hatte. Dem Eskortschiff war es gelungen, einen Navigationssatelliten auszusetzen, bevor es abgeschossen wurde. Das war die einzige Möglichkeit, die elektromagnetischen Störungen zu durchdringen, die meisten Systeme unzuverlässig machten – ein weiterer Minuspunkt für den Planeten. Roman schätzte sich glücklich, die Zugangsdaten für den Satelliten zu besitzen; ohne sie wäre er hier draußen so gut wie blind.

Bedauerlicherweise waren das Kolonieschiff und seine Eskorte zerstört worden, bevor sie mit ihrem Plan so weit vorangekommen waren, Conroys eigenes interstellares Kommunikationssystem auszuschalten. Die Absicht war gewesen, dass das Noche-Syndikat die einzige Instanz sein sollte, die den Nachrichtenverkehr vom und zum Planeten kontrollierte. Das war immer noch machbar, aber nun mussten sie die Einheiten auf der Oberfläche eliminieren anstatt den Satelliten.

Wir hatten Rückschläge, aber die Mission ist nicht verloren, rief er sich in Erinnerung.

Die Navigationskarte war zwar ein guter Anfang, aber Roman wäre deutlich glücklicher gewesen, wenn sie auch ein Shuttle oder irgendein anderes Transportmittel gehabt hätten. Sich durch den Dschungel zu kämpfen war einfach nur ineffizient und primitiv.

Wieder wischte er sich einen Tropfen von der Nase. Irgendetwas in der Luft dieses verdammten Planeten brachte seine Nebenhöhlen auf Hochtouren. Je eher sie die Mission abschlossen, desto schneller wäre er zurück in der Zivilisation – mit gefilterter Luft und Klimaanlage.

Sten schlug nach seinem Arm. „Diese verdammten Mücken. Sie hören einfach nicht auf!"

„Alles auf diesem Planeten will mich entweder töten, oder ich will es töten."

„Das ist der Grund, warum die Menschen in den Weltraum gezogen sind."

„Glaub mir, ich kann es kaum erwarten, zurückzukehren."

Wie viele andere Kinder hatte Roman einen Teil seiner Jugend auf Orbitalstationen und den Rest auf Planetenoberflächen verbracht. Die Jahre auf der Station waren ihm bei Weitem die liebsten gewesen. Seine bisherige Zeit auf festem Boden hatte er in Städten verbracht, umgeben von Läden, Restaurants und Verkehrsmitteln – all den Dingen, die er gerne in Griffweite hatte.

Wäre diese Mission nicht so verdammt wichtig, hätte er das Sich-durch-das-Gestrüpp-Schlagen anderen überlassen und wäre in den Kernwelten geblieben, wo zivilisierte Menschen ihre Tage verbrachten. Wer freiwillig Zeit in so einer primitiven Umgebung verbrachte, musste geistesgestört sein. Doch genau diese Unwirtlichkeit machte die Welt zum perfekten Versteck.

Der Tracker an Romans Handgelenk piepte: noch fünfzig Meter bis zum Ziel. Er und Sten schlichen an den Rand der Schneise, wo der Wald rund um das Wrack plattgewalzt und verkohlt war.

„Wahnsinn, die sind hart aufgeschlagen", kommentierte Sten.

„Die können von Glück reden, dass sie nach so einer Landung nicht als Dampfwolke auf dem Grund eines Kraters geendet sind." Das hätte ihre Pläne massiv durchkreuzt. So wie die Dinge lagen, arbeiteten sie bereits mit Notfallprotokollen, aber der Einsatz war noch zu retten. „Suchen wir nach Spuren."

Sie suchten den Umkreis der Absturzstelle langsam ab, hielten Ausschau nach Fußabdrücken oder abgeknickten Ästen, die auf Besucher hindeuten könnten.

Nach zwanzig Minuten rief Sten: „Hey, Roman, ich hab was!" Er winkte ihn zu sich herüber und deutete auf den Boden.

Roman trat zu ihm. Auf einem Stück nackter Erde waren mehrere sich überschneidende Fußabdrücke zu sehen. Das umliegende Gras hatte sich bereits wieder aufgerichtet; die Spuren waren also mindestens ein paar Stunden alt. „Die sind definitiv nicht von uns. Genau darauf habe ich gehofft."

„Sollen wir den anderen Bescheid geben?", fragte Sten.

Roman zögerte. Diese Abdrücke könnten sie direkt zu Conroys Festung führen, was sie zu Helden machen würde. Andererseits führte die Verfolgung sie weg von ihrem Primärziel: der Sicherung des wichtigsten Artefakts. Wenn die Spur im Nichts endete, wäre der Rückschlag kaum aufzuholen.

Ist es die Verzögerung wert? Eine einfache Überlegung trieb ihn an: Wenn sie Zugriff auf Conroys Aufzeichnungen bekämen, würde das die Arbeit seines Teams massiv erleichtern. Ganz zu schweigen davon, dass sie nicht ständig über ihre Schultern blicken müssten, wenn sie Conroy und seine Leute jetzt direkt ausschalteten.

„Noch nicht. Wir folgen der Spur und schauen, wo wir landen", sagte Roman mit einem Nicken. Er setzte sich in Bewegung, fest entschlossen, hier seine Wiedergutmachung zu finden.

26

WELCHES PUZZLETEIL könnte Evan haben?, fragte sich Anya, während ihr Blick zwischen dem ehemaligen Kanzler und ihrem neuen Freund hin- und herwanderte.

Evan funkelte Conroy an. „Ich bin nichts Besonderes."

„Das ist relativ."

„Nein." Evan schüttelte den Kopf. „Man gabelt nicht zwei x-beliebige Leute auf, die im Dschungel herumirren, und erklärt sie dann zum Zentrum eines interstellaren Politkomplotts."

Der Kanzler blieb ruhig und besonnen. „Wir hatten nicht damit gerechnet, euch im Dschungel zu finden. Wir hätten uns nie träumen lassen, dass sie das Kolonieschiff zerstören, all unsere Leute töten und die Vorräte vernichten würden. Und wir haben definitiv nicht erwartet, dass ihr euch von den anderen Überlebenden absetzen würdet. Wir mussten unseren Plan in jeder Phase anpassen – und so sind wir nun hier."

„Wissen Sie was? Das spielt keine Rolle." Evan hob abwehrend die Hände. „Dafür habe ich mich nicht gemeldet."

Anya suchte seinen Blick. „Evan, ich finde, wir sollten ihn anhören." Ihre eigene Beharrlichkeit überraschte sie. Ein Teil davon war bloße Neugier, aber sie dachte auch an die ursprünglichen planetaren Gutachten zurück. Sie hatte sich schon damals gefragt, wie so etwas auf natürlichem Weg entstehen konnte – und jetzt sah es so aus, als wäre das gar nicht möglich. *Könnten diese Energiesignaturen wirklich Hinweise auf außerirdische Technologie sein?*

Evan zog finster die Stirn kraus. „Ich wollte eigentlich nur Hilfe holen, damit die anderen Überlebenden im Dschungel nicht qualvoll verrecken. Da es so aussieht, als würden Sie sich bereits um sie kümmern, bin ich raus." Er drehte sich um und ging entschlossen auf die Tür zu.

„Evan!" Anya rannte ihm nach. Sie packte ihn am Arm und zog ihn in eine leere Ecke des Raumes.

„Bitte, fang jetzt keinen Streit mit mir an", flüsterte er heiser.

„Wir haben doch noch nicht mal die ganze Geschichte gehört. Wie kannst du jetzt einfach gehen?"

„Weil ich ihm kein Wort glaube! Vergiss nicht, der Mann stand kurz davor, öffentlich an den Pranger gestellt zu werden. Das hier ist der absolute Wahnsinn."

„Ich weiß, es klingt verrückt. Aber ich weiß nicht ..." Sie verschränkte die Arme. „Irgendetwas daran fühlt sich ... echt an. Echter als alles andere, was ich in letzter Zeit gehört habe. Ich kann es nicht erklären, es ist nur so ein Gefühl."

Sein Zorn legte sich ein wenig. „Was lässt dich glauben, dass davon auch nur ein Funken wahr ist?"

„Ich kann nicht für alles garantieren, aber ich weiß zumindest, dass diese Energiewerte echt sind. Ich habe genug seltsames Zeug gesehen, um mehr wissen zu wollen."

Er seufzte schwer. „Ich fliege in ein völlig neues Sternensystem, und trotzdem finden sie immer einen Weg, mich einzuspannen."

Sie lächelte und legte ihm die Hand auf den Arm. „Geben wir ihm doch eine halbe Stunde. Wenn du dann immer noch nicht überzeugt bist, gehen wir gemeinsam."

Widerstreitende Impulse rangen in ihr. Wenn Evan überzeugt war, bestand eine große Chance, dass sie es auch sein würde. Obwohl sie erst seit kurzer Zeit zusammen reisten, hatte Evan bewiesen, dass er in seinen Entscheidungen rechtschaffen und vernünftig war. Wenn er zu dem Schluss kam, dass Conroys Mission es wert war, durchgeführt zu werden, dann war das eine Reise, die sie gerne mit ihm antreten würde. Aber dann hätten sie sich auch verpflichtet. Jetzt zu gehen war vielleicht die einzige

Hoffnung, sich zu befreien.

Aber *ich will das durchziehen,* wurde ihr klar. *Ich habe schon immer gewusst, dass an dieser Welt etwas anders ist. Ich habe mich damals gegen diesen Gedanken gesträubt, aber jetzt will ich alles wissen.*

„Eine halbe Stunde", gab Evan zu ihrer Erleichterung nach.

„Okay", sie stupste ihn zurück in Richtung des Holotisches, „finden wir heraus, was wirklich vor sich geht."

— — —

„Also gut", sagte Evan zu Conroy, „kein Ausweichen mehr. Warum ist diese angebliche Alien-Technik so verdammt wichtig?" Abgesehen von der offensichtlichen Faszination, Beweise für intelligentes außerirdisches Leben zu finden, sah er den Zusammenhang zur politischen Lage nicht, die Conroy erwähnt hatte – ganz zu schweigen von den Machenschaften eines interstellaren Verbrechersyndikats. Wenn sie bereit sind, dafür zu töten, muss mehr dahinterstecken.

Kanzler Conroy legte nachdenklich den Kopf schief. „Lass mich eine Gegenfrage stellen, Evan – und ich verspreche dir, sie führt direkt zur Antwort: Was war bisher die größte Einschränkung für die Entwicklung unserer Zivilisation?"

„Die Ressourcen, um alle zu versorgen, schätze ich?"

„Nicht ganz", antwortete Conroy. „Ressourcen sind zwar ein Teil davon, aber das Problem ist nicht ihr Mangel, sondern die Logistik, sie genau dorthin zu bringen, wo und wann sie gebraucht werden."

„Das ist dasselbe."

„Eben nicht. Wir haben reichlich Produktionskapazitäten, aber der Transport ist der Haken: die Transitzeit zwischen den Welten. Wir sind durch die Kapazität und die Standorte unserer Sprungtore begrenzt."

„Okay. Und weiter?"

„Stell dir die wirtschaftlichen Auswirkungen von Reisen vor, die praktisch augenblicklich an jeden beliebigen Ort führen."

Evan zog eine Augenbraue hoch; er konnte seine Skepsis gegenüber diesem abwegigen Konzept nicht verbergen. „Das würde alles verändern. Eine kleine Gruppe, die diese Technologie kontrolliert, würde alles dominieren. Aber wenn sie jeder hätte, würde das aktuelle System kollabieren."

„Ganz genau. Und deshalb könnten die Machthaber niemals zulassen, dass so etwas ans Licht kommt."

„Das ist doch alles nur hypothetisch ... oder?"

Conroy lächelte schwach. „Genau das wollen wir hier ja herausfinden."

Evan verschränkte die Arme. „Sie weichen dem Kern der Sache immer noch aus. Hören Sie bitte auf, um den heißen Brei herumzureden."

„In Ordnung." Conroy nickte. „Wir haben Hinweise auf ein außerirdisches Schiffswrack auf diesem Planeten gefunden. Und wir haben Grund zu der Annahme, dass es über einen Sprungantrieb verfügt, den unsere Ingenieure zu Hause möglicherweise nachbauen können."

Anya starrte ihn an. „Diese ‚außerirdische Präsenz', die Sie vorhin angedeutet haben ... wir reden hier also nicht von antiken Ruinen oder so was? Es ist ein Schiff?"

„Es könnte noch viel mehr sein. Wir wissen es nicht genau. Es ist möglich, dass dieser Planet eine Art Außenposten war."

„Gibt es Hinweise darauf, woher diese Spezies stammt?", fragte Anya mit leuchtenden Augen. Als Xenobiologin war außerirdisches Leben für sie natürlich das Thema schlechthin.

„Nein", antwortete Conroy. „Aber wenn wir dieses Schiff in die Finger bekommen ..."

Evan ahnte, worauf er hinauswollte, und es gefiel ihm ganz und gar nicht. „Das könnte den Handel revolutionieren ... oder einen Krieg auslösen."

„Zwei sehr unterschiedliche, aber absolut reale Szenarien. In welche Richtung es geht, hängt wohl davon ab, wer die Technologie kontrolliert und die Erkundung leitet."

Evan musterte den Mann. „Und Sie wollen derjenige sein, der das Sagen hat. Ihr großes Comeback auf der politischen Bühne –

Sie bieten etwas an, das so monumental ist, dass Ihnen niemand mehr den Führungsanspruch streitig machen kann." Er hatte diese Art von Ehrgeiz, die jetzt in Conroys Augen blitzte, schon einmal erlebt, und es endete nie gut.

„Es geht mir nicht darum, die Macht zurückzuerobern. Es geht darum, die Leute aufzuhalten, die diese Technologie für ihre finsteren Zwecke missbrauchen würden."

„Wie kommen Sie darauf, dass die aktuelle Regierung dazu fähig wäre?"

„Weil sie bereit waren, mich umzubringen, um die Sache geheim zu halten. Als ich das erste Mal davon erfuhr, dass diese Alien-Technologie existieren könnte, schlug ich vor, sie offen zu erforschen - zum Wohle aller. Die Opposition entschied jedoch, dass es sich lohnte, mich auszuschalten, um die Entdeckung auf einen inneren Zirkel zu beschränken. Als ihre Verleumdungskampagne scheiterte, mich politisch kaltzustellen, griffen sie zu drastischeren Mitteln."

Evan war sich nicht sicher, ob er Conroy beim Wort nehmen konnte. Schließlich war er nur ein einzelner Mann, der seine Sicht der Dinge darlegte. Trotz der Anhängerschaft, die er offensichtlich um sich geschart hatte, gab es noch zu viele Unbekannte. Sich mit Conroy zu verbünden, würde Evan zweifellos selbst zur Zielscheibe machen - vorausgesetzt, an der Geschichte war überhaupt etwas dran. Das war keine Entscheidung, die er ohne reifliche Überlegung treffen wollte.

„Ich brauche mehr Fakten", sagte Evan nach einer Pause. „Wie steckt das Noche-Syndikat da mit drin?"

„Sie arbeiten im Geheimen mit der Regierung und NovaTech zusammen, aber ich bin derzeit nicht befugt, alle Details offenzulegen."

Evan kniff die Augen zusammen. „Dann bin ich nicht der richtige Mann für Ihr Vorhaben. Ich habe es satt, die Schachfigur für andere Leute zu sein und blind Befehle zu befolgen, ohne das große Ganze zu kennen. Das ist beim letzten Mal schon schiefgegangen, und ich werde diesen Fehler nicht noch einmal machen."

„Wir sind auf dieselben Leute wütend, Evan. Das hier ist die Chance, sich all das zurückzuholen, was man dir genommen hat."

„Im Moment will ich das gar nicht. Welches Leben sollte ich denn überhaupt zurückbekommen? Ich war länger jemand anderes, als ich ich selbst war." Es fiel ihm schwer, das zuzugeben, aber es laut auszusprechen hieß, sich eine tiefe Einsamkeit einzugestehen, die er krampfhaft zu ignorieren versucht hatte.

„Dann betrachte es als Gelegenheit, dir das Leben aufzubauen, das du willst – wo auch immer du willst", sagte Conroy. „Ist Aethos denn ehrlich der Ort, an dem du den Rest deines Lebens verbringen möchtest?"

Evan atmete schwer aus. „Nein, das wäre nicht gerade meine erste Wahl. Es wäre schon schön, mal nach draußen zu gehen, ohne dass gleich alles versucht, mich umzubringen."

„Weggehen war bisher ja keine Option", schaltete sich Anya ein. „Wollen Sie damit sagen, dass Sie vorhaben, mit dem außerirdischen Schiff von hier zu verschwinden?"

„Das ist ein Szenario, das wir in Betracht ziehen", sagte Conroy. „Ob es machbar ist, muss sich erst noch zeigen."

Evan spottete über diesen absurden Vorschlag. In fast jeder anderen Situation wäre er jetzt gegangen und nie wiedergekommen. Fakt war jedoch, dass sie auf dieser fremden Welt festsaßen. Sie konnten versuchen wegzulaufen und sich zu verstecken, aber Kriege fanden immer einen Weg, auch jene mitzureißen, die eigentlich nur ihre Ruhe wollten. Früher oder später müsste er sich wohl für eine Seite entscheiden. Da konnte er sich genauso gut anhören, was der hier zu bieten hatte. „Was ist Ihr Plan?"

„Zuerst müssen wir das Schiff finden", fuhr Conroy fort. „Man kann nicht sagen, in welchem Zustand es ist – vorausgesetzt natürlich, es existiert wirklich."

„Also gut, wenn ich Sie richtig verstehe, wollen Sie, dass wir beide", Anya deutete auf Evan und sich selbst, „ein Schiff aufspüren, das Ihre Leute in den letzten fünf Jahren nicht finden konnten?" Sie zog eine Augenbraue hoch.

„Ihr habt etwas, das wir nicht haben."

„Und das wäre?“, fragte Evan.

„Einen Primer.“ Conroy zögerte kurz. „Das Noche-Syndikat befasst sich schon seit Jahrzehnten mit Fragmenten außerirdischer Technologie. Dadurch konnten sie so schnell an die Macht kommen. Sie haben entdeckt, dass die Technik genetisch codiert ist, und ein Serum entwickelt, um die Kompatibilität mit Menschen herzustellen - etwas, das sie nur ihren vertrauenswürdigsten Leuten verabreichen.“

Evans Augen weiteten sich. *Nein. Auf gar keinen Fall!*

Die Skepsis, an der er so hartnäckig festgehalten hatte, geriet ins Wanken. Plötzlich juckte es ihn überall bei dem Gedanken daran, was wirklich in dieser Spritze gewesen war, die man ihm im zweiten Jahr seines Undercover-Einsatzes verpasst hatte. „Heilige Scheiße ... wollen Sie damit sagen, dass dieser seltsame ‚Initiations-Mist‘, den sie mir injiziert haben, in Wahrheit dieser Alien-Interface-Primer ist?“

„Ja, davon gehen wir aus. Nach jahrelangen Versuchen hatten wir ein Fläschchen dieses Serums sichergestellt und wollten es hier testen. Aber es wurde im Orbit in die Luft gejagt, wie so vieles andere auch. Wir haben keine Möglichkeit, hier an neues Serum zu kommen - aber wir haben dich. Das macht dich zu unserer einzigen realistischen Chance, auf das Schiff zuzugreifen. Wir brauchen dich, um es zu sichern, bevor die anderen es tun.“

„Welche anderen?“, Evans Stimme zitterte mehr, als ihm lieb war.

„Die Agenten der Kolonie-Expedition, die geschickt wurden, um uns aufzuhalten. Sie sind irgendwo da draußen auf der Oberfläche und machen Jagd auf das Schiff - und auf uns.“

Anya musterte ihn skeptisch. „Sie haben uns aus dem Dschungel aufgelesen. Woher wollen Sie wissen, dass wir nicht für die Gegenseite arbeiten?“

„Wir haben euch über unsere Kontakte in den Kernwelten überprüfen lassen.“

„Wie verlässlich ist das bitteschön?“ Evan konnte kaum glauben, dass sie sich auf Infos verließen, die Lichtjahre entfernt übertragen worden waren.

„Es ist ein Anfang. Man muss den Leuten in die Augen sehen. Und nachdem ich nun mit euch gesprochen habe, weiß ich: Ihr steht zwar noch nicht ganz auf meiner Seite, aber ihr arbeitet sicher nicht für meine Feinde."

„Die ganzen Verhörfragen bei unserer Ankunft ... das war also alles nur ein Test?", fragte Evan. Wie groß war diese Inszenierung eigentlich?

„Ein notwendiger Schritt, um die Daten aus euren Profilen zu verifizieren."

„Ich fass es immer noch nicht, dass Sie die ganze Zeit über in den Kernwelten die Fäden gezogen haben", sagte Anya.

„Eher beobachtet als manipuliert", entgegnete Conroy. „Wir waren jedenfalls nie völlig von der Zivilisation abgeschnitten."

Anya zog die Brauen zusammen. „Die Scans haben keine Satelliten angezeigt, oder etwa ..."

„Es ist nicht schwer, so etwas zu verbergen, wenn man einen Verbündeten hat, der die Systeme programmiert."

„Wie viele Verbindungen haben Sie eigentlich zurück in die Kernwelten?", wollte Anya wissen.

Evan hatte sich das auch schon gefragt. Offensichtlich war Aethos alles andere als die abgelegene, unberührte Koloniewelt, die sie sich vorgestellt hatten.

„Die politischen Spannungen hatten sich über Jahre aufgebaut", erklärte Conroy. „Die Leute hatten schon früh Partei ergriffen, und mein Rückhalt war nicht gerade klein. Als ich untertauchen musste, gab es Menschen, die mir halfen. Einige kamen mit hierher nach Aethos, andere blieben als Informanten zurück. Sie alle haben mein Geheimnis bewahrt, und sie werden mir helfen, die Wahrheit ans Licht zu bringen, sobald die Weichen für meine Rückkehr gestellt sind."

Rückkehr wofür? Evan beschloss, die Frage nicht laut auszusprechen. Anyas besorgtem Blick nach zu urteilen, nahmen auch ihre Gedanken gerade eine düstere Wendung.

„Sir", begann Anya zögerlich, „was ist das eigentliche Endziel bei der Sache?"

„Das Machtgleichgewicht zu bewahren, damit die

Menschheit sich nicht selbst vernichtet."

Anyas Stirn legte sich in Falten. „Irgendetwas entgeht mir hier immer noch."

„Wart ihr schon einmal in der Nähe von jemandem mit wahrer Macht?", fragte Conroy.

„Wie meinen Sie das?"

„Die Art von Person, deren Wort Gesetz ist. Die nicht nur ein einzelnes Leben verändern kann, sondern den Kurs einer ganzen Zivilisation."

Anya schüttelte den Kopf.

„Kann ich nicht behaupten", antwortete Evan. „Wobei mir Leute, die über Leben und Tod entscheiden, nicht gerade fremd sind." Die Bosse des Noche-Syndikats waren in ihrem Bereich zwar mächtig, aber sie besaßen keinen Einfluss, der eine ganze interstellare Zivilisation erschüttern konnte. Sie waren auch so schon furchteinflößend genug gewesen.

„Nun, das überrascht mich nicht, denn es gibt nur wenige Positionen, die ein solches Maß an Einfluss bieten. Kanzler zu sein, war eine davon – bis zu einem gewissen Grad. Ich war immer noch dem Volk gegenüber rechenschaftspflichtig, und das Wissen, dass man jederzeit gewaltsam abgesetzt werden kann, sorgt dafür, dass man auf dem Boden der Tatsachen bleibt."

Evan hatte Mühe, an anständiges Gesicht zu bewahren. Ehrlichkeit war nicht gerade das Erste, was einem bei Politikern in den Sinn kam.

„Aber stellt euch vor, was passieren würde, wenn es zu einer fundamentalen Verschiebung der Machtverhältnisse käme", fuhr Conroy fort. „Sollte eine neue Sprungantrieb-Technologie eingeführt werden, die all die Beschränkungen aufhebt, die unsere Zivilisation bisher gehemmt haben ... dann würde derjenige, der diese Technik kontrolliert, alles diktieren. Er würde den Handel kontrollieren, die Ressourcen – er würde darüber entscheiden, wer floriert und wer zugrunde geht."

„Und Sie glauben, dass dieses Schiff auf Aethos der Schlüssel zu dieser Zukunft ist?", fragte Evan.

„Ja, oder zumindest ein entscheidender Meilenstein." Der

Kanzler hielt inne. „Ich bin mir sicher, ihr denkt, dass man mir die Macht über diese Technologie genauso wenig anvertrauen kann – und ihr hättet recht. Keine einzelne Person sollte über den Kurs von so vielen Leben bestimmen dürfen. Aber ich kann euch sagen: Ich bin mir dessen vollauf bewusst. Deshalb war ich auch so versessen darauf, die Entdeckung publik zu machen und die Vorteile mit allen zu teilen. Die Leute, gegen die wir hier antreten, wollen jedoch die absolute Kontrolle, völlig ungeachtet des Schadens, den sie den einfachen Bürgern zufügen. Wir müssen verhindern, dass die Technologie in ihre Hände fällt. Ich bin fest davon überzeugt, dass diese konzentrierte Macht unsere Zivilisation in den Untergang treiben würde. Und ihr müsst mir einfach glauben, wenn ich euch verspreche – so wie ich es allen anderen hier versprochen habe –, dass ich diese Entdeckung nicht für meine eigenen Zwecke missbrauchen werde. Ich will nur das Beste für mein Volk."

Ein schöner Gedanke, aber Evan konnte es einfach nicht glauben. „Lassen wir das für den Moment mal beiseite", sagte er. „Ich will verstehen, wie die Koloniemission überhaupt zustande kam, wenn das alles im Hintergrund ablief."

„Nein, Evan, die Expedition fand wegen dieser Dinge statt. Die Gründung einer neuen Welt war nur ein Vorwand."

Evan versuchte, die Puzzleteile zusammenzusetzen. „Was Sie vorhin sagten – dass die aktuelle Regierung ein Militärschiff hierher schicken wollte ... die Kolonisierung war also die perfekte Tarnung."

„Ja, mit dem ausdrücklichen Ziel, uns klammheimlich auszulöschen. Und Leute, die sie als ‚lose Enden' betrachteten, auf die Passagierliste zu setzen, war eine hervorragende Möglichkeit, diese Fäden ein für alle Mal abzuschneiden."

Anya runzelte die Stirn. „Nicht jeder auf der Liste hat für NovaTech gearbeitet."

„Nein, und sie wurden als Kollateralschaden betrachtet. Das ist das Ausmaß an Skrupellosigkeit, mit dem wir es bei der Opposition zu tun haben."

„Kanzler Rostov steckt da mit drin? Im Ernst? Und er macht

gemeinsame Sache mit dem Noche-Syndikat?“, fragte Evan, dem die ganze Geschichte völlig absurd vorkam. Sicher, der amtierende Chef des Commonwealth hatte seine Macken, aber das galt für jeden Politiker. Victor Rostov schien auch nicht schlimmer zu sein als der Rest. *Ist es nicht viel wahrscheinlicher, dass die Person, die ihren Tod vorgetäuscht hat und nun auf einem Gottverlassenen Planeten hauste, die Verrückte ist?*

„Ich weiß, wie das klingen muss, Evan, aber ich schwöre dir: Ich sage die Wahrheit“, beharrte Conroy. „Finde dieses Schiff, dann hast du die Bestätigung, die du brauchst.“

Nein, werde ich nicht. Evan wollte keinen Streit vom Zaun brechen, aber er hatte in seinem Leben genug Legenden und Deckgeschichten gesehen, um zu wissen, wie Menschen die Wahrheit verbogen. Ein außerirdisches Schiff zu finden, würde lediglich beweisen, dass es auf Aethos eine fremde Präsenz gab. Es würde kein Licht darauf werfen, welche Seite für das Gemeinwohl kämpfte und welche nur auf den eigenen Vorteil aus war – und es würde erst recht nicht beweisen, dass es sich hier nicht einfach um einen Machtkampf zweier totalitärer Fraktionen handelte.

Damit war Evans Weg jedoch klar: *Ich kann weder Conroy noch Rostov trauen. Ich kann nur mir selbst vertrauen.*

Er musste dieses Schiff finden – aber nicht für Conroy. Er musste es vor allen anderen erreichen, bis er die Fakten selbst prüfen konnte. Er würde sich irgendwann für eine Seite entscheiden müssen, aber eine einzige Rede von Conroy reichte nicht aus, um ihn davon zu überzeugen, dass er hier im richtigen Team war.

Es gab viel zu verarbeiten. Evan wünschte, er und Anya könnten sich irgendwo unter vier Augen unterhalten, aber es gab keinen höflichen Weg, sich aus dem Gespräch auszuklinken. Also ließ er Conroy weiterreden, solange dieser noch in Plauderlaune war.

„Also, mal sehen, ob ich das richtig verstanden habe“, begann Evan. „Die Leute bei NovaTech, die diese Expedition organisiert haben, wussten, dass alles nur ein Schwindel war. Es war ihnen egal, dass Tausende sterben würden, weil es die perfekte Tarnung war, um ein Kriegsschiff hierher zu bringen. Dieses Schiff sollte Sie vernichten, aber Sie haben es zuerst abgeschossen. Eigentlich sollte das Kolonieschiff sabotiert werden, aber Ihr Angriff auf das Kriegsschiff hat diese Pläne durchkreuzt – weshalb nun Zivilisten überlebt haben, obwohl eigentlich jeder sterben sollte. Kommt das hin?“

Der Kanzler nickte. „Mit der Ausnahme, dass es auf beiden Schiffen, dem Kolonie- wie dem Kriegsschiff, einige feindliche Kollaborateure gab. Der Plan sah vor, dass diese evakuiert werden und überleben – was sie, soweit wir wissen, auch getan haben.“

Anya verschränkte die Arme. „Was im Klartext bedeutet: Sie wollen, dass Evan und ich zurück in den Dschungel gehen, um nach einem uralten Alien-Schiff zu suchen, das dort sein könnte oder auch nicht – während wir von mörderischen Saboteuren gejagt werden?“

Conroy zögerte. „Das ist nicht gerade die schmeichelhafteste Zusammenfassung, aber ja.“

Sie schürzte die Lippen.

„Ist bei NovaTech denn wirklich jeder korrupt? Ein Kolonieschiff hierherzuschicken, kostet doch Unmengen an Zeit und Geld. Es muss doch einen effizienteren Weg gegeben haben, Leute ohne diese ganze Verschwendung herzubringen.“

„Es gibt nicht viele Möglichkeiten, Massenmord zu begehen, ohne unangenehme Fragen aufzuwerfen“, entgegnete Conroy kühl. „Aber wenn man ein Kolonieschiff in eine neue Welt schickt, wo niemand sieht, was passiert ... Nun, da ist es leicht zu behaupten, ein unvorhersehbares Wetterphänomen oder so etwas hätte beim Landeanflug alle getötet. Das würde nicht nur den Tod der unliebsamen Zeugen erklären, sondern auch dafür sorgen, dass andere den Planeten in Zukunft meiden. So haben sie freie Bahn, die Alien-Technologie völlig ungestört zu untersuchen.“

Evan runzelte die Stirn. „Das klingt alles ein bisschen ... extrem.“

„Sobald ihr erst einmal akzeptiert, dass diese Leute zu jeder Lüge bereit sind – dass sie absolut alles tun würden, um ihre Ziele zu erreichen –, dann werdet ihr sehen: Keine Maßnahme ist ihnen zu extrem."

Dem konnte Evan nicht widersprechen. Er hatte schon gesehen, wie Menschen schreckliche Dinge taten, um ihren Willen durchzusetzen, und dabei stand nicht annähernd so viel auf dem Spiel wie hier. Die Zerstörung von zwei interstellaren Schiffen und der Tod ein paar tausend Menschen waren ein winziges Opfer, wenn man bedenkt, dass es um den Lauf der gesamten Zivilisation ging.

Conroy wechselte die holografische Karte zu einer größeren Ansicht der Umgebung. „Lasst mich kurz zu Ende führen, was ich weiß. Danach könnt ihr entscheiden, ob ihr uns helfen wollt. Ich denke, es gibt einen Weg für eine Einigung, von der wir beide profitieren: Ich bekomme, was ich brauche, und ihr kommt lebend aus dieser Todesfalle raus."

27

ANYA HATTE IN ihrer Karriere schon einige heftige Nachbesprechungen erlebt, aber die Präsentation von Kanzler Conroy hatte ihre gesamte Wahrnehmung der Realität erschüttert. Während sie nun mit Evan in einem kleinen Raum wartete, ging sie die Informationen im Kopf immer wieder durch und ordnete ihre vergangenen Erfahrungen in diesen neuen Kontext ein.

„Ich hätte merken müssen, dass sie etwas Großes planen“, murmelte sie.

„Ich denke, man kann guten Gewissens sagen, dass die meisten Leute so etwas nicht hätten kommen sehen“, erwiderte Evan.

„Aber es gab Anzeichen.“

„Und was hättest du dagegen getan?“

„Nun, ich ...“ Sie hielt inne. „Ich schätze, ich hätte versucht, die Kolonie-Expedition zu stoppen, und wenn mir das nicht gelungen wäre, wäre ich ausgestiegen.“

„Dann wäre ich hier draußen auf mich allein gestellt gewesen“, sagte Evan.

„Das wäre sicher kein großer Spaß für dich gewesen.“

„Das stimmt. So egoistisch es auch ist, ich bin froh, dass du hier bist.“

Anya nickte. „Vielleicht hat uns das Schicksal hierhergeführt.“

„An so was glaube ich nicht.“

„Ich eigentlich auch nicht. Ich mag den Gedanken, die Kontrolle über mein Leben zu haben. Aber es gibt Momente, da frage ich mich ...“

„Die jüngsten Ereignisse haben mich dazu gebracht, meine Haltung zu überdenken“, gab Evan zu.

Anya trat näher an ihn heran. „Nun, nehmen wir mal an, das Schicksal hat uns hier zusammengeführt. Wie wäre es, wenn wir einen Pakt schließen? Wo auch immer diese verrückte Reise als Nächstes hinführt, wir sind ein Team.“

Er musterte sie nachdenklich. „Bist du sicher, dass du dich an eine wandelnde Katastrophe binden willst?“

„Du bist aber wirklich gut darin, dich aus Schwierigkeiten herauszuwinden. Du hast auf mich aufgepasst, seit wir hier sind, und ich hoffe, du denkst dasselbe über mich. Wir arbeiten gut zusammen.“

„Stimmt. Es war schön, da draußen im Dschungel ein freundliches Gesicht an meiner Seite zu haben.“

Sie lächelte. „Abgemacht. Dann gilt der Deal.“ Sie reichte ihm die Hand.

Evan schüttelte sie. „Partner.“

Anya lehnte sich zurück gegen die Metallwand. „Tja, Partner, es fühlt sich verdammt gut an zu wissen, dass wir die ganze Zeit über nicht verrückt geworden sind, oder?“

Evan lachte. „Ja, obwohl die Realität weitaus wilder ist, als ich es mir je hätte vorstellen können.“

„Das ist sie wirklich.“

Er holte tief Luft. „Ich bin mir nicht sicher, ob es die Sache besser oder schlimmer macht, dass das alles nicht nur in unserem Kopf existierte. Ich habe das Gefühl, dass ich mir bei allem, was wir hier auf diesem Planeten ausbuddeln, am Ende wünschen werde, ich hätte nie davon erfahren.“

„Was man einmal gesehen hat, kann man nicht mehr ungesehen machen. Aber ich glaube, den Point of no Return haben wir schon vor langer Zeit überschritten.“

„Da hast du wahrscheinlich recht.“

„Positiv betrachtet“, fuhr er fort, „sind wir immerhin doch

nicht allein auf einem Planeten ohne jegliche Infrastruktur."

„Ja, aber ihre Hilfe anzunehmen, hat einen hohen Preis. Ich bin mir nicht sicher, ob ich in diesen Konflikt hineingezogen werden will."

„Gibt es denn wirklich eine Wahl?"

Er schüttelte den Kopf. „War ja klar."

„Was?"

„Dass ich durch ganze Sternensysteme zu einem völlig neuen Planeten reise, nur um in eine schmutzige Verschwörung verwickelt zu werden."

„Es ist ein ziemlich mieses Pech, das muss man zugeben."

„Wir könnten uns immer noch aus dem Staub machen und versuchen, es auf eigene Faust durchzuziehen, so wie wir es geplant hatten."

„Was hätte das für einen Sinn?", fragte sie. „Wir kämpfen ums Überleben, aber was für ein Leben können wir hier schon führen?"

„Jedes, das wir wollen."

„Nein, das ist die Lüge, die sie hoffnungsvollen Kolonisten verkauft haben. Dieser Planet sollte nie eine Utopie werden. Genau wie jede andere Welt war er Teil eines gut geplanten Schemas, um Ressourcen auszubeuten. Ich hatte gesagt, wir könnten weglaufen und uns eine kleine Höhle suchen, die wir unser Zuhause nennen. Aber das war, bevor ich wusste, was uns erwartet. So wie ich das jetzt sehe, müssen wir uns für eine Seite entscheiden."

„Diese Leute wollen uns jedenfalls glauben machen, dass sie die Guten sind."

„Vertraust du ihnen?"

Er zuckte mit den Schultern. „Ich bin mir nicht sicher."

„Ich weiß es auch nicht. Aber ich kann sagen, dass wir schlecht aufgestellt sind, um hier ohne sie zu überleben. Das ist die Ironie an der Sache. Verdammt mit ihnen und verdammt ohne sie. Also frage ich noch mal: Was bringt es wegzulaufen?"

Evan schwieg einige Sekunden, bevor er antwortete. „Der Punkt ist, das bestmögliche Leben zu führen."

„Sich zu verstecken scheint nicht der beste Weg dafür zu sein. Stehen die Chancen schlecht für uns? Ja. Aber der einzig sichere Weg zur Niederlage ist aufzugeben. Ich bin keine, die einfach hinschmeißt, und ich glaube nicht, dass du einer bist."

„Es ist nie zu spät, mal was Neues auszuprobieren."

Sie sah ihn von der Seite an. „‚Aufgeben' als neues Hobby. Das ist mal ein origineller Ansatz."

Er stieß ein gequältes Lachen aus. „Natürlich meine ich das nicht so. Das ist nur alles gerade ..."

„Es ist viel auf einmal."

„Ja."

Sie sah ihm direkt in die Augen. „Aber wir stecken da gemeinsam drin. Es ist wenigstens ein kleines bisschen weniger beschissen, wenn man nicht allein ist."

„Wohl wahr." Er seufzte schwer. „Ich schätze, für etwas zu kämpfen, ist immer noch besser als wegzurennen."

Es klopfte an der Tür, die auch schon aufschwang, ohne eine Antwort abzuwarten. Samor stand im Rahmen. „Hey, habt ihr Hunger?"

Anyas Magen knurrte wie aufs Stichwort. „Ich kann mich nicht mal an meine letzte Mahlzeit erinnern."

„Frühstück – und das ist eine Ewigkeit her", sagte Evan.

Der Soldat lächelte. „Dagegen lässt sich was machen."

— — —

Evan musterte das Buffet, das an einer Wand der Messe aufgebaut war. Es war zwar weit entfernt von luxuriös, aber ein riesiger Fortschritt gegenüber den MealPaks und den bitteren Wildkräutern, von denen sie sich in den letzten Tagen ernährt hatten.

Das kurze Vier-Augen-Gespräch mit Anya hatte zwar einige seiner Bedenken zerstreut, doch er zweifelte immer noch stark daran, Conroys Aussagen für bare Münze zu nehmen. Auch wenn er während des Großteils seiner Amtszeit als fähiger Anführer des Commonwealth gegolten hatte – zumindest laut den Nachrichten

–, waren Politiker berüchtigt dafür, glänzende Reden zu schwingen, während sie im Hintergrund ganz andere Ziele verfolgten. Und kurz vor seinem vermeintlichen Tod waren in den Medien erste Korruptionsgerüchte aufgetaucht. Evan glaubte keine Sekunde lang, dass der ehemalige Kanzler ihnen bereits alles erzählt hatte – oder dass er bei dem, was er preisgegeben hatte, vollkommen ehrlich gewesen war.

Als ihre Teller voll waren, setzten sie sich an einen der Tische in der hinteren Ecke des Raumes.

„Oh, echtes Essen!“ Anya riss ihr Brötchen auseinander und schob sich ein übertrieben großes Stück in den Mund. Sie schloss genüsslich die Augen, während sie kaute. „Mein altes Ich hätte das hier für langweiliges Kantinenessen gehalten, aber es ist erstaunlich, wie ein paar Tage in der Wildnis die Perspektive verändern können.“

Evan nahm einen verhalteneren Bissen von seinem Brötchen. „Solange es den Magen füllt, nehme ich alles, was ich kriegen kann.“

Heißhungrig sprachen sie erst wieder, als sie beide satt waren.

Evan schob sein leeres Tablett nach vorne. „Das war vielleicht die befriedigendste Mahlzeit, die ich je hatte.“

„Ganz meine Meinung.“

Sie verfielen wieder in nachdenkliches Schweigen.

„Hast du es schon realisiert?“, fragte Evan.

Anya nickte. „Ja. Das alles ...“ Ihre Stimme verstarb, während sie den Kopf schüttelte. „Es gab so viele Dinge, die nicht zusammenpassten. Es ist irgendwie eine Erleichterung zu hören, dass da wirklich etwas Tieferes vor sich geht, oder?“

Evan lachte leise. „Ich hätte nie gedacht, dass ich das mal sagen würde, aber ja.“

„Aber es ist so krank – dass wir alle auf diese Expedition geschickt wurden, um uns aus dem Weg zu räumen, weil sie dachten, wir wüssten zu viel.“

„Ich dachte erst, wir hätten bei unserem Absturz Pech gehabt. Aber eigentlich grenzt es an ein Wunder, dass wir lebend rausgekommen sind.“

Der Absturz war allerdings erst der Anfang. Wenn das stimmte, was Conroy gesagt hatte, bedeutete das, dass NovaTech in die Verschwörung verwickelt war. Evan konnte gar nicht fassen, was es bedeutete, es mit einer interstellaren Organisation dieser Größe aufzunehmen.

Selbst ein paar einzelne böse Akteure wären zu viel, gegen die man bestehen müsste, wenn man bedenkt, dass die Firma alles tun würde, um zu verhindern, dass ein so unappetitlicher Vorfall ans Licht kommt.

Seine Schultern sackten unter der Last der Erkenntnis nach unten. „Ein Mensch kann nur so viel ertragen."

Anyas Blick wurde weich vor aufrichtigem Mitgefühl. „Man hat uns in letzter Zeit wirklich viel zugemutet."

„Es ist nicht nur das." Er seufzte. „Ich habe mein ganzes Leben damit verbracht, das zu sein, was andere von mir wollten oder erwartet haben. Das hier sollte meine Chance sein, mein eigenes Leben zu leben."

Sie zuckte mit den Schultern. „Schön, pfeif auf sie. Sollen sie doch sehen, wie sie ihren Krieg ohne uns führen."

Evan schüttelte den Kopf. „Nein, wir haben das besprochen und uns entschieden, es durchzuziehen. Ich würde mich ewig ‚Was wäre wenn?' fragen, wenn ich jetzt gehen würde. Ich habe mich vorher selbst belogen – als ich dachte, es wäre möglich, dass es mir egal ist. Aber ein Pflichtgefühl ist nichts, was ich einfach ausschalten kann, so sehr ich es manchmal auch möchte."

„Dass einem Dinge nicht egal sind, ist kein Grund, sich selbst fertigzumachen."

„Nein, ich bin nicht frustriert über mich selbst. Nur genervt vom Universum im Allgemeinen, weil es seinen Scheiß nicht im Griff hat."

„Dann bereite dich mal auf ein Leben voller Frust vor. Das Universum wird wahrscheinlich nie wieder in geordnete Bahnen zurückkehren. Tatsächlich läuft das ganze Ding eher so nach dem Motto ‚kontrolliertes Chaos'."

„Danke, Anya. Jetzt fühle ich mich viel besser."

Sie lächelte über seinen schweren Sarkasmus. „Gern

geschehen."

„Aber du hast recht. Das Universum kann uns die verrücktesten Steine in den Weg legen, und das Einzige, was wir kontrollieren können, ist unsere Reaktion darauf. Wir müssen uns selbst treu bleiben. Tief im Inneren wussten wir beide doch, dass da etwas Größeres im Busch war als nur ein Unfall im All. Und Gott, wie recht wir hatten!"

Sie lachte leise. „Zugegebenermaßen gab es Momente, in denen ich an meiner eigenen Wahrnehmung gezweifelt habe."

„Ihr Wissenschaftstypen ... immer fleißig Daten analysieren und Hypothesen aufstellen."

Sie musterte ihn. „Du hast gerade zugegeben, dass du dasselbe tust."

„Punkt für dich." Er hielt inne. „Wir dürfen uns aber nichts vormachen, Anya. Letztendlich müssen wir der Tatsache ins Auge sehen, dass wir für einen Bürgerkrieg zwangsverpflichtet wurden."

„Das ist ein bisschen dramatisch."

„Komm schon, du weißt, wie das ablaufen wird."

Sie schürzte die Lippen in stiller Überlegung. „Na gut, ja. Wenn wir tun, worum sie uns gebeten haben, werden wir mittendrin stecken."

Evan verschränkte die Arme und lehnte sich in seinem Stuhl zurück. „Das Nervigste ist, dass ich tief im Inneren gar nicht so unglücklich darüber bin. Es ist eigentlich ein bisschen aufregend."

Anya lachte. „Ich weiß, was du meinst. Als ich von der Mission hörte, fühlte ich mich wie eine Superagentin."

„Wir sollten wahrscheinlich vorsichtig sein, wie laut wir das sagen, sonst geben sie uns noch mehr Aufträge."

„Wäre das denn so schlimm?"

„Nicht, wenn ich mit dir zusammenarbeiten darf."

Ihre Blicke trafen sich.

„Hey, wie lebt ihr euch so ein?"

Erschrocken blickte Evan auf und sah Samor an ihren Tisch herantreten. „Weit entfernt von eingelebt, und im Kopf gehen tausend verschiedene Dinge vor", antwortete er.

Der Soldat nickte. „Ich kann mir nur vorstellen, wie überwältigend es ist, hier so unvorbereitet reinzustolpern."

Evan senkte seine Stimme zu einem Flüstern. „Wusstest du, worauf du dich einlässt, als du hierhergekommen bist? Ich meine, das Ganze liegt ja nicht gerade im normalen Dienstbereich."

„Im Gegenteil, was könnte wichtiger sein, als für die Zukunft der Menschheit zu kämpfen?"

„Nun, ich bin mir nicht sicher, ob ich die Kraft gehabt hätte, Conroy ins Exil zu folgen", gab Evan zu.

„Ich bereue nichts. Ich denke, wenn du erst mal Zeit hattest, alles zu verarbeiten, was wir hier tun, wirst du sehen, dass die Hingabe an die Sache der einzige Weg nach vorne ist."

„Ich versuche, unvoreingenommen zu bleiben", sagte Evan ihm. Es war zu diesem Zeitpunkt alles nur Hörensagen über die politische Führung des Commonwealth und darüber, was für ein Putsch nun stattgefunden haben mochte oder nicht. Samor hatte sich eindeutig für einen Anführer entschieden, aber Evan musste erst sehen, wie sich das Ganze entwickelte. Nur weil er beschlossen hatte, nicht vor dem heraufziehenden Krieg davonzulaufen, bedeutete das noch nicht, dass er sich schon entschieden hatte, welche Rolle er in diesem Kampf spielen wollte.

„Gut, denn wenn ich euch zeige, was wir bisher über die außerirdischen Ruinen herausgefunden haben, wird das Ganze eine völlig neue Dimension von Verrücktheit annehmen."

„Wie viel seltsamer kann es denn noch werden?"

Samor zeigte ein wehmütiges Lächeln. „Das habe ich auch gedacht. Folgt mir."

28

ROMAN LIEß SICH auf den Bauch fallen und hob sein Fernglas. Die Wärmebild-Überlagerung lieferte ihm eine vergrößerte Ansicht: Der Bunkereingang war so gut getarnt, dass ein flüchtiger Beobachter ihn glatt übersehen hätte. Die Hitzesignaturen um die Luke gehörten jedoch unverkennbar zu Wachen. Niemand würde Wachen vor etwas postieren, das es nicht wert war, beschützt zu werden.

„Ich glaube, wir haben die Festung gefunden“, flüsterte Roman Sten zu.

Der andere Mann nickte und setzte sein eigenes Fernglas ab. „Ich zähle sechs Mann. Vier am Boden und zwei weitere in den Bäumen – wahrscheinlich Scharfschützen.“

„Hab ich auch gesehen. So gerne ich den Helden spielen würde: Allein kommen wir gegen so viele nicht an, ganz zu schweigen davon, wie viele Soldaten noch da drinnen hocken. Wir müssen Verstärkung rufen.“

„Die werden die ganze Anerkennung einstreichen, das ist dir klar, oder?“

„Wir haben keine Wahl. Die Mission geht vor.“ Roman lächelte grimmig. „Aber sie werden wissen, dass wir es waren, die sie gefunden haben.“

Sie zogen sich lautlos in ein Wäldchen zurück, bis sie außer Sichtweite des Feindes waren. Die Protokolle schrieben eigentlich Funkstille vor, sofern keine außergewöhnlichen Umstände vorlagen – aber das hier schien eine lohnende Ausnahme zu sein.

Roman stellte die Frequenz des anderen Teams ein und drückte den Alarmton seines Identifikationsmusters.

Das Funkgerät knackte, und eine Frauenstimme antwortete: „Das ist hoffentlich wichtig."

„Ich starre gerade direkt auf Conroys Bunker. Wollt ihr wissen, wo er steckt?"

„Warum seid ihr von eurem Kurs abgewichen?"

„Bin ich nicht. Taktikänderung."

„Tja, ihr seid gerade dabei, unsere Tarnung auffliegen zu lassen. Wir observieren ihn nämlich schon."

Roman tauschte einen Blick mit Sten. „Ihr seid ... auch hier?"

„Muss ich mich wiederholen?" Sie stieß einen genervten Seufzer aus. „Versaut uns das nicht. Treffpunkt an diesen Koordinaten."

Romans Handgelenkkarte aktualisierte sich: Ein Punkt, siebzig Meter nordwestlich ihrer aktuellen Position. „Wir sind unterwegs." Er beendete das Gespräch.

„So viel zum Thema Ruhm", kommentierte Sten.

Roman unterdrückte den Drang, ihm das Grinsen aus dem Gesicht zu prügeln. „Abmarsch."

Sie schlugen sich durch das Unterholz zum Treffpunkt durch. Dort warteten bereits Soldaten auf sie, die Gewehre im Anschlag.

„Schön, euch auch zu sehen", grüßte Roman mit einem hämischen Grinsen.

Eine großgewachsene Frau trat hervor. Ihr Blick verriet, dass sie sein Gesicht am liebsten in den Boden gestampft hätte. „Ihr solltet eigentlich verdammt noch mal nicht hier sein."

„Wir haben uns eben eine andere Taktik überlegt. Und die beinhaltet, Infos direkt aus dem Inneren dieser Anlage zu beschaffen."

„Das hier ist eine rein militärische Operation."

„Ohne uns wärt ihr gar nicht erst hier. Wir sollen zusammenarbeiten, erinnert ihr euch?" Roman war sich über die Details der Vereinbarung, die sein Bruder zwischen dem Syndikat und der Regierung ausgehandelt hatte, nicht ganz im Klaren – aber sie mussten im Gegenzug etwas verdammt Wertvolles bekommen. Marcus schloss niemals ein Geschäft ab, das nicht der Organisation und vor allem ihm persönlich zugutekam.

Die Soldatin schien sich nicht im Geringsten für die Abmachung zu interessieren. „Tut einfach, was man euch sagt, und geht uns aus dem Weg. Wir sind wegen Conroy hier. Wenn wir unser Ziel erreicht haben, könnt ihr meinetwegen forschen, so viel ihr wollt."

„Meinetwegen. Hast du eigentlich auch einen Namen?"

„Ja."

So läuft das Spiel also. Er starrte sie unnachgiebig an.

Sie verdrehte die Augen. „Nenn mich Red." Nichts an ihren dunklen, mandelförmigen Augen oder ihrem schwarzen Haar, das stark mit ihrer blassen Haut kontrastierte, verriet, wie sie zu diesem Namen gekommen war.

„Ich bin Roman, das ist Sten."

„Ich weiß, wer ihr seid."

„Dann solltest du auch wissen, dass man sich besser nicht mit mir anlegt."

„Warum, glaubst du, bist du wohl noch am Leben?" Red schulterte ihr Gewehr und wandte sich ab, um mit einem untersetzten Wachposten zu sprechen.

„Toller Start", murmelte Roman.

„Immerhin wissen sie, dass wir auf derselben Seite stehen", erwiderte Sten, während er die Ausrüstung der Soldaten musterte.

Roman hatte sich für seine Mission eigentlich für gut bewaffnet gehalten, aber gegen diesen Trupp sah er aus wie ein Spielzeugsoldat. Um sich keine Blöße zu geben, ging er selbstbewusst auf Red und ihre Gruppe zu. „Wann gehen wir rein?"

„Wir warten die Dämmerung ab", antwortete der stämmige Mann neben Red.

„Klingt nach einem Plan." Roman harrte einige Sekunden in unangenehmem Schweigen aus. „Schon praktisch, dass euer Schiff so nah an der Basis runtergekommen ist."

Red zog eine Augenbraue hoch. „Dein Ernst? Du glaubst, das war Zufall?"

„Ich— “

„Wow. Ist dir nicht mal der Gedanke gekommen, dass wir die Position der Basis die ganze Zeit kannten und sie gezielt angesteuert haben?“

Roman zog die Stirn kraus. „In unseren Aufzeichnungen gab es keinen Standort.“

Sie spottete nur. „In unseren schon.“

„Warum habt ihr uns das nicht gesagt?“

„Weil wir euch nicht trauen! Macht euch keine Illusionen: Das hier ist ein Zweckbündnis auf Zeit, mehr nicht.“

„Das beruht auf Gegenseitigkeit.“

„Schön. Und vergiss nicht, dass ihr im Moment diejenigen seid, die waffentechnisch den Kürzeren ziehen.“

Roman war sich dieser Tatsache bereits schmerzlich bewusst, aber es kam ihm in den Sinn, dass es eigentlich viel mehr Soldaten geben müsste als die, die er gerade sah. „Wo ist der Rest eurer Leute?“

Red verzog das Gesicht. „Wir haben viele bei der ersten Explosion verloren und dann noch mehr beim Absturz. Wir waren bereits in unserem Landungsschiff im Hangar des Kreuzers und machten uns bereit für den Abstieg, als sie auf uns feuerten, also sind wir glimpflich davongekommen. Andere hatten nicht so viel Glück.“

„Wir sind also zahlenmäßig unterlegen.“

„Spielt keine Rolle. Wir haben genug, um unseren Job zu erledigen. Ihr seht besser zu, dass ihr euren auch erledigt.“

„Werden wir“, versicherte Roman ihr. „Ihr kümmert euch um den Durchbruch, und wir übernehmen dann von dort aus.“

— — —

Evan hatte sich seit Tagen nicht mehr richtig satt oder sicher gefühlt; die Ruhepause bei einer herzhaften Mahlzeit mit Anya war genau das gewesen, was er gebraucht hatte. Während er Samor durch die seltsame Anlage folgte – ein unterirdisches Labyrinth, das aus den Überresten eines alten Schiffs konstruiert worden war –, konnte er das Gefühl nicht abschütteln, dass diese kurze Entspannung nur die Ruhe vor dem Sturm war.

Conroy hatte zwar nicht ausdrücklich zur Eile gemahnt, aber zwischen den Zeilen klang die Dringlichkeit deutlich durch. Sie wurden von einer unbekannten Anzahl Soldaten des abgestürzten Militärschiffs gejagt, ganz zu schweigen von den Syndikats-Verschwörern. Wenn Evan und Anya ihre Spur gefunden hatten, dann konnten Profis das erst recht.

„Sag mal, Samor“, wagte Evan einen Vorstoß, „du wirst wahrscheinlich sagen, dass es mich nichts angeht, aber wie habt ihr den Laden hier eigentlich abgesichert?“

„Hast recht, das braucht dich nicht zu kümmern.“

„Doch, verdammt, das tut es. Vor allem, wenn man bedenkt, dass ich hier festsitze und ihr klipp und klar gesagt habt, dass es Leute auf diesem Planeten gibt, die euch tot sehen wollen. Das verheißt nichts Gutes für uns.“

Der andere Mann zog eine Augenbraue hoch. „Bist du jetzt auch noch Sicherheitsexperte?“

„Nein, nur ein ganz normaler Typ, der ein bisschen Beruhigung sucht, um heute Nacht ein Auge zuzubekommen.“

„Wenn du schon den Schlaf verlieren willst, dann darüber, wie wir in dieses Alien-Schiff reinkommen.“

„Ich nehme an, wir sollen morgen früh als Erstes aufbrechen?“, fragte Anya.

Samor nickte. „Ich schätze, Conroy wäre es lieber gewesen, wenn ihr sofort losgezogen wärt. Aber nach dem, was ihr durchgemacht habt, ist eine Nacht in einem richtigen Bett einfach zu wertvoll. Ein kleiner Trupp Wachen steht bereit, um bei Tagesanbruch mit euch aufzubrechen.“

Das anhaltende Ziehen in Evans Rücken pflichtete ihm bei – eine Matratze klang tausendmal besser als eine dünne Isomatte. „Was auch immer du uns noch sagen wolltest: Bringen wir’s hinter uns, damit wir uns hinhauen können.“

Samor führte sie in einen großen Raum, der wie ein umfunktionierter Laderaum wirkte. Stapelweise Kisten im ganzen Zimmer deuteten darauf hin, dass er immer noch diesen Zweck erfüllte. Doch es gab auch mehrere Objekte, die auf den Kisten drapiert waren und klarmachten, dass dies kein gewöhnliches Lager war.

Die seltsamen Fundstücke bestanden aus einem dunklen Metall mit perlmuttartigem Glanz. Noch auffälliger waren die geschwungenen Formen und die extrem detaillierte Textur, die eher an Echsenhaut erinnerte als an alles, was je von einem Fließband gelaufen war. Es gab fünf dieser Objekte, zwischen einem halben und zwei Metern breit. Das größte Stück hatte eine scharfe, gezackte Kante, an der es offensichtlich abgebrochen war.

„Was ist das?“, fragte Anya und beäugte die Fundstücke skeptisch.

Evan kannte die Antwort bereits, noch bevor Samor den Mund aufmachte.

„Wir haben diese Teile an einer Ausgrabungsstätte in dem Tal geborgen, das wir untersucht haben. Die Metallzusammensetzung ähnelt nichts, was wir aus dem Commonwealth kennen. Es ist definitiv außerirdisch“, erklärte Samor.

Obwohl seine Vermutung bestätigt wurde, fiel es Evan schwer, das Offensichtliche zu akzeptieren. Er hatte heute schon viele unglaubliche Dinge gesehen – doch zu erfahren, dass ein totgeglaubter Mann fünf Jahre im Exil gelebt hatte, war eine leicht verdauliche Wahrheit im Vergleich zum physischen Beweis für intelligentes außerirdisches Leben. Und nicht nur intelligent, sondern obendrein technologisch Lichtjahre voraus.

„Was genau soll das sein?“, fragte Evan. Es war nicht gerade die eleganteste oder tiefgründigste Frage, aber mehr brachten seine überforderten Sinne in diesem Moment nicht zustande.

„Wir glauben, es sind die Überreste eines Außenpostens. Das hier waren nur die Teile, die klein genug für den Transport waren. Viel größere Komponenten liegen noch tief unter der Erde. Unsere Scans zeigen ein Netzwerk aus Räumen und Korridoren.“

„Unterirdisch gebaut?“

„Nein, eher einfach so alt, dass sie im Laufe der Äonen mit Erde und Vegetation überwuchert wurden. Das Gelände liegt recht tief – ich schätze, ihr habt das Wetter draußen ja am eigenen Leib miterlebt."

„Ja, ein bisschen zu intensiv für meinen Geschmack", sagte Evan, während er auf eines der mittelgroßen Objekte zuging. „Ich kann mir nicht vorstellen, so viel Detailarbeit in ein simples Gebäude zu stecken."

Samor nickte. „Das war für uns auch der Knackpunkt. Eine Arbeitshypothese besagt, dass das Metall eigentlich ein programmierbares Nanogeflecht ist."

Anya horchte auf. „Das hieße, die Strukturen könnten ... gezüchtet werden?"

„In gewissem Sinne, ja. Aber welcher Steuerungsmechanismus das auch immer möglich gemacht hat, er ist längst verschwunden. Es geht zwar eine schwache Energiesignatur davon aus, aber soweit wir das beurteilen können, ist sie nicht mehr aktiv."

„Wie viel liegt dort noch begraben?", wollte Anya wissen.

„Schwer zu sagen. Wir konnten das Gebiet nie vollständig ausheben – wir haben uns über die Jahre nur Stück für Stück vorgearbeitet. Unser letzter Versuch wurde durch die Ankunft eurer Expedition unterbrochen. Aber dort befindet sich das Schiff nicht."

Evan stand nur noch einen Meter von einem der Objekte entfernt, als ihn plötzlich ein warmes Glühen durchströmte. Das Gefühl konzentrierte sich in seinem Inneren, breitete sich aber bis in seine Fingerspitzen und Zehen aus. Er verspürte den plötzlichen Drang, nach dem Metall zu greifen.

Als er die Hand ausstreckte, schimmerte die Oberfläche – fast so, als würde sie sich ihm entgegenwölben, um ihn zu begrüßen. „Whoa, habt ihr das gese— "

Eine heftige Erschütterung raste durch die Wände und ließ feinen Staub von der Decke regnen.

Anya duckte sich instinktiv. „Was war das?"

„Wartet hier!" Samor stürmte bereits auf die Tür zum Flur zu.

„Das klang wie eine Explosion", sagte Evan, gerade laut genug, dass Anya ihn hören konnte.

„Dachte ich auch." Ihre Brauen waren vor Sorge zusammengezogen, ihre Augen weit vor Schreck.

Evans Brust schnürte sich zusammen. Nach allem, was er in den letzten Stunden erfahren hatte, kam nur eine Gruppe für einen solchen Angriff infrage. Und eins war sicher: Sie würden bis an die Zähne bewaffnet sein. Evan war mental absolut nicht auf ein Feuergefecht vorbereitet – erst recht nicht in einer Umgebung, die ihm fremder nicht hätte sein können.

Samor hielt an der Tür inne und spähte vorsichtig in den Korridor. Er schüttelte kurz den Kopf – nichts zu sehen.

Evan gab Anya ein Zeichen, ihm zu folgen. „Was auch immer du uns noch sagen wolltest, das muss warten", herrschte er Samor an. „Ich lasse mich nicht an einem Ort mit nur einem Ausgang in die Falle locken."

Samor nickte knapp. Er stürzte zurück in den Raum, riss ein handtellergroßes Gerät von einer der Konsolen und stopfte es in seine Tasche. „Ich muss an ein Funkgerät. Wir reden unterwegs." Die Truppe musste verdammt knapp an Ressourcen sein, wenn nicht einmal jeder ein eigenes Comm-Gerät am Mann hatte.

„So viel zum Thema erholsame Nacht im Bett", brummte Anya erschöpft.

„Wir wissen noch nicht, was genau los ist. Vielleicht klappt das ja noch", erwiderte Samor, während er vorsichtig den Flur betrat und lauschte. „Folgt mir."

Evan und Anya joggten hinter Samor her, tiefer in das Labyrinth aus Metallgängen. Eine weitere Druckwelle raste durch das Bauwerk, ließ die Wände scheppern und den Boden erzittern. Evan wusste nicht, ob er erleichtert oder alarmiert sein sollte, dass aus der Ferne noch keine Kampfgeräusche zu hören waren.

„Ich will unsere Waffen zurück. Oder neue – ganz egal", forderte Evan bestimmt.

„Das ist gerade nicht …"

„Du willst doch, dass wir mit euch zusammenarbeiten, oder? Wenn das ein Angriff ist, warte ich nicht, bis uns der Kampf direkt vor den Füßen liegt, bevor ich mich bewaffne."

Obwohl der Soldat von der Aussicht alles andere als begeistert wirkte, nickte er schließlich. „Okay. Ich melde mich beim Kommando, dann sehen wir weiter."

Sie eilten weiter zu einer Waffenkammer, in der bereits hektische Betriebsamkeit herrschte. Mehrere Soldaten rüsteten sich in fieberhafter Eile aus.

„Was gibt's Neues?", rief Samor ihnen zu.

„Der Feind hat uns eingekesselt. Wir haben noch keine genaue Zahl, aber sie setzen Sprengstoff ein. Wir versuchen, das Haupttor zu halten", rief ein Soldat über den Lärm hinweg. „Wir brauchen hier jeden Mann!"

Samor fluchte leise vor sich hin. „Ich muss die beiden hier zum Hinterausgang bringen. Wir können sie unmöglich allein losschicken."

„Die Befehle des Generals sind eindeutig: Der Angriff muss abgewehrt werden. Wir können niemanden entbehren!"

„Und was ist mit dir?", wandte sich Evan an Samor.

„Meine Verantwortung gilt dem Kanzler."

„Wir sind vorher auch allein klargekommen, Evan", warf Anya ein, obwohl ihre Stimme leicht zitterte.

„Das war, bevor Leute mit scharfer Munition auf uns geschossen haben!"

Samor reichte Evan ein Gewehr und eine Pistole, dann gab er auch Anya eine Handfeuerwaffe. „Holt eure Ausrüstung. Ich schau, ob ich jemanden finde, der euch Deckung gibt."

Vorsichtshalber schnappte sich Evan noch ein Lademodul. Kinetische Waffen waren ihm zwar lieber, aber während er im Gefecht nur über eine begrenzte Anzahl an Schüssen pro Waffe verfügte, ermöglichte es ihm das Ladegerät, die Schusskapazität danach immer wieder vollständig zu regenerieren.

Mit gezogenen Waffen führte Samor sie zurück zum Wohnbereich. Der Flur war wie leergefegt – wahrscheinlich waren alle bereits in Stellung gegangen. An der Kreuzung, an der es eigentlich rechts zu Evans Quartier ging, bogen sie stattdessen links ab.

„Hey, ist das nicht …"

„Das ist mein Zimmer", unterbrach ihn Anya.

Zwei Türen weiter schloss Samor auf. Anya stürmte hinein, um ihre Sachen zusammenzuraffen. „Ich will auch meinen Bioanalysator zurück“, sagte sie bestimmt, als sie wieder herauskam.

„Keine Zeit. Nur das Nötigste“, drängte Samor.

„Das Teil ist nötig! Wenn wir bei den Ruinen auf biologisches Material stoßen, muss ich wissen, womit wir es zu tun haben.“

„Erst meine Unterkunft, dann der Rest“, entschied Evan und rannte los, Samor und Anya dicht auf den Fersen.

Sobald sie Evans Tür erreichten, schloss Samor auf. Evan stürzte hinein und packte seinen Rucksack. Zelt, Isomatte und die Grundvorräte waren noch da, aber für einen langen Marsch durch die Wildnis war das eigentlich zu wenig.

„Wir brauchen diesen Analysator und Rationen“, sagte Evan, als sie wieder auf dem Flur standen.

„Erst der Analysator. Essen können wir uns zur Not selbst besorgen“, erklärte Anya pragmatisch.

Evan gab ihr recht und ließ sich von Samor durch die verlassenen Korridore führen. Nach ein paar Abzweigungen erreichten sie ein provisorisch eingerichtetes Labor. Anya entdeckte ihr Gerät sofort und verstaute es sicher im Rucksack.

„Essen“, erinnerte Evan.

„Auf dem Weg zum Hinterausgang liegt ein Vorratslager“, sagte Samor und stürmte den Gang entlang.

„Hier draußen wimmelt es wahrscheinlich von bewaffneten Irren, die den Laden umstellt haben!“, rief Evan ihm hinterher.

„Wie sollen wir hier verschwinden, ohne über den Haufen geschossen zu werden?“

„Es gibt einen Fluchttunnel, der euch einen halben Kilometer weit wegführt“, offenbarte Samor. „Wir haben beim Bau dieser Anlage ein natürliches Höhlensystem genutzt, und dieser Tunnel war ein Teil davon.“

„Angenommen, wir entkommen und finden das Schiff tatsächlich“, begann Evan in einem optimistischeren Ton, als ihm zumute war. „Was um alles in der Welt sollen wir dann damit anfangen?“

„Verhindern, dass es in feindliche Hände fällt. Nichts ist wichtiger."

„Aber— "

Samor warf ihm im Laufen einen Blick zu. „Ich weiß es nicht. Conroy hat mich angewiesen, euch über die Lage zu informieren, aber er hat nicht spezifiziert, was darüber hinaus zu tun ist."

In der Ferne war das Stakkato von kinetischen Waffen zu hören. Samor blickte alarmiert in die Richtung der Kämpfe. „Sie sind in der Basis. Ich muss euch jetzt hier rausholen."

„Eine Eskorte— "

„Dafür ist es zu spät!", schnitt Samor Evans Protest ab. „Es liegt jetzt an euch, das Schiff zu finden."

Evan schüttelte den Kopf. „Uns beide allein mit ein paar Knarren da rauszuschicken, ist kein solider Plan, um das Commonwealth zu retten."

Samor drängte ihn den Flur hinunter. „Dieser Angriff hat alles verändert. Ihr könnt entweder hierbleiben und hoffen, dass wir diesen Kampf gewinnen - oder ihr verschwindet jetzt und versucht, unsere Zukunft zu sichern."

„Wir werden unser Bestes geben", sagte Anya und warf Evan einen entschlossenen Blick zu. „Gibt es irgendein Funkgerät, das wir mitnehmen können, um mit Ihnen in Kontakt zu bleiben?"

„Bei den Vorräten könnte eines sein", antwortete Samor. „Aber es zu benutzen wäre riskant, weil es euren Standort verraten könnte."

„Wir benutzen es nur im äußersten Notfall", versicherte Evan ihm.

„Das ist reiner Wahnsinn", murmelte Anya, während sie hinter dem Soldaten herjoggten.

Evan tauschte einen Blick mit ihr aus; er brauchte keine Worte, um ihr zuzustimmen, dass „Wahnsinn" die Untertreibung des Jahrhunderts war.

Sie erreichten das Vorratslager und stopften so viele MealPaks in ihre Taschen, wie nur hineinpassten. Es war nicht abzusehen, wann sie wieder an Vorräte kommen würden; sie mussten davon ausgehen, dass das hier reichen musste.

Hoffentlich würden sie mit Anyas Bioanalysator genug Essbares finden, um die Rationen für echte Notfälle aufzusparen – also für einen noch größeren Notfall. Ihr Leben verwandelte sich gerade in eine einzige, andauernde Krise.

„Es tut mir leid, dass ihr in diese Lage gebracht wurdet“, sagte Samor zu ihnen, als sie das Lager verließen. „Wir anderen hatten eine Wahl, als wir hierherkamen.“

„In eine geheime Rebellion zwangsrekrutiert zu werden, stand nicht gerade auf meinem Tagesplan“, erwiderte Evan grimmig. „Ich kann keine Versprechungen machen, was wir tun werden.“

Samor nickte verständnisvoll. „Ich kann euch nur die nötigen Informationen geben und hoffen, dass ihr euch am Ende entscheidet, das Richtige zu tun.“ Er holte das kleine Gerät hervor, das er vorhin eingesteckt hatte. Nach einer kurzen Tastenkombination flackerte eine niedrig aufgelöste, holografische Karte darüber auf. „Hier haben wir einen Forschungsaußenposten eingerichtet. Dort sind Kopien all unserer Erkundungsdaten gespeichert.“

„Ein Bibliotheksausflug wird uns im Moment wohl kaum weiterhelfen“, bemerkte Evan trocken.

„Vielleicht nicht direkt. Aber der Feind weiß nichts von diesem Ort, er bietet euch also einen sicheren Unterschlupf.“ Er reichte Evan das Gerät, das mit Riemen wie eine Armbanduhr versehen war. „Außerdem enthält es alle Details, die ihr braucht, um Zugang zu den Ruinen mit dem außerirdischen Schiff zu erhalten.“

Evan schnallte sich das Teil ans linke Handgelenk und deaktivierte die Projektion.

„Was meinst du mit ‚Zugang erhalten‘?“, hakte Anya nach. „Meintest du nicht ‚finden‘?“

„Nein, wir wissen ziemlich genau, wo das Schiff liegt. Ein Team hat die Stelle etwa ein Jahr nach unserer Landung auf Aethos ausfindig gemacht. Es gibt einen Eingang in den Bergen, ganz in der Nähe der anderen Ruinen – aber er ist versiegelt. Wir hoffen, dass das ‚Initiations-Serum‘ des Syndikats der Schlüssel ist, um ihn zu entriegeln."

Anya runzelte die Stirn. „Und was ist mit mir? Gibt es Grund zu der Annahme, dass es gefährlich wäre, das Innere zu betreten, sobald es offen ist?"

„Ehrlich gesagt, Anya? Ich weiß es nicht. Wir haben gerade erst damit begonnen, die Eigenschaften des Serums auf Basis von Evans Blutwerten zu untersuchen."

„Deshalb hattet ihr also meinen Bioanalysator konfisziert."

„Ja, tut mir leid. Wir sind hier, was wissenschaftliches Equipment angeht, extrem knapp besetzt. Die Leute, die mit dem Kanzler nach Aethos kamen, waren entweder Sicherheitsleute oder politische Berater – nicht gerade der ideale Haufen, um die tiefen Geheimnisse einer unerforschten Welt zu ergründen."

„Ich nehme an, ihr konntet heute Nachmittag kein neues Serum aus dem Ärmel schütteln?"

Samor schüttelte den Kopf. „Nicht mal ansatzweise."

„Na gut, dann werde ich wohl selbst sehen müssen, was ich herausfinde." Anya griff über ihre Schulter und klopfte auf ihren Rucksack, in dem der Analysator verstaut war.

„Die Karte auf dem Gerät ist eine statische topografische Darstellung. Sie zeigt euch nicht eure Live-Position an, aber es sollte genug Orientierungspunkte geben, damit ihr euch zurechtfindet."

„Ihr habt keine Navigationssatelliten?", fragte Evan ungläubig.

„Angesichts der feindlichen Präsenz würde ich derzeit keinem unserer Orbitalsysteme trauen", antwortete Samor knapp. „Und in diesem Sinne: Seid vorsichtig. Traut niemandem, dem ihr begegnet – völlig egal, als wer er sich ausgibt."

„Angenommen, wir finden das Schiff … wie geben wir euch Bescheid?", wollte Evan wissen.

„Das wäre der Zeitpunkt, die Funkstille zu brechen. Unser Rufname lautet ‚Phoenix'."

Zweifellos eine plakative Anspielung auf Conroys Auferstehung, aber leicht zu merken und für Außenstehende kaum zu erraten. „Alles klar. Wir sind ‚Trailblazer'."

„Ich gebe es an die anderen weiter." Samor führte sie den Korridor entlang zu einem Lukendurchgang, der massiver und dicker war als die anderen.

In der Mitte der Luke prangte die halb abgekratzte Beschriftung: ‚Luftschleuse'. Samor drehte am Verschlussrad, bis der Mechanismus mit einem schweren Klacken entriegelte. Er schwang die schwere Tür auf und gab den Blick auf rauen, hellbraunen Fels frei.

Evan kramte eine Taschenlampe aus seinem Rucksack und knipste sie an. „Dann schätze ich, ist es Zeit für eine Höhlenexpedition."

29

ANYA MOCHTE KEINE dunklen, engen Räume, aber das war nicht der richtige Zeitpunkt, das gegenüber Evan zu erwähnen. Sie nahm einen langsamen, tiefen Atemzug in dem vergeblichen Versuch, ihre Nerven zu beruhigen, und folgte ihm in den steinernen Durchgang. Sobald sie die Schwelle überschritten hatte, schwang die Metallluke hinter ihr zu, und der Riegel rastete schwer ein.

Evan ließ den Strahl seiner Taschenlampe durch den Raum wandern, aber außer den Steinwänden gab es nichts zu sehen. „Wir müssen uns beeilen. Diese Luke war nicht versteckt - wenn sie die Anlage einnehmen, werden sie unsere Spur verfolgen können."

„Wie um alle Planeten sollen wir auch nur einen Bruchteil dessen tun, was sie von uns verlangen, Evan?"

Er schüttelte den Kopf, was durch den großen Schatten, den seine Taschenlampe warf, noch dramatischer wirkte. „Zuzustimmen war die einzige Möglichkeit, wie wir da rauskommen würden, aber ohne Eskorte sind wir an nichts gebunden. Ich weiß nicht, wie wir auch nur einem Wort von dem trauen können, was sie uns erzählt haben."

„Ich weiß nicht mehr, was ich glauben soll."

„Ich auch nicht, deshalb sage ich ja, wir suchen dieses Schiff, und dann entscheiden wir, was wir damit machen. Solange wir nicht verstanden haben, wozu es fähig ist, sollten wir es keiner von beiden Gruppen überlassen."

„Einverstanden. Zuerst müssen wir zu diesem Forschungsaußenposten gelangen."

„Sah auf der Karte nicht allzu weit von hier aus. Aber ich habe keine Ahnung, wie spät es ist. Ob es draußen schon dunkel ist?"

„Fühlt sich an, als wären wir mindestens mehrere Stunden dort unten gewesen. Könnte sein."

„Sobald wir aus diesem Tunnel raus sind, können wir uns unseren nächsten Schritt überlegen."

— — —

„Ich hätte gedacht, die bringen besseren Sprengstoff mit", flüsterte Roman Sten zu, während sie beobachteten, wie die Soldaten versuchten, die Anlage zu stürmen.

Der andere Mann schwieg, zog aber zustimmend die Brauen zusammen.

Bislang verlief bei der Invasion auf Aethos so ziemlich gar nichts nach Plan. Als ob der Abschuss nicht schon gereicht hätte, waren sie durch die Verluste beim Absturz hoffnungslos unterbesetzt - und Roman war sich nicht sicher, ob die Überlebenden nicht zum Bodensatz der Leistungsgruppe gehörten. Reds taffes Gehabe wirkte mehr und mehr wie eine Fassade für Inkompetenz, auch wenn Roman noch nicht genug gesehen hatte, um sich ein abschließendes Urteil zu bilden.

Sicher war er sich hingegen, dass der Durchbruch eine verdammt schmutzige Angelegenheit wurde. So sehr er auch auf Infos aus der Anlage scharf war: Er hatte keine Lust, die ganze Nacht herumzulungern, nur um am Ende selbst im Kreuzfeuer zu landen.

„Lass uns hier verschwinden", sagte Roman.

Sten musterte ihn skeptisch. „Was ist mit dem Plan?"

„Sollen die sich doch um Conroy kümmern. Es gibt einen anderen Weg, um an das zu kommen, was wir wollen." Roman schlich sich von ihrem Beobachtungsposten weg.

„Wo willst du hin?", schnauzte Red ihn an.

„Planänderung", antwortete Roman kühl. „Mir ist da was

klargeworden: Wir müssen nicht da rein, um zu kriegen, was wir brauchen. Wenn etwas wichtig ist, werden sie es uns direkt vor die Füße tragen."

„Wovon redest du?"

„Die werden in Panik fliehen. Wir müssen die Infos nicht selbst ausgraben – was auch immer ihnen heilig ist, werden sie versuchen zu retten, indem sie es so weit wie möglich von hier wegschaffen."

„Wir haben alles gecheckt. Es gibt keinen anderen Ausgang."

„Keinen, den ihr gefunden habt", gab Roman zu bedenken. „Diese Leute mögen Verräter sein, aber sie sind nicht dumm. Es gibt garantiert einen Hinterausgang."

Red nickte nachdenklich. „Jetzt, wo du es sagst … einen halben Klick nördlich gab es ein paar Höhleneingänge. Wir haben ein paar sondiert, alles Sackgassen. Aber es ist möglich, dass einer tiefer führt und eine Verbindung hat. Das wäre zumindest ein Anfang."

„Danke. Viel Glück beim Stürmen."

Sie grinste breit. „Wir haben sie genau da, wo wir sie haben wollen."

Für Roman sah es nicht danach aus, aber er gab offen zu, dass Belagerungen nicht sein Fachgebiet waren. Beschattungen hingegen waren genau sein Ding.

Er führte Sten nach Norden und orientierte sich ausschließlich am Mondlicht. Nachdem sie sich einige Minuten von den Lichtblitzen des Angriffs entfernt hatten, hatten sich seine Augen so weit an die Dunkelheit gewöhnt, dass er die Details der Umgebung problemlos ausmachen konnte. Er wollte nachtsichtfähig bleiben, damit jedes künstliche Licht sofort hervorstechen würde – für den Fall, dass die Flüchtigen so dämlich wären, Taschenlampen zu benutzen. Wahrscheinlicher war jedoch, dass sie sich lautlos davonschleichen wollten, und Roman gedachte nicht, seine eigene Position zu verraten.

Vorsichtig glitten sie durch das Unterholz und bewegten sich so geräuschlos wie möglich. Das Echo der Explosionen verblasste im Wind, je weiter sie sich vom Haupteingang entfernten. Roman behielt die Strecke über seine Uhr im Auge. Als sie die 500-Meter-Marke erreichten, begann er, den Hang nach Höhleneingängen abzusuchen.

Sten tippte ihm auf die Schulter und deutete in eine Richtung.

Roman folgte seinem Arm und entdeckte eine dunkle Vertiefung am Fuß eines niedrigen Hügels. Weitere dunkle Flecken traten am Hang hervor, während seine Augen die Dunkelheit weiter scannten.

Roman fand einen Felsbrocken, der gute Deckung bot, und bezog dahinter Stellung, um das Höhlenareal im Blick zu behalten. Es war unmöglich zu sagen, welche davon zum Versteck der Verräter führte, aber von hier aus hatten sie das perfekte Schussfeld auf jeden, der herauskam. Diese Leute würden zweifellos alles mitschleppen, was wertvoll genug für eine Rettung war.

Er verscheuchte die lästigen Insekten, während er den Hang absuchte, bereit zuzuschlagen. Jetzt hieß es nur noch warten.

— — —

Der gesamte Tag war ein einziges Desaster. Samor rannte die Korridore entlang zurück in Richtung Kommandozentrale. Er musste sich bei Conroy melden und das Codewort durchgeben, das er mit Evan und Anya vereinbart hatte.

Dieses Schiff ist alles. Ohne es haben wir verloren.

Sämtliche Pläne auf ein Objekt zu stützen, das sie nicht einmal in den Händen hielten – und das vielleicht gar nicht existierte –, war eine Strategie der reinen Verzweiflung. Aber sie waren verzweifelt. Wer die Kontrolle behielt, floh nicht auf ferne Planeten oder rekrutierte wildfremde Zivilisten. Sie hatten auf dem Weg hierher so viele Leute verloren und waren so weit in die Enge getrieben worden, dass ihnen nur dieser eine, letzte Versuch blieb.

Hätte er gewusst, dass es so enden würde, fragte sich Samor, ob er sich Conroy damals wieder angeschlossen hätte. Er hatte gerade den ersten Höhepunkt seiner Karriere erreicht und die dritte Einheit des Personenschutzes für den Kanzler geleitet. Sie waren die Transportspezialisten, verantwortlich für den Weg von A nach B, während die anderen Teams Start und Ziel absicherten.

Doch an jenem schicksalhaften Tag im Shuttle wurde ihnen klar, dass sie versagt hatten. Das Leitsystem war korrumpiert worden, das Schiff befand sich auf direktem Kollisionskurs mit einem Bergmassiv.

Samor spürte noch immer das panische Hämmern in seiner Brust. Er war weder Pilot noch Ingenieur; das Gefühl der Hilflosigkeit hätte ihn fast gelähmt. Aber er war Soldat, und Aufgeben war keine Option. Niemals.

Innerhalb von dreißig Sekunden hatte er sich einen Notfallschirm umgeschnallt und Conroy in einen Tandemgurt eingeklinkt. Der Absprung bedeutete, die Notluke aufzusprengen und alle anderen an Bord ihrem Schicksal zu überlassen – aber genau das hatte sein Schutzauftrag von ihm verlangt.

Die darauffolgenden Sekunden waren nur noch ein verschwommener Rausch aus Wind und purem Terror während des freien Falls. Kaum hatte sich der Schirm entfaltet, musste er mitansehen, wie das Shuttle in den Fels krachte und in einem Feuerball verging. Erst als er wieder festen Boden unter den Füßen hatte, begriff er, wie knapp er dem Tod entronnen war.

Doch dann hatte Conroy ihm gesagt, es wäre besser gewesen, sie wären bei dem Absturz gestorben. Von nun an mussten sie untertauchen.

In den Wochen und Jahren danach hatte er die Wahrheiten erfahren, die Conroy zu dieser Entscheidung getrieben hatten. Die Machenschaften der interstellaren Politik lagen weit jenseits seines Verantwortungsbereichs und sprengten oft sein Verständnis, aber er war sich sicher: Er hatte an jenem Tag ein entscheidendes Leben gerettet. Das Commonwealth steuerte auf einen kritischen Wendepunkt zu, und Conroy würde eine Schlüsselrolle dabei spielen, die Zukunft zu lenken.

Doch all diese hart erkämpften Pläne würden heute in sich zusammenbrechen, sollte die Basis fallen. Dies war ein weiterer entscheidender Moment – und er würde seine Pflicht erfüllen.

Koste es, was es wolle.

Angetrieben von diesem Ziel rannte er weiter, bereit für den Kampf.

Ein weiterer heftiger Einschlag erschütterte den Flur. Schüsse peitschten in der Ferne. Jede Distanz war bereits zu nah.

Sie dringen tiefer ein. Samors Magen krampfte sich zusammen. *Ist das nach all der Zeit wirklich unser Ende?*

Er weigerte sich, aufzugeben.

So sehr er auch zum Haupteingang stürmen wollte, um die Eindringlinge zurückzuschlagen, er hatte eine wichtigere Mission. Conroy musste in Sicherheit gebracht werden, und Samor musste die Informationen über Evan und Anya weitergeben. Es gab noch Hoffnung, das Blatt zu wenden – solange dieses Schiff in die richtigen Hände fiel.

Vorausgesetzt, es existiert überhaupt … Er musste einfach daran glauben. Andernfalls wären all seine Opfer umsonst gewesen.

Samor rannte in Richtung Kommandozentrale, da er wusste, dass Conroy sich dort im Notfall verschanzen würde. Der Raum bot Zugriff auf alle Überwachungs-Feeds und war der am stärksten befestigte Teil der Anlage. Was er Evan und Anya verschwiegen hatte: Auch dieser Raum besaß einen Fluchtweg. Sie hatten einen alten Wartungsschacht des Schiffs als Notausgang umfunktioniert – langsamer und unbequemer als der hintere Höhlentunnel, aber Überleben ging vor Würde. Er hatte gehofft, ihn heute Nacht nicht nutzen zu müssen.

Als Samor um die Ecke zum letzten Korridor bogen wollte, hörte er ganz in der Nähe Kampfgeräusche und Schreie. Ein metallisches Objekt klirrte über den Boden und rollte direkt in seine Richtung.

Er kannte dieses Geräusch. *Granate!*

Samor wirbelte herum und hechtete zurück hinter die Ecke in Deckung. Kaum war er um die Biegung, füllten ein greller Blitz und dichter Qualm den Korridor. Unmittelbar darauf entbrannte im Chaos ein heftiges Feuergefecht.

Er war seinem Ziel so nah gewesen, aber diese Route war nun

versperrt. Um zum Kommandozentrale zu gelangen, musste er die Anlage weiträumig umlaufen und hoffen, dass er schneller war als die Eindringlinge.

Samor rannte zurück zur letzten Abzweigung und hielt sich links. Der Umstand, dass er die letzten Jahre in dieser winzigen Anlage gelebt hatte und jeden Winkel auswendig kannte, war sein einziger Trumpf.

Konfrontationen auszuweichen, war im Moment seine beste Chance. Sobald er in ein direktes Gefecht verwickelt wurde, war es das wahrscheinlich mit seinen Aussichten, den Raum rechtzeitig zu erreichen. Dann würde er hier auf dem Flur verbluten.

Nein, noch bin ich nicht tot. Dieser Kampf ist noch nicht verloren.

Doch selbst während er die hintere Route entlangjagte, nagten die Zweifel an ihm. Diese Anlage war nie darauf ausgelegt gewesen, einer Invasion standzuhalten. Die meisten Leute hier waren keine Kämpfer, und selbst die Soldaten waren aus der Übung. Er war aus der Übung. Der ganze Sinn dieser Zuflucht war es gewesen, der Gewalt zu entkommen. Sie hatten auf eine technologische und diplomatische Lösung gesetzt.

„Samor!", zischte plötzlich eine Stimme vor ihm. Erik spähte mit angelegtem Gewehr um eine Ecke.

„Was zur Hölle ist passiert?", flüsterte Samor atemlos zurück.

„Sie haben uns mit allem überrannt, was sie hatten. Wir konnten sie nicht halten." Erik gab ihm ein Zeichen, sich zu verstecken. Dieser Seitenkorridor war jedoch nicht der Weg, den Samor zum Kommandozentrale nehmen musste. „Colonel Walthers ist tot."

Samor verzog das Gesicht. Walthers war jahrelang ein Kollege und Freund gewesen; der Verlust ihres ranghöchsten Offiziers war ein schwerer Schlag. Doch für Trauer blieb keine Zeit. „Ich muss zu Conroy."

„Was du tun musst, ist, ihn hier rauszuholen. Wir können die Stellung nicht halten."

„Tragen sie Uniform?"

Sein Freund nickte düster.

Sie hatten immer gewusst, dass dieser Tag kommen könnte. Dass sie irgendwann ihren ehemaligen Kameraden Auge in Auge gegenüberstehen würden. Die Fronten waren in dem Moment geklärt worden, als sie sich entschieden hatten, Conroy zu folgen und das Commonwealth zu verlassen. Samor hatte nur nicht damit gerechnet, dass er diese alten Rechnungen heute endgültig begleichen müsste.

„Noch ein Grund mehr, warum ich zu ihm muss", sagte Samor. Er stieß den Atem flach aus, um den Druck in seiner Brust unter Kontrolle zu bringen. Es blieb keine Sekunde mehr zu verlieren. „Kommst du mit?"

Erik zögerte kurz. „Ich werde versuchen, sie aufzuhalten."

Ein schmerzhafter Stich traf Samor ins Herz – das Wissen, dass dies ein Abschied für immer sein könnte. „Du bist ein guter Soldat, mein Freund."

Erik nickte ihm entschlossen zu. „Beschütze unseren Anführer."

Die beiden Männer rannten in entgegengesetzte Richtungen davon. Samor war nun quälend nah an der Zentrale. Schreie und Schüsse hallten immer noch durch die Gänge, aber noch waren sie ihm nicht direkt auf den Fersen.

Er erreichte die Tür. Als er seine Handfläche auf den biometrischen Scanner presste, reagierte das Gerät mit einem wütenden Piepton und rotem Licht. Er entdeckte die Überwachungskamera, starrte direkt hinein und fuchtelte wild mit den Armen.

Sekunden später entriegelte die Tür mit einem metallischen Klacken. Das Verschlussrad rotierte, und die schwere Panzertür schwang nach innen.

„Schnell!", drängte eine Frauenstimme.

Samor hechtete hinein. Rebeka stand dort – er kannte sie seit Jahren. Eigentlich war sie politische Analystin, doch die Jahre auf Aethos hatten ihre Talente geformt. Dem Gewehr in ihrer Hand nach zu urteilen, war sie von der Verwaltungsexpertin zur Ehrenwache aufgestiegen.

In der Sekunde, in der Samor über die Schwelle war, verriegelte Rebeka die Tür wieder. „Ist es da draußen so schlimm, wie es aussieht?"

„Ich befürchte, ja."

Conroy stand auf der anderen Seite des Raums und starrte auf die Überwachungsmonitore.

„Sir!", rief Samor.

Conroy blickte auf, und seine Schultern sackten vor Erleichterung sichtlich nach unten. „Haben Sie sie rausgebracht?"

„Ja." Samor joggte zu ihm hinüber.

„Haben sie zugestimmt?", fragte Conroy mit flehendem Blick.

„Ich denke schon. Es war schwer zu sagen. Ich wünschte, wir hätten mehr Zeit gehabt, ihnen alles zu erklären."

„Wir müssen darauf vertrauen", sagte der Kanzler schwerfällig.

„Wenn sie es finden, lautet die Bestätigung— "

Eine gewaltige Explosion sprengte die Haupttür aus den Angeln. Eine Rauchwolke quoll herein. Sowohl kinetische Geschosse als auch Impulssalven durchschnitten den grauen Schleier und fegten wahllos durch den Raum.

Ohne nachzudenken, stürzte sich Samor auf Conroy und riss ihn zu Boden. Während sie fielen, flammte ein stechender Schmerz in seiner rechten Schulter auf, gefolgt von einem brennenden Reißen im unteren Rücken.

Die Schreie um ihn herum wurden mit jeder Sekunde leiser. Dunkelheit fraß sich in seine Sicht. Der Schmerz war nur noch eine ferne, dumpfe Wärme.

„Sam— "

Die Schüsse verhallten in der Schwärze.

30

EVAN BLICKTE NOCH einmal über seine Schulter. Er wusste, dass er aufgrund der Akustik des Tunnels hören würde, wenn sich jemand von hinten näherte, aber er konnte dem Zwang nicht widerstehen.

So sollte das alles nicht sein. Evan hatte in seinem Leben zweifellos viele unschöne Dinge getan, aber er hätte sich nie träumen lassen, dass ihn die jüngste Kette von Ereignissen hierherführen würde.

Es verblüffte ihn immer noch, dass ein Ort gleichzeitig ein derart kolossaler Albtraum und so befreiend sein konnte. Irgendwie fühlte sich Aethos – obwohl scheinbar alles darauf aus war, ihn zu töten – immer noch sicherer an als die Kernwelten, wo materielle Bestrebungen als eine Frage von Leben und Tod galten. Hier zu sterben, hätte etwas Poetisches – der Erde zurückgegeben zu werden, ein dauerhafter Teil dieses Ortes zu werden. Obwohl er nicht die Absicht hatte, hier sein Ende zu finden, wäre das zumindest ein weitaus besserer Abgang, als als tiefgefrorener Weltraumschrott zu enden.

Anya war während ihres Sprints durch den Felstunnel still und diszipliniert geblieben. Er erhaschte gelegentlich einen Blick auf die Angst in ihren Augen, aber sie schien entschlossen, nach außen hin Stärke zu zeigen. Und sie war zäh – daran hatte er keinen Zweifel. Ohne ihre Weigerung, im Angesicht von Widrigkeiten aufzugeben, wären sie nicht so weit gekommen, und diese Einstellung würde sie auch durch die kommenden

Herausforderungen tragen.

Ihre Schatten tanzten an den Steinwänden, während sie über die unebene Oberfläche rannten. Evan war in seiner Eile ein paar Mal kurz davor gewesen, mit dem Knöchel umzuknicken, aber die letzten Tage der Wanderung durch schwieriges Gelände hatten seine Reflexe verbessert. Hoffentlich würden diese schnellen Ausgleichsinstinkte dazu beitragen, sie in Sicherheit zu bringen.

Nach einem gefühlt endlosen, monotonen Marsch durch die Finsternis des Tunnels entdeckte Evan schließlich ein schwaches Schimmern vor sich. Er verlangsamte seinen Schritt und hielt die Hand vor den Strahl seiner Taschenlampe, um sicherzugehen, dass seine Augen ihm keinen Streich spielten. Tatsächlich: Direkt vor ihnen öffnete sich ein Portal aus mattem, bläulich schimmerndem Licht, flankiert von mehreren schmalen Schlitzen in der linken Wand und an der Decke.

„Das muss der Ausgang sein", flüsterte er, ohne zu wissen, wie weit seine Stimme in der seltsamen Akustik des Tunnels tragen würde.

„Ich kann es kaum erwarten, hier rauszukommen!", murmelte Anya.

„Ganz vorsichtig." Er sprach es nicht aus, um kein Unheil heraufzubeschwören, aber das Szenario, dass da draußen bereits jemand auf sie lauerte, hing schwer in der Luft. Es war eine verdammt reale Möglichkeit. Samor konnte unmöglich garantieren, dass dieser Ausgang gut genug getarnt war, und Evan hatte nicht vor, blind in eine Falle zu tappen.

Selbst mit dem Wissen, dass dort Angreifer im Hinterhalt liegen könnten, wusste er nicht, wie er am besten vorgehen sollte. Sie wären in dem Moment ausgeliefert, in dem sie die Höhle verließen, und doch konnten sie nicht sehen, was dort draußen war, bis sie hinausgingen. *Ich wünschte wirklich, wir hätten nach einer Überwachungsdrohne gefragt*, dachte er mit einem Anflug von Reue.

Entschlossen, sich aus dieser Situation herauszutüfteln, schaltete Evan seine Taschenlampe aus und tastete sich vorwärts, wobei er zur räumlichen Orientierung eine Hand an der Wand behielt. Anya folgte ihm und ahmte seine Bewegungen nach.

Das diffuse Licht vor ihnen nahm mehr Konturen an, als sie sich dem Höhleneingang näherten. Die Dämmerung war inzwischen der vollen nächtlichen Beleuchtung gewichen, mit einem tief am Himmel stehenden Mond. Gelegentliche Tierrufe durchbrachen die Stille und verstärkten die unheimliche Atmosphäre der Nacht.

Evan konnte es nicht erklären, aber sein Unterbewusstsein sagte ihm, dass es draußen nicht sicher war. Durch die brenzligen Situationen in seinem Leben hatte er gelernt, auf diese Impulse zu hören. Er ging tief in die Hocke und schlich zur Öffnung, um nach Anzeichen von Gefahr zu suchen, die seine Sorgen bestätigen würden.

Auf den ersten Blick war der umliegende Dschungel relativ still und ruhig, so wie es sein sollte. Das Mondlicht machte es leicht, Details zu erkennen, und es gab definitiv keine Dutzende von Soldaten, die Höhle offen observierten. Das bedeutete jedoch nicht, dass es keine verborgenen Bedrohungen gab.

Evan suchte die Bäume nach Schemen ab, die dort nicht hingehörten. Ein unnatürliches Glänzen zog seinen Blick auf sich, in der Nähe einer Felsformation auf halber Höhe des Hangs zur Linken. Er duckte sich sofort wieder in die volle Deckung zurück.

Anya bewegte sich bereits vorwärts. „Komm schon, lass uns—"

Evan hob den Arm, um sie aufzuhalten. Er legte den Zeigefinger auf die Lippen und zog sie zurück in den Schatten innerhalb der Höhle.

„Was ist los?", flüsterte Anya.

„Ich glaube, ich habe ein Aufblitzen gesehen. Bin mir aber nicht sicher."

„Ein Aufblitzen?"

„Ja, von etwas Reflektierendem. Wie Metall. Hier in der Gegend gibt es nichts, was von Natur aus so glänzt."

Ihre Brauen zogen sich vor Sorge zusammen. „Könnten sie doch von diesem Hinterausgang wissen?"

„Alles ist möglich."

Sie fluchte leise. „Was sollen wir tun?"

„Wir können nicht hier drin bleiben und ihnen die Chance geben, uns einzukesseln. Wir brauchen ein Ablenkungsmanöver."

„Was zum Beispiel?"

„Das versuche ich gerade herauszufinden."

Der Tag hatte es irgendwie geschafft, immer tiefer in den Abgrund zu rutschen. Selbst das Adrenalin verlor allmählich den Kampf gegen die bleierne Müdigkeit, die Evan in die Knochen kroch. Wäre es eine Option gewesen, in sein zellenartiges Quartier in Conroys Lager zurückzukehren – er hätte keine Sekunde gezögert. Aber Ausruhen war jetzt purer Luxus. Er musste den Fokus behalten. Was er brauchte, war ein verdammt guter Plan.

„Wir müssen schießen und es so aussehen lassen, als käme das Feuer von woanders", sagte Evan.

„Muss man dafür nicht an einem anderen Ort sein?"

„Mit dem, was wir haben, so ziemlich, ja." Eine ferngesteuerte Selbstschussanlage wäre jetzt verdammt praktisch gewesen, aber eine in dieser Höhle zu finden, war in etwa so wahrscheinlich, wie mitten im Dschungel über ein Luxusresort zu stolpern.

Anya blickte nach oben. „Was ist mit diesen Oberlichtern da? Ich wette, ich komme da durch. Dann könnte ich mich oben herumschwingen und einen Ablenkungsschuss abgeben."

Die Öffnungen in der Seitenwand sahen tatsächlich breit genug aus, dass Anya hindurchpassen könnte. Dennoch behagte ihm der Gedanke nicht, dass sie das gesamte Feuer auf sich ziehen würde. In dem Szenario, das er im Kopf durchspielte, würde ein Ablenkungsmanöver alle versteckten Schützen dazu bringen, ihre Position durch das Erwidern des Feuers preiszugeben. In der Zwischenzeit würde Evan sich ihre Standorte einprägen und mit dem Gewehr so viele wie möglich ausschalten. Das Glänzen, das er entdeckt hatte, war ein guter Anfang – aber da draußen könnten noch andere sein, die sich besser getarnt hatten. Ihnen allen ein Ziel zu bieten, könnte sie aus der Reserve locken.

„Die könnten Wärmebildkameras haben, Anya. Das ist verdammt riskant."

„Ich werde in Deckung bleiben.“

Er musterte die Spalten erneut. „Vielleicht passe ich da auch durch.“

„Und wie willst du da hochkommen? Komm schon, mach mir die Räuberleiter.“ Anya stellte ihren Rucksack ab und prüfte die Felswand. Sie klemmte sich die Pistole fest in den Hosenbund. „Worauf wartest du noch?“

Darauf, dass das hier eine gute Idee wird. Widerwillig formte Evan seine Hände zu einer Schale, um Anya als Trittbrett zu dienen.

Sie setzte den Fuß in seine Hände und er hievte sie nach oben. Sie fand Halt am nackten Fels und zog sich zur Öffnung hoch. Als er sie so direkt daneben sah, war er sich plötzlich nicht mehr sicher, ob sie da überhaupt durchpassen würde.

„Schaffst du das?“, flüsterte er nach oben.

Anya schob Kopf und Schultern in Position. „Wird eng, aber ja.“

„Was siehst du da oben? Gibt es Deckung?“

„Ja, alles im grünen Bereich.“ Sie zwängte sich mühsam durch die Öffnung.

So sehr Evan auch gelernt hatte, Anya zu vertrauen, so sehr wusste er auch, dass sie dazu neigte, Probleme zu verschweigen, wenn Dinge nicht nach Plan liefen. „Anya, bitte sei vorsichtig.“

Sie steckte den Kopf noch einmal durch das Loch und lächelte. „Keine Sorge, ich hab das im Griff. Gib mir meinen Rucksack.“

Er reichte ihr das schwere Teil nach oben, und sie quetschte es mühsam durch die Spalte.

„Da könnten Scharfschützen sein“, warnte Evan eindringlich.

Ihr Gesicht wurde ernst. „Ich weiß. Ich bleibe unten, versprochen. Ich schwinge mich weiter nach oben, um den Höhenvorteil zu behalten. Ich habe einen Plan.“ Sie hielt ihre ausgeschaltete Taschenlampe hoch und schüttelte sie vielsagend.

„Was hast du vor—?“

Anya lächelte wieder. „Ein Ablenkungsmanöver aus sicherer Entfernung. Wie gesagt: Ich hab’s im Griff. Geh du jetzt in

Position, damit du jeden siehst, der sich an uns heranpirscht.“ Dann verschwand sie in der Dunkelheit über ihm.

Evan joggte lautlos zurück zum Höhleneingang und presste den Rücken gegen den kalten, verwitterten Fels. Er riskierte einen Blick in die Richtung, in der er zuvor das Blinken gesehen hatte. Dieselbe metallische Form fing noch immer das Mondlicht ein. Und sie bewegte sich leicht.

Aus Sorge, entdeckt worden zu sein, duckte sich Evan sofort wieder aus dem Sichtfeld. Er ließ sich auf den Bauch fallen und kroch vorwärts, den Körper dicht an den Fels gepresst. Hinter ein paar losen, torsogroßen Brocken am Höhleneingang fand er Deckung; hier konnte er sein Gewehr durch einen schmalen Spalt in Position bringen, während er selbst fast unsichtbar blieb.

Er wartete.

Plötzlich zuckte ein Lichtstrahl über den Hang und leuchtete von weit oben über Evan hinweg. Sekundenbruchteile später folgte das Aufblitzen von kinetischem Mündungsfeuer – genau von der Stelle neben dem verräterischen Glänzen. Evan visierte das Mündungsfeuer an und feuerte seinerseits einen Schuss ab.

Ein unterdrückter Schrei gellte durch die Nacht. Das Glänzen flackerte kurz auf, und Evan setzte sofort einen zweiten Schuss nach.

Das Mondlicht erfasste das reflektierende Objekt, das nun leblos zu Boden sackte. Evan scannte den Hang und das umliegende Dickicht nach weiteren Angreifern ab, doch es rührte sich nichts.

Vorsichtig erhob er sich, das Gewehr fest im Anschlag auf die feindliche Position gerichtet. Keine Bewegung mehr.

„Du hast sie erwischt“, flüsterte Anya von oben.

Evan blickte gerade noch rechtzeitig hoch, um zu sehen, wie sie einen Felsvorsprung über dem Eingang hinunterrutschte. Er legte sich sofort den Finger auf die Lippen und bedeutete ihr, verdammt noch mal leise zu sein.

Sie warf noch einen letzten Blick in Richtung der gegnerischen Stellung und ließ sich dann vom Vorsprung fallen, wobei sie sichtlich zufrieden mit sich selbst wirkte.

Evan joggte ihr entgegen, die Waffe immer noch schussbereit auf den Dschungel gerichtet. „Da könnten noch mehr sein“, zischte er leise und suchte weiter nach potenziellen Bedrohungen.

„Ich habe nur die beiden gesehen“, antwortete sie gedämpft. „Ich schätze, einer von denen ist erledigt. Der andere hat sein Gewehr fallen lassen und ist in den Wald abgehauen. Dein erster Schuss hat seine Waffe getroffen.“

„Wie zum Teufel hast du das alles so genau gesehen?“

„War ein Kinderspiel, von da oben Wache zu halten, nachdem ich die Falle gestellt hatte.“ Ihre Augen funkelten im Halbdunkel.

„Anya, was genau hast du da oben eigentlich angestellt?“

„Na ja, mir ist aufgefallen, dass diese Taschenlampen über Druckschalter funktionieren, oder? Also habe ich die Lampe zwischen ein paar Äste geklemmt und einen Stoffstreifen mit einem Schlingknoten drumherum gebunden. So konnte ich aus ein paar Metern Entfernung an der Schnur ziehen, um das Licht zu aktivieren. Hat super funktioniert – nur hat sich die Lampe beim Einschalten gelöst, deshalb hat sie so wild in der Gegend herumgeblitzt.“

„Das war verdammt genial.“

Sie grinste breit. „Ich hab so meine Momente.“

Es waren weit mehr als nur gelegentliche Geistesblitze, aber Evan behielt diesen Gedanken lieber für sich. „Bleib wachsam. Der andere Typ könnte noch irgendwo im Gebüsch hocken.“

Anya zog ihre Pistole aus dem Hosenbund. „Dann schauen wir mal, mit wem wir es hier zu tun haben.“

— — —

Roman umklammerte seine verwundete Hand, während er blindlings durch den Wald rannte. Er hatte erwartet, die Flüchtigen zu überraschen, und nicht, selbst in einen Hinterhalt zu geraten. Offensichtlich hatte er es mit fähigen Soldaten aus Conroys Team zu tun.

Er konnte nicht zu Red und ihrer Truppe zurückkehren und

zugeben, dass es ein Fehler gewesen war, auf eigene Faust loszuziehen. Seine beste Chance war es, sich neu zu formieren, herauszufinden, mit wem er es zu tun hatte, und dann einen Zug zu machen, bei dem er die Oberhand zurückgewinnen konnte.

Und das alles einhändig, wurde ihm klar, während er seine rechte Hand an die Brust drückte.

Ein gut platzierter Schuss hatte sein Gewehr getroffen und dabei die Waffe und seine Hand versengt. Sein Gegner war nah genug gewesen, dass jeder halbwegs anständige Schütze den Schuss hätte abgeben können, aber was Roman überrascht hatte, war, dass er sie nicht hatte kommen sehen. Ein Lichtblitz über den Höhlen hatte seinen Blick auf sich gezogen, und er war auf den Köder hereingefallen. Es war ein Anfängerfehler gewesen, und er hätte es besser wissen müssen. Wenn nur diese verdammten Mücken nicht um seinen Kopf geschwirrt wären und ihn nervös gemacht hätten.

Roman entdeckte eine kleine Vertiefung im Hang, die vielleicht ein Tierbau gewesen war. Er duckte sich hinein, um Deckung zu suchen und seine Verletzung zu begutachten.

Roman nutzte den fahlen Mondstrahl, der in den Höhleneingang fiel, als spärliche Lichtquelle und schälte vorsichtig seinen Ärmel von der verletzten Hand zurück. Er biss die Zähne so fest zusammen, dass sein Kiefer schmerzte, um nicht laut aufzuschreien, als sich der Stoff vom geronnenen Blut und dem verbrannten Fleisch löste. Seine Hand zitterte unkontrolliert vor Schock, doch er zwang sich mit aller Macht dazu, die Atmung flach und gleichmäßig durch die Nase fließen zu lassen.

Als er sich die Verletzung zum ersten Mal richtig ansah, stellte er fest, dass alle Finger intakt waren, was schon mal gut war. Es gab schwere Verbrennungen entlang des Handrückens und der Außenseite, aber Haut konnte heilen.

Mit seiner gesunden Hand wühlte er in seinem Rucksack nach seinem Medkit. Er öffnete es und zog das Notfallspray für offene Wunden heraus – eine praktische Allzweckbehandlung für alles, von Schusswunden bis hin zu Schürfwunden oder Verbrennungen. Es sprühte als Schaum auf, wobei der brennende

Schmerz die Ränder seines Sichtfelds verdunkelte. Bald wich die Qual einer kühlen Taubheit, als der Schaum zu einem flexiblen Verband trocknete. Obwohl es nicht so gut war wie die Versorgung, die er in einem richtigen medizinischen Zentrum bekommen könnte, sollte die Notfallbehandlung eine Infektion in Schach halten und seiner Hand ermöglichen, so weit zu heilen, dass er die Funktion wiedererlangte.

Roman legte das Medkit zurück in seinen Rucksack und kroch aus dem Bau. Er lauschte nach Anzeichen des Feindes.

Gedämpfte Stimmen drangen aus der Nähe an sein Ohr.

„Das war ein guter Schuss", sagte eine Frau.

„Wäre schön gewesen, ihn zu befragen", antwortete ein Mann.

Mit einem Stich in der Brust dachte Roman an den schrecklichen Moment, als ein tödlicher Impulsschuss Sten getroffen hatte. Einen Moment später war sein eigenes Gewehr getroffen worden, was ihn zur Flucht veranlasst hatte. Wäre er als Soldat ausgebildet worden, hätte er seinen Freund vielleicht nicht zurückgelassen, ohne nach ihm zu sehen. Sein Selbsterhaltungstrieb hatte jedoch gesiegt. Genau wie bei einem Feuergefecht in der Heimat zwischen rivalisierenden Gangs, in der Hitze des Gefechts war sich jeder selbst der Nächste. Erst jetzt, wo er seine Wunde versorgt hatte, hatte er den Kopf frei, um an seinen gefallenen Kameraden zu denken.

Kein Wunder, dass die echten Soldaten uns nicht in ihrer Nähe haben wollten. Was für eine beschissene Art, einen anderen Menschen zu behandeln. Doch selbst mit dieser Erkenntnis fühlte er nicht den geringsten Funken Schuld. Da war nur die nackte Angst, auf sich allein gestellt zu sein und gejagt zu werden. Es hatte ihm verdammt noch mal besser gefallen, als er noch derjenige in der Offensive war. *Ich muss die Kontrolle zurückgewinnen.*

Wie das anzustellen war, war eine komplexere Angelegenheit. Er operierte nun effektiv allein, und er wusste nicht, mit wie vielen Gegnern er es zu tun hatte. Das bedeutete, er brauchte mehr Informationen, bevor er einen logischen Plan formulieren konnte.

Überwachung. Er kroch zentimeterweise aus seinem Versteck, um die Sprecher zu lokalisieren, die er belauscht hatte. Sie befanden sich offensichtlich in der Nähe von Stens Leiche, aber Roman hatte bei seiner Flucht vorhin nicht genau auf dessen Position geachtet.

„Sollen wir versuchen, den anderen Typen aufzuspüren?“, fragte die Frau.

Roman verhielt sich still und wollte seinen Standort nicht verraten.

„Mir ist es lieber, wir bringen so viel Abstand zwischen uns und ihnen wie möglich“, antwortete der Mann.

Gut, lass sie glauben, sie seien allein. Fährtenlesen in der Wildnis war nicht Romans größte Stärke, aber er war zuversichtlich in seine Fähigkeit, aus der Ferne Informationen über seine Gegner zu sammeln. Er musste nur herausfinden, wie er sie alle erschießen konnte, ohne selbst erschossen zu werden. Seine verbleibende Handfeuerwaffe sollte für diese Aufgabe ausreichen.

Die Personen begannen, sich von Stens Leiche zu entfernen. Niemand sonst hatte gesprochen.

Vielleicht sind es nur zwei. Das war vielleicht noch einfacher, als Roman gedacht hatte. Er folgte ihnen mit Abstand und wartete auf den richtigen Moment, um seinen Zug zu machen.

31

ANYA VERABSCHEUTE GEWALT aus Prinzip. Was sie noch mehr hasserfüllt stimmte, war die Tatsache, dass ihre Zeit auf Aethos sie allmählich dazu brachte, Gewalt als bittere Notwendigkeit zu akzeptieren.

Noch vor einer Woche hätte sich ihr beim Anblick des Toten, der dort zwischen den Felsen zusammengesunken war, der Magen umgedreht. Jetzt betrachtete sie die Leiche lediglich als eine ausgeschaltete Bedrohung – eine Erleichterung, gemischt mit einem Hauch von Bedauern, dem Mann keine Fragen mehr stellen zu können. Dieser Wandel in ihrem Inneren machte ihr Angst.

Evan ging schweigend neben ihr, sein Gewehr locker über die Schulter gehängt. Sie hatten entschieden, die Waffen des Toten nicht mitzunehmen, da sie ohnehin schon schwer beladen waren. Stattdessen hatten sie sie abseits der Leiche unbrauchbar gemacht und versteckt. Er überprüfte die Zeit auf seinem neuen Armbandgerät, auf dem auch die Karte flackerte. „Wir sollten uns langsam ein Plätzchen für die Nacht suchen."

„Aber bloß nicht hier in der Nähe", antwortete Anya prompt.

„Immerhin haben wir Vollmond, das macht das Vorankommen in der Nacht einfacher."

Sie nickte mechanisch. „Trotzdem … jetzt in einem echten Bett zu liegen, wäre mir deutlich lieber."

Evan blieb abrupt stehen und spähte über seine Schulter zurück in die Dunkelheit.

„Was ist los?“, flüsterte Anya sofort.

Er antwortete erst nicht. Zehn quälende Sekunden vergingen, bis er sich scheinbar entspannte. „Dachte, ich hätte gehört, wie uns etwas folgt.“

Bei dem Gedanken kribbelte Anyas Nacken. Sie war so erschöpft, dass ihre Sinne abgestumpft waren; es beunruhigte sie zutiefst, dass sie selbst absolut nichts bemerkt hatte. *Zuerst fühle ich mich vollkommen taub beim Anblick einer Leiche, und jetzt lässt mein Instinkt mich im Stich. Ich brauche dringend Schlaf.*

Sich wirklich zur Ruhe zu setzen, war jedoch das Letzte, woran sie dachte – im Wissen, dass keine tausend Meter entfernt bewaffnete Killer lauerten. Sie mussten sich einfach darauf konzentrieren, einen Fuß vor den anderen zu setzen, um irgendwie in Sicherheit zu gelangen.

„Sollen wir versuchen, heute Nacht noch bis zum Außenposten durchzudrücken?“, fragte sie.

Evan wog den Vorschlag ab und warf erneut einen Blick hinter sich. „Nein, ein Zelt tut's auch. Es gibt keinen Grund, zu einer leeren Hülle von einem Stützpunkt zu hetzen.“

Sie warf ihm einen irritierten Blick zu. Alles, was sie bisher gehört hatten, deutete auf eine voll ausgestattete Anlage hin – und Evan wusste das ganz genau. *Glaubt er etwa, wir werden belauscht?* Sie zwang sich zu einem tiefen, ruhigen Atemzug. „Schade eigentlich, dass dieser Planet nie erschlossen wurde. Er hätte eine erstklassige Kolonie abgegeben.“

„Hübsch anzusehen, aber im Grunde eine ganze Menge Nichts“, erwiderte Evan. Er lenkte definitiv ab.

Anya spannte sich an und wollte nach der Pistole in ihrem Hosenbund greifen, doch Evan umfasste sanft ihr Handgelenk, um sie zu stoppen.

„Keine plötzlichen Bewegungen“, flüsterte er so leise, dass sich seine Lippen kaum bewegten. „Weiter belangloses Zeug reden. Lass sie ruhig weiter zuhören.“

Scheiße! Ihr Puls schoss augenblicklich in die Höhe. Und natürlich war ihr Kopf wie leergefegt – genau in dem Moment, in dem sie sich eine Lüge einfallen lassen musste, die wichtig genug klang, um sie am Leben zu lassen, ohne dabei auch nur einen Funken der Wahrheit preiszugeben.

„Ich sehe keine Wolken aufziehen", sagte Anya schließlich. Das Wetter war schon immer das sicherste Pflaster für belanglosen Smalltalk.

„Ich wäre glücklich, wenn ich in diesem Leben nie wieder einen Sturm erleben müsste", erwiderte Evan.

„Ja, viel Glück bei dem Wunsch." Es fiel ihr verdammt schwer, ihren Tonfall leicht und beiläufig zu halten, aber sie wusste, dass das Ganze nur funktionierte, wenn die Unterhaltung vollkommen natürlich klang.

„Ich schätze, wir könnten es bis zum Morgengrauen zur Schlucht schaffen", warf Evan ein.

Schlucht? In ihrem übermüdeten Zustand brauchte Anya einen Moment, um zu begreifen, dass er gerade ein falsches Ziel für ihren Verfolger erfand. „Glaubst du wirklich, es ist klug, die Nacht durchzumarschieren?"

Evan nutzte ihre Vorlage sofort, um den fiktiven Plan zu untermauern. „Weißt du was? Ein Lager aufzuschlagen und ein paar Stunden die Augen zuzumachen, wäre wahrscheinlich doch besser. Dann haben wir wenigstens Tageslicht zum Arbeiten, wenn wir ankommen."

„Ich hoffe nur, wir müssen nicht allzu tief graben."

„Wir sondieren erst mal das Gelände und stellen sicher, dass das, was wir suchen, auch wirklich da ist. Schon aufregend, wenn man bedenkt, dass die Suche morgen vorbei sein könnte."

Trotz der lähmenden Angst vor ihrem Verfolger durchströmte Anya ein plötzlicher Funke echter Aufregung. Sie standen kurz davor, eines der größten Geheimnisse von Aethos zu lüften – auch wenn es sich dabei um ein völlig anderes Ziel handelte als das, von dem sie gerade in ihrer Tarnung sprachen. Sobald sie das Richtige fanden, würde sich für sie alles ändern.

Aber zuerst mussten sie ihren Schatten abschütteln. Evan schmiedete offensichtlich bereits einen Plan, und sie war bereit, ihren Teil beizutragen.

— — —

Die Hyperwachsamkeit, die Evan nachts oft um den Schlaf brachte, erwies sich in Momenten wie diesen als sein wertvollstes Werkzeug. Er hatte fast augenblicklich gespürt, dass sie verfolgt wurden, und war verdammt dankbar, die Bedrohung erkannt zu haben, bevor er und Anya in eine ausweglose Lage gerieten. Auch wenn sie momentan alles andere als sicher waren: Das Bewusstsein für das Risiko war der erste Schritt zur Schadensbegrenzung.

Evan gab Anya ein Zeichen, die Führung zu übernehmen; er selbst wollte sich näher an ihrem unsichtbaren Schatten halten. Er hatte keinen Zweifel daran, dass es der zweite Schütze war. Nach den Bluttropfen zu urteilen, die er im Mondlicht auf dem Boden schimmern gesehen hatte, war der Kerl zumindest leicht verletzt. Ein entscheidender Faktor, sollten sie direkt aneinandergeraten.

Sie schritten weiter durch das silberne Geflecht der Bäume und ließen gelegentlich eine Bemerkung fallen, um den Anschein zu wahren, sie seien entspannt und völlig ahnungslos. Währenddessen scannte Evan die Umgebung nach dem perfekten Ort für seinen nächsten Zug.

Seine größte Sorge war es, weder verletzt noch gefangen genommen zu werden. Die Angreifer hatten bereits bewiesen, dass sie vor extremer Gewalt nicht zurückschreckten. Gepaart mit der Wut über einen getöteten Kameraden war klar: Ihr Verfolger war auf Blut aus. Dass sie noch nicht erschossen worden waren, lag höchstwahrscheinlich nur daran, dass der Mann sehen wollte, ob sie noch mehr nützliche Informationen preisgaben. Evan hätte es an seiner Stelle genau so gemacht. Also würde er ihm die Show seines Lebens bieten.

„Laut der Analyse sollten wir am südwestlichen Ende der Schlucht fündig werden“, begann Evan und spann die Geschichte im Gehen weiter. „Ich habe die Karte mit den exakten Koordinaten in meinem Rucksack. Sobald wir das Lager aufgeschlagen haben, hole ich sie raus, damit wir das weitere Vorgehen planen können.“ Er hoffte inständig, dass dieser Köder den Grundstein für sein Ablenkungsmanöver legte.

Anya war voll in ihrem Element und spielte perfekt mit. „Es war so eine Erleichterung, endlich mal konkrete Anweisungen zu bekommen, nachdem wir tagelang planlos durch diesen Wald geirrt sind."

„Ich würde nichts lieber tun, als mit einem funktionierenden Schiff von hier zu verschwinden", setzte Evan nach.

Sie grinste – und das war definitiv eine echte Emotion, kein Schauspiel. „Ich wäre die Erste, die sich dir anschließt."

Vor ihnen entdeckte Evan schließlich das perfekte Gelände für seinen Plan. Eine kleine Lichtung, begrenzt von einer Formation aus brusthohen Felsen auf der einen Seite, die hervorragende Deckung boten. Ein dichtes Dickicht aus jungen Bäumen umschloss zwei weitere Seiten; es würde jedem schwerfallen, sich von hinten anzuschleichen. Das bedeutete, ihr Verfolger hatte nur einen einzigen logischen Zugangsweg.

Nachdem er lautstark klargestellt hatte, dass sich in seinem Rucksack wertvolle Informationen befanden, beabsichtigte Evan, ihn genau in der Nähe dieses Zugangs stehenzulassen. Doch er musste immer noch dafür sorgen, dass sie nicht einfach aus der Distanz abgeknallt wurden.

„Ich hoffe nur, die doppelte Verschlüsselung taugt was. Conroys Leute machten auf mich nicht gerade den Eindruck von Technik-Genies."

Anya unterdrückte ihre Verwirrung meisterhaft. „Ach, ich denke, das haben sie schon im Griff."

„Schon eine clevere Idee, uns beiden jeweils ein halbes Passwort zu geben, damit wir die Karte nur gemeinsam entsperren können."

Sie nickte verstehend. „Verrat ist für diese Leute kein Fremdwort. Ich kann es ihnen nicht verübeln, dass sie Vorsichtsmaßnahmen treffen."

„Das hier ist ein so guter Platz wie jeder andere, um für die Nacht unser Lager aufzuschlagen", verkündete Evan laut, als sie die Lichtung erreichten.

Seinem Plan folgend, platzierte er seinen Rucksack am Rand

des natürlichen Trichters, der in den Unterschlupf führte - nah genug am Eingang, um als Beute zu dienen, aber weit genug im Sichtfeld, dass sich niemand unbemerkt daran zu schaffen machen konnte.

„Lass uns ein bisschen Platz für das Zelt freimachen." Evan winkte Anya zu den Felsen. Er machte eine regelrechte Show daraus, sein Gewehr demonstrativ beiseite zu legen. Als er dicht an Anya vorbeiging, flüsterte er kaum hörbar: „Sobald wir ihm den Rücken zuwenden, schieb mir deine Pistole zu. Er soll glauben, ich sei unbewaffnet."

Sie begannen damit, das hohe Gras und ein paar widerspenstige Sträucher niederzutreten, um Platz für das Zelt zu schaffen. Bei einem der Vorbeigänge, als sie einander geschickt umkreisten, reichte Anya Evan ihre Pistole hinter ihrem Rücken entgegen. Er ließ sie unter seiner Jacke im Hosenbund verschwinden und nutzte dabei jedes Quäntchen jener Fingerfertigkeit, die er sich in seinen Jahren Undercover angeeignet hatte. Währenddessen ließ er weder seinen Rucksack noch sein Gewehr aus den Augen.

„Halt!", gellte eine tiefe Männerstimme durch die Stille.

Evan erstarrte mitten in der Bewegung, die rechte Hand halb hinter dem Rücken.

Ein Mann in dunkler, fleckiger Kampfpanzerung trat aus dem Schatten der Bäume, die Waffe im Anschlag. Obwohl der Lauf auf Anya gerichtet war, fixierte er Evan. „Denk gar nicht erst daran, irgendetwas zu versuchen", knurrte er.

Als ob solche Sprüche jemals jemanden aufgehalten hätten. Evan zwang sich, eine entspannte Körperhaltung beizubehalten. „Du hast das Sagen, ich hab's begriffen." Er warf einen betont wehmütigen Blick auf sein Gewehr am Boden, um die Rolle des entwaffneten Opfers perfekt zu spielen.

„Und deine andere?", hakte der Mann misstrauisch nach.

Evan seufzte theatralisch, fischte seine eigene Dienstwaffe heraus, um sie demonstrativ abzulegen, hielt Anyas Pistole jedoch weiterhin verborgen.

Der Mann nickte Anya zu. „Und was ist mit dir?"

Sie legte den Kopf schief und sah ihn unschuldig an. „Sehe ich für Sie etwa wie eine Soldatin aus?“

Das schien ihn vorerst zufriedenzustellen. Die Mündung weiterhin auf Anya gerichtet, ging der Mann neben Evans Rucksack in die Hocke. „Wo ist das Gerät?“

„Ziemlich weit unten, fürchte ich“, antwortete Evan. Da sich das Terminal in Wahrheit an seinem Handgelenk befand, rechnete er mit einer Menge Wühlarbeit und aufsteigendem Frust beim Angreifer – genau die Ablenkung, die er brauchte.

„Soll ich Ihnen helfen—?“

„Nein!“, schnitt der Mann ihm das Wort ab, während er den Rucksack aufriss.

Es war ein mühsames Unterfangen: Er versuchte, die Waffe ruhig zu halten und gleichzeitig zwei Ziele im Auge zu behalten, während seine rechte Hand sichtlich verletzt war. Nach einigen Sekunden umständlichen Kramens verlor er die Geduld. Er packte den Rucksack am Boden, riss ihn hoch und schüttete den gesamten Inhalt achtlos in den Dreck.

Evan unterdrückte ein Stöhnen. Der Anblick seiner Sachen im Schmutz nervte ihn mehr, als er zugeben wollte; diesen Teil der Verwüstung hatte er in seinem Plan nicht bedacht.

„Wo ist das verdammte Ding?“, herrschte der Mann sie an.

„Oh, Moment mal!“, rief Anya plötzlich aus. „Hatten wir es nicht doch in meinen Rucksack gepackt?“

Evan stieß einen dramatischen Seufzer aus. „Stimmt, du hast recht. Mein Fehler.“

Anya deutete auf ihren eigenen Rucksack, der ein Stück entfernt an den Felsen lehnte. „Soll ich es rausholen?“

„Bleib, wo du bist!“, wies der Mann sie an und näherte sich ihnen langsam. Er war schlau genug, Distanz zu wahren, solange er die Fernkampfwaffe besaß. Zu viele Amateure machten den Fehler, auf Greifdistanz heranzukommen.

Evan wusste, dass ein Faustkampf gegen jemanden in Panzerung wahrscheinlich böse für ihn enden würde. Also wich er weiter langsam zurück, bis der Mann ihn mit einem scharfen Befehl stoppte.

„Was ist eigentlich der Plan hier?“, fragte Evan ruhig. „Sie haben das Sagen. Wir wollen keinen Ärger.“

„Wenn ihr keinen Ärger wollt, dann sagt mir sofort, wo ich dieses verfluchte Schiff finde.“

„Den Absturzort von vorhin—?“

„Halt mich nicht für blöd!“, schnauzte der Mann. „Du weißt ganz genau, dass ich das Alien-Schiff meine. Ich weiß, dass ihr die Koordinaten habt.“

„Wir kennen nur die grobe Lage. Die exakten Koordinaten liegen auf dem Gerät, von dem wir sprachen, und wir haben sie uns selbst noch nicht angesehen“, log Evan weiter, während er die Geschichte im Kopf spann. „Es ist verschlüsselt. Jeder von uns besitzt eine Hälfte des Schlüssels.“

„Dann rückt sie raus. Sofort!“ Der Mann schwenkte die Mündung seiner Waffe ruckartig auf Evans Brust. „Wo ist das Teil? Jetzt!“

Evan tauschte einen kurzen Blick mit Anya aus. Er hoffte, sein Gesichtsausdruck signalisierte ihr, ruhig zu bleiben und weiterhin seinem Beispiel zu folgen.

Langsam bewegte er sich auf Anyas Rucksack zu. Seinen linken Arm hielt er dem Angreifer zugewandt und weit vom Körper gestreckt, während seine rechte Hand angewinkelt in bequemer Reichweite der versteckten Pistole in seinem Rücken blieb.

Er erreichte den Rucksack und ging in die Knie. Beim Versuch, ihn zu öffnen, täuschte er Schwierigkeiten vor. „Verdammt, der Verschluss klemmt.“

„Ja, der ist tückisch“, pflichtete Anya ihm bei. „Hier, ich mach das.“ Sie tat so, als wolle sie Evan helfen, und passierte den Mann dabei in geringem Abstand.

„Zurückbleiben!“, herrschte er sie an. Er trat ihr hart gegen die Brust und ließ sie nach hinten zu Boden taumeln.

Anya krümmte sich hustend und umklammerte ihre Rippen, dort, wo sein Stiefel sie getroffen hatte. Mühsam begann sie, weiter hinter ihn zu kriechen.

In dem Moment, als der Kopf des Mannes weggedreht war,

um sie zu fixieren, machte Evan einen blitzartigen Ausfallschritt in Richtung seines Gewehrs.

„Lass das!", brüllte der Mann und fuhr wieder zu ihm herum. Er jagte einen Warnschuss in den Boden direkt zwischen Evan und die Waffe, der eine Wolke aus Dreck und Grasfetzen aufwirbelte.

Evan erstarrte augenblicklich. „Schon gut. Alles okay."

Hinter dem Mann rappelte sich Anya wieder auf. Sie hielt etwas Schweres in den Händen. Ohne zu zögern, stürmte sie vor und schlug dem Angreifer mit einem faustgroßen Stein mit voller Wucht gegen den Hinterkopf.

Der Mann verharrte einen Moment lang völlig reglos. Ein schmales Rinnsal Blut rann ihm die linke Schläfe hinunter. Er versuchte noch einen Schritt nach vorne zu machen, sackte dann aber wie ein nasser Sack bewusstlos zu Boden. Er atmete noch, aber flach.

Anya ließ den Stein fallen. Ihre Hände zitterten unkontrolliert, ihr Atem ging stoßweise. Sie schlang einen Arm schützend um ihre Körpermitte.

„Alles okay bei dir?", fragte Evan leise.

„Ja. Ist er …?"

Evan stieß den Mann mit dem Fuß an. Keine Reaktion, aber der Puls war da. „Bewusstlos. Das war verdammt mutig von dir—"

Bevor er den Satz beenden konnte, stürmte Anya auf ihn zu und warf ihm die Arme um den Hals. Überrumpelt machte Evan einen ungeschickten Schritt zurück, bevor er sein Gleichgewicht wiederfand.

„Schon gut, es ist vorbei", murmelte er beruhigend und erwiderte ihre Umarmung. Ihr Atem war warm an seinem Hals, und sie klammerte sich fest an ihn. Ein Teil von ihm wollte sie gar nicht mehr loslassen, wollte sie noch enger an sich ziehen, doch er zwang sich zur Zurückhaltung. „Wir sollten ihn fesseln, bevor er wieder zu sich kommt …"

Sie räusperte sich leise und ließ die Arme sinken. „Richtig." Sie zitterte immer noch am ganzen Körper.

„Hey, was ist los?"

Sie holte zittrig Luft. „Ich … ich musste noch nie jemandem auf diese Weise wehtun."

„Bist du verletzt?"

Sie rieb sich die geprellten Rippen und verzog das Gesicht. „Nichts Ernstes, aber—"

„Dann sei froh, dass die Rollen nicht vertauscht sind." Evan kramte ein Seil aus seinem Rucksack. „Der hier wird sich wieder erholen."

„Sein Freund von vorhin nicht."

„Das geht auf meine Kappe. Was macht da schon eine weitere schlaflose Nacht, in der man über den Wert eines Lebens grübelt?", entgegnete Evan. Er hatte schon so viele dieser Nächte hinter sich, dass er aufgehört hatte zu zählen. „Wir haben getan, was nötig war, um hier lebend rauszukommen. Punkt."

Anya nickte, auch wenn ihre Stirn immer noch tief in Falten lag.

Evan begann damit, dem Mann die Handgelenke zu fesseln. Er war noch immer weggetreten und stieß nur ein schwaches Stöhnen aus, als Evan ihn grob auf die Seite rollte. Doch als er die Ärmel des Gefangenen hochschob, zuckte er unwillkürlich zurück. Auf der Innenseite des rechten Handgelenks prangte ein tätowiertes Symbol, von dem er gehofft hatte, es nie wiedersehen zu müssen.

Die drei ineinandergreifenden Ringe. Das unverkennbare Siegel des Noche-Syndikats.

Evan war in der Hierarchie der Organisation nie hoch genug aufgestiegen, um dieses Zeichen selbst zu tragen. Es schockierte ihn, jemanden so Jungen mit diesem Emblem zu sehen. Normalerweise war es jenen vorbehalten, die dem Syndikat seit Jahrzehnten dienten, oder der Familie. Evans Puls raste. *Wenn er zur Familie gehörte …* Das bedeutete, dass das Syndikat weitaus tiefer in die Sache verstrickt war, als er geahnt hatte. Sie mussten sich ihrer Sache verdammt sicher sein, wenn sie einen der Ihren hierher nach Aethos schickten. Bei der Masse an Menschen auf dem Kolonieschiff war es kein Wunder, dass sie sich nicht über den Weg gelaufen waren. Es war möglich. Aber es gefiel ihm ganz und gar nicht.

„Alles okay, Evan?“, fragte Anya, der sein plötzlicher Stimmungsumschwung nicht entgangen war.

„Ja“, presste er hervor. Er wollte hier nicht ins Detail gehen, für den Fall, dass der Kerl doch mehr mitbekam, als es den Anschein hatte. „Ich habe nur überlegt, ob wir ihn verhören sollten. Aber das könnte Stunden oder Tage dauern. Ich glaube, es ist wichtiger, dass wir hier verschwinden, bevor wir auf der Abschussliste von noch jemandem landen.“

„Warum … warum lassen wir ihn eigentlich am Leben?“ Ihr Gesicht verzog sich vor Abscheu über sich selbst, weil sie diese Frage überhaupt stellte.

„Es ist ein Risiko, klar. Aber ich hoffe darauf, dass seine Leute uns gegenüber Gnade walten lassen, falls wir das Pech haben sollten, selbst geschnappt zu werden.“

Auch wenn sein oberstes Ziel war, genau das zu verhindern, wollte er für den Ernstfall eine Versicherung haben. Wenn der Typ tatsächlich ein Familienmitglied war, gäbe es keinen Ort in der Galaxis, an dem sie vor der Rache des Syndikats sicher wären, sollten sie ihn umbringen. Er sah keinen Grund, Anya jetzt auch noch mit diesem Detail zu belasten.

Anya nickte sichtlich erleichtert. „Ihn nicht zu töten … damit kann ich sehr gut leben.“

Als Evan die Taschen des bewusstlosen Mannes durchsuchte, fand er zwei Klingen und nahm sie an sich, ebenso wie die Handfeuerwaffe. Der Mann wäre in keiner guten Verfassung, wenn er aufwachte, aber ohne Waffen zu sein, sollte ihn eher dazu ermutigen, zu seinen Leuten zurückzukehren, als sie zu verfolgen. Um ihn noch weiter von einer Verfolgung abzubringen, nahm Evan dem Mann auch noch die Stiefel ab.

„Oh, der wird uns wirklich hassen“, sagte Anya mit einer Grimasse, als sie sah, was Evan tat.

„Tja, er sollte verdammt dankbar sein, dass er noch atmet.“ Evan begann damit, seine Sachen vom Boden aufzusammeln. Glücklicherweise war alles auf einer weichen Mischung aus Gras und Moos gelandet, sodass der Schmutz sich in Grenzen hielt.

Als Evan fertig war, hievte Anya ihren Rucksack von der Stelle hoch, an der sie ihn hatte fallen lassen. „Und ich dachte ernsthaft, die Fauna dieses Planeten wäre unser größtes Problem."

„Menschen waren schon immer die gefährlichste Spezies füreinander." Evan schwang sich seinen Rucksack über die Schultern und zurrte die Riemen fest. „Verschwinden wir von hier."

32

ROMAN HASSTE ES, eine Niederlage einzugestehen, aber er wusste auch, wann er Verstärkung rufen musste. Allerdings war diese Verstärkung Welten entfernt. Und er musste erst seine Handgelenke befreien, bevor er sie rufen konnte.

Wer auch immer den Knoten gebunden hatte, hatte gewusst, was er tat. Das Seil zu durchtrennen wäre mit seinem Kampfmesser ein Leichtes gewesen, aber das hatten sie natürlich mitgenommen, zusammen mit seinen Stiefeln. *Bastarde.* Und mit gefesselten Beinen hätte er jetzt nicht einmal zu Reds Truppe zurücklaufen können, selbst wenn er gewollt hätte.

Ein scharfer Stein war vielleicht seine beste Chance, um freizukommen. Er könnte seine Handfesseln durchsägen und dann in seinen Socken zu Red zurückwandern. Er verwarf den Gedanken schnell wieder. Er wäre die Lachnummer der Einheit, wenn die anderen wüssten, wie leicht er bezwungen worden war. Nein, es war besser, sich zu befreien, Stens Stiefel zu nehmen – vorausgesetzt, sie hatten die nicht auch geklaut – und dann mit einer ausgeschmückten Geschichte zurückzukehren.

Er hatte erfahren, dass sie auf dem Weg zu einer Schlucht waren. Vage zwar, aber in Kombination mit der Karte der Energiesignaturen, die sie zuvor analysiert hatten, grenzte das die möglichen Standorte massiv ein. Roman hoffte inständig, dass diese Information ausreichen würde, um die anderen von allem Weiteren abzulenken und sie auf eine falsche Fährte zu locken.

Romans Kopf pochte. Die linke Seite seines Gesichts juckte.

Er rieb sein Gesicht an seiner Schulter und hinterließ einen Fleck aus trocknendem Blut auf dem Stoff.

Großartig. Das erklärt die Kopfschmerzen. Die Frau musste ihn von hinten geschlagen haben. Offensichtlich war sie kämpferischer, als er erwartet hatte.

Er verzog das Gesicht und starrte in den Nachthimmel hinauf. Die beiden sichtbaren Monde standen immer noch in einer ähnlichen Position wie bei seinem letzten Blick, er konnte also nicht allzu lange bewusstlos gewesen sein.

Es war keine Ausrüstung auf der Lichtung zurückgeblieben, also waren die beiden Personen weitergezogen. Es wäre vielleicht möglich gewesen, sie einzuholen, wenn er sich sofort hätte auf den Weg machen können, aber das wäre zwischen seinen Fesseln und dem Mangel an richtigem Schuhwerk fast unmöglich.

Er wand seine Hände und winkelte die Ellbogen mühsam an, um irgendwie seine Gesäßtasche zu erreichen. Als er den Stoff abklopfte, überraschte es ihn kaum noch, dass auch sein Universalmesser fehlte.

Ein scharfer Stein also. Roman sah sich nach einem geeigneten Kandidaten um.

Er war nur ein kurzes Stück gekrochen, als er einen Stein, etwas kleiner als sein Kopf, mit einem blutigen Fleck auf einer Seite entdeckte. Sein Blut kochte bei dem Anblick, mehr aus Verlegenheit als aus Wut. Wäre er in Bestform gewesen, ohne die höllischen Allergien, unter denen er auf diesem Planeten litt, hätte er sich niemals so leicht überlisten lassen.

Der Stein selbst hatte keine scharfen Kanten – ein Segen, wenn man bedachte, dass das für ihn hätte tödlich enden können –, also wand er sich über die grasbewachsene Lichtung auf die Felsformation zu. Am Fuß der Felsbrocken entdeckte er mehrere kleinere, abgeplatzte Fragmente. Er fand eines, das eine relativ glatte Seite hatte, die einen guten Griff abgeben würde, gepaart mit einer scharfen Kante entlang einer Bruchstelle auf der anderen Seite.

Er positionierte ihn, verließ sich auf sein Gefühl hinter seinem Rücken und begann mit dem langsamen Prozess, das Seil durchzusägen. Er würde reichlich Zeit haben, um seinen nächsten Schritt zu planen.

— — —

Anyas Herz hörte erst auf, in ihren Ohren zu pochen, als sie mindestens einen Kilometer von der Lichtung entfernt waren, auf der sie den Mann gefesselt zurückgelassen hatten.

Sie war sich nicht sicher, was sie an der Begegnung so sehr erschüttert hatte. Was sie Evan gesagt hatte – dass es das erste Mal gewesen war, dass sie jemandem auf so direkte Weise hatte wehtun müssen –, entsprach der Wahrheit, aber da war noch mehr. Ihre Nerven lagen blank. Ihr war gar nicht aufgefallen, dass dieses Gefühl bereits so weit fortgeschritten war. Es hatte sich in den letzten Stunden an sie herangeschlichen. Nachdem sie geglaubt hatte, endlich wieder an einem sicheren Ort zu sein, war ihr diese Sicherheit unter den Füßen weggerissen worden, und nun befand sie sich in einer schlimmeren Lage als vor ihrem Zusammentreffen mit Conroy.

Vielleicht hätten wir doch zu dieser Höhle fliehen sollen. Sich zu verstecken hatte jetzt eine starke Anziehungskraft. All das Gerede darüber, ein geheimes, uraltes Schiff zu finden, das das Blatt in einem heraufziehenden Bürgerkrieg wenden könnte, lag weit außerhalb ihrer Komfortzone. Sie hatte eine starke Fassade aufrechterhalten, als Evan gesagt hatte, er wolle gehen, und nun bereute sie es, ihm nicht zur Tür hinaus gefolgt zu sein. Zu dem Zeitpunkt hatte sie sich von der Vorstellung vereinnahmen lassen, Teil eines Teams zu sein, das eine Rettungsleine zurück zu den Kernwelten hatte.

Nichts davon spielte jetzt noch eine Rolle – sie befanden sich auf der Flucht durch den Dschungel, und ein uraltes Alien-Schiff, das vielleicht nicht einmal existierte, war ihre einzige potenzielle Rettung. Egal wie sie es betrachtete, es war reiner Wahnsinn.

„Evan, was machen wir hier eigentlich?“, durchbrach sie schließlich das lange Schweigen.

„Inwiefern?“

„Einfach... das alles hier."

Er stieß einen langen, schweren Atemzug aus. „Ich denke, wir müssen versuchen, diese Ruinen zu finden."

„Und was soll das bringen? Glaubst du wirklich, dass dort ein flugfähiges Schiff vergraben ist?"

„Da tappe ich genauso im Dunkeln wie du", gab er offen zu. „Aber ich weiß, dass wir momentan keine andere Chance haben, von diesem verdammten Planeten wegzukommen. Wir müssen einfach etwas tun."

„Mit anderen Worten: Wir begeben uns auf eine mythische Schatzsuche, weil uns schlicht die Alternativen fehlen?"

Er lächelte schwach. „Wenn du es so ausdrückst – wie könnten wir da widerstehen?"

Anya lachte leise. „Ja, ich schätze, da hast du recht."

„Nur fürs Protokoll: Ich bin extrem skeptisch, dass wir da unten ein intaktes Schiff finden, das tatsächlich noch abheben kann", schob Evan nach einer Pause hinterher.

„Das klingt in der Tat mehr als unwahrscheinlich."

„Aber nach meiner Erfahrung steckt in solchen Gerüchten oft ein Körnchen Wahrheit. Ich hoffe einfach, dass wir irgendetwas von Wert finden. Alles Greifbare, was wir in die Finger bekommen, verbessert unsere Verhandlungsposition."

„Das heißt, wir könnten im Zweifelsfall unser Leben freikaufen, selbst wenn wir keinen Weg von diesem Felsen finden."

„Ganz genau."

„Ich bin voll und ganz für diesen Plan."

Evan schüttelte langsam den Kopf. „Ich glaube, ich habe noch nie mit so viel Ungewissheit gelebt – und das will bei mir wirklich was heißen."

„Ja, ich weiß genau, was du meinst."

Er sah sie von der Seite an, ein fragender Blick in seinen Augen.

„Was ist? Denkst du etwa, bei mir wäre immer alles nach Plan gelaufen?", hakte sie nach.

„Das habe ich nicht gesagt."

„Aber du hast es gedacht."

Evan zögerte einen Moment. „Ich bezweifle nicht, dass du deine eigenen Kämpfe ausfechten musstest. Wir haben nur... nun ja, sehr unterschiedliche Erfahrungen gemacht."

„Du bist dem Tod definitiv öfter ins Auge gesprungen als ich – öfter als die meisten Menschen. Trotzdem war bei mir auch nicht alles Friede, Freude, Eierkuchen, weißt du." Ihre Brust zog sich zusammen. Sie hatte jahrelang nicht mehr an die schmerzhaften Kapitel ihrer Kindheit gedacht, aber irgendetwas an der Rohheit dieser Nacht hatte die alte Unsicherheit wieder an die Oberfläche gespült.

Evan schien ihren Stimmungswechsel sofort zu registrieren. „Ich wollte dich nicht verärgern, Anya."

„Du bist nicht der Erste, der sich ein oberflächliches Urteil erlaubt."

„Whoa, ganz ruhig." Er fing ihren Blick auf, und in seinen Augen lag aufrichtiges Bedauern. „Es tut mir leid, was auch immer ich gerade getriggert habe. Wo kommt das auf einmal her?"

Sie strich sich nervös eine Strähne aus dem Gesicht. „Ich mache mir mal wieder zu viele Gedanken, wie immer. Ich bin einfach nur müde und gereizt."

„Das mag der Auslöser sein, aber der Grund liegt tiefer. Mir ist es lieber, wir reden darüber, als es in dir gären zu lassen."

Anya musterte ihn im fahlen Mondlicht. Sie hatte selbst voreilige Schlüsse über ihn, den Ex-Soldaten, gezogen, doch sein Einfühlungsvermögen war eine ständige, angenehme Überraschung. Dass sie gerade mit ihren eigenen Dämonen rang, war kein Grund, es an ihm auszulassen.

„Als ich neulich meine Eltern erwähnte... da klang es so, als dachtest du, ich hätte ein leichtes Spiel gehabt, nur weil wir Geld hatten."

Er legte den Kopf schief und kniff die Augen leicht zusammen. „Geld macht das Leben nun mal einfacher."

„In gewisser Weise, ja. Und ich weiß die Sicherheit und die Möglichkeiten zu schätzen, die mir der Wohlstand geboten hat.

Aber Reichtum hat eine Kehrseite. Wenn man sich keine Sorgen darum machen muss, wie das Essen auf den Tisch kommt, bleibt verdammt viel Raum für Laster.“ Das erregte seine volle Aufmerksamkeit. „Mein Dad hat früher viel getrunken“, fuhr sie leise fort. „Er wurde nie handgreiflich, aber er hat gebrüllt. Wenn ich irgendetwas falsch gemacht hatte oder in der Schule keine Bestnoten nach Hause brachte, schrie er mir ins Gesicht, dass aus mir nie etwas werden würde. Meine Mom hat dann immer versucht, die Wogen zu glätten. Sie sagte, das wäre nur der Alkohol, der aus ihm spricht... aber es gab Zeiten, da hat mich das innerlich zerrissen.“

„Das kann ich mir vorstellen“, sagte Evan leise.

„Sie haben es nie als Problem thematisiert. Man gilt wohl weniger als Säufer, wenn man teuren Wein trinkt statt billigen Whiskey oder Wodka, oder?“

Evans Gesichtszüge wurden weicher, tiefes Mitgefühl trat in seinen Blick. „Das tut mir leid, Anya. Das muss verdammt hart gewesen sein.“

„Jeder hat doch irgendwas Beschissenes in seiner Kindheit erlebt, oder?“ Sie schüttelte traurig den Kopf. „Ich weiß ja, dass ich im Vergleich zu vielen anderen noch verdammt gut weggekommen bin.“

Er griff nach ihrer Hand und drückte sie aufmunternd. „Danke, dass du mir das anvertraut hast. Es war sicher nicht leicht, darüber zu sprechen.“

Sie zuckte kurz mit den Schultern. „Du hast dich mir gegenüber geöffnet, also dachte ich, ich sollte das auch tun.“

„Mir ist klar geworden, dass es eine verdrehte Form von Selbstbelügung war, alles für mich zu behalten“, gestand er leise. „Ich habe so viel Zeit damit verbracht, jemand anderes zu sein, dass ich manchmal selbst nicht mehr zwischen meinen echten Erinnerungen und der Fiktion unterscheiden kann, die ich für meine Tarnidentitäten erfunden habe.“

„Ich nehme an, in jeder Lüge steckte zumindest ein Fragment der Wahrheit.“

Er blickte auf seine leeren Hände hinab. „Wenn man sich

selbst oft genug belügt, kann man sich irgendwann nie mehr ganz sicher sein."

„Ich glaube, ich habe in meinem eigenen Kopf auch eine Menge Erlebnisse mit meinen Eltern umgeschrieben", gab Anya zu. „An den Tagen, an denen Dad völlig daneben war, habe ich mir eingeredet, er sei nur überarbeitet oder krank oder so etwas."

„Ich bin dankbar, dass meine Eltern mir nie das Gefühl gegeben haben, nicht sicher zu sein. Wir hatten zwar kaum Geld, aber wir hatten uns."

„Das klingt wirklich schön. Und ich will es nicht so darstellen, als wäre alles nur düster gewesen. Ich habe auch viele glückliche Erinnerungen. Als ich klein war, hat mein Dad mich nachts oft mit nach draußen genommen, um die Sterne anzusehen. Er hat mich auf seine Schultern gesetzt, damit ich die beste Sicht hatte. Ich erinnere mich genau an das Gefühl, als hätte ich nur die Hand ausstrecken müssen, um sie zu berühren."

Evan nickte langsam. „Und dann werden wir erwachsen und begreifen, dass sie für immer knapp außer Reichweite bleiben werden."

Sie rümpfte die Nase. „Ich sehe das nicht so pessimistisch. Wir sind jetzt bedeckt mit winzigen Sternenstaubteilchen von dem Stern, der diese Welt wärmt. Von jedem Planeten, den wir bereisen, nehmen wir ein kleines Stück davon mit uns."

„Ich bin überrascht, eine derart romantisierte Sichtweise von einer Wissenschaftlerin zu hören."

„Du zollst uns Wissenschaftlern einfach nicht genug Anerkennung. Wir können verdammt komplex sein."

„Offensichtlich."

„Ich vermute auch, dass du gar nicht so ein Zyniker bist, wie du mich immer glauben machen willst."

„Ich bin schlichtweg Realist."

„Ich kenne dich noch nicht lange, aber ich weiß, dass in dir auch ein Träumer steckt. Beides kann nebeneinander existieren. Ich bin der lebende Beweis."

Er stieß einen ergebenen Seufzer aus. „Na gut, meinetwegen. Es soll vorgekommen sein, dass ich gelegentlich... idealistisch denke.“

„Gut so. Denn wir haben noch einiges vor uns, nach dem es sich zu streben lohnt. Da ist immerhin ein Schiff zu finden, richtig?“

„Ich bin mit Geschichten über Schatzsucher aufgewachsen, die uralte Ruinen ausgraben“, gab er zu. „Warum also nicht mal den Traum leben?“

Sie lächelte. „Ganz genau. Ich meine, was gäbe es hier in der Gegend sonst schon groß zu tun?“

„Nicht gefressen werden zum Beispiel.“

„Oh, richtig.“ Sie schluckte schwer. „Apropos... da gibt es etwas, das ich wohl erwähnen sollte.“

„Und das wäre?“

„Der Ort, an den wir wollen - dort, wo laut Conroy der Höhleneingang liegt... Das ist ganz in der Nähe der Stelle, an der dieser Ranger-R zerfetzt wurde.“

Evan stieß ein kurzes, humorloses Lachen aus. „Oh, großartig. Einfach fantastisch!“

„Ja.“

„Was ist mit dem Forschungsaußenposten?“

„Der liegt direkt am Rand dieses Gebiets.“

„Dann sollten wir uns tunlichst erst bei Tageslicht nähern.“

Sie nickte. „Und das ist noch etliche Kilometer von hier entfernt. Wir werden deine Navigationskünste brauchen, um das restliche Stück unbeschadet zu überstehen.“

Evan blickte lächelnd auf das Terminal an seinem Handgelenk hinab. „Wir haben dem Kerl echt einen Bären aufgebunden, als wir so taten, als wäre die Karte auf einem anderen Gerät.“

„Du bist verdammt schnell im Kopf, Evan.“

„Das musste ich in meinem Job sein. Aber du hast fantastisch mitgespielt.“

„Um fair zu sein“, erwiderte sie schmunzelnd, „man muss ziemlich flink im Kopf sein, wenn man es ständig mit wilden Tieren zu tun hat.“

„Wohl wahr.“

Anya legte den Kopf in den Nacken und sah hinauf in das endlose Sternenmeer. „Was machen wir mit dem Lager für heute Nacht?“

Evan warf einen prüfenden Blick zurück in die Dunkelheit hinter ihnen. „Ich glaube zwar nicht, dass wir noch verfolgt werden, aber ich würde trotzdem gerne noch ein paar Kilometer zwischen uns und den Ort bringen, an dem wir den Syndikats-Typen gelassen haben. Wir suchen uns einen abgelegenen Platz fürs Zelt. Aber kein Feuer.“

„Klingt nach einem Plan.“

33

„SAMOR! HEY!" Samor schreckte jäh aus dem Schlaf hoch. Er wollte kerzengerade auffahren, doch ein stechender Schmerz in seiner rechten Schulter riss ihn sofort wieder zurück. Keuchend unterdrückte er einen Aufschrei und verlagerte sein Gewicht auf den linken Arm, um sich abzustützen. Dabei bemerkte er, dass auch sein unterer Rücken auf dieser Seite brennend schmerzte.

Er lag auf dem nackten Boden. Rebeka beugte sich über ihn, Erleichterung in den Augen. „Den Göttern dieses Planeten sei Dank, du bist wach!", rief sie aus.

„Mehr oder weniger." Samor verzog das Gesicht, als er versuchte, die Schulter auch nur einen Millimeter zu bewegen.

Die Luft hier drin roch feucht und modrig. Der Raum war nur spärlich beleuchtet, aber Samor konnte grobe Felsformationen erkennen. Sie mussten in eine der Höhlen evakuiert worden sein. Die Ereignisse der letzten Stunden blitzten wie Fragmente vor seinem inneren Auge auf.

„Conroy! Ist er—?"

„Ihm geht es gut", beruhigte Rebeka ihn sofort. „Du hast eine Kugel für ihn abgefangen, aber wir haben dich da rausgeholt. Wir konnten uns genug Zeit verschaffen, um den Rückzug anzutreten."

„Warum sind sie uns nicht gefolgt?"

Ihr Gesicht verfinsterte sich. „Wir haben das Kommandozentrale gesprengt. Den Tunnel zum Einsturz gebracht."

Samor ließ den Kopf wieder zurücksinken. „Die ganze Technik... alles verloren..."

„Darüber kann ich jetzt nicht nachdenken. Ich bin einfach nur froh, dass wir so viele Leute lebend rausgebracht haben."

Samors Magen krampfte sich zusammen. „Wie viele haben wir verloren?"

„Wir wissen es noch nicht genau. Die Gruppen sind verstreut. Wir sind hier nur zu acht, aber wir wissen, dass es noch andere Trupps gibt. Und dann ist da noch das Team bei den Kolonisten in Echo Falls."

Aber was, wenn wir nur noch acht Mann gegen den Rest der Welt sind? Er musste einfach daran glauben, dass da draußen noch mehr von ihnen überlebt hatten.

Trotz der hämmernden Schmerzen stützte er sich erneut auf den linken Ellbogen. „Sag mir, was ich tun kann. Wie kann ich helfen?"

„Im Moment? Gar nicht. Ausruhen und wieder auf die Beine kommen." Sie überprüfte den Verband an seiner Schulter. „In deinem Zustand bist du zu nichts anderem zu gebrauchen."

„Ich muss mit Conroy sprechen."

„Er hat alle Hände voll zu tun."

„Es ist verdammt wichtig, Rebeka."

Sie warf einen Blick durch den dunklen Raum auf etwas, das in den Schatten verborgen blieb. „Also gut. Ich sage ihm, dass du ansprechbar bist. Aber versuch, dich auszuruhen, bis er Zeit findet."

Samor wollte ihre Anweisung eigentlich ignorieren, doch seine schweren Augenlider ließen ihm keine Wahl. Er war sich nicht sicher, wie lange er weggetreten war, als ihn eine vertraute, tiefe Stimme weckte.

„Wie fühlst du dich?"

Samor lächelte schwach, als er die Augen öffnete. „Ungefähr so gut wie Sie nach dieser einen Partynacht auf Candelin, Sir."

Der Kanzler lachte leise. „Ich dachte, wir hätten vereinbart, nie wieder ein Wort über diese Nacht zu verlieren."

„Sie sagten: ‚Nicht in diesem Leben'. Und da ich gerade fast gestorben bin, dachte ich, ich hätte einen Freifahrtschein."

Conroy klopfte Samor vorsichtig auf die gesunde Schulter. „Den gewähre ich dir." Sein Blick wurde ernst. „Rebeka meinte, du hättest etwas Wichtiges zu berichten?"

Samor richtete sich mit sichtbarer Anstrengung auf, darauf bedacht, seine Schmerzen vor dem Kanzler so gut es ging zu verbergen. „Ich wollte es Ihnen gerade sagen, kurz bevor sie durchgebrochen sind. Evan und Anya werden sich als ‚Trailblazer' identifizieren. Unsere Bestätigung lautet ‚Phoenix'."

„Das ist in der Tat eine lebenswichtige Information. Danke, Samor."

„Sir..." Samor suchte nach den richtigen Worten, während er das bleiche Gesicht seines Vorgesetzten musterte. „Was unternehmen wir jetzt?"

In diesem Moment sackte der Kanzler förmlich in sich zusammen – eine ungewohnte Zurschaustellung von Verletzlichkeit für einen Mann, der für so viele als unerschütterliches Leuchtfeuer der Stärke galt. „Das... versuche ich selbst noch herauszufinden", gestand er leise.

„Wir können uns wehren, Sir."

„Und das werden wir. Aber diesen Kampf gewinnen wir nicht mit schierer Feuerkraft. Das war nie unsere Strategie, und nach heute müssen wir noch vorsichtiger sein."

„Ich stehe hinter Ihnen, Sir. Was auch immer Sie brauchen."

„Danke, Samor. Ich bin froh, dass du auf dem Weg der Besserung bist. Wenn du mich nicht im richtigen Moment zu Boden gerissen hättest... ich bin mir nicht sicher, ob ich so glimpflich davongekommen wäre."

Samor nickte, eine Welle der Dankbarkeit in seiner Brust. „Ich habe nur meinen Job gemacht, Sir."

Der Kanzler lachte leise und trocken. „Das ist es schon lange nicht mehr. Die Bezahlung ist viel zu schlecht, als dass das der einzige Grund sein könnte, warum du immer noch an meiner Seite stehst."

„Jetzt, wo Sie es sagen... ich habe seit fast fünf Jahren keinen Cent mehr auf meinem Konto gesehen—"

„Konzentrier dich einfach darauf, gesund zu werden." Conroy lächelte schwach. „Ich möchte das hier nicht ohne dich durchziehen müssen."

„Ich gehe nirgendwo hin, Sir."

„Nun, hoffentlich doch bald. Ich hoffe immer noch, dass wir eine Mitfahrgelegenheit von diesem Felsen finden. Und dann... dann beginnt die eigentliche Arbeit erst."

— — —

Roman löste die letzten Seilstränge von seinen Knöcheln. Das Durchtrennen der Handfesseln hatte gut zwanzig Minuten gedauert, und die Knoten an seinen Beinen waren mit nur einer voll funktionsfähigen Hand eine reine Qual gewesen. Er hatte seinen aufsteigenden Frust als Treibstoff genutzt; er brannte darauf, zu Reds Team zurückzukehren und seine neue Strategie in die Tat umzusetzen.

Die mühsame Befreiung hatte ihm immerhin Zeit zum Nachdenken gegeben. Er kannte nun den ungefähren Sektor, in dem die beiden das Schiff vermuteten, was das Suchgebiet erheblich eingrenzte. In diesem Punkt war seine Mission ein Erfolg gewesen.

Doch nun galt es, dieses Schiff einzunehmen. Und zu halten. Dafür brauchte er eine Armee.

Obwohl er im Dschungel nur auf zwei Personen gestoßen war, gab es keinen Grund zur Annahme, dass sie nicht selbst Verstärkung in der Hinterhand hatten. Er weigerte sich strikt, bei der nächsten Begegnung noch einmal übertölpelt zu werden.

Roman schlug ein so hohes Tempo ein, wie es seine nur mit Socken bekleideten Füße zuließen. Jedes spitze Gestein stach wie eine Nadel, doch auf dem weichen Waldboden kam er passabel voran. Der Hauptmond stand immer noch hoch und hell genug, um die Umgebung in fahles Licht zu tauchen.

Bevor er den endgültigen Rückweg antrat, kehrte er zum Aussichtspunkt zurück. Sten lag immer noch genau dort, wo er gefallen war. Der Kopfschuss hatte ihn sofort ausgeschaltet;

Roman war fast dankbar, dass sein Kollege nicht hatte leiden müssen. Nachdem er Gefechte miterlebt hatte, bei denen Opfer mit Bauchschüssen stundenlang krepierten, wünschte er niemandem diesen langsamen Tod.

Stens Waffen fehlten, aber ansonsten schien die Leiche unberührt – sogar die Stiefel waren noch da. Roman stieß einen Seufzer der Erleichterung aus. Sie waren ihm zwar ein Stück zu groß, aber das war im Moment sein geringstes Problem.

Nachdem er Sten die letzte Ehre erwiesen und die neu erworbenen Stiefel fest geschnürt hatte, machte sich Roman auf die Suche nach Red. Zum Glück war er klug genug gewesen, seinen Pfad vom Eingang der Anlage an zu markieren, was die Orientierung im dunklen Dickicht erheblich erleichterte.

Er bewegte sich so schnell wie möglich durch das unebene Gelände, stets bemüht, die Balance zwischen Tempo und Lautlosigkeit zu halten. Er glaubte zwar nicht, dass noch mehr von Conroys Leuten in der Nähe waren, wollte aber kein unnötiges Risiko eingehen.

Auf den letzten Metern drosselte er sein Tempo und lauschte. Er hörte den Rhythmus einer Unterhaltung; die Sprecher machten sich nicht einmal die Mühe, leise zu sein. Ihr Tonfall klang fast schon ausgelassen, auch wenn er die Worte auf diese Distanz noch nicht verstehen konnte.

Vorsichtshalber kündigte er sich lautstark an, bevor er aus dem Schatten der Bäume trat – er wusste nur zu gut, dass diese Soldaten erst schossen und dann Fragen stellten.

„Was hat denn bitteschön so lange gedauert?“, fragte einer der Männer, ohne die Mündung seiner Waffe ganz abzusenken.

„Wo ist Red?“, entgegnete Roman trocken.

„Die fragt sich, was bei dir so lange gedauert hat.“

„Ich habe Informationen. Und sie wird sich sicher auch fragen, warum ihr mich hier aufhaltet, statt mich zu ihr durchzulassen.“

Die Augen des Mannes verengten sich kurz, doch er trat beiseite. „Sie ist unten am Eingang.“

Roman spürte die taxierenden Blicke der Söldner, als er die

Lichtung betrat. Ein Großteil des Grases war versengt, und mehrere kleine Krater zeugten davon, wo Munition oder Granaten detoniert waren. Das Kommandozentrale existierte nicht mehr.

Red sprach mit einer kleinen Gruppe von Soldaten in der Nähe des Eingangs. Die Tür stand einen Spaltbreit offen und der Bereich um sie herum war von Kratern übersät und geschwärzt. Sie entließ die Leute, als sie bemerkte, dass Roman sich näherte.

Sie sah ihn erwartungsvoll an. „Nun?"

„Sie sind entkommen, aber ich weiß, wohin sie gehen."

„Was ist passiert?"

„Sie haben uns einen Hinterhalt gelegt – haben Sten getötet. Ich konnte sie zu einem Lager verfolgen, wo ich zufällig mitgehört habe, wie sie ihre Strategie besprochen haben."

„Wo?"

„Sie gehen zu einer Schlucht, etwa fünfzehn Kilometer nördlich von hier." Der Ort war in Wirklichkeit eine fundierte Schätzung, aber er dachte sich, es wäre das Beste, ihn als Gewissheit darzustellen, um sich Unterstützung zu sichern.

Red sah bei dieser Nachricht nicht glücklich aus. „Das ist in der roten Zone."

„Ich weiß, aber der Preis ist das Risiko wert."

„Du hättest sie nicht entkommen lassen dürfen. Man darf ihnen nicht gestatten, die Geheimnisse dieser Welt zu entdecken."

„Deshalb bin ich auch direkt zu dir zurückgekommen, sobald ich ihre Absichten erfahren habe."

„Wir werden ein Team schicken. Wir dürfen nicht zulassen, dass sie die Wahrheit über diesen Ort verbreiten."

„Ich gehe mit, wen auch immer du schickst."

Red pfiff und winkte einem ihrer Soldaten. Er joggte herüber. „Ansen, mach das Landungsschiff bereit. Wir haben Feinde in Bewegung und müssen ihnen den Weg abschneiden."

Landungsschiff? Romans Stimmung hob sich. Er hatte damit gerechnet, dass sie den ganzen Weg dorthin laufen müssten, aber er war nicht gewillt, eine Mitfahrgelegenheit abzulehnen – schon gar nicht in Anbetracht des angeblichen Monsters, das in der

Gegend herumstreifte. Das Schiff wäre in der Lage, den Orbit zu erreichen, aber es verfügte weder über interstellare Fähigkeiten noch über eigene Waffen. Es war also besser, ein Schiff zu haben als keins, aber auf lange Sicht war es bei Weitem kein Wendepunkt. Es gab nur einen Weg, wie er den Planeten verlassen würde. „Wir sind nah an unserem Ziel, ich weiß es. Die Sicherung dieses außerirdischen Schiffs hat für mich oberste Priorität."

„Und du kümmerst dich besser um dieses lose Ende, wenn du schon dabei bist."

Die beiden Überlebenden waren wirklich zu einem großen Ärgernis geworden. „Werde ich. Aber es ist ja nicht so, als könnten sie mit den Informationen etwas anfangen, selbst wenn sie über die Wahrheit stolpern. Sie sind auf diesem Planeten isoliert."

„Trotzdem ist es ein Risiko, das wir nicht bereit sind einzugehen."

„Sie waren überraschend flüchtig. Ich habe den Mann von der Passagierliste des Schiffs wiedererkannt, aber seine Handlungen schienen nicht zu der Vorgeschichte auf seiner Liste zu passen."

„Wenn er die Passage unter einem Decknamen gebucht hat, könnte er jeder sein."

Roman nickte. „Es gibt da jemanden, der genau zu der Zeit verschwunden ist, als das Schiff abgeflogen ist. Ich bin ihm nie selbst begegnet, aber wenn er der Verräter ist ..."

„Wie könnte das möglich sein? Ich dachte, sie hätten jeden überprüft."

Roman zuckte mit den Schultern. „Ich weiß es nicht, aber das ist ein Grund mehr, sie aufzuspüren und sicherzustellen, dass sie nicht reden können."

Sie funkelte ihn an. „Ja, und du hättest sie abfangen sollen – nicht entkommen lassen."

„Tja, das ist ja nicht der erste Punkt auf dieser Mission, der nicht ganz nach Plan gelaufen ist."

Doch nach ihrem wütenden Gesichtsausdruck zu urteilen, war das genau die falsche Bemerkung gewesen. „Finde sie einfach."

„Werde ich." Wenn er diesmal versagte, hätte er weitaus größere Probleme als nur Reds Zorn.

— — —

Evan fröstelte unwillkürlich. Die Temperatur war spürbar in den Keller gegangen, und der Wind hatte aufgefrischt. Über ihnen knarrten die Äste und wiegten sich im Rhythmus der Böen bedrohlich hin und her.

Anya starrte mit gerunzelter Stirn zu den dunklen Wolken, die über den Himmel jagten. „Diese Expedition wird wirklich von Minute zu Minute besser."

„Der Freizeitdirektor hat sich das mit den ‚endlosen Abenteuern' wohl verdammt zu Herzen genommen."

Sie verdrehte die Augen. „Der war nicht schlecht."

„Ich bin mir nicht sicher, ob wir weiter blind herumlaufen sollten, während da draußen ein Sturm aufzieht", schlug Evan vor. „Suchen wir uns lieber einen geschützten Platz fürs Zelt."

„Ich könnte ohnehin eine Pause gebrauchen. Tun wir das."

Nach einer kurzen Erkundung fanden sie eine Stelle, an der sie das Zelt an einem massiven Felsen verankern konnten. Keine morschen Bäume in der Nähe, die ihnen auf den Kopf fallen könnten, und der Fels schirmte sie gegen die schlimmsten Böen ab.

Kaum stand die Unterkunft, hechteten sie hinein, um der schneidenden Kälte zu entkommen.

Zu seiner Überraschung setzte sich Anya direkt neben ihn und lehnte ihren Kopf ganz selbstverständlich an seine Schulter. „Ein Feuer fehlt mir jetzt wirklich", sagte sie.

Hätte er geahnt, dass der Verzicht auf ein Lagerfeuer ihn einer so attraktiven Frau derart nahebringen würde, hätte er sich schon viel früher einen taktischen Grund dafür einfallen lassen. „Hey, sieh es positiv: Wir mussten keine Zeit damit verschwenden, trockenes Holz zu suchen."

„Und wie sollen wir uns dann die Zeit vertreiben?"

Die Frage klang in dieser Nähe fast schon kokett, doch Evan

war sich unsicher, wie viel Absicht dahintersteckte. „Wir könnten immer noch unseren nächsten Schritt planen", wich er aus – wohl wissend, dass man das in dieser Situation auf mehr als nur eine Weise verstehen konnte.

„Im Moment bin ich einfach nur froh, im Hier und Jetzt zu sein." Sie kuschelte sich noch ein Stück enger an ihn.

„Ich auch." Er wollte sich weiß Gott nicht beschweren, aber der plötzliche Körperkontakt überrumpelte ihn. Sicher, sie hatten in den letzten Tagen miteinander geflirtet, aber das hier war eine klare Eskalation.

Dennoch blieb er Realist. Zu überleben und nicht durch die Gefahren dieses Planeten oder die Hand ihrer Jäger zu sterben, hatte oberste Priorität. Eine romantische Verstrickung wäre eigentlich nur eine gefährliche Ablenkung. Doch trotz aller Vernunft fühlte es sich verdammt gut an, sie bei sich zu haben. Es war ewig her, dass er das Gefühl gehabt hatte, bei jemandem die Maske fallen lassen zu können. Inmitten all der lauernden Gefahren fühlte er sich in diesem kleinen Zelt seltsam im Reinen mit sich selbst.

Er lehnte sich auf seinem Schlafsack zurück und stützte den Arm als Kissen hinter den Kopf. Sie legte sich in seine Armbeuge, und angesichts der Kälte, die nun von draußen hereinkroch, war er dankbar für ihre Wärme.

Gerade als Evan anfing wegzudämmern, schreckte er hoch. Ein donnerndes Brüllen zerriss die Stille. Zuerst hielt er es für die herannahende Sturmfront, doch das Geräusch wurde schnell unverkennbar.

„Das ist ein Shuttle."

„Was?!" Anyas Gesicht war ein einziges Fragezeichen. „Wie ist das möglich?"

„Muss vom Eskortschiff stammen. Die sind mit runtergegangen."

„Das ist ganz und gar nicht gut."

„Sie sind höchstwahrscheinlich auf dem Weg zur Schlucht – genau dorthin, wo wir sie mit unserer Geschichte hingelockt haben."

Sie runzelte die Stirn. „Aber wir müssen da durch, um zu den eigentlichen Ruinen zu gelangen.“

„Die Sache ist gerade verdammt viel komplizierter geworden.“

34

ANYA HATTE DEN Rest der Nacht kein Auge zugetan, nachdem das Schiff über sie hinweggedonnert war. Es war völlig unklar, wo die feindlichen Soldaten landen würden, und dann war da noch die Sorge wegen dieser unbekannten Kreatur. Manchmal wünschte sie sich, sie wüsste nichts über die Gefahren dieses Planeten – dann könnte sie die Probleme einfach auf sich zukommen lassen.

Es war eine bittere, stürmische Nacht gewesen, doch Evans Nähe hatte ihr zumindest etwas Wärme und Trost gespendet. Er hatte sich wie ein perfekter Gentleman verhalten, was ihr in ihrer momentanen Lage auch ganz recht war.

Stress hat eine seltsame Art, Prioritäten zu verschieben. In der Isolation der Wildnis klammerte sie sich instinktiv an jede menschliche Verbindung, die sie finden konnte. In der vergangenen Woche war Evan die einzige Beständigkeit in ihrem Leben gewesen, da war es kaum verwunderlich, dass er ihr ans Herz gewachsen war. Sobald sie in Sicherheit wären, hätte sie allerdings nichts dagegen herauszufinden, ob sich zwischen ihnen noch mehr entwickeln könnte.

Hör auf damit!, rügte sie sich selbst. *Das sollte momentan das Letzte sein, woran ich denke.*

Die nächsten Stunden würden entscheidend sein. Sie begaben sich direkt in gefährliches Terrain, in dem sowohl ein Raubtier als auch feindliche Truppen lauerten. Die einzige gute Nachricht war, dass der Sturm abgezogen war. Der feuchte Boden machte sie zwar aufspürbar, verriet ihnen im Gegenzug aber auch, ob vor ihnen schon jemand hier gewesen war. Alles in allem war ihr dieser Hinweis lieber als gar nichts.

„Ich schlage vor, wir steuern den Forschungsaußenposten an und verschwinden sofort, falls er entdeckt wurde“, sagte Anya, während sie mit Evan durch den Wald stapfte. Das Unterholz war hier lichter, dafür gab der Boden aus weichem Moos bei jedem Schritt angenehm nach.

„Du weißt nicht zufällig, zu welcher Tageszeit der Ranger während der Patrouille angegriffen wurde?“, fragte Evan.

„Keine Ahnung.“

Seine Stirn lag in tiefen Falten.

„Ich werde mir nicht den Kopf über Dinge zerbrechen, die wir ohnehin nicht kontrollieren können“, sagte Anya bestimmt. „Wir müssen durch diese Schlucht, also bringen wir es hinter uns.“

„Einverstanden.“

Obwohl sie versuchte, zuversichtlich zu klingen, machte sie sich ernsthafte Sorgen. Doch wie Evan schon am Vorabend gesagt hatte: Menschen konnten weitaus grausamer sein als jedes Tier. Letztlich riskierte sie lieber eine Begegnung mit dem mysteriösen Raubtier, als den feindlichen Soldaten in die Arme zu laufen.

Die Navigation mit der Karte auf Evans Armbandgerät war tückisch, da die „Standort bestimmen“-Funktion fehlte. Doch anhand einiger Berggipfel und eines Bachlaufs gelang es ihnen schließlich, sich zu orientieren und einen Kurs auf ihr Ziel zu setzen.

Sie suchten den Boden und das Laub aufmerksam nach Spuren ab, doch abgesehen von gelegentlichen Wildpfaden schien alles unberührt zu sein.

„Ich glaube, wir kommen näher“, sagte Evan nach einem Blick auf die Karte. „Aber wir steuern auf einen rot schattierten Bereich zu.“

„In den Berichten, die ich gelesen habe, gab es keine farbigen Markierungen“, warf Anya ein. „Wo kommt das auf einmal her?“

„Rot steht meistens für Gefahr.“

„Oder für hohe Aktivität“, gab sie zu bedenken. „Gibt es noch andere Schattierungen?“

„Nicht, dass ich wüsste.“

„Hm.“ Anya wusste nicht recht, was sie davon halten sollte, aber sie hoffte, dass die detaillierten Daten in der Anlage Licht ins Dunkel bringen würden.

Nach einer Weile erreichten sie einen Teil des Waldes, in dem die Vegetation wieder dichter wurde. Die Sichtweite betrug kaum noch zehn Meter. Unter diesen Bedingungen wäre es ein Leichtes, direkt in einen Hinterhalt zu laufen.

Evan schien dasselbe zu denken. Er trat leiser auf, bewegte sich behutsam und achtete darauf, keine Äste zu streifen. Anya tat es ihm gleich und nutzte ihre Erfahrung aus der Zeit, als sie Kleintiere für Forschungszwecke aufgespürt und markiert hatte.

Plötzlich traten sie aus dem Dickicht auf eine offene Fläche. Es war jedoch keine natürliche Lichtung: Das Unterholz war flach gedrückt, und über ihnen hingen abgebrochene Äste. Ein breiter, niedergetrampelter Pfad verschwand in beide Richtungen hinter den Biegungen des Waldes.

Anya und Evan blieben mitten auf der Schneise stehen und tauschten ratlose Blicke aus.

„Ist hier jemand durchgefahren?“, fragte Anya, der keine andere Erklärung einfiel.

„Ich sehe keine Reifenspuren“, antwortete Evan, nachdem er den Boden kurz untersucht hatte.

Für einen gewöhnlichen Wildwechsel war der Pfad viel zu breit. Dennoch ähnelten die Bruchstellen an den Pflanzen eher einem Tier, das sich den Weg gebahnt hatte. „Ich habe keine Ahnung, was das verursacht haben könnte.“

„Sollen wir dem Pfad folgen?“

„Er führt nicht in unsere Richtung“, bemerkte sie. „Und ich bin mir nicht sicher, ob ich dem Ding, das hier durchgegangen ist, begegnen will.“

„Da stimme ich dir zu.“

Sie setzten ihren Weg fort, doch Anya fiel es schwer, das ungute Gefühl abzuschütteln, dass etwas Gewaltiges knapp außer

Sichtweite lauerte.

Schließlich tauchte zwischen den Bäumen ein willkommener Anblick auf. In der Natur kommen gerade Linien selten vor, doch das Objekt vor ihnen bestand fast nur daraus.

„Hey, das muss es sein!", flüsterte sie aufgeregt und deutete auf die halb verdeckte Form.

Der Außenposten wirkte, als wäre er seit Jahren verlassen – oder der Dschungel hatte das Gebäude schneller zurückerobert als erwartet. Die Anlage war etwa 25 Meter lang und zehn Meter breit, so konstruiert, dass sie per Lufttransport abgesetzt werden konnte. Es war eine standardmäßige, graue Metallfertigbaracke mit getönten Fenstern an zwei Seiten. Mittlerweile bedeckten Moos und Ranken das halbe Gebäude und wanden sich sogar über die Eingangstür in der Mitte der Frontseite.

Sie wollte gerade loslaufen, doch Evan hielt sie am Arm fest.

„Warte", sagte er leise. „Egal, was Samor behauptet hat – sie könnten diesen Ort überwachen."

„Und wie finden wir das heraus? Wir können nicht ewig hier im Gebüsch hocken. Wir müssen da rein."

„Genau wie besprochen: Einer geht vor", erwiderte Evan.

„Und wie wir ebenfalls besprochen haben, spiele ich den Köder und du den Soldaten, der mich rettet." Sie warf ihm einen strengen Blick zu, der keinen Widerspruch duldete.

Er wich einen Schritt zurück und nickte. „Bleib wachsam."

„Immer."

Anya ging auf das Gebäude zu. In der umgebenden Vegetation rührte sich absolut nichts – nicht einmal das Rascheln eines Vogels war zu hören.

„Hier ist niemand, Evan. Komm schon!", rief sie ihm zu. Es war zu still. Auch wenn es nichts bedeuten musste, wurde sie das ungute Gefühl nicht los, das ihr im Nacken kribbelte.

Er joggte auf sie zu und gab nach ihrem Ruf jede Deckung auf. „Das war nicht der Plan."

Sie wartete nicht, bis er sie erreicht hatte, sondern ging direkt zur Tür. „Es ist zu ruhig hier. Vielleicht schleicht sich gerade etwas ganz anderes an uns heran. Um Soldaten mache ich mir im

Moment die geringsten Sorgen.“

Gemeinsam legten sie das letzte Stück zum Eingang im Laufschritt zurück. Evan drückte gegen die Tür – sie war unverschlossen. Auf einem unbewohnten Planeten gab es wohl kaum einen Grund, ein Gebäude mitten im Nirgendwo abzuriegeln.

Als sie eintraten, fächelte sich Anya mit der Hand Luft zu, um den muffigen Geruch zu vertreiben. Sie blinzelte, während sich ihre Augen an das dämmrige Licht gewöhnten.

Lange Arbeitsflächen säumten die Wände, in der Mitte des Raums standen mehrere Stehtische. Die meisten Oberflächen waren mit Pla-Folien und verstreuter Ausrüstung übersät. Es sah aus, als hätte jemand die Regale leergeräumt, alles zur Sichtung auf die Tische geworfen und wäre dann überstürzt aufgebrochen.

Evan schloss die Tür hinter ihnen. „Das habe ich nicht erwartet.“

„Ich auch nicht.“ Anya trat tiefer in den Raum und untersuchte den Inhalt eines der Tische. „Mich überrascht, dass hier so viel gedrucktes Material herumliegt.“

„Stimmt. Ich dachte eher an Computer und Analysegeräte für Gesteins- und Pflanzenproben.“

„Das ist es normalerweise auch, was man in einem Forschungsaußenposten findet.“ Anya hob eine der Folien auf. Allein die Verwendung dieser Pla-Folie war ungewöhnlich, aber der Inhalt war noch seltsamer.

Die halbtransparenten Folien zeigten eine Reihe geschwungener Linien mit winzigen Zahlenwerten; es erinnerte sie an eine topografische Vermessung. Sie stapelte mehrere der Blätter übereinander, um das Gesamtbild zu erfassen.

Die dunklen Höhenlinien deckten sich exakt, und auf jeder Ebene gab es Punktwolken, die zusammengelegt große rote Flächen bildeten.

Evan sah ihr über die Schulter. „Das sieht verdammt nach einer dieser roten Zonen aus.“

„Aber was bedeutet das?“ Anya legte den Stapel beiseite, um nach anderen Dokumenten zu suchen. Es war mehr als beunruhigend, dass dies das Erste war, was sie fanden.

„NovaTech hat hier irgendetwas gedreht." Sein Blick schweifte durch den Raum und blieb wieder an ihr hängen. „Wusstest du etwas davon?"

„Nein."

„Ich will dir ja glauben, Anya. Aber wie hätten sie dem Team so viel verheimlichen können?"

Ihre Wangen röteten sich vor Zorn über die Unterstellung. „Glaubst du ernsthaft, ich hätte nach allem, was wir durchgemacht haben, die ganze Zeit Geheimnisse vor dir gehabt?" Sie sah ihm fest in die Augen.

Er erwiderte ihren Blick ruhig und prüfend. „Ich habe zu viele Leute erlebt, die einem ohne mit der Wimper zu zucken ins Gesicht lügen."

„Und du glaubst, ich tue das gerade?" Sie konnte nicht leugnen, dass sie hier und da Details zurückgehalten hatte, aber sie hatte nie gelogen. Sie fand nicht, dass sie irgendetwas getan hatte, das diesen Vorwurf rechtfertigte. Sie hatte sich ihm mehr geöffnet als jedem anderen in letzter Zeit, und es tat weh zu sehen, dass sein Vertrauen wohl doch nicht so tief saß, wie sie gehofft hatte.

Evan starrte sie weiter an. In seinem Gesicht lag jedoch etwas Subtiles, das ihr zuerst entgangen war – eine Sorge, die gar nicht ihr galt. Sein Blick wanderte minimal nach oben, knapp an ihrem Kopf vorbei. Die Bewegung war so winzig, dass sie für einen Außenstehenden kaum wahrnehmbar gewesen wäre.

Sie verschränkte die Arme und drehte sich mit einem gespielten Schnauben der Frustration um. Während der Drehung folgte sie Evans Blickrichtung. An der Decke war eine Überwachungskamera montiert – und die Kontrollleuchte brannte.

Ihr Puls beschleunigte sich. *Das muss nicht heißen, dass gerade jemand zusieht. Aber warum will er, dass es so aussieht, als hätten wir Streit?*

— — —

Evan hätte seine Rolle fast vergessen, als er den Schmerz und die Verwirrung in Anyas Augen sah. Die vertraulichen Gespräche der letzten Tage hatten ein echtes Band zwischen ihnen geknüpft; ihre Ehrlichkeit infrage zu stellen, hatte sie sichtlich tief getroffen.

Doch da er nun sicher war, dass das Noche-Syndikat mit den Saboteuren der Kolonie-Expedition unter einer Decke steckte, musste er extrem vorsichtig sein. Sollten sie gefangen genommen werden, durfte niemand wissen, wie viel Anya ihm bedeutete – sonst wäre sie in noch größerer Gefahr. Er zweifelte nicht daran, dass man sich an ihm rächen wollte, und er wollte um jeden Preis verhindern, dass sie zur Zielscheibe wurde.

Selbst wenn die Kameras nur bewegungsgesteuert waren und gerade niemand zusah, durfte er das Risiko nicht eingehen. Er musste die Lüge aufrechterhalten, dass Anya für ihn bedeutungslos war.

„Ich will einfach nur die Wahrheit wissen", sagte Evan kühl. „Vielleicht bist du nicht die Richtige, um mir dabei zu helfen." Es kostete ihn Überwindung, diese Worte auszusprechen, aber es war notwendig.

„Wenn du das allein durchziehen willst – bitte!", schoss Anya zurück.

„Ich muss den Kopf freikriegen." Evan ging auf die Tür zu. Wieder einmal hatte Anya intuitiv perfekt reagiert. Das gab ihm den Vorwand, das Gebäude zu umrunden – offiziell, um sich bei einem Spaziergang abzukühlen.

Draußen begann er, die Anlage im Uhrzeigersinn zu umkreisen. Er hielt Ausschau nach Sendeanlagen oder technischem Gerät, das darauf hindeuten könnte, dass der Video-Feed an einen entfernten Beobachter übertragen wurde.

Langsam drehte er seine Runde. Er tat so, als starrte er geistesabwesend auf den Boden, suchte aber gleichzeitig die Außenfassade ab. Er entdeckte keine Anzeichen für Hardware, die erst nachträglich installiert worden war. Allerdings konnte moderne Überwachungstechnik kleiner als ein Reiskorn sein – eine Garantie gab es also nicht. Dennoch war es ein gutes Zeichen, dass keine feindlichen Truppen in Sicht waren. Sie mussten die Informationen so schnell wie möglich sammeln und verschwinden, um ihren Vorsprung nicht zu verlieren.

Als Evan um die letzte Ecke bog, krachte etwas Gewaltiges durch die Bäume. Es klang, als käme es direkt auf ihn zu.

Ohne zu zögern, sprintete er zurück zum Eingang. Er riss die Tür auf und stürmte hinein. Die schwere Metalltür schlug genau in dem Moment ins Schloss, als die Äste der nahen Bäume heftig zu peitschen begannen.

Mit pochendem Herzen starrte er durch das kleine Sichtfenster und suchte nach dem Verursacher des Aufruhrs. Er zitterte leicht; das Adrenalin schoss ihm durch die Adern.

„Schon zurück?“, fragte Anya kühl.

„Da draußen ist was.“ Evan ließ das Fenster nicht aus den Augen.

Sie trat neben ihn und spähte hinaus. „Das Etwas?“

„Möglicherweise. Ich habe es nicht genau gesehen, aber ...“ Er deutete auf die Zweige, die immer noch heftig nachschwangen. Was auch immer es gewesen war, es schien sich wieder entfernt zu haben.

Anya runzelte die Stirn. „Wir können nicht ewig hier drin bleiben.“

„Ich würde mich ungern im Dunkeln fortbewegen. Lass uns die Durchsuchung hier beenden.“

„Wieder in meinem Team?“, fragte sie und zog eine Augenbraue hoch.

„Ich tue nur, was nötig ist“, antwortete er knapp.

Anyas Miene wurde kurz ratlos, doch sie überspielte die Verwirrung sofort mit Verärgerung. „Wie du meinst.“

Sie verteilten sich auf gegenüberliegende Seiten des Raums, um die Suche systematisch fortzuführen. Evan begann bei einem Lagerregal an der linken Wand. Er wühlte sich durch die Bestände, fand aber kaum Relevantes – bis auf eine weitere Taschenlampe und einen Entfernungsmesser, die er in seinem Rucksack verstaute.

Er wollte sich gerade an eines der Computerterminals setzen, als Anya ihn rief. Sie hielt ein Dokument in der Hand, das wie eine gedruckte Karte aussah.

„Was ist das?“, hakte er nach, als sie eine Minute lang schweigend das Papier studierte.

„Das versuche ich gerade herauszufinden. Ich ...“ Sie legte den Kopf schief. „Ich glaube, das ist ein Lageplan für eine xenoarchäologische Untersuchung.“

„Das hieße, es gibt Beweise für eine Zivilisation, richtig?“

„Jedenfalls für unnatürliche Strukturen. Das stützt die Informationen, die wir bekommen haben.“

Evan trat zu ihr. „Gibt es ein Datum?“

Sie deutete auf die obere rechte Ecke. „Vor zwei Jahren.“

„Das bedeutet, diese Infos waren schon lange vor dem Abflug unseres Kolonieschiffs bekannt. Zumindest Conroys Leute wussten Bescheid. Schwer zu sagen, wie viel davon die Kernwelten erreicht hat.“

„Widerlegt die Verschwörungstheorie jedenfalls nicht“, flüsterte sie.

„Es untermauert sie eher.“ Evan seufzte. „Ich verstehe immer noch nicht, warum sie ein ganzes Kolonieschiff herschicken, wenn sie nie vorhatten, es landen zu lassen. Ich weiß, was Conroy über die Tarnung gesagt hat, um lose Enden loszuwerden, aber es fühlt sich an, als stecke da noch mehr dahinter.“

„Spielt im Moment keine Rolle“, unterbrach ihn Anya. „Wir müssen herausfinden, was sie hier genau entdeckt haben.“

„Und wo wir den Rest finden“, ergänzte er und blieb absichtlich vage. Obwohl er hoffte, dass niemand mithörte, wollte er kein Risiko eingehen und zu viele Details preisgeben.

„Hey, ich glaube, das hier ist Teil einer größeren Untersuchung“, sagte Anya und deutete auf eine Zahlenfolge in der Fußzeile der Seite.

„Glaubst du, der Rest ist auch hier?“

Sie nickte. „Sehr gut möglich.“ Sie durchwühlte einen Stapel Ausdrucke. „Aber hier finde ich es nicht.“

„Vielleicht wurde es nicht ausgedruckt?“, schlug Evan vor.

Nachdem sie die physischen Unterlagen erfolglos durchsucht

hatten, wandten sie sich den digitalen Dateien zu. Sie teilten die Verzeichnisse untereinander auf, um keine Zeit zu verlieren. Evan spürte den Drang, so schnell wie möglich aufzubrechen. Er überflog die Ordnernamen nur oberflächlich nach allem, was mit Karten oder Vermessungen zu tun haben könnte.

„Ich glaube, ich habe was!“, rief Anya.

Evan trat hinter sie. Auf ihrem Monitor war eine Reihe von Bildern zu sehen – dieselben Objekte, die sie kurz vor der Evakuierung im Lagerraum gesehen hatten. „Das kommt mir bekannt vor.“

Sie lächelte. „Und das Beste daran? Die Bilder haben Geotags.“

Sie luden die Koordinaten in Evans Armbandgerät. Das Ziel lag etwa vier Kilometer nordöstlich von ihrer aktuellen Position. Blieb nur noch die Sache mit der Höhle, in der sich das Schiff verbergen sollte.

„Wir müssen immer noch den Eingang finden“, sagte Evan.

Anya nickte. „Bin dran.“

Wieder suchten sie schweigend die Verzeichnisse durch. Evan stieß auf einen Ordner, dessen Name nach Energiewerten klang – vielversprechend. Doch als er ihn öffnete, fand er lediglich ein paar Datenblätter zur Messung der atmosphärischen Ionisierung.

Plötzlich stieß sich Anya mit Schwung von ihrem Tisch ab. „Hier ist nichts. Vergiss es einfach!“ Sie fuhr den Rechner mit einem harten Klick herunter. „Ich verschwinde. Komm mit oder lass es bleiben.“ Sie warf ihm einen wütenden Blick zu und stampfte zur Tür.

Verblüfft blieb Evan zurück. *War das gespielt oder ist sie wirklich sauer?* Wie dem auch sei, eine Trennung war das Letzte, was sie jetzt brauchten. Er schaltete seine Workstation aus, schnappte sich seine Ausrüstung und folgte ihr nach draußen.

Sobald sie im Schutz der Bäume waren, folgte er Anyas entschlossenem Schritt.

„Ich habe die Koordinaten der Höhle“, sagte sie leise, sobald sie außer Hörweite des Gebäudes waren.

„Ich hatte gehofft, dass das der Grund für deinen Abgang war."

Sie sah kurz zu ihm hinüber. „Sah ich wütend genug aus?"

„Die Blicke, die du mir zugeworfen hast, haben sich wie Dolche in meine Seele gebohrt."

„Gut. Aber was sollte das vorhin eigentlich?", fragte Anya und kniff die Augen zusammen.

„Ich habe nichts davon ernst gemeint", sagte Evan hastig. „Ich vertraue dir."

Sie stemmte die Hände in die Hüften. „Ging es um die Kamera?"

„Ja. Für den Fall, dass uns jemand beobachtet hat, wollte ich nicht, dass sie uns für Verbündete halten."

„Warum nicht?"

„Weil ich weiß, wie skrupellose Leute die Bindung zwischen Menschen ausnutzen. Ich wollte nicht, dass sie dich gegen mich verwenden."

„Warum sollten sie sich überhaupt für einen von uns interessieren?"

Evan sah sich instinktiv noch einmal um, um sicherzugehen, dass sie allein waren. „Erinnerst du dich? Ich habe dir erzählt, dass ich verdeckt gegen das Noche-Syndikat ermittelt habe."

„Ja. Und es sieht so aus, als hätten sie mit NovaTech gemeinsame Sache gemacht, um die Kolonie-Expedition zu kapern."

„Genau. Wenn sie mich identifizieren, wollen sie Blut sehen, weil ich sie damals drangekriegt habe. Und bei dem Kerl, gegen den wir vorhin gekämpft haben … als ich ihn gefesselt habe, sah ich ein Abzeichen, das eigentlich nur der Noche-Führung vorbehalten ist."

„Das heißt, sie haben die Sabotage nicht nur mitorganisiert – sie sind tatsächlich hier vor Ort im Einsatz."

Evan nickte finster. „Deshalb wollte ich gar nicht erst versuchen, ihn zu verhören."

„Verdammt, Evan, das ist …"

„Ich kann gar nicht oft genug sagen, wie abgrundtief bösartig diese Leute sind. Die zögern keine Sekunde, jemanden umzubringen, wenn sie auch nur vermuten, dass er ihnen im Weg stehen könnte."

„Ein Wunder, dass du da lebend rausgekommen bist."

„Das wäre ich auch nicht, wenn sie nicht sicher gewesen wären, dass ich hier draußen sterbe. So gesehen ist mein Tod hier für sie sehr viel unkomplizierter, als mich mitten in den Kernwelten ermorden zu lassen."

Anya verschränkte die Arme. „Mir gefällt nicht, dass dieser Typ weiß, wer du bist."

„Glaub mir, mir auch nicht. Aber wir sind immer noch besser dran, als wenn wir ihn getötet hätten. Jeder, der so markiert ist, gehört zum inneren Zirkel – das ist wie Familie, egal ob blutsverwandt oder nicht. Wenn einem von denen etwas zustößt, wäre die Rache, die über uns hereinbricht, zehnmal schlimmer."

„Wir müssen von diesem Planeten weg und untertauchen."

„Dafür brauchen wir ein Schiff. Und unsere einzige Option ist ein uraltes Alien-Wrack, von dem niemand weiß, ob es überhaupt noch fliegt. Ich glaube nicht, dass wir großartig zum Untertauchen kommen, aber Verschwinden ... das wird sich zeigen."

„Eins nach dem anderen."

„Jetzt, wo wir außer Hörweite potenzieller Lauscher sind: Gab es noch etwas zu diesen Karten, die du gefunden hast?", fragte Evan.

„Nicht wirklich."

„Keine ungewöhnlichen Messergebnisse?"

„Nun, wir wussten von den Energiewerten. Das zusammen mit ein paar gesperrten Dateien im Projektverzeichnis lässt mich vermuten, dass da etwas Größeres im Gange ist."

„Was noch? Jedes Detail zählt jetzt."

Sie zuckte die Achseln. „Viel mehr gibt es nicht. Ich habe nur vage Andeutungen über eine ‚bedeutende Entdeckung' aufgeschnappt. Das hätte alles Mögliche sein können. Ich dachte an eine natürliche Ressource – irgendein Mineral oder eine Pflanze für die Biotech-Industrie."

„Das geht ja oft Hand in Hand mit einer neuen Kolonialisierung."

„Richtig. Aber die Geheimhaltung um dieses Projekt war extrem ungewöhnlich. Normalerweise posaunen sie jede Entdeckung sofort heraus, um klarzumachen, wer die Rechte daran hält."

„Warum also das Ganze geheim halten?"

„Die einzige logische Erklärung ist, dass es so wertvoll oder so grundverschieden von allem bisher Bekannten ist, dass sie Angst vor Diebstahl hatten."

„Nicht viele Konzerne hätten die Mittel, ein Schiff hierher zu schicken."

„Stimmt, aber es gibt sie. Und jeder, der über diese Ressourcen verfügt, würde vor nichts zurückschrecken, um sich die Vorherrschaft über so einen Fund zu sichern – erst recht, wenn Conroys Vermutung stimmt."

Sie sah ihn bittend an. „Ich weiß, keiner von uns hat bei dieser Expedition eine Schatzsuche erwartet. Aber nach allem, was wir durchgemacht haben, sollten wir wenigstens herausfinden, warum wir hier eigentlich gestrandet sind."

„Ich schätze, das Rätsel zu lösen, ist ein passabler Trostpreis."

„Im besten Fall finden wir vielleicht sogar etwas, das unser Überleben hier sichert." Anya zog eine zusammengerollte Pla-Folie unter ihrer Jacke hervor. „Und vielleicht gibt es noch eine andere Belohnung."

Er zog eine Augenbraue hoch. „Tatsächlich?"

„Du hast dich so verdächtig verhalten, dass mir klar war: Es gibt einen Grund, warum du drinnen nicht offen reden wolltest. Also habe ich das hier mitgehen lassen. Ein ‚X' markiert die Stelle – und sie liegt fast auf dem Weg. Es ist etwas anderes als das Schiff, das wir suchen."

„Jetzt bin ich neugierig."

„Dachte ich mir." Sie deutete auf die markierte Stelle. „Ich glaube, das hier ist eine offene Ausgrabungsstätte. Wahrscheinlich genau das, was sie untersucht haben, bevor sie durch unsere Ankunft unterbrochen wurden."

Evan horchte auf. „Bist du bereit für einen Umweg?"

35

DIE SCHMERZEN IN Samors Schulter und Rücken waren nach der letzten Dosis medizinischer Nanobots zu einem erträglichen Ziehen abgeklungen. Nach seinem begrenzten wissenschaftlichen Verständnis grenzte diese Technologie an Zauberei, aber den Ergebnissen konnte er nicht widersprechen.

Gegen die ärztliche Anordnung stand er auf, um nachzusehen, wer sonst noch zu ihrer Gruppe von Evakuierten gehörte - und vor allem, um den Plan in Erfahrung zu bringen. Sie konnten nicht zu lange in der Höhle bleiben, ohne zu riskieren, entdeckt zu werden. Zu einem der Notfallevakuierungs-Unterschlüpfe zu gelangen, musste Priorität haben.

Er fand Rebeka und Conroy zusammen mit fünf weiteren Leuten aus dem Kommandozentrale mitten in einer hitzigen Diskussion.

„Norden ist die beste Option“, beharrte Rebeka.

„Das würde eine zusätzliche Stunde bedeuten, in der wir ungeschützt sind. Das ist riskant. Ich bin immer noch für Osten“, hielt Wes, einer der Analysten, dagegen.

Samor schloss daraus, dass sie darüber debattierten, welcher Evakuierungsort für sie strategisch am sinnvollsten war. Die verschiedenen Außenposten waren in Höhlen in der Umgebung eingerichtet worden. Sie waren unterschiedlich weit entfernt und aufgrund ihrer begrenzten Vorräte nicht gleich gut ausgestattet. Der Ort im Osten, Echo Falls, war einer der nächstgelegenen und galt als Standard-Rückzugspunkt, falls ihrer Hauptbasis jemals etwas zustoßen sollte; dort hatten sie auch die Überlebenden des abgestürzten Kolonieschiffs untergebracht, und keiner von ihnen wusste bisher von Conroy. Der Außenposten war nicht so gut versteckt, und obwohl er mit Notrationen ausgestattet war, gab es in diesem Gebiet nicht so viele natürliche Ressourcen, die für ein langfristiges Überleben leicht zugänglich waren. Der nördliche Ort mit dem Spitznamen Verborgene Grotte war weiter entfernt und verfügte über weniger Ausrüstung und Rationen, aber es gab dort reichlich Obstbäume und Tiere in der Nähe, um langfristig eine starke Position aufzubauen. Außerdem war er für jeden, der mit der Gegend nicht vertraut war, außergewöhnlich schwer zu finden, sodass sie eine bessere Chance hatten, unentdeckt zu bleiben. Soweit es Samor betraf, hatte dies Priorität.

„Ich stimme auch für die Verborgene Grotte", sagte er und gesellte sich zu der Gruppe.

„Du sollst noch nicht aufstehen", schalt Rebeka.

„Das beschissene Krankenhausbett hat keine ergonomische Stütze. Da versuche ich mein Glück lieber in der Vertikalen." Er ließ sich auf einem Felshaufen nieder, der einem Stuhl in dieser alten Lavaröhre am nächsten kam.

„Ich stimme zu, dass wir langfristig denken müssen", sagte Conroy nach ein paar Momenten des Überlegens. „Wir können später Vorräte mit Echo Falls austauschen, nachdem wir uns neu formiert haben."

„Irgendwelche Nachrichten von anderen Überlebenden?", fragte Samor.

Der Kanzler schüttelte den Kopf. „Nein, aber ich gehe noch nicht vom Schlimmsten aus. Verborgen und ruhig zu bleiben, ist für jeden die klügste Entscheidung, bis wir mehr über die Fähigkeiten unseres Feindes wissen."

Ihre Fähigkeiten bestehen darin, dass sie uns in wenigen Minuten auslöschen könnten, wenn sie uns wieder erwischen. Sie hatten riesiges Glück gehabt, dem anfänglichen Angriff zu entkommen, aber es war unwahrscheinlich, dass sich dieses Glück bei einer weiteren Begegnung wiederholen würde.

„Also gut", gab Wes nach. „Wir gehen nach Norden. Ich

nehme an, Echo Falls hat ohnehin schon alle Hände voll zu tun."

Sobald Conroy eine Entscheidung über etwas getroffen hatte, war das das Ende der Diskussion. Sie waren ihm bis hierher gefolgt, und niemand würde nun an seinem Wort zweifeln. Der Krieg, auf dessen Führung sie sich jahrelang vorbereitet hatten, war nun vor ihre Tür getreten, und es war an der Zeit zu kämpfen.

— — —

Das organisierte Verbrechen stand ganz oben auf der Liste der Dinge, die Anya nicht mochte. Die zwielichtigen Abgründe der Gesellschaft waren eine unangenehme Tatsache des Lebens, aber sie hatte sich von deren Einfluss größtenteils fernhalten können. Nun zu wissen, dass Mitglieder des Noche-Syndikats aktiv Jagd auf sie machten, war eine neue Art von Albtraum.

Wenn Weglaufen eine Option gewesen wäre, wäre sie schon längst über alle Berge. Allerdings steckte sie nun mittendrin - und es war eine Frage von Leben und Tod. Sie konnte nicht umhin, ein wenig amüsiert darüber zu sein, dass dies eine Tatsache und keine Übertreibung war.

Sie waren stundenlang marschiert und fast am Ziel, das Anya auf den Karten identifiziert hatte. Ihre Brust war eng vor Anspannung; sie brannte darauf zu erfahren, was sie dort finden würden - und ob sie tatsächlich einen ersten Einblick in das Ausmaß früherer außerirdischer Aktivitäten auf diesem Planeten erhalten würden. Als Wissenschaftlerin begegnete sie Informationen grundsätzlich mit Skepsis, solange sie diese nicht durch eigene Studien und Analysen verifiziert hatte. Sie vermutete, dass Evan ähnlich tickte. Man konnte ihnen den ganzen Tag von Aliens und uralter Technologie erzählen, aber für sie würde nichts davon real sein, bis sie es mit eigenen Augen gesehen hatten.

In ihrem Hinterkopf hatte sie sich gefragt, ob vielleicht in Wirklichkeit nur eine große psychologische Operation im Gange war und es auf dem Planeten nichts von Wert gab. In gewisser Weise wäre das eine Erleichterung. Doch ihr Abenteuergeist sehnte sich nach der unwiderlegbaren Wahrheit, dass die Menschheit nicht die einzige raumfahrende Rasse in der Galaxie war. Da draußen musste es noch mehr geben. In ihren Augen war es eine Frage des ‚Wann', nicht des ‚Ob' – und was für ein Nervenkitzel es wäre, wenn sie sich an der vordersten Front dieser Entdeckung befände.

Evan überprüfte die Navigation auf seinem Armbandgerät. „Ich glaube, es sollte auf der anderen Seite dieser Anhöhe sein."

„Endlich!" Ihr Rücken und ihre Beine schmerzten von dem zügigen Tempo.

Sie erklommen den letzten Hügel. Als sich die Aussicht auf der anderen Seite durch die Bäume öffnete, rutschte ihr das Herz in die Hose. Ein Landungsschiff parkte auf einer Lichtung in der Mitte des Tals.

Evan seufzte. „Das habe ich befürchtet."

Anya hatte das Schiff, das in der Nacht zuvor über sie hinweggeflogen war, fast vergessen, aber es jetzt zu sehen, jagte eine Welle der Angst durch sie hindurch. „Was machen wir jetzt?"

Evan schwieg fast eine Minute lang, während er Daten auf seinem Navigationsgerät aufrief und sie mit den markanten Punkten in der Landschaft abglich. „Wir haben ihnen gesagt, dass wir in ein Tal gehen, und sie haben sich genau dieses hier ausgesucht. Sie müssen wissen, dass hier etwas ist. Unser eigentliches Ziel liegt allerdings auf der anderen Seite. Das heißt: Entweder wir nehmen den langen Umweg oder wir riskieren es einfach."

„Sie wissen, dass wir von ihrer Anwesenheit wissen. Sie werden nach uns suchen", gab Anya zu bedenken.

„Also werfen wir vielleicht alle Erwartungen über Bord und marschieren einfach dreist mitten durch?", schlug Evan vor.

Anya zog die Augenbrauen hoch. „Das ist wahnsinnig."

„Vielleicht. Aber ich habe einen Plan, wie es funktionieren könnte."

—

Es stellte sich heraus, dass Evans Plan tatsächlich wahnsinnig war, aber seine Kühnheit hatte durchaus Methode.

Wie jeder riskante Plan hing auch dieser davon ab, dass der Feind auf ein Ablenkungsmanöver hereinfiel. Der Trick bestand darin, den Anschein zu erwecken, sie seien an mehreren Orten gleichzeitig, um die Ressourcen der Verfolger zu binden. Kurz gesagt: Sie würden zeitverzögerte Feuer legen. Jeder Soldat, der etwas auf sich hielt, wäre gezwungen, aufsteigenden Rauch zu untersuchen – selbst wenn er eine Falle vermutete. Das würde zumindest einen Teil der Aufmerksamkeit von ihrem tatsächlichen Standort ablenken. Wie man allerdings mit ihren begrenzten Mitteln einen Zeitzünder baute, musste Evan erst noch erklären.

Anya beobachtete mit verschränkten Armen, wie er einen Haufen Stöcke aufschichtete. Angesichts seiner Konzentration musste mehr dahinterstecken, aber sie hatte keine Ahnung, worauf das Ganze hinauslief. „Ich verstehe es immer noch nicht."

Evan warf ihr einen kurzen Blick zu, bevor er sich wieder seiner Arbeit widmete. „Brennbares Material ist die Grundvoraussetzung für ein Feuer."

„Schon klar. Aber … das da?"

Er hörte auf, die Stöcke auszubalancieren, und zog langsam die Hände zurück, um die Stabilität zu prüfen. Der Haufen hielt. „Ich werde die Leuchtfackeln nutzen, um an verschiedenen Stellen Feuer zu entfachen. Wir platzieren die Fackeln in unterschiedlichen Abständen zu den Reisighaufen. Wenn wir die ‚Lunten' nacheinander anzünden, brennen sie hoffentlich so ab, dass die Hauptfeuer alle etwa zur gleichen Zeit losgehen."

„Und woher weißt du, wie du das zeitlich abstimmen musst?"

„Gute, altmodische Schätzung."

„Wie wissenschaftlich."

„Hast du eine bessere Idee?"

„Nein", gab sie zu.

„Ich mache mir keine Illusionen darüber, dass das perfekt funktionieren wird. Selbst wenn die Dinger nacheinander und nicht gleichzeitig aufflackern, ist das egal – wir werden ja an keinem dieser Orte sein. Wir müssen uns bei deinem ‚X' nur ein bisschen Zeit verschaffen, und dafür sollte die Ablenkung reichen."

„Woher wissen wir, dass sie dort keine Wachen zurücklassen?"

„Oh, davon gehe ich fest aus. Und genau da kommt die Schießerei ins Spiel."

Ihr Magen krampfte sich zusammen. Obwohl sie wusste, dass jeder dieser Soldaten sie ohne zu zögern erschießen würde, war sie nicht erpicht darauf, jemanden zu töten. Sie hoffte inständig, dass ihr so eine Entscheidung niemals leichtfallen würde.

Es machte sie nervös, Evan bei seiner akribischen Arbeit zuzusehen, also ließ sie ihren Rucksack liegen und wanderte ein wenig umher, um ihre Nerven zu beruhigen.

Dabei stieß sie auf eine seltsame Ansammlung lila-blauer Blumen. Sie waren schon öfter an ähnlichen Stellen vorbeigekommen, hatten aber nie die Zeit gefunden, sie genauer zu betrachten. Die Blütenblätter glitzerten schwach, fast wie biolumineszente Organismen. Wenn ein Windstoß die Kelche zum Rascheln brachte, sprangen winzige elektrische Funken zwischen den Pflanzen über.

Fasziniert beugte sich Anya vor. Als sie in die Hocke ging, erstarrte sie: Ein Paar großer, bernsteinfarbener Augen starrte sie aus dem nahen Unterholz an. Ihr rutschte das Herz in die Hose. *Verdammt.*

Evan war außer Sichtweite, und um Hilfe zu rufen, könnte die Kreatur provozieren. Ganz langsam begann sie, den Rückzug anzutreten.

Das Tier ließ sie nicht aus den Augen. Als Anya fünf Schritte zurückgewichen war, schlich es geduckt aus dem Dickicht. Sobald es vollständig im Licht stand, erkannte sie, dass es dieselbe Panther-Art war, der sie vor einigen Tagen begegnet waren. Auch wenn ihr dieses Tier lieber war als das unbekannte Monster, das den Ranger zerfetzt hatte, weckte der Panther doch jeden urzeitlichen Instinkt in ihr.

Anya zwang sich zur Ruhe; sie wusste, dass Raubtiere Angst

wittern konnten. In Panik wegzurennen wäre ihr Todesurteil, und sie bezweifelte, dass ihre Impuls-Handwaffe gegen dieses Tier viel ausrichten würde.

Der Panther rückte weiter vor, seine Bewegungen fließend und lautlos. Als seine Vorderpfote die seltsamen Pflanzen berührte, zuckte eine elektrische Ladung wie ein winziger Blitz sein Bein hinauf. Die Energie schien regelrecht absorbiert zu werden, bis sie die Brust des Tieres erreichte. Der Panther begann, mit den Pfoten auf den Boden zu treten – ein rhythmisches Treteln, das sie an eine Hauskatze erinnerte.

Ihre Angst wurde schlagartig von ihrem analytischen Verstand verdrängt. In ihrem Kopf entbrannte sofort eine Debatte über die Symbiose zwischen Pflanze und Tier: Speicherte der Panther die Energie der Blumen, um sie aktiv zur Abwehr von Waffenfeuer zu nutzen? Oder hatte er schlicht eine Immunität gegen die Stromschläge entwickelt, die ihn zufällig auch gegen Energiewaffen schützte? Sie tendierte zu Letzterem, als Evan plötzlich mit gedämpfter Stimme hinter ihr auftauchte.

„Komm zu mir." Er hielt das Impulsgewehr bereit, hatte es aber noch nicht im Anschlag.

„Alles okay", flüsterte Anya zurück. „Ich glaube nicht, dass er uns angreifen will."

Der Panther stand sichtlich zufrieden inmitten des Blumenfeldes. Energie knisterte an seinen Beinen empor, während kleine Lichtbögen über seine Schultern zuckten und bis in die Schwanzspitze liefen.

„Was macht das Vieh da?", flüsterte Evan fassungslos.

„Ich bin mir nicht sicher." Anya schürzte nachdenklich die Lippen. „Ich weiß nicht, ob er sich gerade buchstäblich auflädt oder die Pflanzen nur zur Verteidigung nutzt. Er wirkt jedenfalls völlig entspannt."

„So oder so sollten wir verschwinden. Wir wurden schon einmal gejagt, vergiss das nicht."

So sehr ihre wissenschaftliche Neugier sie auch anflehte, hierzubleiben – Evan hatte recht. Sie hatte verdammtes Glück gehabt, nicht sofort als Abendessen zu enden. „Ich frage mich nur, warum er nicht angegriffen hat?"

„Komm jetzt", drängte Evan und wich langsam zurück.

Anya folgte ihm, den Blick fest auf den Panther gerichtet. Doch das Tier machte keine Anstalten, sie zu verfolgen.

Als sie wieder an der Stelle ankamen, an der Evan das Signalfeuer vorbereitet hatte, schulterte Anya ihren Rucksack. „Warum bist du mir eigentlich nachgekommen?"

„Ich war fertig. Und nach dir zu rufen, hätte nur unnötige Aufmerksamkeit erregt."

Sie nickte. „Danke, dass du im richtigen Moment da warst." Sie war zwar überzeugt, dass sie auch allein mit dem Panther fertig geworden wäre, aber es fühlte sich gut an, ihre Partnerschaft zu stärken. Bei all den Unwägbarkeiten ihrer Zukunft war es beruhigend zu wissen, dass er ihr den Rücken freihielt - egal, ob sie Hilfe brauchte oder nicht.

„Jederzeit." Evan entzündete die Fackel. Sie stieß eine kleine, funkensprühende Flamme aus, lag aber noch weit genug vom Holzhaufen entfernt, um ihn nicht sofort zu entfachen. „Die Uhr tickt." Er warf noch einen letzten Blick zurück in die Richtung des Panthers, bevor er loslief.

Da von der Kreatur nichts mehr zu sehen war, folgte Anya ihm. Sie hakte die Daumen unter die Gurte ihres Rucksacks, damit er beim Laufen nicht so stark auf und ab sprang.

Die Begegnung mit dem Panther war eines der seltsamsten Erlebnisse ihrer gesamten Karriere. Während sie Evan zum nächsten Ablenkungsort folgte, ließen ihr die Fragen keine Ruhe: *Warum hat er uns nicht angegriffen? Welche Verbindung besteht zwischen der Tierwelt und den Energievorkommen auf diesem Planeten?*

Je mehr sie erfuhr, desto rätselhafter wurde diese Welt. Aber mit etwas Glück würden sie bald Antworten finden.

36

EINE ALLES-ODER-NICHTS-MISSION war der denkbar schlechteste Moment für Experimente, doch Evan gingen die Optionen aus. Die Verzweiflung saß ihm im Nacken.

Drei zeitverzögerte Feuer waren bereits gelegt, am vierten arbeitete er noch. Wenn seine Schätzungen auch nur halbwegs stimmten, blieb ihm für mehr keine Zeit. Es war ein zweischneidiges Schwert: Einerseits war er erleichtert, dass noch keines der Feuer vorzeitig losgegangen war – andererseits fraß ihn der Gedanke auf, er könne sich verkalkuliert haben und die Fackeln lägen zu weit vom Brennstoff entfernt. Genau deshalb hatten Experimente im Einsatz nichts zu suchen.

Daran lässt sich jetzt nichts mehr ändern. Er hatte sich auf diesen riskanten Plan eingelassen, jetzt musste er ihn durchziehen. Sie mussten nah genug an die Ausgrabungsstätte heran, um sofort vorzurücken, sobald die Ablenkung griff. In sicherer Entfernung zu den Brandherden hofften sie darauf, dass die Soldaten ausschwärmen würden, um den Rauchwolken nachzugehen, und so ihre Reihen ausdünnten.

Evan führte Anya durch das Dickicht zu einer Stelle nahe ihrem Ziel, die ihm als halbwegs sicheres Versteck erschien. Zwischen den Bäumen vor ihnen war kaum eine Lichtung auszumachen. Dass es keine Anzeichen für menschliche Aktivitäten gab, hieß gar nichts – ihre Verfolger könnten längst einen Hinterhalt gelegt haben.

„Wie lange noch bis zur Show?“, flüsterte Anya.

„Sollte bald losgehen“, antwortete Evan knapp. Er hütete sich davor zuzugeben, dass sein gesamtes Vorhaben auf reinen Mutmaßungen beruhte.

Sie warteten.

Evan zwang sich, die Situation nicht zu überanalysieren. Das Ablenkungsmanöver war ein gewagtes Unterfangen: Er war nicht nur darauf angewiesen, dass die Feuer zündeten, sondern auch darauf, dass sie den Feind tatsächlich von der Ausgrabung weglockten.

Sein Herz machte einen Satz, als das erste Feuer aufflammte. Grauer Rauch kräuselte sich gen Himmel.

„Hey, da oben!“, rief eine Männerstimme in der Ferne. Evan bemerkte eine Bewegung hinter einem Busch, kaum ein Dutzend Meter entfernt.

„Glaubst du, das sind sie?“, fragte ein anderer.

„Sieht nach einem Lagerfeuer aus“, antwortete der Erste.

Das zweite Feuer zündete.

„Moment, was ist das dann dort drüben?“, wollte der Zweite wissen.

„Keine Ahnung. Könnten andere Überlebende aus Conroys Trupp sein.“

„Was machen wir?“

„Abwarten, bis wir neue Befehle kriegen“, sagte der Erste bestimmt.

Evan rutschte das Herz in die Hose. *Wir haben den schwierigen Teil geschafft, die Feuer brennen – und die Ablenkung geht komplett nach hinten los.* Er sah zu Anya hinüber und erkannte die bittere Enttäuschung in ihrem Gesicht.

Minuten vergingen, dann begann eine dritte Rauchsäule aufzusteigen.

„Das ist verdammt seltsam“, stellte der zweite Mann fest.

Ein Funkgerät knackte blechern. „Hier Zentrale. Wir registrieren unklare Feueraktivitäten im Sektor und müssen das untersuchen. Viko, Lawrence – haltet weiter Wache an der Ausgrabungsstätte.“

„Haben die Koordinaten. Ist kein weiter Marsch von hier“,

bestätigte der erste Mann. „Rücken aus!“

Das Gestrüpp raschelte lautstark, als sie sich entfernten.

Evan und Anya hielten den Atem an, bis die Männer weit genug vorbei waren. Er behielt den Himmel im Auge und wartete ungeduldig darauf, dass endlich das vierte Feuer zündete.

Nach weiteren zwei Minuten beschloss Evan, es gut sein zu lassen. Drei von vier waren, alles in allem, nicht schlecht. Der Rauch, der von den anderen Orten aufstieg, musste genügen.

„Komm schon, wir haben nicht viel Zeit, bevor sie herausfinden, dass wir an keinem dieser Orte sind“, sagte Evan. Er rannte aus ihrer Deckung.

— — —

Anya joggte hinter Evan her in Richtung der Ausgrabungsstätte. Zwei Wachen hielten sich am Waldrand verborgen und beobachteten die Umgebung.

Evan gab Anya ein Zeichen, einen weiten Bogen zu schlagen. Sie schlichen sich von hinten an die beiden Männer heran; Evan gab zwei kurze, präzise Schüsse ab, und die Wachen sackten lautlos in sich zusammen.

„Da werden bald noch mehr kommen“, sagte Evan gehetzt. „Sieh nach, was du finden kannst.“ Er sprang entschlossen hinunter in die Grabungsgrube.

Anya rutschte hinterher. Sie hatte selbst nie archäologische Untersuchungen geleitet, aber während ihres Studiums an der technischen Universität waren einige ihrer Freunde in der Xenoarchäologie tätig gewesen. Sie hatten immer betont, wie wichtig es sei, Fundstellen so wenig wie möglich zu stören, da jedes Detail zählte. Doch wie es aussah, war dieser Ort bereits so radikal umgegraben worden, dass Vorsicht kaum noch eine Rolle spielte. Neben den eigentlichen Grabungsspuren gab es zudem erhebliche Erosionsschäden durch die Witterung.

„Spürst du das?“, fragte Evan plötzlich.

„Was meinst du?“

„Dieses … Ziehen.“ Er starrte konzentriert auf den Boden.

„Nein, absolut nichts." Sie trat zu ihm. „Kannst du das genauer beschreiben?"

„Ich weiß nicht … es ist wie ein Pulsieren. So ähnlich, wie man die Vibrationen eines Schiffsmotors spürt, selbst wenn man geräuschunterdrückende Kopfhörer trägt."

Sie verstand den Vergleich, doch sie selbst spürte nichts dergleichen. „Woher kommt es?"

„Das versuche ich gerade herauszufinden." Er drehte sich langsam um die eigene Achse. „Ich glaube, es liegt tiefer unter der Erde."

Evan begann, mit der Stiefelspitze Erde beiseite zu kicken. Nach einigen Tritten legte er eine Rinne frei, durch die Regenwasser tief in den Boden gesickert war. „Das ist seltsam."

„Einen Moment." Anya kletterte aus der Grube und suchte ein paar stabile Äste, die sie als Grabwerkzeug zweckentfremden konnten. Sie kehrte zurück und reichte Evan einen davon.

Mit den improvisierten Werkzeugen kamen sie im weichen Boden schnell voran. Es war unklar, ob sie lediglich loses Material einer früheren Grabung entfernten oder tatsächlich tiefer vorstießen als ihre Vorgänger.

Plötzlich traf Evans Stock auf etwas Widerstandsfähiges. Ein metallisches Klonk erklang – ein Geräusch, das definitiv nicht in den Boden eines unbewohnten Dschungelplaneten gehörte. Ihre Blicke trafen sich in fieberhafter Erwartung.

Sie legten die Stöcke beiseite und gruben mit bloßen Händen weiter; zu groß war die Angst, das Objekt versehentlich zu beschädigen.

Langsam schaufelten sie die feuchte Erde beiseite, während sich am Grund der Grabung trübes Wasser zu sammeln begann. Da der schlammige Matsch jede Sicht nahm, tasteten sie sich blind voran, um die Umrisse des Metallobjekts freizulegen. Es fühlte sich glatt an, etwa so lang wie Anyas Arm, und endete auf einer Seite in einer perfekt abgerundeten Kugel.

„Ich glaube, ich hab's …", keuchte Evan. Er griff bis zum Ellbogen in die Brühe und zog kräftig. Der zähe Schlamm erzeugte einen Sog, der das Objekt fast wieder zurückgerissen hätte, doch beim zweiten Versuch gab der Boden nach. Die kugelförmige Seite brach durch die Oberfläche.

Anya packte mit an und half Evan, den Fund vollständig aus dem Schlamm zu hieven. Gemeinsam zerrten sie ihn die schräge Wand der Grube hinauf an eine trockene Stelle.

„Was zum …?“ Anya starrte das Objekt fassungslos an. In die metallische Oberfläche waren feinste Ornamente geätzt. Das Material schimmerte in einem sanften Goldton, den sie so in den Kernwelten noch nie gesehen hatte. Es teilte zwar die ästhetischen Merkmale der Artefakte, die Samor ihnen gezeigt hatten, doch dieses Metall wirkte edler, die Gravuren weitaus kunstvoller. Eine solche Detailtiefe fand man normalerweise nur in der bildenden Kunst, selten bei technischen Geräten.

„Ich habe nicht die leiseste Ahnung, was das sein könnte“, sagte Evan sichtlich verblüfft. Er fuhr mit der Hand über die Längskante, um den Schlamm abzustreifen. Im selben Moment flammte in den Vertiefungen der Gravur ein goldenes Licht auf. Er riss die Hand weg. „Whoa!“

Anyas Herz setzte einen Schlag aus. „Wie ist das möglich?“ Sie streckte die Hand aus, um den Effekt zu reproduzieren. Doch als ihre Finger über das Metall glitten, passierte gar nichts. „Warum bei mir nicht?“

Evan berührte es erneut. Tatsächlich – das Objekt reagierte unmittelbar auf seinen Kontakt.

Er runzelte die Stirn. „Als Conroy behauptete, dass die Injektion des Syndikats irgendetwas mit dieser Alien-Technologie zu tun hätte … ich wollte es nicht glauben.“

„Ich wünschte, ich hätte ein komplettes Labor, um dich zu untersuchen“, murmelte Anya geistesabwesend.

„Wow, danke auch.“

Sie schüttelte ihre wissenschaftliche Besessenheit ab. „Tut mir leid, das sollte nicht so gruselig klingen. Komm schon, schaffen wir das Ding aus der Grube.“

Sie packten jeweils ein Ende und schoben das Artefakt den Hang hinauf. Für seine Größe war es erstaunlich schwer.

„Wir sollten das an einen geschützten Ort bringen, um es in

Ruhe zu untersuchen“, drängte Evan.

„Ich wüsste zu gern, ob da unten noch mehr vergraben liegt.“

Evan warf einen Blick zurück in das Loch. „Ich auch. Aber die Bergung hat zu lange gedauert. Ich bezweifle, dass unser Ablenkungsmanöver die Soldaten noch viel länger bindet.“

Den Truppen jetzt in die Arme zu laufen, wäre eine Katastrophe - erst recht mit Alien-Technologie im Gepäck. Im Grunde hatten sie bereits, was sie brauchten: die unwiderlegbare Bestätigung einer außerirdischen Präsenz auf diesem Planeten. Auch wenn dieses Gerät noch kein Raumschiff war, lieferte es den physischen Beweis für all die Legenden, die man ihnen erzählt hatte. Da ein weitaus größerer Fund auf sie wartete, war es wichtiger, unentdeckt zu bleiben, als die Grabung zu Ende zu führen.

„In Ordnung“, gab Anya nach. „Verschwinden wir.“

Selbst auf ebenem Boden brauchten sie beide Hände, um das schwere Objekt zu bewegen. Wellen aus goldenem Licht glitten über die strukturierte Oberfläche, wo immer Evan es berührte - ein faszinierendes, fast hypnotisches Schauspiel. Anya kannte verschiedene Technologien mit bioelektronischen Interfaces, doch nichts davon war mit diesem Fund vergleichbar. Sie konnte nicht im Ansatz erahnen, welchem Zweck das Objekt diente oder was genau die Injektion des Syndikats in Evans Körper verändert hatte, damit das Metall so intensiv auf ihn reagierte.

Nach einem halben Kilometer im Laufschritt durch das dichte Unterholz keuchte Anya schwer. „Pause. Eine Minute“, stieß sie hervor.

Evan hielt sofort an. „Einverstanden.“ Auf sein Zeichen hin setzten sie das schwere Teil vorsichtig ab.

„Was zum Teufel ist das für ein Ding?“ Anya stemmte die Hände in die Hüften und versuchte, wieder zu Atem zu kommen.

„Keine Ahnung, aber mir ist die Sache extrem unheimlich“, gestand Evan. Er fuhr erneut mit der Hand über die Kante, um seine Worte zu unterstreichen. Sofort antwortete das Metall mit einem goldenen Pulsieren.

„Fühlst du etwas?“, fragte Anya neugierig.

„Da ist so ein elektrisches Kribbeln an den Fingerspitzen. Und dieses ‚Ziehen' von vorhin … es ist immer noch da."

„Will es etwa, dass du es benutzt?"

„Scheint so. Auch wenn ich nicht den blassesten Schimmer habe, was es eigentlich tut."

„Hier ist definitiv der falsche Ort für Experimente", mahnte Anya.

„Stimmt." Er hockte sich hin, um die Gravuren genauer zu studieren. „Diese Linien hier … sie erinnern mich irgendwie an Schaltkreise."

„Eine seltsame Stelle für Schaltkreise, so völlig ungeschützt auf der Außenhülle."

„Es sei denn, das hier ist eigentlich ein Bauteil aus dem Inneren einer größeren Maschine."

„Möglich. Ich frage mich nur, was es antreibt."

„Vielleicht das hier." Er deutete auf die abgerundete Kugel am Ende.

„Wie kommst du darauf?"

„Derselbe Instinkt, der mir gesagt hat, dass es dort unten im Schlamm vergraben liegt."

Anya kniete sich neben ihn. „Das ist alles so surreal."

„Noch surrealer als der Rest, dem wir auf diesem Planeten begegnet sind?"

„Punkt für dich." Sie deutete auf das Gerät. „Du bist eindeutig mit diesem Ding verbunden, Evan. Finde heraus, was es kann."

— — —

Evan war vollkommen fassungslos. Die Materialien allein waren faszinierend, doch die Art, wie das Objekt auf ihn reagierte, übertraf alles, was er kannte. Sicher, im Commonwealth gab es unzählige Touch-Interfaces, aber das hier fühlte sich anders an. Als wäre es ein Teil von ihm.

Das Kribbeln, das bei jeder Berührung seinen Arm hinauflief, breitete sich in seinem ganzen Körper aus, begleitet von einem seltsamen Kitzeln in seinem Hinterkopf. Er verstand den Zweck des Objekts nicht, aber es übte einen unwiderstehlichen Lockruf auf ihn aus.

Er konzentrierte sich auf dieses Gefühl und versuchte, mehr zu erfahren. Plötzlich fluteten Bilder von Hitze und gleißender Wärme seinen Geist. Als er tiefer graben wollte, sah er eine Lichtkugel vor seinem inneren Auge, die in einer Wolke aus abertausenden Funken explodierte.

„Irgendwas?“, hakte Anya nach.

„Ich glaube … es könnte eine Waffe sein“, antwortete Evan unsicher. „Ich weiß es nicht genau. Es fühlt sich einfach nur … heiß an.“

„Na ja, wir sollten es lieber nicht aus Versehen hochgehen lassen.“

„Ich wünschte, das Ding wäre kleiner, damit wir es mitnehmen könnten.“

Kaum hatte er den Gedanken ausgesprochen, löste sich die Kugel aus der Verankerung und plumpste weich auf den Boden. Der rechteckige Hauptkörper erlosch augenblicklich, doch in den Rillen der Kugel zogen sich weiterhin feine, goldene Bahnen.

„Whoa.“ Er starrte auf die nun freiliegende Kugel. „War ich das?“

„Sieht ganz so aus.“

„Ich habe keine Ahnung, wie.“

„Das ist ein unglaublicher Fund, Evan. Es ist wunderschön“, hauchte Anya voller Ehrfurcht.

Obwohl Evan ihr zustimmte, spürte er ein wachsendes Unbehagen. Das mentale Bild der Explosion ließ ihn nicht los – das Gerät war für die Zerstörung geschaffen worden. „Es könnte gefährlich sein“, sagte er abrupt.

„Vielleicht. Wie finden wir heraus, was es tut?“

„Keine Ahnung. Aber ehrlich gesagt will ich gar nichts damit zu tun haben.“

„Wir können es schlecht hier liegen lassen und es unseren Feinden überlassen. Stell dir vor, sie finden es und fangen an, nach mehr zu suchen.“

Evans Herz sank. Sie hatte recht. „Das Ganze wird hier

langsam verdammt real."

„Wem sagst du das. Aber unsere Rollen stehen bereits fest. Ich kann jetzt nicht einfach umkehren. Und ich glaube, du auch nicht."

Evan stieß den Atem aus und starrte auf das Artefakt. Er berührte das rechteckige Gehäuse, doch es blieb stumm. „Also gut. Die Kugel scheint der entscheidende Teil zu sein. Und sie ist handlicher. Nehmen wir nur sie mit?"

„Ein vernünftiger Kompromiss. Aber wir sollten den Rest verstecken."

Sie schoben das Gehäuse tief in ein dichtes Gebüsch. Es war kein perfektes Versteck, aber die Chance, dass jemand zufällig darüber stolperte, war minimal. Trotzdem sorgte sich Evan weit mehr darum, dass sie entdeckt wurden, als um ein inaktives Stück Metall.

Mit dem versteckten Gehäuse und der Kugel in der Hand – sie war zu sperrig für Evans ohnehin vollen Rucksack – machten sie sich wieder auf den Weg. Der Wettlauf zu den Höhlen hatte begonnen, dort, wo angeblich ein außerirdisches Schiff auf sie wartete.

Evan zweifelte nicht länger daran, dass dort unten etwas Bedeutendes vergraben lag. Er blieb jedoch skeptisch, was die Flugtauglichkeit eines uralten Wracks anging – ganz zu schweigen von seiner Fähigkeit, es zu steuern. Aber das waren Sorgen für später. Zuerst einmal boten die Höhlen Schutz vor ihren Verfolgern, und das allein war Grund genug, sich zu beeilen.

Während sie marschierten, wanderte Anyas Blick immer wieder zu dem goldenen Leuchten in seiner Hand. „Darf ich sie mal halten?"

Er reichte ihr das Gerät mit skeptischem Blick. „Ich sag's dir: Mit dem Ding stimmt was nicht."

Anya barg die Kugel vorsichtig in ihren Handflächen. Sie konzentrierte sich sichtlich, die Stirn in Falten gelegt, doch das Metall blieb stumpf und dunkel. „Bei mir rührt sich gar nichts." Enttäuscht gab sie es ihm zurück.

Kaum berührten Evans Finger die Oberfläche, flammten die

goldenen Bahnen wieder auf. „Was um alles in der Welt hat mir das Noche-Syndikat da bloß gespritzt?“

„Ich wüsste zu gern, woher sie die Alien-Technologie hatten, um dieses Serum überhaupt zu entwickeln“, grübelte Anya.

„Ich hatte nie auch nur ein Wort über eine außerirdische Entdeckung gehört. Aber wenn sie angefangen haben, diese Injektionen zu verabreichen, müssen sie geplant haben, die Technologie im großen Stil innerhalb des Syndikats einzuführen.“

„Da braut sich im Verborgenen etwas Gewaltiges zusammen. Nach dem, was wir hier gesehen haben, scheint Conroy die Wahrheit gesagt zu haben – Rostovs Regierung und das Syndikat stecken unter einer Decke.“

„Wenn das wahr ist, ist klar, auf welcher Seite wir stehen“, sagte Evan finster. „Niemand, der mit dem Syndikat paktiert, führt Gutes im Schilde.“

„Du musst es ja am besten wissen.“

„Ich wünschte, es wäre nicht so.“ Er beobachtete, wie das goldene Licht über die Kugel floss wie flüssiges Feuer. „Ich werde alles tun, um diese Macht aus ihren Händen fernzuhalten.“

Sie setzten ihre Wanderung schweigend fort, während die Bäume allmählich lichter wurden. Sie kamen gut voran, bis sich der Wald abrupt zu einer Lichtung öffnete. In der Mitte des Feldes wartete ein Panther. Evan konnte nicht mit Gewissheit sagen, ob es dasselbe Tier von vorhin war, aber sein Instinkt bejahte es.

„Warte. Bleib zurück.“ Evan streckte den Arm aus und hielt Anya am Rand der Lichtung zurück.

Ihr stockte der Atem, als sie die Raubkatze bemerkte. „Ist er uns gefolgt?“

„Oder er hat uns hergeführt.“

Der Panther lief vor Evan auf und ab, doch seine Körpersprache war nicht aggressiv. Er wirkte wie gebannt von dem leuchtenden Objekt in Evans Hand. Als Evan die Kugel versuchsweise hin und her bewegte, folgten die Augen des Panthers jeder Nuance der Bewegung. Schließlich legte Evan die Kugel ein paar Meter vor sich auf den Boden. Die Kreatur legte sich sofort hin und fixierte das Gerät.

„Er verhält sich fast … unterwürfig“, stellte Anya fassungslos fest.

„Was bringt ein Raubtier dazu, so zu reagieren?“, fragte Evan leise.

„Ich habe keinen blassen Schimmer. In all meinen Forschungsjahren habe ich noch nie erlebt, dass ein wildes Tier ohne jedes Training so auf ein Objekt anspricht.“

Sie beobachteten das mächtige Tier, das vollkommen ruhig vor ihnen lag, die Vorderpfoten ausgestreckt, während der Schwanz langsam und rhythmisch peitschte.

„Was machen wir jetzt?“, flüsterte Evan. Er wollte die Kugel aufheben und verschwinden, aber er fürchtete, das Tier damit aus seiner Trance zu reißen und einen Angriff zu provozieren.

„Samor sagte, die außerirdischen Strukturen seien gewachsen. Was, wenn Teile dieser Technologie ihren Weg in die einheimische Tierwelt gefunden haben?“, sinnierte Anya.

„Soll heißen, das sind Alien-Hybride?“

„Es wäre nicht das Verrückteste, was wir heute erlebt haben.“

„Wohl wahr.“ Evan war nicht restlos überzeugt, aber letztlich spielte es keine Rolle. Wie auch immer die Kreatur entstanden war – sie blieb eine unmittelbare Gefahr, die zwischen ihnen und ihrem Ziel stand.

„Nun, wenn das Tier irgendwie mit der Technologie verbunden ist, kannst du vielleicht auf dieselbe Weise mit ihm kommunizieren wie mit der Kugel“, fuhr Anya fort.

„Du meinst … so was wie Telepathie?“ Er starrte die Kreatur an. Ihre Aufmerksamkeit galt immer noch dem Artefakt, doch ihre Ohren zuckten bei jeder Gewichtsverlagerung Evans in seine Richtung.

„Ein Versuch kann nicht schaden.“

Evan holte tief Atem und schluckte eine sarkastische Erwiderung hinunter. Ein Mensch entwickelte nicht einfach spontan telepathische Fähigkeiten. Andererseits war hier hochmoderne Alien-Technik im Spiel – und es gab im Commonwealth genug Verfahren für direkte neurale Kopplungen. Wer konnte schon sagen, ob dieses Gerät nicht als

Vermittler fungierte?

Vor seinem geistigen Auge formte Evan ein Bild von friedlicher Koexistenz. Er konzentrierte sich auf das Gefühl von Wohlwollen gegenüber dem Panther und sandte die feste Absicht aus, dass sie ihm nichts Böses wollten.

Langsam wanderte der Blick des Panthers von der Kugel zu Evan. Das Tier fixierte ihn mit seinen leuchtenden, bernsteinfarbenen Augen.

Wir müssen dieses Gerät nehmen und gehen. Bitte tu uns nichts, sagte er in Gedanken zu der Kreatur.

Evan stockte der Atem, als der Panther abrupt aufsprang. Sekundenlang stand das Tier mit peitschendem Schwanz da, dann wandte es sich um und verschwand mit wenigen, kraftvollen Sätzen im dichten Unterholz auf der gegenüberliegenden Seite der Lichtung.

Anya stieß ein ungläubiges Lachen aus. „Ist das gerade wirklich passiert?"

Verblüfft schüttelte Evan den Kopf. „Ja. Ich …" Ihm fehlten die Worte. Die Interaktion hatte sich so natürlich angefühlt wie das Atmen.

„Dieser Ort wird von Minute zu Minute seltsamer."

„Wem sagst du das." Evan hob die Kugel auf. Er wusste, dass er Zeit brauchen würde, um das Erlebte zu verarbeiten. Alles an diesem außerirdischen Artefakt war beunruhigend und wunderbar zugleich; er spürte sogar, wie sein Blut nach der Verbindung wärmer durch seine Adern zu fließen schien.

Sie wollten gerade ihren Weg über die Lichtung fortsetzen, als das Peitschen von kinetischem Waffenfeuer die Stille zerriss. Zwei Männer stürmten auf das offene Feld, rannten um ihr Leben und feuerten blind über ihre Schultern zurück.

Evan warf sich rückwärts ins Gebüsch und riss Anya mit sich zu Boden. Er hatte keinen Zweifel: Die Männer waren auf den Panther gestoßen.

Weitere Schüsse krachten, gefolgt von einem dumpfen Aufprall.

Mit einem flauen Gefühl im Magen spähte Evan am Busch

vorbei. Die Männer versammelten sich um etwas, das reglos am Boden lag.

Anya blickte auf ihre zitternden Hände, als sie Evans Gesichtsausdruck sah. „Wir müssen sie töten", murmelte sie.

Noch vor Kurzem wäre Evan erleichtert gewesen, den Panther tot zu wissen. Doch die kurze Verbindung hatte alles verändert. Er sah das Tier nicht länger als Bedrohung – das Problem waren diese Männer. Anya hatte recht.

Die Kugel in seiner Handfläche wurde heiß, pulsierendes Licht drang zwischen seinen Fingern hervor. Er musste sie verbergen, während er sich um die Angreifer kümmerte.

„Keine Bewegung." Eine tiefe Stimme hinter ihnen wurde vom unverkennbaren Sirren einer aufladenden Impulswaffe begleitet.

Evan erstarrte. Anya neben ihm hob langsam die Arme, ihr Blick war voller Panik. Die Kugel in Evans Faust brannte nun fast. „Was wollen Sie?"

„Ihr zwei seid uns schon viel zu lange ein Dorn im Auge. Der Boss will ein Wörtchen mit euch reden. Und er will das da." Es bestand kein Zweifel, dass er das Artefakt meinte.

Evan hob die Hände halb hoch, um Kooperation vorzutäuschen. „Wir wollten mit dem Ding nie etwas zu tun haben."

„Dann dürfte es euch ja nicht schwerfallen, es zu übergeben und uns alles zu erzählen, was ihr wisst."

Evan drehte sich langsam um. Er blickte in das Gesicht eines hünenhaften Soldaten mit breiten Schultern, der eine Impulspistole auf ihn richtete. Über seinem Rücken hing ein kinetisches Sturmgewehr. Seine blutunterlaufenen Augen unter der tief gefurchten Stirn starrten Evan unnachgiebig an.

„Hören Sie, es tut mir leid, dass Sie die ganze Nacht wegen uns auf den Beinen waren", begann Evan. „Wir wissen nicht, was dieses Ding ist, oder …"

„Leg es weg! Sofort!", brüllte eine weitere Stimme hinter ihm.

Schritte näherten sich hastig vom Feld her. Evan wurde klar, dass sie umstellt und hoffnungslos unterlegen waren. Wäre er allein gewesen, hätte er vielleicht etwas Wahnsinniges versucht. Aber mit Anya an seiner Seite wollte er kein Blutbad riskieren.

Das war's. Es gibt keinen Ausweg.

Nach der langen Flucht fühlte es sich fast wie eine Erlösung an, dass es vorbei war. Doch tief in seinem Inneren weigerte sich alles dagegen, diese mächtige Technologie Leuten zu überlassen, die so bereitwillig mordeten. Und doch sah er keine andere Wahl.

Er wollte den Arm senken, um das Gerät abzulegen. In diesem Moment schoss ein elektrisches Kribbeln von seinen Fingerspitzen den Arm hinauf. Seine Haut fühlte sich an, als stünde sie augenblicklich in Flammen; die Hitze ging direkt von der Stelle aus, an der er die Kugel umklammerte.

Reflexartig wollte er sie fallen lassen. Doch es war zu spät.

Ein lautloser Energieimpuls entlud sich aus der Kugel. Er traf die Soldaten mit einer Präzision, die Evan den Verstand raubte. Binnen Millisekunden wurden die Männer zu einem feinen, roten Nebel atomisiert.

Ihre Ausrüstung polterte zu Boden – leer, unversehrt und vollkommen intakt. Die rötlichen Rückstände in der Luft und auf den Metallteilen waren der einzige Hinweis darauf, dass dort noch vor wenigen Augenblicken Menschen gestanden hatten.

„Mein Gott …“ Evan sog scharf die Luft ein und kämpfte gegen den Brechreiz an. Er schüttelte das Gerät von seiner Hand und wich taumelnd zurück. „Was zum …?“

Ihm drehte sich der Magen um. Er hatte keinen Abzug betätigt. Was für eine Art von Waffe feuerte allein durch eine Absicht?

37

ANYA STARRTE MIT offenem Mund auf die Stelle, an der noch vor einem Augenblick Männer gestanden hatten.

„Ich wollte das nicht …" Evans Augen wanderten fassungslos von dem Artefakt zu der Ausrüstung, die wie achtlos hingeworfene Schrotthaufen am Boden lag.

Anya fand ihre Stimme mühsam wieder. „Ich weiß, dass du das nicht wolltest."

Seine Züge verzerrten sich vor Ekel. „Wir müssen dieses Ding loswerden. Sofort."

„Nein." Sie überraschte sich selbst über ihre ruhige Stimme – und noch mehr darüber, wie schnell ihr Entsetzen in kalte Akzeptanz umgeschlagen war.

„Was? Aber es hat sie einfach …"

„Es ist das Unglaublichste, was ich je gesehen habe", fiel sie ihm ins Wort. „Erschreckend und furchtbar in seiner Macht, ja – aber absolut erstaunlich. Wir können es nicht zurücklassen."

„Weil sie es sonst in die Finger bekommen?"

„Und weil wir dann schutzlos wären. Wir brauchen diesen Vorteil."

Er stieß einen zittrigen Atemzug aus. „Ich weiß nicht, wie ich es kontrollieren soll, Anya. Ich habe Angst davor, was es noch anrichten könnte. Dass dir etwas zustößt."

Sie suchte seinen Blick. „Wolltest du, dass diese Männer sterben, bevor sie uns etwas antun konnten?"

„Ja“, gab er gepresst zu.

„Willst du, dass mir etwas passiert?“

„Natürlich nicht.“

„Dann gibt es meiner Meinung nach keinen Grund zur Sorge. Das Gerät scheint auf einer unterbewussten Ebene mit dir verbunden zu sein. Es hat vielleicht nicht getan, was du ihm befohlen hast, aber es hat getan, was du brauchtest.“

„Das macht die Sache nur noch beängstigender.“

Ein Funkgerät am Boden knackte, gefolgt von einer weiblichen Stimme. „Bravo-Team, bitte kommen.“

Evan machte das Gerät in einem der Ausrüstungshaufen ausfindig. „Sie werden uns die Antwort niemals abkaufen“, sagte er zu Anya.

„Bravo-Team, Statusbericht!“, wiederholte die Frau.

Anya nickte. „Glaubst du, das Funkgerät hat einen GPS-Peilsender?“

„Auf einem zivilisierten Planeten: ja. Ob er hier im Nirgendwo funktioniert, ist ein Glücksspiel.“

„Dann gehen wir das Risiko nicht ein“, entschied sie.

Zwar hätte das Funkgerät ihnen den Vorteil verschafft, die Feindbewegungen abzuhören, doch die Gefahr, durch das Signal geortet zu werden, wog schwerer. Evan widersprach nicht. Er zog ein Ersatzhemd aus seinem Rucksack und benutzte es als Barriere, um die Kugel aufzuheben. Anya konnte es ihm nicht verübeln; nach dem, was gerade geschehen war, wollte er keinen direkten Hautkontakt mehr.

Sie hatte von molekularen Destabilisatoren gehört, die Menschen buchstäblich verdampfen konnten – Waffen aus längst vergangenen Kriegen –, doch nach ihrem Wissensstand wurde derlei Technologie in der modernen menschlichen Zivilisation nicht mehr eingesetzt. Es war effizient, aber zutiefst grausam. Wenn sie an den Ruf des Noche-Syndikats dachte, mochte sie sich nicht ausmalen, welchen Terror sie mit so einem Werkzeug verbreiten würden.

Anyas Brust zog sich vor neuerlicher Dringlichkeit zusammen. *Wir müssen zu den Höhlen. Wir müssen in Sicherheit kommen.*

Sie traten hinaus auf das offene Feld. In der Ferne schob sich ein Landungsschiff über die Baumwipfel. Es hielt mit hoher Geschwindigkeit direkt auf sie zu.

— — —

Roman wartete voller Vorfreude auf eine Antwort, doch es blieb still.

„Irgendwas stimmt nicht", sagte Red und brach die Verbindung ab. Eines der Dreierteams, das die Brände untersuchen sollte, hatte sich nicht gemeldet. Roman war sich nicht sicher, wie so viele Feuer gleichzeitig hatten entstehen können, aber das Schweigen verriet ihm genau, wo sich ihre Beute aufhielt. „Ich übernehme das", meldete er sich kurzentschlossen.

„Da draußen gibt es mehr als nur eine Art von Monster. Es ist gefährlich", warnte ihn Red.

„Nicht gefährlicher als hierzubleiben." Ohne ein weiteres Wort rannte Roman auf das bereitstehende Landungsschiff zu.

Er konnte es sich nicht leisten, einen weiteren Tag mit leeren Händen zu verstreichen, bevor er Bericht erstattete. Sein Bruder war weder für seine Geduld noch für seine Nachsicht bekannt. Das Verschwinden des Teams war die Fährte, die er gebraucht hatte. Er würde bis ans Ende dieser Welt gehen, um die Technologie zu finden, nach der er so verzweifelt lechzte. Diese verflixten Ausreißer, die ihn zuvor überlistet hatten, verfügten über entscheidende Informationen – und er war sich sicher, dass sie hinter dem Verschwinden seiner Männer steckten.

Er bestieg das Schiff mit einem Trupp aus fünf Soldaten – mehr konnten sie nicht entbehren. Dennoch: Sechs gegen zwei waren glänzende Aussichten.

Das Schiff hob ab und glitt in geringer Höhe über die Baumwipfel hinweg. Als sie sich einer Lichtung näherten, entdeckte Roman zwei Gestalten am Waldrand. „Hier landen!", wies er den Piloten an.

Kaum hatte das Schiff aufgesetzt, stürmte er durch die Heckluke nach draußen. Die beiden Gestalten rannten auf die schützenden Bäume zu. Roman feuerte einen Warnschuss vor ihre Füße. Der Mann und die Frau kamen schlitternd zum Stehen.

Der Mann drehte sich als Erster um. Er hielt ein in Stoff gewickeltes Bündel in den Händen.

Romans Herz machte einen Sprung. Selbst aus dieser Entfernung übte das Objekt eine fast magnetische Anziehung auf ihn aus. Sein Blut pulsierte heiß in seinen Adern; es war ein innerer Ruf, sich diese Macht endlich unter den Nagel zu reißen.

„Ihr wart ja fleißig", spottete Roman und ging auf sie zu. Sein Fokus lag ganz auf dem Mann mit dem mysteriösen Bündel, doch die Frau am Rande seines Sichtfeldes erregte seine Aufmerksamkeit. Sie hielt eine Hand hinter dem Rücken, und ihr harter Blick verriet ihm, dass sie Ärger machen würde.

Diese beiden waren mir ein echter Dorn im Auge. Roman schwenkte den Lauf seiner Waffe von dem Mann zur Frau. „Denk nicht mal dran."

Ihr hübscher Mund verzog sich vor Zorn, doch sie ließ die Arme sinken. „Warum tun Sie das?"

„Was denkst du denn?" Am Ende lief alles immer auf das Streben nach Geld und Macht hinaus. Wenn diese beiden Dummköpfe das nicht begriffen, waren sie die Luft nicht wert, die sie atmeten. „Zeig es mir!", befahl er dem Mann.

Widerwillig schlug der Mann den Stoff zurück. Eine kunstvoll verzierte Kugel kam zum Vorschein.

„Leg sie auf den Boden."

Der Mann gehorchte.

Roman fühlte sich von der bloßen Präsenz des Objekts berauscht. Es kitzelte am Rande seines Bewusstseins. *Was bist du nur?*

Plötzlich begannen die Bäume in der Ferne heftig zu schwanken. Etwas Gewaltiges brach durch das Unterholz und rannte mit rasender Geschwindigkeit direkt auf sie zu.

— — —

Evan spürte die Kreatur, noch bevor er sie sah. Es war, als

würde die seltsame Energieresonanz in seinem Inneren, die ihn mit der Alien-Technologie verband, auf ein Echo reagieren. Doch das hier war kein totes Gerät – das hier war lebendig.

Eine gewaltige Druckwelle fegte durch die Baumwipfel, während das Wesen näher kam. Das ohrenbetäubende Krachen brechender Äste wurde von einem durchdringenden Brüllen übertönt, das bis in Evans Knochen vibrierte.

So endet es also. Der Gedanke schoss ihm unaufgefordert in den Kopf. Angesichts der schieren Urgewalt der Bestie sah er keinen Ausweg. Selbst ohne sie gesehen zu haben, bestand kein Zweifel: Das Ding, das dort auf sie zustürmte, war genau das, was den Ranger-R zerfetzt hatte. Kiefer, die Metall wie Papier verbiegen konnten, würden mit menschlichem Fleisch kurzen Prozess machen.

Er wappnete sich für den Angriff.

Die Bestie brach durch die letzte Baumreihe auf die Lichtung. In diesem Moment war jeder zwischenmenschliche Zwist vergessen; alle wirbelten herum, um sich der neuen Bedrohung zu stellen.

Evan stockte der Atem. Die Kreatur war fast drei Meter hoch, stützte sich auf vier massive Hauptgliedmaßen und besaß sechs weitere Anhängsel, die wie Tentakel von ihren Flanken und ihrem Rücken aufragten. Ihre Haut war von dunklen, ineinandergreifenden Schuppen bedeckt, die eher an die Verbundpanzerung eines Panzers als an organisches Gewebe erinnerten. Jede der zehn Gliedmaßen endete in einer dreizackigen Greifzange; die beiden obersten, die den langgestreckten Kopf einrahmten, schnappten unruhig zu. Vier blau leuchtende Augen fixierten die Menschen auf der Lichtung.

Die Soldaten eröffneten sofort das Feuer und schickten einen Hagel aus kinetischen Geschossen los. Doch die Bestie reagierte blitzschnell: Sie zog ihre tentakelartigen Arme eng an den Körper und rollte sich zu einer massiven Kugel zusammen, während sie eine gewaltige Staubwolke aufwirbelte. Diese Rotation schien das Waffenfeuer einfach abprallen zu lassen – und sie erklärte auch den seltsamen Schneisen-Tunnel im Wald, auf den Evan und

Anya zuvor gestoßen waren.

Als die Männer das Feuer kurz unterbrachen, entfaltete sich die Kreatur wieder. Sie schnellte mit einer Agilität von einer Seite zur anderen, die bei ihrer Größe vollkommen unmöglich schien.

„Tötet es! Tötet es endlich!", schrie einer der Männer panisch, und die Soldaten deckten das Wesen mit einer weiteren Salve ein.

Als Reaktion auf das Feuer packte die Kreatur einen der Soldaten und schleuderte ihn mit einer beiläufigen Grausamkeit über das Feld. Der Mann schrie gellend, während er durch die Luft segelte, bis er in weitem Bogen hart auf dem Boden aufschlug.

„Scheiße! Nicht aufhören!", brüllte ein anderer und schoss panisch weiter.

Evan blieb stehen. Er entschied instinktiv, dass jede aggressive Regung sein Todesurteil wäre.

Er versuchte, das rhythmische Hämmern der Gewehre und die gellenden Schreie auszublenden. Anya kroch währenddessen zentimeterweise rückwärts, um sich in Sicherheit zu bringen.

Ich muss ihr Zeit verschaffen. Evan machte einen langsamen Schritt zur Seite, um sich schützend zwischen sie und die Bestie zu schieben.

Doch die Kreatur rollte sich erneut blitzschnell zusammen. Schneller, als das Auge folgen konnte, peitschten ihre Tentakel aus der Rotation hervor und fegten jeden im Umkreis von den Füßen.

Evan schlug hart auf dem Rücken auf. Der Aufprall presste ihm die Luft aus den Lungen, und noch bevor er wieder einatmen konnte, ragte die Bestie über ihm auf.

Das Wesen schnüffelte. Die geschlitzten Nasenlöcher an der Spitze seines massiven Schädels weiteten sich. Die ineinandergreifenden Schuppen spannten sich an, und ein metallisches Schimmern lief über den gesamten Körper der Kreatur. Mit jedem Ausatmen wehte ein warmer Lufthauch über Evans Gesicht, der schwer nach Kupfer und Salz roch. Trotz der organischen Wärme wirkte das Wesen mit seiner Panzerung und den mechanischen Greifzangen eher wie eine Maschine als wie ein Tier.

Eine lebende Waffe … oder ein Beschützer? Er wusste es nicht. Er wusste nur, dass jeder Widerstand zwecklos war.

Er konnte nichts tun, als bewegungslos im Staub zu liegen, während das Maul weniger als einen Meter über ihm schwebte. Er könnte mit einem einzigen Bissen verschlungen werden –

Abrupt fluteten Bilder seinen Geist. Eine Höhle, dunkel und verlassen, mit Wänden aus braunem Stein, die zu glatt waren, um natürlichen Ursprungs zu sein. Es war mehr als eine Höhle … eine uralte Festung, längst aufgegeben. Technologie war mit dem Fels verschmolzen, als wäre das Material direkt in Form gewandelt worden und die Schaltkreise im Stein gewachsen. Doch noch unglaublicher als die Anlage war das Raumschiff, das im Herzen der hintersten Kammer ruhte. Schlank, fremdartig und von einer wundersamen Eleganz – das Schiff rief nach ihm.

Evans Sinne kehrten mit einem Schlag in die Gegenwart zurück. Die Bestie schnaubte und wich zurück. Sie warf ihm einen letzten, fast prüfenden Blick aus ihren vier leuchtenden Augen zu, bevor sie sich mit tödlicher Präzision den verbliebenen Angreifern zuwandte.

Was zum …? War das gerade eine telepathische Nachricht? Evan krabbelte hastig rückwärts, das Herz hämmerte gegen seine Rippen.

Mit einem flauen Gefühl im Magen bemerkte er, dass er die Kugel beim Sturz verloren hatte. Er sprang auf die Füße.

Die Bestie war in einen bizarren, tödlichen Tanz mit den Soldaten verstrickt. Jedes Mal, wenn sie das Feuer eröffneten, rollte sie sich zu einer rotierenden Kugel zusammen und entzog sich dem Angriff. Bei diesem Tempo würden die Energiezellen ihrer Waffen nicht lange durchhalten.

Doch das war nicht Evans Sorge. Die Bestie hatte ihn verschont, und Anya hatte bereits eine beträchtliche Distanz zwischen sich und das Gemetzel gebracht. Das war ihre Chance.

Evan fing Anyas Blick auf und deutete hastig in Richtung der Ausläufer des Waldes. Sie zögerte eine Sekunde zu lang.

„Lauf!“, formte er lautlos mit den Lippen. Ohne eine Antwort abzuwarten, hechtete er vorwärts, um die fallen gelassene Kugel aus dem Staub zu fischen.

Als er sich wieder aufrichtete, war Anya bereits auf halbem Weg in den Schutz der Bäume. Er stürmte ihr nach, die Kugel fest gegen seine Brust gepresst. Sein Rucksack schlug bei jedem Schritt schmerzhaft gegen seinen Rücken, doch nichts zählte mehr, außer dieses Artefakt in Sicherheit zu bringen.

Kurz hinter dem Waldrand hielt Anya inne, um auf ihn zu warten. Sobald er sie erreicht hatte, übernahm sie die Führung. Sie bahnte sich flink einen Weg durch das Dickicht, sprang über morsches Totholz und duckte sich unter tief hängenden Ästen hindurch.

Evan konzentrierte sich darauf, ihr Tempo zu halten, und warf nur gelegentlich einen flüchtigen Blick über die Schulter. Keine Verfolger. Weder Soldaten noch die Bestie waren zu sehen.

Sie mussten fast einen Kilometer gerannt sein, bevor Anya schließlich in einen schnellen Schritt verfiel. Sie atmete schwer, genau wie Evan. Erst als er langsamer wurde, spürte er das Brennen in seiner Lunge und das heftige Hämmern seines Herzens. Er ließ den Rucksack zu Boden gleiten, um seinem Rücken etwas Kühlung zu gönnen.

Anya tat es ihm gleich. Sie brauchte einige tiefe Atemzüge, bevor sie das Wort ergreifen konnte. „Bevor du fragst: Nein, so etwas habe ich in meiner gesamten Laufbahn noch nicht gesehen."

„Das Ding war irgendwie mit der Technologie verbunden. Ich konnte es spüren. Es hat mir Bilder gezeigt … aber ich weiß noch nicht, was ich davon halten soll."

Ihre Augen weiteten sich. „Da bin ich überfragt."

„Ich auch." Er wischte sich mit dem Handrücken den Schweiß von der Stirn. „Ich wünschte, wir hätten dieses verdammte Ding nie gefunden", sagte er mit einem finsteren Blick auf die Kugel.

„Nun, jetzt haben wir es. Und wir müssen verhindern, dass diese Leute es in die Hände bekommen."

„Ich weiß. Aber ich …" Er seufzte schwer. „Eigentlich wollte ich meine Tage in irgendeiner ruhigen Ecke der Galaxie verbringen. Stattdessen fühlt sich das hier gerade verdammt nach ‚Das Schicksal der Menschheit liegt in unseren Händen' an. Das ist eine Nummer zu groß für mich."

„Vielleicht malst du gerade ein bisschen zu schwarz."

„Ich weiß nicht." Er studierte die Kugel in seinen Händen. „Hier steckt eine Macht drin, die wir nicht im Ansatz begreifen. Wenn dieses eine, kleine Gerät zu so etwas fähig ist … welche Macht besitzt dann erst ein ganzes Schiff?"

„Es gibt nur einen Weg, das herauszufinden."

38

SCHWEIß BRANNTE IN Romans Augen. Sein Gewehr hatte nur noch die letzten Patronen, und die Bestie war nicht langsamer geworden. *Was ist das für ein Ding?!*

Die sich verschiebenden Schuppen erinnerten ihn an die Nanotech-Panzerung, die von Soldaten der Spezialeinheiten verwendet wurde. Nur war das ein Anzug. Dies hier schien in die Kreatur selbst integriert zu sein.

Sein Bauchgefühl sagte ihm, dass es nicht von dieser Welt stammte. Alles auf dem Planeten war fremd, aber das hier war fremd-fremd. Aber eigentlich sollte es auf dem Planeten kein aktives außerirdisches Leben geben, nur die Überreste ihrer Technologie. Er hatte keine Erklärung dafür, was die Kreatur sein könnte.

Die Bestie schleuderte ein weiteres Mitglied von Reds Trupp über das Feld; er schrie, während er durch die Luft flog, und verstummte nach einer harten Landung.

Roman spannte den Kiefer an. Er hatte nicht genug Munition, um den Kampf noch lange fortzusetzen. Für das, was ihm noch blieb, gab es ein besseres Ziel.

Die beiden Unruhestifter nutzten die Gelegenheit zur Flucht. Clever von ihnen, und auch hilfreich für Roman. Sie wussten offensichtlich, wo der außerirdische Preis zu finden war, und sie konnten ihn direkt dorthin führen.

Roman hielt sein Gewehr hoch, um so zu tun, als würde er schießen, drückte aber nicht ab. Er begann, sich an der Seite der

Bestie vorbeizuarbeiten, um sich vor den Blicken der anderen Mitglieder seines angeblichen Teams zu verbergen. Sollte einer von ihnen diese Begegnung überleben, wollte er nicht, dass sie dachten, er hätte aufgegeben und sie im Stich gelassen – es war besser, sie glauben zu lassen, er sei kampfunfähig gemacht und von der Gruppe getrennt worden.

Als er sich sicher war, dass sie ihn nicht im Blick hatten, duckte sich Roman und rannte in Richtung der Bäume.

Ihm wurden die Beine weggerissen. Während er fiel, huschte ein Tentakel durch seinen Augenwinkel. Seine Greifzangen schnappten nach ihm.

Er rollte sich zur Seite und wich nur knapp den Klauen aus, die sich um sein Bein schlingen wollten. Er ließ sein Gewehr an dem Riemen um seine Schulter hängen und zog sein Messer.

Die Greifzangen kamen wieder auf ihn zu, und er rammte die Klinge in den Tentakel. Anstatt dass Blut aus der Wunde strömte, zuckte die Haut um den Schnitt herum. Ein Kräuseln ging über die Schuppen, und die Klinge wurde herausgedrückt, ohne ein Anzeichen von Schaden zu hinterlassen. Der gesamte Vorgang dauerte nur zwei Sekunden. *Kein Wunder, dass unsere Kugeln nichts ausrichten!*

Roman blieb sitzen und begann, auf dem Gras rückwärts zu rutschen. Da er seine Waffe gesenkt hatte, ignorierte ihn die Bestie.

Was wird passieren, wenn die anderen aufgeben? Einen Moment lang dachte er daran, seine Beobachtung hinauszurufen. Das würde jedoch seine Absichten verraten. Er musste unbemerkt entkommen, damit seine Beute nicht durch seine Verfolgung gewarnt wurde.

Er erreichte den Waldrand und schlüpfte hinter einen Stamm. Obwohl er an mehreren Stellen von verschiedenen Schlägen und Stürzen schmerzte, war er größtenteils unversehrt.

Wo sind sie hin? Leise erhob er sich und schlich dann durch die Bäume, um nach den beiden Flüchtigen zu suchen.

Die Geräusche des Kampfes auf dem Feld verblassten in der Ferne, während sich Roman dorthin vorarbeitete, wo er den

Mann in Deckung hatte rennen sehen. Er und die Frau konnten in der kurzen Zeit, die er gebraucht hatte, um die Verfolgung aufzunehmen, nicht weit gekommen sein.

Das Knirschen von Schritten auf ausgetrockneten Blättern erregte seine Aufmerksamkeit. Er hielt inne, um zu lauschen, und drehte den Kopf, um die Richtung auszumachen. Sie waren in Eile und hinterließen eine deutliche Spur. Es würde leicht sein, ihnen aus der Ferne zu folgen.

Abgesehen von den aufgewühlten Ästen und den Spuren auf dem Boden wusste Roman, welcher Fährte er folgen musste, weil er die Anziehungskraft der Alien-Kugel spürte. Sie resonierte nun mit dem Primer, der durch seinen Blutkreislauf floss. Die Leute, die sie trugen, konnten unmöglich wissen, welche Macht sie in den Händen hielten. Nur eine Handvoll Menschen war darauf konditioniert worden, damit zu interagieren. Als einer dieser Auserwählten brannte Roman darauf, ihre Macht für sich zu beanspruchen. Und das würde er – sobald diese Leute ihn zum größten Preis von allen geführt hätten.

Bis dahin musste er sich in Geduld üben.

— — —

Conroy betrachtete sein neues Zuhause. Der Ort war alles andere als gemütlich. Allerdings war er sicher. Sicherheit war ihm im Moment wichtiger als fast alles andere.

Sie hatten ausgezeichnete Fortschritte dabei gemacht, ihre Ausrüstung umzuziehen und die Gegenstände nach Funktionen zu ordnen. Nun mussten sie alles betriebsbereit machen.

„Wir müssen so schnell wie möglich einen Kommunikationsknotenpunkt einrichten“, wies er an. Sein Team machte sich sofort an die Arbeit.

Mit etwas Glück würde er bald von Evan und Anya hören. *Wie sind diese beiden nur zu unserer Rettungsleine von diesem Planeten geworden?*

Seltsame Umstände hatten sie an diesen Ort geführt, und der Einsatz wurde mit jedem Schritt tiefer in den Kaninchenbau brisanter. Er erinnerte sich noch an das erste Mal, als er von der Entdeckung einer uralten Alien-Zivilisation gehört hatte. Als die Absurdität dem nachgewiesenen Staunen gewichen war, hatte er sich erlaubt, von einem neuen Goldenen Zeitalter für die Menschheit zu träumen. Diese Bestrebungen waren schnell zerschlagen worden, als er erkannte, dass diejenigen, die im interstellaren Commonwealth die größte Macht innehatten, nicht die Absicht hegten, den Wohlstand auf die einfachen Bürger auszudehnen. Solange sie die absolute Kontrolle behielten, konnten sie technologische Entwicklungen teilen, wenn es ihnen passte, und den Rest innerhalb ihres inneren Kreises behalten.

Ihre ohnehin schon beträchtliche Macht würde absolut werden, wenn sie die Fähigkeit besäßen, in einem Bruchteil der Zeit, die mit herkömmlicher Raumfahrt benötigt wurde, durch die Galaxie zu reisen. Ganz zu schweigen von Fortschritten in der Medizin, um das Leben zu verlängern, allgemeine gesundheitliche Probleme zu beseitigen – alles, was ihr Selbstbild von gottgleicher Macht unter gewöhnlichen Menschen befeuern würde. Sie betrachteten sich als die wenigen Auserwählten, die Menschheit voranbringen sollten, und es bestand kein Interesse daran, die Zivilisation als Ganzes auf diese Reise mitzunehmen.

Einfache Bürger waren nützlich für Aufgaben, die Automatisierung oder künstliche Intelligenz noch nicht übernehmen konnten, aber aus der fünfunddreißigtausend Kilometer hohen Perspektive, aus der sie die Gesellschaft beobachteten, gab es wenig Rücksicht auf einzelne Leben. „Ameisen, die Dreck schieben", so hatte einer von Conroys Wahlkampfspendern das einfache Volk in einem beiläufigen Gespräch bei einer Spendenaktion bezeichnet. Zu viele andere teilten diese Ansicht.

Conroy hatte sich bemüht, durch seine Führung einen alternativen Weg aufzuzeigen. Und als genügend Menschen seine Infragestellung des Status quo bemerkten, entschieden sich seine ehemaligen Spender für ihre Eigeninteressen.

Der Ekel vor diesem Egoismus hatte Conroy in den Momenten angetrieben, in denen der Weg vor ihm zu steil und hoffnungslos erschien, in Momenten wie diesem, in denen ihm das Wenige, was er gerettet hatte, wieder einmal entrissen wurde. Und dann sah er die Hoffnung in den Augen seiner verbliebenen Anhänger – ihre Entschlossenheit, niemals aufzugeben, den guten Kampf zu kämpfen, bis sie nicht mehr stehen konnten. Für sie würde er sich durchbeißen. Er würde immer wieder einen weiteren Schritt vorwärts machen, auch wenn er ständig zwei zurückgeworfen wurde.

Evan und Anyas Jagd nach dem Alien-Schiff war eine Chance, endlich einen riesigen Sprung zu machen. Damit konnte Conroy wieder im Spiel sein. Das war die bittere Realität seiner Situation. Diese beiden Fremden waren nun sein bester Zug, um einem langsamen Tod im Exil zu entgehen. Er würde das keiner anderen Menschenseele gegenüber zugeben, aber es war die Wahrheit.

Um sich nicht den Kopf darüber zu zerbrechen, dass sein Schicksal nicht mehr in seinen Händen lag, machte sich Conroy daran, die MealPaks nach Geschmacksrichtungen zu sortieren. Er würde im Weg stehen, wenn seine fähigen Spezialisten ihre eigenen Aufgaben erledigten, und er wusste, dass es jeder zu schätzen wissen würde, nach einem anstrengenden und stressigen Tag schnell sein bevorzugtes Essen finden zu können. Es waren die kleinen Dinge, die bei der Moral den Unterschied ausmachten.

„Sir, wir haben ein Problem“, sagte Samor, als er auf Conroy zukam, eine elektronische Komponente in den Händen. Seinem düsteren Gesichtsausdruck nach zu urteilen, war es kein kleiner Rückschlag.

Conroy wandte sich von seiner frisch sortierten Kiste mit Nudelsuppen-Päckchen ab. „Sag es mir ganz offen.“

„Der Verstärker für unser Kommunikationsrelais ist durchgebrannt. Wir haben nur einfache Walkie-Talkies für kurze Reichweiten, aber wir sind komplett vom Orbital-Array abgeschnitten.“

„Ebenso wie von dem Satellitentelefon, mit dem Evan und Anya uns anrufen würden.“

„Korrekt."

„Wo bekommen wir einen Ersatz her?"

Samor verzog das Gesicht. „Das ist das Problem ... der einzige andere, von dem ich weiß, ist beim Team in Echo Falls."

„Das bedeutet, wenn wir ihn holen, lassen wir den Rest unserer Leute und die Überlebenden des Absturzes im Dunkeln."

Der Soldat nickte. „Wie wollen Sie vorgehen?"

„Können wir ein Relais improvisieren, sodass sie in normaler Walkie-Talkie-Reichweite wären?"

„Ja, das sollte möglich sein."

„In Ordnung, dann holen wir den Verstärker hierher und nehmen alle anderen Modifikationen vor, damit wir mit ihnen in Kontakt bleiben können. Ich weiß, alle sind beschäftigt, also kann ich losziehen und das Teil holen."

„Nein, Sir, Sie sollten hierbleiben", sagte Samor. „Ich gehe."

„Vor einem Tag warst du noch halbtot—"

„Und jetzt bin ich wieder auf den Beinen."

„Ich bin nicht den ganzen Weg hierhergekommen, um andere meine Kämpfe für mich ausfechten zu lassen. Ich muss mich einbringen."

„Und Sie können sich von hier aus einbringen", stellte der Soldat fest. „Wir haben alles im Griff."

Conroy wollte protestieren, aber er wusste, dass Samor recht hatte. Alles, wofür sie bisher gekämpft hatten, wäre verloren, wenn er sterben würde. Die Menschen zählten auf ihn als Anführer. Er wollte mitten im Geschehen sein, aber er musste an seine besten Überlebenschancen denken.

„In Ordnung, ich werde hier alles einrichten. Melde dich zurück, sobald du kannst."

„Ja, Sir. Halten Sie sich bedeckt und suchen Sie nicht nach mir, wenn ich bis heute Abend nicht zurück bin. Es gibt da draußen viele Unbekannte."

„Bitte, sei vorsichtig. Ich wäre heute schon einmal fast dabei gewesen, dich zu verlieren."

„Das war gestern. Meine Leben haben sich wieder aufgefüllt."

„Sorge dafür, dass das so bleibt."

Als Samor davonrannte, um sich auf seine Mission vorzubereiten, kehrte Conroy dazu zurück, die MealPaks zu ordnen. *Kontrolle, was du kannst, und vertraue deinen Leuten bei allem, was du nicht kannst.*

Das war leichter gesagt als getan für jemanden, dem in den Rücken gefallen worden war, aber der einzige Weg führte vorwärts.

— — —

Samor schätzte es, dass Conroy die Art von Anführer war, der bereit war, sich die Hände schmutzig zu machen. Aber die bevorstehende Mission war viel zu gefährlich, um ihn zu riskieren. Obwohl die Mission unter anderen Umständen unkompliziert gewesen wäre, bedeutete die aktuelle Präsenz feindlicher Truppen, dass jedes Verlassen der Deckung ein erhebliches Risiko barg.

Nachdem Samor seiner eigenen Sterblichkeit öfter ins Auge geblickt hatte, als er zählen konnte, fürchtete er keine Gefahr mehr. Er würde auch nicht erkennen lassen, dass seine verletzte Schulter wie Feuer brannte, jedes Mal, wenn er seinen linken Arm mehr als neunzig Grad hob. Er hatte einen Job zu erledigen, und körperliches Unbehagen würde ihn nicht davon abhalten, diese Mission zu erfüllen.

Er sammelte schnell das Kommunikationsmaterial zusammen, das er zum Einrichten des Walkie-Relais brauchte, packte Essen und Wasser ein und lud seine Waffen. Alles andere wäre zusätzliches Gewicht und würde ihn aufhalten. Außerdem musste er auf dem Rückweg den Verstärker tragen.

Rebeka kam zu ihm, während er die letzten Gegenstände in seinen Rucksack packte. „Du gehst allein raus?"

„Es ist schneller und leiser, allein zu reisen", antwortete er.

„Aber keine zusätzlichen Augen."

„Ich komme schon klar."

Sie streckte die Hand nach seinem linken Arm aus. „Samor—"

Er schüttelte sie ab und versuchte, eine Grimasse beim Kreisen seiner verletzten Schulter zu verbergen. „Mach dir keine Sorgen um mich."

Rebeka presste die Lippen zusammen und musterte ihn mit stummem Protest. Nach ein paar angespannten Sekunden nickte sie. „Ich kann nicht anders, als mir Sorgen zu machen, aber ich weiß, dass du das im Griff hast. Sei vorsichtig da draußen." Sie hatte sich in den letzten fünf Jahren sehr entwickelt. Für jemanden, der zeitlebens nur den Alltag am Schreibtisch gekannt hatte, war es schwer zu begreifen, dass die ständige Konfrontation mit der Gefahr für einen Soldaten schlicht zum Handwerk gehörte. Noch vor Kurzem hätte sie dieses Thema sicher weiter vertieft.

„Ich bin zurück, bevor du dich versiehst", sagte er ihr mit einem Lächeln.

Als er mit dem Packen fertig war, verließ er den Raum durch den hinteren Zugangstunnel, da dieser ihn näher an den anderen Außenposten bringen würde. Alle Zugangspunkte waren gut versteckt in einem der zahlreichen Höhlensysteme des Planeten. Auf seinem Weg nach draußen passierte er das bemerkenswerteste Merkmal dieses neuen Hauptquartiers – ein komplett von Mauern umschlossener Dschungelabschnitt, der als privates, tageslichtdurchflutetes Atrium für die ansonsten unterirdische Anlage diente. Diese Konstruktion hatte dazu geführt, dass sie diesem Außenposten den Spitznamen Verborgene Grotte gegeben hatten.

Echo Falls, wohin er unterwegs war, hatte einen unterirdischen Wasserfall, der ihm seinen Namen gab. Obwohl auf seine eigene Art schön, war die Verborgene Grotte seiner Meinung nach der überlegene Ort. Wasser war lebenswichtig, aber Grün ... das ist es, was die Seele belebte. Es gab nicht viele Koloniewelten wie Aethos mit so viel natürlicher Pflanzenwelt.

Wir dürfen das, was wir hier haben, niemals als selbstverständlich betrachten, rief er sich ins Gedächtnis.

Sie kämpften nicht nur für diesen Planeten, sondern für eine Lebensweise. Ein Leben, in dem jeder die Schönheit und Fülle üppiger Welten erleben konnte, nicht nur diejenigen, die den Reichtum besaßen, um für den Zugang zu bezahlen.

Um für sie zu kämpfen, würde er sich durch den Schmerz durchbeißen. Er würde nicht kapitulieren.

39

LOSE STEINE RUTSCHTEN UNTER Evans Stiefeln weg, als er den nächsten Abschnitt des tückischen Berghangs in Angriff nahm. Gefühlt kletterten und wanderten er und Anya schon eine Ewigkeit bergauf. Momentan befanden sie sich auf einem besonders exponierten Teilstück, auch wenn große Felsbrocken und dichte Bäume den Großteil des Weges über reichlich Deckung geboten hatten. Bisher hatte er keine Spur vom Landungsschiff entdeckt und hoffte inständig, dass sie nicht aus der Ferne überwacht wurden.

„Wir müssen bald da sein“, stieß Anya zwischen mühsamen Atemzügen hervor.

Das steile Gelände forderte seinen Tribut, doch Evan weigerte sich strikt, auch nur das geringste Anzeichen von Schwäche zu zeigen. Mit jedem Schritt kostete es ihn jedoch mehr Beherrschung, sich nicht vor Schmerz zu krümmen und laut nach Luft zu schnappen. „Müssen wir wohl“, presste er hervor, ohne dabei merklich außer Atem zu wirken.

Endlich begann das Gelände flacher zu werden. Anya blieb stehen, um zu verschnaufen, und Evan war froh, neben ihr innezuhalten. Er stemmte die Hände in die Hüften und blickte den Hang hinunter, den sie gerade bezwungen hatten. Der Anblick des steilen Gefälles und des überwundenen Höhenunterschieds ließ ihn seine brennenden Lungen und schmerzenden Beine fast vergessen; es war in der Tat ein beachtlicher Aufstieg gewesen.

Als sich sein Herzschlag allmählich normalisierte, wandte er sich der Felswand zu, die sich hinter ihnen erhob. „Nach was für einem Eingang suchen wir eigentlich?"

„Nach der Sorte, die sich öffnen lässt." Sie schenkte ihm ein Lächeln, das mit ihren geröteten Wangen noch bezaubernder wirkte.

„Ich nehme an, wir werden ihn erkennen, wenn wir davorstehen."

„Wenn es sich wie bei der anderen Alien-Technologie verhält, wirst du es spüren, sobald wir uns nähern."

Evan nickte. „Mir ist schon eine Veränderung an der Kugel aufgefallen. Seit ich sie das erste Mal in die Hand genommen habe, verströmt sie eine Art Summen. Und jetzt wird es schneller oder intensiver. Ich weiß nicht genau, wie ich es beschreiben soll."

„Ich werte das mal als gutes Zeichen."

„Zumindest als Zeichen dafür, dass die Richtung stimmt. Ob es sich als ‚gut' erweist, das Schiff tatsächlich zu finden, wird sich erst noch zeigen."

„Stimmt. Es könnte uns assimilieren, unsere Erinnerungen aussaugen und sie nutzen, um alles zu zerstören, was wir lieben."

Evan starrte sie an. „Was für abgedrehte Dinge gehen eigentlich in deinem Kopf vor?"

Sie lachte und warf ihm ein weiteres, entwaffnendes Lächeln zu. „Ich mache nur Spaß. Meistens jedenfalls. Komm schon, wir haben nicht den ganzen Tag Zeit." Sie ging weiter den Wildpfad entlang, dem sie den Hügel hinauf gefolgt waren.

Noch immer leicht verdutzt, aber amüsiert über ihren schwarzen Humor, folgte Evan ihr.

Nach einer weiteren halben Stunde hatte sich das energetische Summen, das Evan bemerkt hatte, zu einem ständigen Surren verstärkt. Anya konnte es nicht hören; es musste eindeutig mit dem Serum zusammenhängen, das man ihm injiziert hatte. Durch diese Verbindung zur Alien-Technologie war klar, dass sie sich etwas Großem und Mächtigem näherten. Er konnte nur hoffen, dass es tatsächlich das Schiff war.

Sie überquerten eine Anhöhe und gelangten auf eine

weitgehend ebene Fläche. Zur Rechten fiel eine Klippe steil ab, vor ihnen lag dichter Wald, und zur Linken erhob sich eine massive Felswand. Der Stein wirkte größtenteils glatt, doch an der Basis war ein Abschnitt aufgebrochen. Evan fühlte sich von dieser Beschädigung magisch angezogen.

Als er näher herantrat, erkannte er, dass die Riffelung im Gestein eine optische Täuschung erzeugt hatte. Was er für einen unbedeutenden Vorsprung gehalten hatte, entpuppte sich als eine massive Struktur mit einer Öffnung dahinter. Der Durchgang führte tiefer in die Finsternis, als das natürliche Tageslicht reichen konnte.

„Da ist ein Tunnel!“, rief er Anya zu.

Sie kam herüber, um den Fund mit ihm zu begutachten. „Ein Raumschiff passt hier offensichtlich nicht durch. Es sei denn, die Aliens sind winzig.“

Er lachte leise. „Das wäre ein Ding. Wir machen uns all die Mühe, und am Ende ist es ein Raumschiff für Ameisen.“

Sie lächelte, während sie ihre Taschenlampe hervorkramte. „Aww, kleine Weltraumameisen klingen irgendwie niedlich.“

„Bis sie dich mit ihren Weltraumlasern brutzeln.“

„Wer hat hier jetzt die abgedrehten Gedanken?“ Anya knipste die Lampe an. Der Lichtstrahl tanzte über die Wände und enthüllte kunstvolle Gravuren, die aus den Schatten heraustraten. Sie grinste. „Hey, ich glaube, das ist es!“

„Ja, ich spüre etwas da drin.“ Evan holte seine eigene Lampe heraus und übernahm die Führung den steinernen Korridor hinunter.

Während sie tiefer in den Berg vordrangen, ließ Evan die Hand über die Wand gleiten. Der Stein war glatter, als er erwartet hatte, fast wie von einer stetigen Strömung geschliffener Flusskiesel. Doch die Oberfläche war zu perfekt vertikal.

Die Natur macht keine geraden Linien. Ob Alien-Planet oder nicht, das war eine universelle Wahrheit.

Dieser Ort musste von intelligenten Wesen erschaffen worden sein. Denselben Konstrukteuren, die Kugel geschaffen hatten, die einen Menschen mit einem einzigen mentalen Impuls desintegrieren konnte. Bei dem Gedanken zog sich ihm der Magen zusammen.

Nach zehn Metern öffnete sich der Gang in eine etwa sechs mal sechs Meter große Kammer. Der Eingang wurde von zwei meterbreiten Säulen flankiert, die viel zu eckig waren, um natürlich zu sein. Direkt gegenüber erhob sich eine mit Gravuren übersäte, drei Meter hohe Platte, die auf Evan wie ein Portal wirkte.

„Da müssen wir durch", sagte er bestimmt.

„Und wie öffnen wir es?"

Evan fuhr mit der Hand über die Oberfläche. Bei der Berührung stellte er fest, dass es sich keineswegs um Fels handelte, sondern um ein Metall, das dem der Kugel glich, nur bedeckt von einer dicken Staubschicht. Er begann, es freizuwischen.

Anya streckte die Hand aus, um ihm zu helfen.

„Nein", hielt er sie zurück. „Fass es besser nicht an. Man hat uns gesagt, in meinem Blut sei etwas, das mir den Zugang ermöglicht. Wir wissen nicht, wie das Material auf jemanden reagiert, der das Serum nicht hat."

Sie nickte verstehend und trat einen Schritt zurück.

Evan entdeckte eine Aussparung in der Tür, etwa so groß wie seine Faust. Das bedeutete, sie hatte fast exakt denselben Durchmesser wie die Kugel. „Ich frage mich …"

Er begann, das Gerät auszuwickeln.

„Keine Bewegung!", gellte eine Männerstimme in die Kammer und brach sich dröhnend an den Wänden. Der Klang war ihm nur zu vertraut.

Evan erstarrte und wandte langsam den Kopf, als ein Mann hinter einer der Säulen am Eingang hervortrat. Er trug dunkle Tarnkleidung, und sein Gesicht war unverkennbar. „Du."

— — —

Roman hielt seine Waffe unnachgiebig auf den Mann gerichtet. „Warum habt ihr mich nicht getötet?", presste er hervor.

Der Mann und die Frau wirkten aufrichtig schockiert, ihn hier zu sehen. Sie hoben die Hände, um ihre Wehrlosigkeit zu signalisieren, auch wenn Roman zwischen ihnen zwei Pistolen und ein Gewehr entdeckte – dazu dieses seltsame, in Stoff gewickelte Objekt in der linken Hand des Mannes.

„Wie wir schon sagten: Wir wollen keinen Ärger“, entgegnete der Mann ruhig. „Dich zu töten, schien uns nur noch mehr davon einzubringen.“

„Da hast du verdammt recht.“ Roman deutete auf sein Handgelenk. „Ich nehme an, du hast mein Brandzeichen gesehen?“

Der Mann nickte langsam.

„Du bist erstaunlich gut informiert, es zu erkennen.“

„Wie wäre es, wenn du die Waffe senkst und wir das vernünftig besprechen?“, schlug der Mann vor. „Ich bin Evan. Das ist Anya. Und wie heißt du?“

„Wir tauschen hier keine Namen aus. Leg das Ding da hin. Sofort!“

„Ich wollte nur –“

„Nein!“ Romans Finger krümmte sich warnend am Abzug.

Evan gehorchte und legte die Kugel wie verlangt auf den staubigen Boden.

„Raus mit euch.“ Roman wies mit der Mündung in Richtung des Tunnelausgangs.

Während die beiden in einem weiten Bogen an der hinteren Wand der Kammer entlangschlichen, bewegte er sich spiegelbildlich an der gegenüberliegenden Seite, um den Sicherheitsabstand zu wahren. Sobald sie den Tunnel erreicht hatten, trat er vor und zwang sie tiefer in den Korridor. Er hielt kurz inne, um die Kugel aufzulesen, und trieb sie dann zum Ausgang.

Er musste sie nach draußen bringen. Sie einfach über die Klippe zu stoßen, wäre die sauberste Option. Keine Schüsse, keine Spuren – und für ihn die perfekte Möglichkeit, alles abzustreiten. Sein Bruder wollte sie zwar lebend für ein Verhör, aber die Kopfschmerzen waren es Roman nicht wert. Auf diese Weise würde es so aussehen, als wären sie beim Aufstieg schlicht in den Tod gestürzt.

Die Gruppe erreichte das blendende Tageslicht. Roman drängte Evan und Anya immer weiter zurück, bis ihre Fersen direkt an der Abbruchkante der Klippe standen.

Trotz der tödlichen Gefahr blieben die beiden überraschend ruhig. Hitze stieg in Romans Brust auf; ihre Gefasstheit provozierte ihn. „Warum bettelt ihr nicht um euer Leben?", herrschte er sie an.

„Würde das deine Entscheidung ändern?", fragte Evan kühl.

„Nein."

„Dann hast du deine Antwort."

„Mit so einer Einstellung verdient ihr den Tod", knurrte Roman.

„Wenn du das wirklich glauben würdest, wären wir schon längst über diese Kante gestürzt. Und doch stehst du hier und redest immer noch mit uns."

Roman geriet ins Wanken. Eigentlich hätte er sie längst eliminieren müssen, doch irgendetwas hielt ihn zurück. *Soll ich mich wirklich gegen Marcus' ausdrücklichen Wunsch stellen?*

Er hatte mit eigenen Augen gesehen, was geschah, wenn man den Befehlen seines Bruders zuwiderhandelte. Andererseits waren diese Leute wertvolle Informationsträger – und vom Tod gab es kein Zurück.

„Ich weiß es zu schätzen, dass ihr mein Leben verschont habt", presste er hervor und senkte die Waffe eine Nuance. „Aber warum sollte ich dasselbe für euch tun?"

Anya ergriff endlich das Wort. „Die Versiegelung der Tür da drinnen ist intakt. Woher willst du wissen, ob du sie überhaupt ohne uns öffnen kannst?"

„Und du weißt es?", schoss Roman zurück.

„Ich bin Forschungswissenschaftlerin", sagte sie mit einer entwaffnenden Sachlichkeit. „Die Erfahrung hat mich gelehrt, dass man bei einem komplexen Rätsel besser über mehrere Werkzeuge verfügt. Willst du es wirklich im Alleingang riskieren und womöglich scheitern?"

Sie hatte recht. Sie könnten sich als nützliche Ressourcen erweisen. Doch sie am Leben zu lassen, bedeutete ein unkalkulierbares Risiko – ein Risiko, das er sich nicht leisten konnte.

Roman riss die Pistole wieder hoch. „Ich brauche euch nicht."

„Dann mach dem Ganzen ein Ende", forderte Evan ihn auf und hielt seinem Blick unnachgiebig stand.

„Alles, was du tun musst, ist einen Schritt zurückzutreten."

„Nein. Wenn du uns tot sehen willst, musst du uns schon erschießen."

Roman bemerkte, wie Evans Blick immer wieder zu der Kugel in seiner Hand zuckte. Der Mann verlagerte sein Gewicht minimal, schob sich Zentimeter für Zentimeter von der Abgrundkante weg. Es gab ein Dutzend Szenarien, wie diese Begegnung enden könnte, und in keinem davon lohnte es sich, diesen beiden auch nur eine Sekunde länger zuzuhören – oder sie weiter atmen zu lassen.

„Wir sind hier fertig." Roman feuerte in den Boden direkt vor Evans Füßen, in der Hoffnung, ihn durch den Schreckmoment über die Klippe stolpern zu lassen.

Doch Evan blieb standhaft. Anya hingegen nutzte den Moment und hechtete zu Boden, weg von der gefährlichen Kante.

Roman schwenkte die Mündung auf sie um und legte den Finger an den Abzug. Er wollte gerade abdrücken, als ein brennender, stechender Schmerz durch seinen rechten Bizeps explodierte. Ein Messergriff ragte aus seinem Arm – Evan musste es mit einer fast unmenschlichen Schnelligkeit geworfen haben. Seine Muskeln verkrampften sich augenblicklich, und die Pistole drohte seinen kraftlosen Fingern zu entgleiten.

In diesem Moment geschah es: Die Kugel in seiner linken Handfläche wurde glühend heiß. Ein gewaltiger Energiestrom schoss von dem Artefakt direkt in seine Adern und durchflutete seinen gesamten Körper.

— — —

Der Angreifer hielt die Alien-Kugel in seiner Handfläche. Anya hatte miterlebt, was geschah, wenn das Gerät als Waffe eingesetzt wurde, und sie wollte nichts davon abbekommen.

Der Mann feuerte seine Pistole auf sie ab. Sie wich zur Seite aus, der Schuss sauste an ihr vorbei und sie stürzte sich auf ihn. Er fiel auf die Seite und rollte in Richtung der Klippe. Dabei hielt er die Alien-Kugel fest umklammert, während ihm die Pistole aus der Hand glitt.

Evan warf sich auf ihn. Die beiden Männer rangen auf dem Boden um die Kugel. Da Arme und Beine nur so flogen, wusste Anya nicht, wie sie am besten eingreifen sollte. Sie entdeckte die Pistole des Angreifers auf dem Boden und schnappte sie sich. Da Evan noch immer mit ihm kämpfte, hatte sie kein freies Schussfeld.

Der Angreifer trat Evan, woraufhin dieser sich vor Schmerz am Boden krümmte. Der Mann kam wieder auf die Beine, die Kugel fest im Griff. Anya zielte auf seine Hand. Wenn sie sein Handgelenk treffen und ihn zwingen könnte, sie fallen zu lassen …

Sie drückte ab.

Der Schuss traf ihn eher am Ellbogen als an der Hand. Seine Finger blieben fest um das Alien-Gerät gekrallt, während er nach hinten taumelte.

„Nein!“, schrie Evan und streckte die Hand aus, um den Mann vor dem Absturz zu bewahren. Doch der Angreifer stürzte bereits über die Kante in die Tiefe.

„Scheiße! Ich ...“ Anyas Stimme erstarb.

Evans Augen verengten sich kurz, doch sein Blick wurde weicher, als er sie ansah. „Ich weiß, dass das keine Absicht war. Es ist alles gut.“

Vorsichtig trat sie an die Klippe und spähte hinunter. Sie war so hoch, dass sie am Boden keine Details ausmachen konnte. Sie stieß einen langen, zittrigen Atemzug aus. „Es tut mir leid. Ich kann mir nicht vorstellen, dass er diesen Sturz überlebt hat.“

Evan krabbelte herüber und blickte ebenfalls über den Rand. „Unwahrscheinlich, aber von hier oben lässt sich das schwer sagen.“ Er setzte sich auf und begutachtete einen Kratzer auf seiner Handfläche. „Wenn wir der Kugel nachjagen, schaffen wir es vielleicht nicht rechtzeitig zurück, bevor Verstärkung eintrifft.“

„Aber sie werden nach ihm suchen – und sie werden sie finden.“

„Es wäre weitaus schlimmer, wenn sie das Schiff in die Hände bekommen. Soweit wir wissen, gibt es nur dieses eine. Aber Kugel-Geräte könnte es noch mehr geben. Ich meine, wir mussten ja nicht lange suchen, um eines zu finden, also werden sie wahrscheinlich sowieso noch andere auftreiben.“

Sie hockte sich zu ihm auf Augenhöhe und stützte die Unterarme auf die Knie. „Ich fühle mich schrecklich.“

„Es hätte noch viel schlimmer ausgehen können, Anya. Du bist mir allemal lieber als dieses Ding.“

„Gleichfalls.“

Ein müdes Lächeln huschte über sein Gesicht. „Wenn sie Perfektion gewollt hätten, hätten sie das Schicksal der Galaxie nicht in die Hände von zwei Niemanden legen dürfen.“

„Dafür, dass wir hier nur so durchstolpern, schlagen wir uns doch ganz gut.“

Evan stand auf und klopfte sich den Staub von der Hose. „Verdammt richtig. Und jetzt besorgen wir uns ein Raumschiff.“

40

SAMOR STRICH SICH Moosflocken aus den Haaren und von den Schultern. Er hatte ganz vergessen, wie dicht die Vegetation auf dem Weg zu den Echo Falls war.

Er hatte den Eingang fast erreicht. Unterwegs hatte er alles getan, um seine Spuren zu verwischen, da er ihr Versteck nicht preisgeben wollte. Zwar hatten sie die Überlebenden des abgestürzten Kolonieschiffs in der Höhle untergebracht - was zweifellos Spuren hinterlassen hatte –, aber er wollte vermeiden, eine direkte Fährte zu Conroys neuem Unterschlupf zu legen.

Auf halber Strecke hatte er das Relais weit abseits des üblichen Pfades platziert. Ungefähr in der Mitte zwischen den beiden Außenposten sollte es eine zuverlässige Funkverbindung gewährleisten. Sobald der Verstärker in der Verborgenen Grotte installiert war, könnten sie wichtige Informationen an das andere Lager weiterleiten.

Der Eingang zu den Echo Falls lag hinter Ranken verborgen, die über eine von uralter Erosion unterspülte Felswand herabhingen. Auf den ersten Blick wirkte die Höhlung wie eine Sackgasse, doch sie knickte in einen Tunnel ab, der tief unter die Erde führte. Ein paar Schächte, zu eng, um hindurchzukriechen, versorgten die größeren Kammern in der Tiefe mit Licht und Luft.

Während er den Tunnel hinabstieg, grollte im Hintergrund das typische Donnern fallenden Wassers, das mit jedem Schritt lauter wurde. Er zog die Brauen zusammen. *Das ist zu laut.*

Er beschleunigte seinen Schritt. In der Ferne schrien Stimmen durcheinander. Plötzlich platschten Samors Stiefel ins Wasser. *Hier sollte eigentlich gar kein Wasser sein!* Er ging langsamer weiter und prüfte bei jedem Schritt vorsichtig den Untergrund.

„Rogers!“, rief er gegen das tosender Wasser an. Die Stimmen verstummten.

„Wer ist da?“, antwortete ein Mann nach einigen Sekunden.

„Ich bin’s, Samor.“ Er breitete die Arme aus und wartete darauf, dass sein alter Freund auftauchte, um ihn zu identifizieren.

Tatsächlich spähte das vertraute Gesicht des Soldaten um einen Felsbogen, beleuchtet von einem der natürlichen Lichtschächte. „Was machst du denn hier?“

„Euch anscheinend den Arsch retten. Warum steht hier alles unter Wasser?“

Rogers ließ die Schultern hängen. „Erst war es nur ein Rinnsal, aber vor ein paar Stunden hat eine Wand komplett nachgegeben. Der Regen von letzter Nacht war wohl der Tropfen, der das Fass an einer Schwachstelle zum Überlaufen brachte, die wir übersehen hatten. Wir haben alles in eine der höher gelegenen Kammern geschafft. Die Kolonisten waren eine echte Hilfe. Ich hätte nicht gedacht, dass ich das mal sage, aber ich bin froh, dass wir sie haben.“

In der Truppe hatte es gemischte Gefühle gegeben, als Conroy den Plan verkündet hatte, die Überlebenden der Kolonie-Expedition aufzunehmen. Da Conroys Anwesenheit streng geheim bleiben musste, waren alle nach Echo Falls umgesiedelt worden. Man hatte ihnen die Geschichte erzählt, dass Mitglieder eines Erkundungstrupps nach einem eigenen Absturz auf dem Planeten zurückgeblieben seien. Diese Erklärung würde langfristig kaum standhalten, aber für den Moment erfüllte sie ihren Zweck. Doch offenbar gab es nun dringendere Probleme.

„Sind alle wohlauf?“, fragte Samor.

„Ja, nur nass und schlecht gelaunt. Wir haben Glück, dass genug Leute da waren, um die Vorräte rauszuholen, bevor die

Wand endgültig einbrach."

„Und die Ausrüstung?"

„Das meiste war zum Glück in versiegelten Kisten. Eigentlich ein Glück, dass es jetzt passiert ist – wir hatten noch nicht einmal ausgepackt."

„Na ja, immerhin."

Rogers blickte über seine Schulter. „Hör zu, wir haben alle Hände voll zu tun. Was führt dich eigentlich her? Stimmt etwas nicht?"

„Unser Verstärker ist hinüber. Ich bin hier, um euren zu holen."

Rogers warf ihm einen finsteren Blick zu. „Wozu sind wir dann überhaupt hier?"

„Wir brauchen mehr als eine Festung, und wir können euren Gästen noch nicht alles anvertrauen. Das weißt du."

„Nun, im Moment können wir euch offensichtlich nicht viel Hilfe anbieten." In der Stimme seines Freundes schwang Bitterkeit mit. Samor fühlte mit ihm. Er wusste, dass Rogers darum gebeten hatte, bei Conroys Team in der Grotte zu bleiben, aber man hatte seine Führungsqualitäten hier gebraucht. Dass die Ausrüstung und die Leute in Sicherheit waren, bewies, dass die Entscheidung richtig gewesen war.

„Sobald bei uns alles geklärt ist, schicken wir euch Leute, um zu sehen, ob man die Wand reparieren kann."

Rogers schüttelte den Kopf. „Macht euch nicht die Mühe. Wir haben ein Ausweichquartier auf höherem Gelände gefunden, das funktionieren wird. Die unteren Ebenen haken wir einfach ab. Wird an heißen Tagen sicher ein schönes Schwimmbad."

Samor lächelte. „Du hattest schon immer ein Händchen dafür, allem etwas Positives abzugewinnen."

„Ja, ja. Nimm einfach deinen verdammten Verstärker, damit ich wieder an die Arbeit kann."

Während sie durch das kniehohe Wasser wateten, erklärte Samor die Sache mit dem Relais. Es war nicht ideal, aber zumindest hielt Rogers sich mit genervten Sprüchen zurück. Der Verstärker war noch in der Kommunikationseinheit des

Außenpostens verbaut, sodass es ein wenig dauerte, ihn auszubauen. Er wies keine Brandspuren auf wie das defekte Gerät. Samor wickelte ihn sorgfältig ein und verstaute ihn in seinem gepolsterten Rucksack.

Bevor er aufbrach, machten sie einen kurzen Testlauf mit den Walkie-Talkies - das Relais funktionierte einwandfrei.

„Siehst du, ich würde dich nie im Regen stehen lassen", sagte Samor grinsend.

Rogers ließ seine nassen Stiefel zum Beweis laut quietschen. „Definitiv nicht trocken."

„Danke, im Ernst jetzt." Samor nickte seinem Freund anerkennend zu.

„Alles für den Boss, oder?"

„Für das Commonwealth."

Rogers nickte. „Für das Commonwealth."

— — —

Der Verlust der Kugel war ein schwerer Schlag. Evan sah, wie sehr Anya mit der Situation haderte, also hielt er sich mit Vorwürfen zurück. Sie hatte nur versucht, den Kampf zu beenden und ihn in Sicherheit zu bringen - das konnte er ihr nicht verübeln.

Die nackten Tatsachen sahen so aus: Eine unbekannte Anzahl von Verfolgern war ihnen auf den Fersen, vermutlich schwer bewaffnet. Der Kugel nachzujagen wäre ein viel zu großes Risiko gewesen. Oberste Priorität hatte nun das Alien-Schiff - falls es denn wirklich existierte. Und es befand sich höchstwahrscheinlich hinter der Tür in dieser Höhle.

Sobald wir das Schiff haben, könnten wir damit hinunterfliegen und die Kugel holen, redete er sich ein. Er glaubte zwar selbst nicht daran, dass sie tief unter der Erde ein startbereites Schiff finden würden, doch der Gedanke war erträglicher, als sich einzugestehen, dass sie ein echtes Stück Alien-Technologie verloren hatten. Eine Technologie, die in den Händen ihrer Feinde verheerende Folgen haben könnte.

Dennoch: Es gab kein Szenario, in dem es klug gewesen wäre, umzukehren und zu riskieren, den Zugang zu dieser Stätte zu verlieren. *Wir müssen da rein. Wir müssen das beenden, so oder so.*

Nachdem er sich den Staub des Kampfes von der Kleidung geklopft hatte, kehrte Evan in die Höhle zurück. Ihre Rucksäcke lagen noch dort, wo sie sie abgestellt hatten, und die uralte Tür war nach wie vor versiegelt. Es wäre zwar praktisch gewesen, den Weg bei ihrer Rückkehr offen vorzufinden, aber es war wohl besser, dass sich das Tor nicht unkontrolliert für jeden öffnete.

„Also gut, finden wir heraus, wie man das Ding aufschließt", sagte Evan. Er pustete gegen die Tür, um den restlichen Staub aus den kunstvollen Reliefs zu entfernen.

Das Design glich dem der Kugel – ein filigranes Netz aus eingravierten Linien, die von einer Öffnung auf Brusthöhe in der Mitte der Platte auszugehen schienen. Evan unterdrückte einen Anflug von Bedauern darüber, dass sie die Kugel nicht als Schlüssel ausprobieren konnten. Möglicherweise war das aber ohnehin nicht die Lösung.

„Sie sagten, nur ich könne sie öffnen, wegen dem, was in meinem Blut ist. Also ..." Er musterte die mysteriöse Öffnung.

„Kannst du es telepathisch steuern, wie bei der Kugel?", fragte Anya.

„Nein, es ruft nicht nach mir. Ich glaube, das hier ist eine rein physische Sache."

Anya runzelte die Stirn. „Du willst da wirklich reingreifen?"

„Mir fällt nichts anderes ein."

„Das wirkt gefährlich. Was, wenn es dir den Arm abhackt?"

„Und was, wenn wir die Tür nicht aufbekommen und draußen eine Armee auftaucht?"

Sie verzog das Gesicht. „Na gut. Tu es."

Evan holte tief Luft. „Na dann ..." Er machte sich auf das Schlimmste gefasst.

Wärme breitete sich von seiner Hand bis zum Handgelenk aus, ähnlich wie beim Kontakt mit der Kugel. Dann durchzuckte ein stechender Schmerz seinen Unterarm. Er wollte den Arm zurückreißen, doch er steckte fest.

Anya keuchte auf. „Evan, was –?“

Er zwang sich, stillzuhalten; Gegenwehr würde alles nur schlimmer machen. Mit einem zittrigen Atemzug schloss er die Augen, um sich zu sammeln. *Alles wird gut.*

Plötzlich lockerte sich der unsichtbare Griff. Evan zog den Arm zurück und entdeckte drei blutige Einstiche in seinem Ärmel. Ein Ring aus goldenem Licht flammte um die Öffnung auf und wanderte dann die Linien der Platte entlang. Als das Licht den äußeren Rand erreichte, leuchtete der gesamte Umriss auf. Dann falteten sich Segmente der Tür von der Mitte aus nach außen und verschwanden Stück für Stück in der Wand. In dem Moment, als der Weg frei war, erlosch das Leuchten.

Vor ihnen lag ein dunkler Tunnel.

„Wow“, flüsterte Anya.

Evan rieb sich die Einstiche am Arm. „Ja, wem sagst du das.“ Er trat einen Schritt vor und tastete vorsichtig durch die Öffnung. Da war nur leere Luft. „Dann wohl ab nach drinnen.“

Sie schulterten ihre Rucksäcke und betraten den Korridor. Nach wenigen Metern entdeckte Evan einen blauen Stein, der in den natürlichen Fels eingelassen war. Er fuhr mit der Hand darüber, und hinter ihnen begann sich der Durchgang wieder zu schließen.

„Es war zwar leicht herauszufinden, wie man sie öffnet, aber wir müssen es unseren Verfolgern ja nicht unnötig einfach machen“, sagte Evan.

Anya nickte. „Nicht jeder hat schließlich dieses schicke Was-auch-immer im Blut.“

Der Mann, der nun am Fuß der Klippe lag, hatte diese „Behandlung“ sicherlich auch erhalten, aber der würde keine Hilfe mehr sein. Hoffentlich gab es keine weiteren wie ihn.

Die Tunnelwände bestanden anfangs aus natürlichem Fels, gingen dann aber in die glatten Oberflächen über, die sie schon aus dem Vorraum kannten. Je tiefer sie vordrangen, desto mehr Gravuren erschienen. Evan wurde langsamer, um sie zu betrachten. Es schien, als erzählten sie eine Geschichte: Sterne,

Umrisse von Städten und Figuren mit mehreren Armen und länglichen Köpfen - Darstellungen der Alien-Rasse, die ihn an die Bestie erinnerte, gegen die sie gekämpft hatten.

Als die Wände schließlich vollständig von einer aufwendigen Szene bedeckt waren - Schiffe, die einen Planeten verließen, so deutete Evan es zumindest -, endete der Tunnel in vollkommener Dunkelheit. Evans Taschenlampe leuchtete ins Leere; der Strahl verlor sich, ohne eine Decke oder Wände zu treffen.

„Wahnsinn, der Ort muss riesig sein!", rief Anya.

„Mal sehen, ob wir hier irgendwie mehr Licht anbekommen", sagte Evan.

In die höhlenartige Schwärze zu treten, fühlte sich an, als würde man ein Schiff in das Nichts des Weltraums steuern, nur ohne die fernen Lichtpunkte der Sterne. Evan ließ den Lichtkegel seiner Taschenlampe umherschweifen, in der Hoffnung, irgendwo einen Anhaltspunkt zu finden. Schließlich erfasste der Strahl am äußersten Rand etwas, das wie ein Tisch aussah.

„Anya, hier drüben."

Sie traten näher, um das Objekt zu inspizieren. Es entpuppte sich als eine Art Konsole mit einem leicht geschwungenen Oberteil, einer glatten Arbeitsfläche und steinernen Säulen, die das Ganze stützten.

Evan spürte eine Energie, die tief aus dem Inneren der Konsole drang. Sein Blut summte förmlich davon, als würde sie nach ihm rufen. *Wie konnte das alles nach all den Äonen noch funktionieren?* Aber die Kugel war ja auch zum Leben erwacht - es war also möglich. Und er spürte hier dasselbe Potenzial, nur um ein Vielfaches mächtiger.

Er streckte die Hand nach der Konsole aus. Anya packte ihn am Handgelenk. „Warte. Was hast du vor?"

„Ich will sehen, ob sie sich einschalten lässt."

Sie zog die Augenbrauen hoch. „Wir haben keine Ahnung, was dann passiert!"

„Und wie sollen wir es sonst herausfinden?", entgegnete er und entzog ihr sein Handgelenk.

„Und was, wenn sie funktioniert und uns das Ergebnis ganz

und gar nicht gefällt?"

„Das wäre natürlich mies. Aber mal ehrlich: Wie viel schlimmer kann es noch werden? Wir können entweder nach einem Fluchtweg suchen oder hier drin verrecken."

Sie verschränkte die Arme. „Verrecken klingt nicht besonders verlockend."

„Eben." Er machte eine ausladende Geste in die Dunkelheit des Raums. „Also bleibt uns nur das, was hier ist – was auch immer das sein mag. Vielleicht macht dieses Ding ja das Licht an. Was meinst du?"

Ihre Arme sanken herab. „Na gut. Aber sei vorsichtig."

„Ich wüsste nicht mal ansatzweise, wie ich das anstellen soll."

„Ja ... nun, eins nach dem anderen."

„In Ordnung." Er holte tief Luft.

Die Oberfläche der Konsole war völlig glatt, fast wie ein Touchscreen. Solche Steuerungen hatten sich in der menschlichen Gesellschaft aufgrund ihrer Flexibilität fast überall durchgesetzt. Es ergab Sinn, dass eine außerirdische Spezies aus denselben Gründen bei einem ähnlichen Design gelandet war. Auf ihrer Wanderung vor ein paar Tagen hatte Anya dieses Prinzip in einem ihrer ausschweifenden Vorträge als „konvergente Evolution" bezeichnet – die Theorie, dass das Leben auf verschiedenen Planeten oft ähnliche Lösungen für dieselben Probleme findet.

Eine Bedienungsanleitung wäre jetzt echt Gold wert ... Leider tauchte kein telepathischer Leitfaden in seinem Kopf auf. Da ihm nichts Besseres einfiel, legte er die Hand flach auf die Platte.

Äußerlich geschah nichts, aber eine angenehme Wärme breitete sich in seiner Hand aus, begleitet von einem leichten elektrischen Prickeln. Er hob die Hand und wartete. Unter ihren Füßen begann eine kaum spürbare Vibration; das System fuhr hoch.

Anya verlagerte unruhig ihr Gewicht. „Da passiert definitiv was."

„Wer weiß, wie lange das Zeug hier schon im Tiefschlaf liegt."

Wider Erwarten leuchtete die Konsole auf. Es war kein

klassisches Display, wie er es vermutet hatte, sondern eher eine Ansammlung goldener Symbole, die vor dem dunklen, matten Hintergrund schwebten. Zuerst wirkten sie wie pures Chaos. Doch je länger Evan darauf starrte, desto mehr Ordnung erkannte er darin. Ein Symbol in der Mitte rechts erinnerte ihn an eine Lichtquelle – zwei konzentrische Kreise mit kleinen Punkten am Rand. Ein anderes ähnelte einer Satellitenschüssel und deutete auf Kommunikation hin, während drei geschwungene Linien wohl für Wasser standen. Nach und nach sprangen ihm weitere Zeichen für verschiedene Versorgungseinrichtungen ins Auge.

Kann das wirklich so einfach sein?, fragte er sich. Zwar durfte er seine telepathische Verbindung zu der Technologie nicht unterschätzen, aber das hier war dennoch ein gewaltiger Sprung.

„Was hältst du von dem hier?“, fragte er Anya schließlich.

„Von welchem?“

Er deutete darauf. „Na, von dem Symbol.“

Ihre Brauen schossen in die Höhe. „Warte mal ... du siehst da was?“ Sie starrte auf die leere Konsole.

„Ja, überall goldene Symbole. Siehst du die nicht?“

„Nein. Ich merke, wie der Boden vibriert, aber für mich ist das Ding einfach nur dunkel.“

„Aber was war mit der Kammer vorhin? Oder bei dem Alien-Gerät? Da hast du doch auch Lichter gesehen?“

Sie nickte. „Ja, da schon. Aber was auch immer du gerade auf dieser Platte siehst, muss sich in deinem Kopf abspielen. Vielleicht ist es das, was die Injektion bewirkt hat.“

Evan lief es eiskalt den Rücken hinunter. „Es war schon unheimlich genug, dass das Zeug in meinem Blut ist. Aber wenn es jetzt auch noch in meinem Gehirn herumfuscht ...“

„Es tut mir leid. Ich wünschte, ich könnte dir helfen“, sagte sie leise. Ihr Blick war ehrlich und besorgt.

„Na gut. Wenn das alles nur in meinem Kopf passiert, dann muss ich wohl meinem Bauchgefühl vertrauen.“ Vielleicht ergaben die Bilder für ihn nur deshalb Sinn, weil die Alien-Technik sie direkt in Symbole übersetzte, die er instinktiv verstand. Bilder waren schließlich leichter zu begreifen als eine völlig fremde Sprache.

Er drückte auf das Lichtsymbol.

Ein sanftes, blau-weißes Leuchten flammte am fernen Übergang zwischen Boden und Wand auf. Es huschte die Wände empor und wurde immer heller, als würde die Kammer gerade aus einer ewigen Morgendämmerung erwachen. Mit steigendem Licht wurden die Umrisse kleinerer Strukturen innerhalb der gewaltigen Höhle sichtbar.

Anya klappte die Kinnlade herunter. „Was ist das für ein Ort?"

„Ich weiß es nicht." Er sah sich staunend um. „Wenn ich es nicht besser wüsste, würde ich sagen: Das ist eine Stadt."

„Wissen wir es denn besser?"

„Nein, wahrscheinlich nicht." Die Vorstellung, dass sich im Inneren eines Berges eine uralte, außerirdische Stadt befand, klang nach hellem Wahnsinn - doch die Beweise lagen direkt vor ihnen. Es war exakt der Ort, den er während seines kurzen telepathischen Kontakts mit der Bestie gesehen hatte.

„Irgendwie ergibt es sogar Sinn", sagte sie nachdenklich. „Wir haben diesen Planeten kolonisiert, weil er Leben wie unseres ermöglichen kann. Wir haben schon oft Welten gefunden, die mit unserer Biologie kompatibel sind. Warum sollte es da draußen nicht eine andere intelligente Rasse geben, die genau dieselbe Temperatur und eine Stickstoff-Sauerstoff-Atmosphäre braucht? Wer sagt, dass sie nicht ihre ganz eigenen Pläne für eine Kolonie hatten?"

„Eine ganze außerirdische Gemeinschaft." Evan schüttelte langsam den Kopf. „Ich weiß gar nicht, wo ich anfangen soll."

„Ich will mir eines dieser Gebäude ansehen", sagte Anya entschlossen. „Vielleicht verrät uns die Architektur, wie diese Wesen ausgesehen haben."

„Ja, darauf bin ich auch gespannt." Wenn diese Wesen auch nur annähernd so waren wie die Bestie, gegen die sie gekämpft hatten, konnte die Begegnung absolut furchteinflößend werden. Andererseits würde er die Menschheit auch nicht allein nach einem Soldaten in einem Mech-Kampfanzug beurteilen, also versuchte er, unvoreingenommen zu bleiben.

Das Licht war mittlerweile hell genug, dass sie ihre Taschenlampen ausschalten konnten. Sie durchquerten die Höhle in Richtung einer Gasse zwischen den Gebäuden. Der Anblick erinnerte Evan an alte Aufnahmen einer verlassenen Hauptstraße in einer malerischen Geisterstadt.

Aus der Nähe betrachtet war das Seltsamste an den Strukturen, dass sie direkt aus dem Felsboden zu wachsen schienen.

„Findest du auch, dass diese Gebäude ... ‚gewachsen' aussehen?", fragte Evan.

„Allerdings. Wie Samor schon andeutete, glaube ich, dass diese Aliens eine Art Nanotechnologie nutzen, die sich mithilfe vorhandener Materialien selbst repliziert. Theoretisch könnte man einen ganzen Berg abtragen und ihn in jeder beliebigen Form neu erschaffen."

„Würde das auch bei organischem Material funktionieren?"

„Nicht auf exakt dieselbe Weise, aber ja."

„So wie bei einigen dieser seltsamen Pflanzen und Tiere, denen wir begegnet sind? Die wirkten ja auch so, als hätten sie dieselben Eigenschaften wie diese Alien-Technik."

Sie nickte langsam. „Ja. Sogar sehr ähnlich."

Sie bogen um eine Straßenecke, wo der Boden steil abfiel. Weitere Gebäude reihten sich auf abgestuften Ebenen bis tief nach unten aneinander. Evan ließ den Anblick auf sich wirken; es fiel ihm schwer, das Ausmaß dieser Entdeckung zu begreifen.

„Hier müssen einst Zehntausende gelebt haben."

„Nur weil die Stadt so viele fassen konnte, heißt das nicht, dass sie jemals bewohnt war." Etwas in der Ferne erregte Anyas Aufmerksamkeit, und ihre Augen weiteten sich. „Evan, sieh mal!" Sie deutete auf einen Teil der Höhle, der noch im Halbschatten lag. „Ist das ein ... Schiff?"

— — —

Dunkles Grün verschwamm zu Blau. Ein schrilles Pfeifen

übertönte alles.

Roman blinzelte. Die grünen Flecken nahmen allmählich die Form von Bäumen an, und die weißen Wolken am Himmel wurden scharf gezeichnet. Das ohrenbetäubende Summen in seinen Ohren trat langsam in den Hintergrund.

Was ...? Wo ...? Suchend drehte er den Kopf zur Seite, um sich zu orientieren.

Dann schoss ihm der Kampf wieder durch den Kopf.

Ich bin gestürzt. Er entdeckte die Klippe. *Das, was ich brauche, ist da oben.*

Sie wirkte viel höher, als er sie in Erinnerung hatte. So hoch, dass er sich wunderte, überhaupt noch zu atmen. Er versuchte, den Kopf zu heben, doch tanzende Sterne vor seinen Augen und ein hämmerndes Pochen signalisierten ihm sofort, dass das eine furchtbare Idee war. Er blieb auf dem Rücken liegen und schloss die Augen, bis der Schwindel nachließ.

Als er sie wieder öffnete, versuchte er stattdessen, sich auf die Seite zu rollen. Die Sicht verschwamm erneut kurz, doch diesmal fing er sich schneller. Zu seinem Glück erkannte Roman eine Gruppe von Felsbrocken am Fuß der Klippe wieder. Er war hier vorbeigekommen, als er zum Pfad aufgestiegen war – er wusste also grob, wie er zum Landungsschiff zurückkam.

Aber das Alien-Schiff ... Er versuchte erneut, sich aufzurichten. Diesmal gelang es ihm, sich auf die Ellbogen zu stützen, ohne das Gefühl zu haben, sofort ohnmächtig zu werden. Dennoch war ihm klar: In dieser Verfassung würde er keine Klippen erklimmen oder über tückische Pfade navigieren. *Ich habe diesen Sturz wie durch ein Wunder überlebt, aber ein zweites Mal habe ich sicher nicht so viel Glück.*

Am Leben zu bleiben, hatte Priorität. Für eine große Sache zu sterben, war das eine, aber ein sinnloser Tod durch Stolpern und Stürzen wäre reine Verschwendung – ganz zu schweigen von der Schande für seine Familie.

Und ich stehe nicht mit leeren Händen da. Er umklammerte noch immer die Alien-Kugel.

Als er die Finger öffnete, stellte er schockiert fest, dass sich ein Teil der Kugel regelrecht in seine Handfläche gepresst hatte. Goldene Energie floss durch die komplexen Rillen der Oberfläche, und die leuchtenden Linien reichten bis unter seine eigene Haut.

Roman schnappte nach Luft und versuchte, die Kugel abzuschütteln. Sie schien zwei heftige Bewegungen seines Handgelenks lang an ihm zu kleben, bevor sie sich löste. Sie plumpste in den Dreck, und das Licht erlosch.

Was zum ...? Er rieb sich massierend die Handfläche. Es gab keine sichtbaren Spuren der Energie mehr. Dennoch spürte er die Restwärme auf seiner Haut, die langsam seinen Arm hinaufwanderte.

Und dann begriff er. *Sie hat mich gerettet.*

Er starrte die Kugel mit völlig neuer Ehrfurcht an. Die Technologie hatte beschlossen, sich ihm zu öffnen. Ihm ihre Macht zu gewähren. Auch wenn es nicht das Schiff war, so hielt er doch ein unschätzbares Artefakt in den Händen. Es könnte ausreichen, um den Zorn seines Bruders zu besänftigen.

Roman hievte sich auf die Beine. Er bückte sich, um die Kugel aufzuheben. Sobald sie wieder in seiner Hand lag, durchströmte ihn erneut diese belebende Hitze. Der Schmerz begann zu verblassen.

Er machte sich auf den Weg zum Landungsschiff. Mit jedem Schritt fühlte er sich stärker und selbstsicherer.

Das ist erst eine. Wie viele andere liegen hier wohl noch begraben? Er nahm sich vor, jedes einzelne Stück dieses Schatzes zu bergen und abzuliefern.

41

ANYA BRANNTE DARAUF, zum Alien-Schiff zu gelangen, doch sie konnte sich die Gelegenheit nicht entgehen lassen, die uralte Stadt auf ihrem Weg genauer unter die Lupe zu nehmen.

Seit ihr klar geworden war, dass die Stadt wahrscheinlich mithilfe von Nanotechnologie gewachsen war, betrachtete sie alles mit anderen Augen. Die Formen waren überraschend organisch und schienen eher den natürlichen Konturen des Gesteins zu folgen als einem festgelegten Raster. An den Strukturen gab es Stellen, an denen Türen und Fenster hätten sein sollen, doch sie waren von Linien überzogen, ganz ähnlich wie bei dem Tor, das in die Höhle führte. Entweder war der gesamte Ort verriegelt worden, oder die Stadt war nie bewohnt gewesen.

„Ich würde zu gerne wissen, wie es da drin aussieht", bemerkte sie gegenüber Evan. Er schien einzig und allein darauf fixiert, zum Schiff zu gelangen, und sie war fassungslos über seinen Mangel an Neugier.

„Wir sind hierhergekommen, um –"

„Um alles über diese Alien-Technologie zu erfahren, was wir können", fiel sie ihm ins Wort. „Und eine ganze Stadt scheint mir eine noch größere Entdeckung zu sein als ein Schiff."

„Eine Stadt bringt uns hier aber nicht weg."

„Und dieses Schiff fliegt vielleicht gar nicht." Anya suchte sich eines der Gebäude aus und deutete darauf. „Sieh doch mal nach, ob sich diese Tür für dich öffnet."

Evan seufzte, ging aber zur Tür hinüber und legte die Hand

darauf. Linien aus goldenem Licht breiteten sich durch die geschnitzten Rillen aus, und das Material der Tür faltete sich in sich selbst zusammen, genau wie am Haupteingang.

Anya trat an den Rahmen. Drinnen gingen Lichter an, die in Streifen an der Decke entlangliefen. Der Innenraum war fast völlig leer, mit nur wenigen Aussparungen in den ansonsten glatten Wänden. In einem Raum ragten mehrere Gebilde aus dem Boden, die wie eine Art Sitzgelegenheit wirkten.

„Ich sehe hier nichts", sagte Evan.

„Stimmt, das war nicht sehr hilfreich." Zumindest in diesem Gebäude sah es nicht im Geringsten „bewohnt" aus. „Ich glaube nicht, dass hier jemals jemand gelebt hat."

„Den Eindruck habe ich auch. Lass uns ein paar andere überprüfen."

Sie untersuchten vier weitere Gebäude, doch keines davon wies irgendwelche Spuren früherer Bewohner auf.

„Warum baut man überhaupt eine unterirdische Stadt und nutzt sie dann nicht?", fragte sich Anya laut.

„Zu viele Möglichkeiten", sagte Evan. „Alles, was ich von hier aus sagen kann, ist, dass sie etwas größer zu sein scheinen als wir und die Gliedmaßen anders angeordnet sind."

„Stimmt."

Er ging wieder hinaus auf die Straße. „Komm schon. Ich wette, die Steuerungs-Interfaces des Schiffs werden uns mehr verraten."

— — —

Die leere Stadt strahlte eine seltsame Energie aus, die Evan nervös machte. Der Ort war eindeutig für etwas Großes geplant gewesen, doch irgendetwas hatte die Erbauer daran gehindert, ihr Vorhaben zu vollenden. *Haben sie es nie bis auf den Planeten geschafft, oder sind sie abgestürzt wie wir?*

Es war unmöglich, das Alter der Gebäude oder der Höhlenumbauten zu schätzen. Da alles versiegelt war, hätte die Stadt seit Jahrzehnten, Jahrhunderten oder Jahrtausenden so aussehen können. Je mehr Evan von Aethos sah, desto mehr

Fragen stellten sich ihm. Jetzt, da es unwiderlegbare Beweise für andere Intelligenzen gab, wollte er alles wissen: Woher kamen sie? Lebten sie noch irgendwo? Und warum hatten sie Aethos verlassen?

Normalerweise hätte sein Ermittlerinstinkt ihn diese Dinge hinterfragen lassen, doch die Zeit mit Anya und ihrer rein wissenschaftlichen Sicht auf die Welt hatte jedes Geheimnis zu verlockend gemacht, um es zu ignorieren. Das Schiff war seine größte Hoffnung auf Antworten.

Sie eilten die restliche Strecke zum Raumschiff. Es war glatter und organischer geformt als die klobigen menschlichen Schiffe, die er gewohnt war. Jedes Schiff, das für Landungen in der Atmosphäre konstruiert war, hatte ein aerodynamischeres Design, doch reine Weltraumschiffe waren eher für ihre Zweckmäßigkeit als für ihre Schönheit bekannt. Dieses Alien-Schiff hingegen war an Eleganz kaum zu überbieten. Mit etwa einhundertfünfzig Metern Länge war es wohl eher ein Spähschiff als ein Transporter für große Menschenmengen oder schwere Fracht.

Allerdings war es wahrscheinlich groß genug, um alle Überlebenden der Koloniekapsel aufzunehmen. Es könnte das Ticket weg von diesem Planeten sein – vorausgesetzt, er fand heraus, wohin Conroy die Leute gebracht hatte.

Auf den letzten Metern zum Schiff bemerkte er den leicht goldenen Glanz der Metallhülle.

„Ich kann nicht glauben, dass das echt ist“, murmelte Anya.

„Ich auch nicht. Aber solange sich hier keine riesige Luke öffnet, sehe ich nicht, wie wir hier wegkommen sollen.“

„Nicht so pessimistisch!“ Anya drängte ihn weiter auf das Schiff zu.

Er folgte ihr, hin- und hergerissen zwischen Aufregung und Skepsis. Eigentlich hatte er trotz der telepathischen Botschaft der Bestie nicht geglaubt, dass sie wirklich ein Schiff finden würden. Jetzt davorzustehen, stellte sein Weltbild auf den Kopf. Doch die Chance, ein echtes Alien-Schiff zu erkunden, war einfach zu gewaltig.

Es gab keinen offensichtlichen Eingang. Doch als sie sich bis auf zwölf Meter genähert hatten, erschien ein goldener Lichtstrahl an der Flanke. Das Licht fächerte sich auf und zeichnete die Umrisse einer Öffnung in der Hülle nach. Während die Markierung nach unten wanderte, formte sich eine Rampe aus kleinen Blöcken – ganz ähnlich wie zuvor bei den Türen. Als die Rampe den Boden berührte, erlosch das Licht.

Anya sah ihn mit hochgezogenen Brauen an. „Wenn das keine Einladung ist, weiß ich auch nicht."

„Dann gehen wir mal an Bord." Evan stieg vorsichtig die Rampe hinauf.

Kaum hatte er das Innere betreten, begann seine Haut zu kribbeln. Es waren keine Lichter oder Systeme zu sehen, aber man spürte deutlich, dass das Schiff unter Strom stand.

„Whoa", sagte Anya, die hinter ihm eintrat. „Spürst du diese Vibration?"

„Und wie. Aber … woher kommt das?"

„Ich schätze, das Ding ist weit weniger inaktiv, als es den Anschein hat."

„Suchen wir am besten mal das Cockpit."

„Vorne?", fragte Anya.

„Vorne, oben oder in der Mitte – das sind die Standard-Layouts bei uns. Aber wer weiß, wie Aliens das geplant haben."

„Na ja, so groß ist es nicht. Fangen wir vorne oben an und arbeiten uns nach unten und hinten durch."

Sie machten sich auf den Weg den Gang hinunter in Richtung Bug. In unregelmäßigen Abständen passierten sie Türen, die seltsamerweise kaum größer als normale menschliche Türen waren.

„Was ich nicht alles für ein Foto von einem dieser Aliens geben würde …", murmelte Anya.

„Nach allem, was wir wissen, haben sie wohl ein paar Gliedmaßen mehr, aber im Großen und Ganzen scheinen sie uns gar nicht so unähnlich zu sein."

„Zumindest, was ihre Bauweise angeht", entgegnete Anya. „Sobald wir die Steuerung sehen, wissen wir mehr über ihre

Biologie. Wie ein Wesen mit Objekten interagiert, verrät viel über seinen Körperbau."

„Alles andere bisher funktionierte telepathisch. Keine Ahnung, was das zu bedeuten hat."

„Da bin ich überfragt."

„Falls es nicht magisch auf meine Gedanken reagiert, ist mein Plan, so lange wild auf Knöpfen herumzudrücken, bis etwas passiert."

Sie warf ihm einen Seitenblick zu. „Das ist ein furchtbarer Plan."

„Ich improvisiere hier, gib mir etwas Spielraum. Willst du etwa fliegen?"

„Na gut, eine bessere Strategie als wildes Tastendrücken habe ich auch nicht. Aber geh wenigstens systematisch vor."

„Natürlich."

Sie erreichten das Flugdeck. Es war voller Konsolen, die so ähnlich auch auf menschlichen Schiffen hätten stehen können.

„Noch mehr konvergente Evolution?", fragte Evan.

Anya sah sich sichtlich verunsichert um. „Ich weiß nicht. Das ist alles viel … vertrauter, als ich erwartet hätte."

„Da sind wir schon zwei."

„Wir sollten versuchen, Conroy anzufunken und ihm zu sagen, dass wir das Schiff gefunden haben", sagte Anya. Sie setzte ihren Rucksack ab und kramte nach dem Funkgerät. „Es könnte schwer werden, ein Signal durch den Fels zu kriegen. Ich frage mich, ob das Kommunikationssystem des Schiffs ein kompatibles Signal aussenden kann."

„Glaubst du wirklich, du kriegst diesen alten Kasten an?"

„Das wollte ich gerade testen." Evan trat an eine der Konsolen und tippte darauf herum. Nichts geschah.

Anya zog eine Augenbraue hoch. „Wahllos Schalter umzulegen, die in einer Alien-Sprache beschriftet sind, ist eine echt miese Idee."

„Oh, hier gibt es überhaupt keine sichtbaren Beschriftungen." Evan setzte seine Bemühungen fort und arbeitete sich von Konsole zu Konsole vor. Nach vier ergebnislosen Versuchen beschlich ihn das Gefühl, dass das Schiff vielleicht einfach zu alt oder seine Energiereserven zu erschöpft für einen Start waren.

Doch an der fünften Konsole reagierte die Technik: Ein angenehmes elektrisches Summen antwortete auf seine Berührung.

Plötzlich erwachten rings um das Flugdeck verschiedene Komponenten zum Leben, darunter ein großer Bildschirm an der Bugseite. Am unteren Rand der Anzeige erschien ein Fortschrittsbalken.

„Was bedeutet das?“, fragte Anya.

Evan zuckte mit den Schultern. „Keine Ahnung. Die Hochfahrsequenz, schätze ich?“

Der Balken kroch in einem frustrierend langsamen Tempo voran.

„Ugh, warum dauert das so lange?“, stöhnte Anya.

„Die Boot-Sequenz bei Schiffen dieser Größe kann Stunden dauern. Da laufen unzählige Systemchecks im Hintergrund.“

„Ich will doch nur wissen, ob das Ding überhaupt fliegt.“

„Es ist schon ein kleines Wunder, dass es überhaupt anspringt. Ehrlich gesagt hatte ich eher damit gerechnet, ein paar verrostete Überreste des Hitzeschilds zu finden – falls wir überhaupt etwas finden.“

„Nun, da wir jetzt ein Schiff haben, sollten wir uns langsam überlegen, wie es weitergeht“, sagte Anya.

„Das ist die Preisfrage. Unsere Vorräte reichen nur noch für ein paar Tage, wir können also unmöglich zu den Kernwelten zurückkehren, um Hilfe zu holen.“

„Ganz zu schweigen davon, dass die Leute dort versucht haben, uns aus dem Weg zu räumen – wenn man Conroy glauben darf.“

„Wir könnten versuchen, uns zu einer anderen Kolonie durchzuschlagen.“

„Und wie erklären wir denen dieses Schiff? Was fangen wir damit an?“

„Auch eine miese Option“, gab Evan zu. „Eigentlich macht es nur Sinn, uns erst einmal aus der Schusslinie zu bringen. Wir fliegen auf die andere Seite des Planeten, weg von diesen Noche-Schergen. Dort können wir uns verstecken, Vorräte sammeln und dann weitersehen."

„Klingt vernünftig. Versuchen wir, Conroy unseren Plan mitzuteilen - falls wir eine Verbindung kriegen."

Sie testeten das Funkgerät, doch sie erhielten keine Antwort.

„Das liegt wahrscheinlich an den massiven Höhlenwänden", vermutete Evan. „Wir versuchen es nach dem Start noch einmal - vorausgesetzt, ich finde einen Weg hier raus." Das Schiff war irgendwie in die Höhle gelangt, also musste es auch einen Weg hinaus geben.

Endlich beendete der Fortschrittsbalken sein Schneckentempo und verschwand. Auf den verschiedenen Konsolen wurden neue Anzeigen geladen. Evan nahm seine Suche auf dem Flugdeck wieder auf und probierte verschiedene Felder aus. Schließlich identifizierte er ein Bedienelement, das den Umriss des Schiffs und Merkmale der Umgebung darstellte. Eine der Markierungen war eine horizontale Linie direkt über dem Schiff. Er wählte sie aus.

Eine Meldung in einer unleserlichen Alien-Schrift ploppte auf. In Evans Hinterkopf kribbelte es; sein Bauchgefühl sagte ihm instinktiv, dass das System nach einer Bestätigung zum Öffnen fragte. Er drückte darauf.

Draußen setzte ein tiefes Grollen ein. Die Grafik auf der Konsole änderte sich und zeigte, wie sich die Linie zur Seite schob. Anya eilte zu einem der Sichtfenster und drückte ihr Gesicht gegen die Scheibe.

„Wahnsinn!", rief sie. „Die gesamte Decke faltet sich zurück!"

„Ich schätze, diese Nanotechnik ist doch nicht so inaktiv wie gedacht."

„Nein, dieser Ort ist absolut funktionstüchtig", stimmte Anya zu. „Ich wünschte nur, ich wüsste, warum er gebaut wurde - und warum er jetzt verlassen ist."

Als die Luke vollständig geöffnet war, aktivierte Evan über eine andere Konsole das Antriebssystem. Entgegen jeder Wahrscheinlichkeit fuhr es hoch. Ein Schauer der Aufregung jagte durch seine Brust. *Eigentlich müsste ich gerade zu Tode verängstigt sein.*

Vielleicht lag es an der seltsamen telepathischen Verbindung mit der Alien-Technologie oder einfach an seinem inneren Sinn für Abenteuer, aber da war keine Angst. Dieses Schiff war die Verkörperung von Möglichkeiten. Er konnte nicht länger gezwungen werden, sich dem Willen anderer zu beugen – dies war seine Chance, die Kontrolle zu übernehmen und seine eigene Geschichte zu schreiben.

„Anya, wenn wir das tun, gibt es kein Zurück mehr", sagte Evan.

„Interessante Wendung des Schicksals. Genau das haben wir gesagt, als wir nach Aethos aufgebrochen sind."

„Das ist eine andere Art von ‚Kein Zurück'. Die Einschränkungen, die wir für Gesetze hielten, werden nicht mehr gelten."

„Ich weiß bereits zu viel, um umzukehren", sagte sie.

Evan hatte sich schon vor langer Zeit entschieden, weiterzumachen. Das Geheimnis rief nach ihm und flehte darum, gelüftet zu werden. Er musste dies tun – nicht nur für die Zukunft der Menschheit, sondern auch, um seine eigene Neugier zu befriedigen. Selbst ohne die monumentalen Einsätze würde er jetzt am Steuer des Schiffes stehen.

„Okay." Er aktivierte die Startsequenz. Das Schiff reagierte auf seine Befehle, seine Kraft rief nach ihm.

Anya nickte zustimmend, ein Lächeln breitete sich auf ihrem Gesicht und in ihren Augen aus.

Mit einem tiefen Grollen erhob sich das Schiff. Es stieg durch die Deckenluke auf und passte gerade so hindurch. Evan legte einen Kurs auf die andere Seite des Planeten an.

Doch die Navigationsanzeige flackerte kurz und löschte die Eingabe.

Evan gab den Kurs erneut ein. Wieder verschwand er sofort, ersetzt durch ein Ziel weit außerhalb der Atmosphäre des Planeten.

„Was passiert hier?", fragte Anya.

Evan versuchte, seine wachsende Panik zu unterdrücken. „Das System übersteuert mich.“

Das Schiff steuerte auf den Weltraum zu.

— — —

Als Roman das Feld erreichte, auf dem sein Landungsschiff parkte, war er fast vollständig geheilt. Nur die Risse und blutigen Schmutzflecken auf seiner Kleidung zeugten noch von seinen schweren Verletzungen.

Die Kugel war fast vollständig mit seiner linken Handfläche verschmolzen. Das goldene Metall hatte sich unter der Haut ausgebreitet, bis nur noch eine leichte Wölbung in der Mitte übrig war. Ein sanftes Leuchten pulsierte bis in seine Fingerspitzen und seinen Unterarm hinauf. Er schob die Hand tief in die Tasche, um unangenehme Fragen zu vermeiden - vorausgesetzt, es waren überhaupt noch Überlebende beim Schiff.

Wie sich herausstellte, waren nur noch zwei übrig: der Pilot und Red.

Red hatte eine Platzwunde an der rechten Schläfe, die teilweise von ihrem dunklen Haar verdeckt wurde. Als sie Roman kommen sah, verdrehte sie die Augen und stieß einen schweren Seufzer aus. „Wo warst du?“

„Ich wurde k.o. geschlagen“, antwortete Roman kurz angebunden. Es stimmte sogar, auch wenn er die zeitlichen Abläufe zu seinen Gunsten zurechtbog. „Wo sind die anderen?“

„Sie sind alle tot.“

„Das ist ja beschissen.“

Sie starrte ihn fassungslos an. „Das ist alles, was du dazu zu sagen hast?“

„Tut mir leid, dass ihr nicht gut genug wart, um es mit einem einzigen Tier aufzunehmen.“

„Du Arschloch!“ Red rannte mit gezücktem Messer auf ihn zu.

Roman schob seinen rechten Ärmel hoch und entblößte sein Kleeblatt-Tattoo. „Bist du sicher, dass du mir wehtun willst?“

Red blieb abrupt stehen. Ihr Gesicht verzerrte sich vor Wut und Schmerz. „Sorg wenigstens dafür, dass ihr Tod nicht umsonst war."

„Oh, das wird er." Er drängte sich an ihr vorbei. *Solange du uns jetzt nicht in die Quere kommst.*

Im Inneren des Landungsschiffs war es drückend heiß; die Sonne hatte es den ganzen Tag aufgeheizt. Roman ließ die Luke offen, um durchzulüften, und ging direkt zum Flugdeck, um das Funkgerät zu aktivieren.

Er wählte den Kanal seines Bruders. Dank der interstellaren Relaisstationen konnten sie fast in Echtzeit kommunizieren, und nach den jüngsten Entwicklungen musste er Marcus sofort Bericht erstatten.

Marcus nahm ab. Sein Gesicht auf dem Monitor war kalt. „Du hast das Schiff hoffentlich unter deiner Kontrolle."

„Nein, aber ich habe etwas fast genauso Gutes." Roman berichtete von den Ereignissen und zeigte ihm seine Handfläche.

„Es ist jetzt ein Teil von dir?", fragte Marcus. Er ließ sich nichts anmerken, aber Roman kannte ihn gut genug, um die Genugtuung in seinem Blick zu sehen.

„Und es ist erstaunlich, was es leisten kann. Wenn es noch mehr davon gibt, werde ich sie finden. Aber selbst mit diesem einen Stück haben wir eine Vorlage. Sobald wir diese Technik repliziert haben, wird uns niemand mehr aufhalten."

Roman wollte gerade seinen Plan erläutern, doch ein seltsames Signal auf dem Schirm lenkte ihn ab. Es war eine energetische Signatur – ein Raumschiff.

„Scheiße, sie müssen das Schiff aktiviert haben! Es nimmt Kurs auf den Weltraum."

Marcus' finsterer Blick wurde noch dunkler. „Kannst du sie abfangen?"

„Ich habe nur dieses Landungsschiff, und das hat keine Waffen. Aber ich kann eine unserer Orbitalsonden umleiten, damit sie ihnen folgt."

Während die Daten der Sonde hereinkamen, bemerkte Roman jedoch etwas höchst Ungewöhnliches. Eine zweite

Energiequelle war aufgetaucht, weit draußen in einer hohen Umlaufbahn nahe dem kleinsten Mond von Aethos.

„Was zur Hölle ist das?"

— — —

Samor behielt ein hohes Tempo durch den Wald bei, sobald er weit genug vom Eingang des Außenpostens Echo Falls entfernt war, um sich keine Sorgen mehr darum machen zu müssen, seine Spuren zu verwischen. Er musste die Funkausrüstung so schnell wie möglich zu Conroy zurückbringen.

Ein Brüllen ertönte in der Ferne.

Was konnte das sein? Vom Boden aus konnte er nichts sehen.

Samor kletterte auf ein paar Felsen, um einen besseren Aussichtspunkt zu haben. Da er immer noch nichts sehen konnte, begann er auf einen Baum zu klettern. Sich mit seiner verletzten Schulter an den Ästen hochzuziehen, sandte einen brennenden Schmerz bis in seine Fingerspitzen, aber die Neugier trieb ihn weiter.

Er erreichte einen Punkt, an dem sich das Blattwerk lichtete, und er hatte freie Sicht auf ein Schiff, das sich vom Berghang erhob. Es war mindestens hundert Meter lang – obwohl das aus dieser Entfernung schwer einzuschätzen war. Aber eines wusste er ganz sicher: Es war nicht das feindliche Landungsschiff.

Sie haben es gefunden! Sie haben es tatsächlich gefunden! Ein Lächeln breitete sich auf seinem Gesicht aus. *Wir sind immer noch im Rennen.*

Seine Euphorie verblasste, als er sich daran erinnerte, dass der Verstärker immer noch in seinem Rucksack war.

Wenn sie uns gerufen haben und wir nicht geantwortet haben, wohin werden sie dann fliegen?

Er kletterte hastig vom Baum hinunter. Es könnte bereits zu spät sein.

42

EVANS HÄNDE FLOGEN über die Konsole, während er verzweifelt versuchte, die Kontrolle über das Schiff zurückzuerlangen.

„Evan, was passiert hier?", fragte Anya mit panischem Unterton.

„Ich weiß nicht, warum es nicht reagiert. Es ist, als liefe irgendeine Art Autopilot."

„Wohin?"

„Keine Ahnung!"

In den tiefen Weltraum vorzustoßen, wäre eine Katastrophe. Sie waren Wochen von der nächsten Kolonie entfernt und Monate von allem, was er als Zivilisation bezeichnen würde. Schlimmer noch: Der Autopilot würde sie wahrscheinlich an keinen dieser Orte bringen. Nach allem, was sie durchgemacht hatten, würde ihr Rettungsschiff nun zu ihrem Grab werden. Sobald das Wasser ausging, blieben ihnen nur noch wenige Tage. Im besten Fall gab es Vorräte an Bord, sodass sie stattdessen in den kommenden Wochen verhungern würden – vorausgesetzt, der Sauerstoff reichte so lange.

„Evan, konzentrier dich!", schrie Anya ihn an.

Ihm wurde klar, dass er schwer atmete und völlig in seinen Gedanken versunken war. *Konzentrier dich. Bring das Schiff unter Kontrolle.* Er versuchte, einen klaren Kopf zu bekommen.

Wieder halbwegs bei Sinnen, versuchte er es erneut an den

Steuerungen. Doch anstatt neue Koordinaten eingeben zu können, war es ihm diesmal völlig unmöglich, überhaupt etwas zu verändern. „Was zum ...?"

Anya versuchte erneut, Conroy über Funk zu erreichen, aber es kam keine Verbindung zustande. „Vielleicht sind wir schon außer Reichweite." Sie stützte sich an der Konsole ab. „Wir sollten doch nur auf die andere Seite des Planeten fliegen. Wie konnte das passieren?"

„Ich weiß es nicht! Ich habe keine Kontrolle."

„Wenn du sie nicht hast, wer dann?"

Die Frage hatte Evan bereits im Hinterkopf gequält. Sie nun laut ausgesprochen zu hören, weckte eine weitere Präsenz in seinem Geist.

Es begann als sinnloses Flüstern und schwoll zu einer echten Stimme an. Die Laute waren ein chaotisches, sich überschneidendes Kauderwelsch. Langsam wurden Muster erkennbar, wenn auch noch ohne Bedeutung. Und dann bildeten sich Worte.

„Hät... Ha... Hal... Hallo."

Evan erstarrte. „Wer bist du? Bist du in meinem Kopf?", richtete er die Frage an die fremde Präsenz.

„Ich bin das Schiff."

Anya zog die Brauen zusammen. „Evan, ist alles okay bei dir?"

Er rieb sich mit den Handballen die Augen. „Ich weiß nicht. Ich glaube, das Schiff kommuniziert telepathisch mit mir."

Ihre Augen weiteten sich. „Wow ..."

„Wäre es einfacher, wenn ich sprechen würde?", fragte eine Stimme aus unsichtbaren Lautsprechern und füllte den Raum.

Evan und Anya zuckten beide zusammen.

„Du bist das Schiff?", fragte Anya zögerlich.

„Meine lokalen Verarbeitungssysteme sind in dieses Raumschiff integriert, ja."

„Woher kennst du unsere Sprache?", fragte Evan.

„Kurz gesagt: Ich habe deine Gedanken gelesen. Es war nicht schwer, die Syntax deiner gesprochenen Worte zuzuordnen."

„Schön, dich kennenzulernen, Schiff. Aber wir würden wirklich gerne zu den Koordinaten fliegen, die ich eingegeben habe", sagte Evan bestimmt.

„Ich habe eure Absichten in deinen Gedanken gelesen und weiß, was nötig ist, um sie zu verwirklichen. Würden wir auf der anderen Seite des Planeten landen, hättet ihr eure Ziele nicht erreicht."

Evan runzelte die Stirn. „Nun, genau das haben wir aber vor. Du kennst nicht alle Variablen."

„Ihr Organischen ebenso wenig. Im Gegensatz zu euch habe ich eine umfassende Analyse von dreihunderttausend Szenarien unter Einbeziehung aller bekannten Faktoren durchgeführt. Das von mir gewählte Ziel ist der beste Weg, um euer Vorhaben umzusetzen."

„Und wo soll das sein?"

„Meine Heimatwelt."

Das Schiff durchstieß die letzten Schichten der Atmosphäre, und der Blick nach draußen wich der Schwärze des Weltraums.

„Wir werden die Überfahrt nicht überleben. Wir haben keine Vorräte", versuchte Evan dem Schiff klarzumachen. Er erwartete nicht, dass eine KI die Zerbrechlichkeit menschlichen Lebens begriff, aber er hoffte, dass ihre Schöpfer ähnliche biologische Grenzen gehabt hatten.

„Wie lange könnt ihr mit euren Ressourcen überleben?", fragte das Schiff.

„Ein paar Tage."

„Das wird für unsere Reise ausreichen."

„Aber wie ...?" Evans Stimme erstarb, als er sah, wie sich auf dem Frontschirm eine unglaubliche Szene entfaltete.

Das Schiff näherte sich dem kleinsten der drei Monde von Aethos. Ein Schwarm metallischer Komponenten erhob sich von der Oberfläche und wirbelte wie ein Insektenschwarm umeinander. Sie bildeten einen wogenden Strom auf direktem Kurs auf das Schiff.

Evan machte sich auf einen Einschlag gefasst, sein Herz raste. *Wir werden in Stücke gerissen!*

Doch der Schwarm teilte sich kurz vor dem Aufprall und fächerte sich stattdessen auf, um das Schiff einzukreisen. Die einzelnen Teile begannen sich zu verbinden und bildeten eine Gitterstruktur um den Rumpf.

„Was passiert hier?", fragte Evan fasziniert.

„Wir werden wieder eins", antwortete das Schiff.

„Du musst schon etwas deutlicher werden."

„Wir müssen in ein weit entferntes System reisen. Das hier ist die Komponente, die wir für interstellare Sprünge benötigen."

„Wie eine Art mobiler Sprungantrieb?"

„Innerhalb deines Bezugsrahmens ist das eine treffende Beschreibung."

Anyas Augen wurden weit. „Ich dachte, Sprungreisen ohne fest installiertes Tor seien reine Theorie?"

„Für meine Erschaffer nicht", stellte das Schiff fest. „Ich bringe euch in meine Heimat."

„Und was erwartet uns dort?"

„Die Antworten, nach denen ihr sucht."

Anya nahm Evans Hand - ein Versprechen, dass sie alles, was nun kommen mochte, gemeinsam durchstehen würden. „Es gibt kein Zurück mehr", sagte sie.

Er nickte. „Wir sind bereit."

— — —

Nur wenige Menschen hatten es geschafft, Marcus Santano das Leben derart schwer zu machen - und sein Bruder stand ganz oben auf der Liste. Der Verlust des Alien-Schiffs war nur der jüngste Rückschlag in einer langen Reihe von Fehlschlägen.

Diese Pechsträhne hatte begonnen, als sie entdeckten, dass ein Undercover-Cop ihre Organisation infiltriert hatte. Dass dieser Mann Zeuge eines Gesprächs zwischen einem Lieutenant der Noche und dem Staatssekretär für Wirtschaftsentwicklung des amtierenden Kanzlers geworden war, hatte ihnen massiv in die Karten gepfuscht. Marcus wollte den Zeugen liquidieren, doch seine Schwester hatte ihn überredet, den Mann stattdessen auf die zum Scheitern verurteilte Aethos-Koloniemission zu schicken. Es war ein Schiff voller „loser Enden“, Überbleibsel ihrer jahrzehntelangen Planung; damals hatte es also Sinn ergeben, dem Plan zuzustimmen. Doch nun drohte das Wissen der Überlebenden auf Aethos, all ihre Geheimnisse zu enthüllen. Schlimmer noch: Conroy hatte nun die Gelegenheit, sie in die Finger zu bekommen.

Die gesamte Situation war ein Desaster, gegen das er aus der Ferne kaum etwas ausrichten konnte. Der einzige Lichtblick war, dass Roman beim Sprung des Alien-Schiffs eine Sonde durch die Raumverzerrung geschickt hatte. So verfügten sie zumindest über die Zielkoordinaten. Leider wussten sie nicht, wer an Bord war, und mit ihrer derzeitigen Technologie würde es Monate dauern, ein eigenes Schiff dorthin zu schicken.

Marcus musste seinen Verbündeten informieren. Er rief Kanzler Rostov an.

Der Kanzler nahm ab. „Ich hoffe, es ist dringend, wenn Sie mich auf dieser Leitung kontaktieren.“

„Das ist es.“ Marcus kam direkt zur Sache, da er wusste, dass der Kanzler diesen Stil bevorzugte. „Gute und schlechte Neuigkeiten. Es gibt ein Schiff. Wir besitzen es momentan zwar nicht, aber wir wissen, wo es ist.“ Er leitete die Scandaten der Sonde weiter.

Der Kanzler prüfte die Werte. „Interessant.“

„Kennen Sie diesen Ort?“

„Es ist eine Welt, die schon einmal in unseren Unterlagen aufgetaucht ist. Eine von vielen – zu viele, um zu wissen, worauf wir unsere Bemühungen konzentrieren sollten. Jetzt wissen wir es.“

„Und ich werde dafür sorgen, dass es diesmal glattläuft“, versicherte Marcus ihm. „Ich habe meinem Bruder eine Chance gegeben, und er hat versagt. Marta wird den Job zu Ende bringen.“

„Wir können uns keine Fehler mehr leisten. Ebenso wenig dürfen wir zulassen, dass Conroy die Kontrolle über dieses Schiff oder irgendeine andere Technologie bekommt.“

„Das werde ich nicht zulassen.“

„Betrachten Sie dies als Ihre letzte Warnung. Wenn Sie nicht liefern können, finde ich jemanden, der es tut." Der Kanzler beendete das Gespräch.

Marcus lehnte sich in seinem Stuhl zurück. Diese Gelegenheit war vermutlich die einzige Chance für das Noche-Syndikat, einen dauerhaften Platz am Tisch der Mächtigen zu ergattern. Er würde sie nicht ungenutzt verstreichen lassen.

Er öffnete einen Funkkanal zu seiner Schwester. „Marta, ich habe einen neuen Job für dich."

— — —

Die orbitalen Scandaten stellten Conroy und sein Team vor ein Rätsel. In der Nähe des Mondes war eine neue Energiesignatur aufgetaucht, und niemand konnte sagen, was sie bedeutete oder woher sie stammte.

„Hat der Feind während des Funklochs Verstärkung geschickt?", grübelte Samor.

Conroy schüttelte den Kopf. „Diese Werte passen zu keinem bekannten Schiff unserer Flotte oder aus dem privaten Sektor. Das ist etwas anderes." Um ehrlich zu sein, reichten die Daten einfach nicht aus, um verlässliche Schlüsse zu ziehen.

„Immerhin wissen wir, dass ein Schiff vom Planeten abgehoben hat. Ich kann nur hoffen, dass sie es waren", sagte Samor.

„Ich glaube schon", antwortete Conroy. „Da die Verbindung zu diesem Zeitpunkt unterbrochen war, konnten sie uns nicht erreichen. Sie sind vermutlich losgeflogen, um das Schiff in Sicherheit zu bringen, als der Kontakt abriss. Genau das hatte ich gehofft."

„Dann müssen wir jetzt darauf vertrauen, dass sie zurückkommen."

„Das werden sie."

Conroy konnte sich dessen nicht sicher sein, aber er hatte ein gutes Gefühl bei den beiden. In seiner politischen Laufbahn hatte er mit genug Menschen zu tun gehabt, um ein Gespür für

Loyalität zu entwickeln. Evan und Anya wirkten aufrichtig – wie Leute, die das Richtige tun würden. Er hoffte nur, er hatte ihnen klargemacht, dass seine Seite diejenige war, für die es sich zu kämpfen lohnte.

„Sir, es ist gerade eine Nachricht für Sie eingegangen", sagte Rebeka. Ihre Miene verfinsterte sich. „Sie ist von Kanzler Rostov."

Seinem Team zuliebe bewahrte Conroy eine unbewegte Miene, während er innerlich fluchte. Dieser Verräter war nicht einmal die Luft wert, die er atmete. „Zeig her."

Rebeka trat beiseite, damit Conroy die Nachricht lesen konnte, ohne dass die anderen den Inhalt sofort sahen.

Wie sich herausstellte, war es nichts, was er vor seinem engsten Kreis hätte verbergen müssen. „Er hat sich kein Stück verändert." Conroy ließ den Text auf dem Display stehen.

Die Nachricht war kurz: ‚Schach'. Eine Anspielung auf ihre gemeinsamen Partien in jener Zeit, als sie sich noch Freunde nannten. Rostov wollte signalisieren, dass er zum finalen Schlag ansetzte. Doch beim Schach gibt es immer noch Züge, die man spielen kann. Es war noch nicht vorbei.

„Was bedeutet das für uns?", fragte Samor, nachdem er die Nachricht gelesen hatte.

Conroy starrte auf die Sternenkarte. Sie zeigte den Ursprung des Signals auf dem Hauptstadtplaneten – jener Welt, die einst seine Heimat gewesen war und es wieder sein würde. „Es bedeutet, dass wir uns im Krieg befinden. Und wir werden gewinnen."

DIE GESCHICHTE WIRD IN *VERLORENER PLANET* FORTGESETZT…

Verlorener Planet (Raumschiff der Ahnen, Band 2)

Mächtige Akteure, die aus den Schatten heraus intrigieren. Ein uraltes Alien-Raumschiff. Wem kann man die begehrteste Technologie im Commonwealth anvertrauen?

Jeder will das uralte Alien-Raumschiff, das jetzt unter Evans Kommando steht, und sie werden es um jeden Preis an sich reißen wollen. Als Evan und Anya ehrgeizige Nachforschungen anstellen, um die Erbauer des Schiffes aufzuspüren, entdecken Evan und Anya bald, dass die interstellare Verschwörung, das Commonwealth mit Alien-Technologie zu verändern, viel tiefer reicht, als sie es sich jemals vorgestellt hätten. Während verfeindete Fraktionen um die Kontrolle über die Alien-Technologie wetteifern, müssen Evan und Anya eine Seite wählen. Können sie verhindern, dass das Schiff in die falschen Hände fällt?

ZUSÄTZLICHE BÜCHER (AUF ENGLISCH)

Cadicle Space Opera Series
Book 1: Shadows of Empire (Vol. 1-3)
Book 2: Web of Truth (Vol. 4)
Book 3: Crossroads of Fate (Vol. 5)
Book 4: Path of Justice (Vol. 6)
Book 5: Scions of Change (Vol. 7)

Mindspace Series
Book 1: Infiltration
Book 2: Conspiracy
Book 3: Offensive
Book 4: Endgame

Taran Empire Saga
Book 1: Empire Reborn
Book 2: Empire Uprising
Book 3: Empire Defied
Book 4: Empire United

Dark Stars Trilogy
Book 1: Crystalline Space
Book 2: A Light in the Dark
Book 3: Masters of Fate

See a complete list at www.akduboff.com

ANMERKUNGEN DER AUTORIN

Vielen Dank, dass ihr *Gestrandet* gelesen habt! Ich hoffe sehr, dass euch dieser erste Band der „Raumschiff der Ahnen"-Reihe gefallen hat.

Die ersten Ideen zu dieser Geschichte sind mir schon vor einigen Jahren gekommen. Ich habe sie lange Zeit reifen lassen, bevor ich die erste Zeile geschrieben habe. Ursprünglich war es als eine Art „Lost in Space"-Geschichte gedacht, aber wie immer bei mir musste daraus natürlich eine größere interstellare Verschwörung werden. Die einzelnen Puzzleteile so zusammenzufügen, dass alles Sinn ergibt, hat lange gedauert – aber ich bin sehr zufrieden damit, wie das Buch am Ende geworden ist.

Von Anfang an wollte ich eine Survival-Geschichte über Schiffbrüchige auf einer fremden Welt erzählen. Sie waren zwar auf dem richtigen Planeten gelandet, aber nicht am vorgesehenen Ort und ohne den Großteil der Ausrüstung, die sie als Kolonisten eigentlich hätten haben sollen. Mir war wichtig, dass die Geschichte an einem entscheidenden Punkt in der Mitte eine große Wendung nimmt und plötzlich eine viel größere Story mit weiteren Figuren und Perspektiven entsteht. Ob mir das gelungen ist, überlasse ich natürlich euch!

Die Geschichte wird im Verlauf der Reihe immer größer und weitläufiger. Ich plane einen Trilogie-Bogen mit einem befriedigenden Abschluss, werde die Serie danach aber mit einem neuen Handlungsbogen fortsetzen, falls sich zeigt, dass Leser diese Welt und die Charaktere weiter erkunden möchten.

Ich danke euch nicht nur dafür, dass ihr das Buch gelesen habt, sondern auch, dass ihr euch die Zeit für diese Anmerkungen nehmt. Es bedeutet mir sehr viel, meine Geschichten mit Lesern auf der ganzen Welt teilen zu können. Die Aufnahme der englischen Originalausgabe hat mich überwältigt, und ich hoffe sehr, dass euch diese deutsche Übersetzung – meine erste Übersetzung in eine andere Sprache – ebenfalls gefallen hat. Ohne Leser wie euch könnte ich das hier nicht als Beruf machen. Vielen herzlichen Dank!

Ebenso wenig könnte ich Bücher ohne die großartige Unterstützung meiner Beta-Leser und Korrektoren veröffentlichen. Sie haben so viele wertvolle Einsichten und helfen mir, Fehler zu finden, bevor das Buch in den Druck geht. Mein herzlicher Dank geht an meine ursprünglichen englischen Beta-Leser John, Gil, Leo, Mike, Manie, Doug, David F, Charlie, David B, Kurt, Eric, Jim, Liz, Bryan und Steve für ihr unschätzbares Feedback. Besonderer Dank gilt Markus und Regina für ihre Anmerkungen zur deutschen Übersetzung und ein riesiges Dankeschön an meinen Übersetzer Philip! Außerdem danke ich meinen wunderbaren Propellers und allen Autorinnen und Autoren-Freunden für eure jahrelange Unterstützung und Ermutigung. Die Sci-Fi-Indie-Autorengemeinschaft ist wirklich eine der tollsten Gruppen von Menschen, die ich kenne.

In der „Raumschiff der Ahnen“-Reihe kommt noch viel mehr, und ich hoffe sehr, dass ihr weiterhin dabei seid. Bis zum nächsten Band – frohes Lesen!

ÜBER DIE AUTORIN

A.K. (Amy) DuBoff liebt Science-Fiction schon immer in all ihren Formen – egal ob als Buch, Film, Serie oder Spiel. Je mehr es im Weltraum spielt, desto besser! Sie ist Finalistin des Nebula Awards (Andre Norton Award) und *USA-Today*-Bestsellerautorin, die vor allem für ihr „Cadicle"-Universum bekannt ist. Darüber hinaus hat sie zahlreiche weitere Sci-Fi- und Fantasy-Titel veröffentlicht und den preisgekrönten Spielfilm *Crypto Shadows* geschrieben und produziert. Amy ist häufig auf Reisen rund um den Globus unterwegs. Wenn sie nicht gerade schreibt, genießt sie Weinverkostungen, schaut leidenschaftlich gerne Serien oder spielt epische Strategie-Brettspiele.

www.akduboff.com

www.ingramcontent.com/pod-product-compliance
Lightning Source LLC
LaVergne TN
LVHW041058080826
845145LV00007B/1622
* 9 7 8 1 9 6 5 6 1 4 1 5 0 *